上山・上山・愛

清者閱之以成聖
濁者見之以爲淫

「上山・上山・愛」目錄

楔子

一九二〇年一月二十四日，在巴黎。一位窮困的三十六歲畫家，發了高燒，昏倒在畫室裏。被發現後，立刻送到慈善醫院，晚上八點五十分，他死了。

第二天，二十五日，小他二十二歲的模特兒妻子珍妮·海布特（Jeanne Hébuterne）趕來看他，凝視、凝視、凝視了許久許久，靜靜的向後退著，向他告別。十幾個小時後，這位女士從五樓跳了下來，殉情而死。還懷了九個月的身孕。

直到三年以後，模特兒妻子的家人才同意，讓他們同穴而葬，墓碑上寫著：「他們終於長眠一起。」

畫家死時，每幅畫價僅售一百五十法郎；十年以後，漲到五十萬法郎；七十年後，已經漲到和他朋友畢加索（Picasso）一樣的數字。

畫家是義大利人，他去國而不懷鄉，但臨終遺言卻是：「我永遠的義大利。」他有了永遠的祖國、永遠的情侶，和永遠的名字。

而「莫迪里亞尼」（Modigliani）就是他的名字。

第一部　三十年前

她是一個酷愛莫迪里亞尼創作的小女人。她的小臉清瘦，就像莫迪里亞尼在一九一六年畫的那張「露妮」（Renée la blonde）的臉，或是一九一七年那張「結領帶的女郎」（Femme à la cravate noire），或是那張「羅洛蒂」（Lolotte）。不對，「羅洛蒂」那張稍胖了一點，她卻是標準的清瘦型的，清瘦而蒼白。

她酷愛莫迪里亞尼的畫，她家的客廳裏，掛了一幅畫家朋友畫她的速寫像，筆觸不見匠氣、不見俗氣、很成熟，尤其右眼和左眼不在一條直線上，與莫迪里亞尼一九一五年的「基斯林」（Moïse Kisling），或一九一六年的「史丁像」（Chaïm Soutine），屬於同一梯次。當然，她比莫迪里亞尼所有的畫中人物都美得太多了：她的頭不那樣斜、脖子不那樣長、眼睛不那樣核桃，並且在眼睛深處，有一對晶瑩黑亮像六歲小女孩的瞳孔，而莫迪里亞尼的畫像，許多卻有眼無珠。

所以，可以這麼說：她是一個活的藝術品，一個莫迪里亞尼終生都沒遇到的模特兒。如果莫迪里亞尼遇到了她，遇到了東方美女、中國美女，一定會修正自己的審美觀念，世界藝術便會改寫，莫迪里亞尼的傳記也會改寫，我眞的這樣想。

這小女人留的是中分長髮，兩邊直垂下來，更襯出她長形小臉的清瘦與蒼白。我望著這幅速寫像，望著、望著，一股奇異的反應從我身上湧起。我是信仰開明思想與科學的人，我不信任何玄虛的事。但這幅速寫傳給我的感覺，卻頗有玄虛情味。怪怪的，不像平常欣賞繪畫的那種，望著這幅畫像，總覺得冥冥之中，好像有一種宿緣、一種情業、一種未了待了的事似的，我爲之心動。我決定不再看她。

客廳是十分雅致的，一看就是藝術工作者的手筆，但不是那種邋遢的藝術工作者的。全部的布置一點也不豪華，可說沒有一樣東西是值錢的，但每樣東西都是有特色的：一片紅磚牆、一方角窗、一座陶缶、一塊幾何圖案的草席、一排矮得近地的沙發，處處都現出主人的水準。客廳裏植物特多，是另一種特色，有吊著的葛鬱金、吊著的波斯頓腎蕨……這盆蕨類植物養得這麼好，可見是行家。蕨類植物對自來水中的漂白粉敏感，必須先將水貯放一天，讓氯氣散掉，才好澆它，這盆蕨類植物，顯然是經過這種體貼手續的。

這是幢老舊的平房。進到房裏，地板都要咿啞作響。房子是木質的，更增加了老舊的情調。置身其中，彷佛置身在一條大木船裏，如果把「諾亞方舟」（Noah's Ark）現代化、藝術化，我想就該這樣。最不諾亞的，是沒有動物，不過，這樣老舊的房子，天花板上必然有老鼠，地板下必然有蟑螂，所以也不能說沒有動物——如果你從「三度空間」去想像的話。當然動物沒有諾亞齊全，並且，尤其不同的是：諾亞的動物都是一雄一雌的，這座現代方舟的中層，有的卻只是雌性。

這幢房子本來還不算小，但是左邊新開了一條街，房子碰到都市計畫的鍘刀，就像一塊魔鬼蛋糕似的，一下子被斜切掉三分之二。被切部分和保留部分之間，新砌了一道紅磚牆，對外對內都一樣，並沒有再加粉飾。因爲內外一致，使你覺得牆不再那麼討厭，至少這一道牆不討厭。

房子被鍘以後，在牆的轉角，居然還劫後餘生了一個小院子。小院子上搭了雨棚，就成了速寫像模特兒的工作間。所謂工作間，也是一間教室，裏面用粗木板搭了架、做了枱，上面放著形形色色的陶器和土坯。牆腳是一座小電窯，寒酸得好像正在被大窯燒出的牆上紅磚取笑。在大火裏定型出來的這些紅色隊伍，一定奇怪它們保衛的這塊小天地。它們看到在這塊小天地裏，一個可愛的小女人，在「手拉」出她的作品，也「手拉」出她的學徒。

陶藝是人類最原始又最創新的藝術，又最綿延不斷。不論時代怎麼變，人類中總有極少數的陶藝工作者，在宇宙輪迴他們的成就。做爲陶藝的教學者，本來就不容易大量招收學生，進入今天這種時代裏，當然於今爲烈。肯學這行業的人太少了，所以有人來學，都是個別的，個別的開學、個別的結業，不能大量生產學生，一如不能大量生產陶器一樣。每個學生，像每件陶器一樣，都有它獨有的特質，因爲是「手拉」的。「手拉」的陶器絕對沒有兩個完全相同，這也就是陶藝之所以成爲藝術和它迷人的所在。就因爲這樣富於特質，這個地方是私塾，不是學校，也不是訓練班。學校和訓練班教出的任何學生，都有匠氣與俗氣，那是藝術的致命傷。

正在從客廳研究到這工作間兼教室的時候，方舟中層的一位雌性正在沏茶。我說一位雌性，因爲還有一位——速寫像的模特兒——也是這方舟的女主人之一。她們是一對姊妹，同住在這座舊宅中。分工的方式是：姊姊只管自己的臥房，其他客廳、教室、廚房、浴室，都由妹妹管。大概就是這樣管的結果，客廳牆上掛的是妹妹的速寫像而非姊姊的。想到這裏，我又看了這幅速寫像。這時候，她姊姊已經端茶站在我身邊了。

*　　*　　*

「如果，」她姊姊把茶放下。「如果這幅畫像都能令閣下看得如此出神，等下她回來，看到她本人，閣下可能會看得發呆成一座大理石塑像了。」女主人之一半開玩笑的說著，請我坐下來。

我笑了一下。「不會是大理石塑像吧？如果發呆，也是一座陶器土俑。」

「誰是『始作俑者』呢？」

「該是你吧？」

「我嗎？我可不是做陶器的啊！做陶器的，可別有其人啊！」

「不錯，你不是做陶器的，可是你是說『淘氣』的話的。」

「可是，我不是說著玩的，我眞感覺出這幅畫像迷住了你，我早就跟你提過了我家的裝修情況，其中包括了這幅畫像，你記憶之好，天下皆知，你一定不會忘記的。」

眞的跟我提過，眞的我沒忘記。那是半個月前的一個下午提的。

她姊姊是非常優秀的作家，雖然只是大學三年級的學生，卻已是兩本專書的作者了。半個月前，這位作家大學生有些寫作上的問題要問我，我答應見她，她到我家來，談得不錯。她順便談到她的家庭，引起我的興趣。她爸爸做小規模的西藥進口生意，是一個整齊規律的白璧德（Babbitt）型人物。此公對金錢的態度，非常有趣，他對女兒們的教育費用，一分錢也不少出，但當他認爲女兒們可以賺錢的時候，他會非常關切他分多少，當然是很斯文的關切，不是惡形惡狀的。照中國舊規矩，子女是要「無私財」的，子女賺到的錢，要原封交給父母，自己如有需用，再回頭向父母要，絕不可以先行扣留，更絕不可以分文不給父母。但是，時代愈來愈變了，變得子女對薪水袋的觀點與父母對同一薪水袋的觀點有了「袋溝」。這種「袋溝」，一旦發生在這位作家大學生身上的時候，顯然兩代同吃一驚。有一次，她在一家報社兼差，第一次領回薪水袋的時候，她拿出三分之二，裝入漂亮的信封，上寫「感謝父母親大人養育之恩」，然後，非常興奮的，在午飯過後，偷偷放在爸爸的書桌上，準備奉送三分之二的薪水外，再奉送一項驚喜。不料，晚飯過後，她在自己的書桌上，得到奉送與驚喜的回報——信封回來了，錢不見了，信封上卻有爸爸的讀後感，批以「感謝養育之恩，當然不是一次，請看右上角」。右上角赫然加批了三個大字——「五月份」！

至於作家大學生的媽媽，實在不該說媽媽，該說姊姊，因爲長得太年輕、太漂亮了。母女們走在一起，沒有人相信那是媽媽，當然媽媽更不相信。這位媽媽少女時代很窮，寄人籬下，吃了不少的苦。所以，一朝可能，她便想趕快嫁人，有自己的家。她的婚，就這樣的結得又快又早，沒有足夠的時間去考慮。當然，最後有足夠的時間去後悔——像所有美人一樣。其實，就遇人淑不淑觀點看，也不算怎麼不淑。丈夫還不失爲規矩人，不花天酒地、不把家裏搞得亂七八糟。他除了革丈母娘的命外，別無任何革命氣質，在亂世中明哲保身、安全度甚高，這當然是世俗中理想丈夫的重要條件。談到革丈母娘的命，他做得極爲徹底，徹底到結婚二十五年，他家住那裏，他丈母娘都不知道！當然，丈母娘也花不到他一塊錢。是不是一塊錢的原因使他如此保持距離，我們未便「丈量」，不過總是重要的原因吧？

這幢老舊的平房，是他做公務員時向政府租來的。租金奇廉，所以就久租不退。在這舊宅裏，他一住二十一年。自從都市計畫鏟了這房子，他和太太就搬到新買的公寓去住了。舊宅留給了兩個女兒，理論上是轉租給她們，當然收租的情況頗不穩定，兩個女兒都是大學生，除兼差外，並沒有固定的收入，就房東立場看，當然是失計；但房客是他生的，不是他找的，一切就自當別論了。

作家大學生的媽媽熱愛藝術。她是室內設計專家，搬到公寓後，她的室內布置被攝影家照了專輯，登在「當代家庭」雜誌上。她的職業，除做美術設計外，是陶藝教師，自己也做陶器出售。她這一氣質、這一本領，給小女兒很深的影響。小女兒熱愛藝術，在藝術的深度和廣度方面，很快的青出於藍。她自己也做起陶藝教師來，也自己做陶器，不過她不出售，別人要，得像請佛像請關公像一樣的，把她的陶器請走，至於有沒有送香火錢，她姊姊說大概有。托斯卡尼尼（Arturo Toscanini）用指揮棒敲一個水電工人的頭，叫工人站好，工人問為什麼，托斯卡尼尼說有音樂的地方就是聖地。顯然的，速寫像的模特兒是以神聖的眼光來看她的藝術品，這一點，她倒滿敬業的。

作家大學生還告訴我，這位妹妹，本是北一女中的學生，但她不喜歡斲喪性靈的學校教育，所以念完高二就不念了。當時全家反對她，但她不聽，終於自動休了學。她跑到南部鄉下親戚家裏，在竹林和風聲裏獨自住了幾天。她自由自在的活著，她有勇氣這樣做。她飄來飄去，但絕非不良少年，相反的，她程度好得很，她的知識很淵博，這和她的聰明與用功有關，她有兩書架的藏書，書架上從「拓撲學」到拓本，從「板橋雜記」到版畫，從「失樂園」（Paradise Lost）到「兒童的詩園」（Child's Garden of Verse），幾乎一應俱全。「當然，」作家大學生特別補了一句。「你閣下寫的書，也包括在內。」至於寫作情形，不知道，只知道她常常寫東西，但寫什麼，發表不發表，都不知道。總之，她很神秘，她不太喜歡交朋友。

當休學後，大家都以為她不會考大學的時候，她突然以同等學力的資格報了名，隨即在台大哲學系的新生榜中，赫然出現。如今暑假到了，她已經足足念了一年大學了。

「不能小看她。」作家大學生最後向我說。「她眞是一個極為優秀的小女生。她的潛力莫測，眞希望你能認識她。她叫『葉葇』，柔軟的柔，上面加個草字頭。」

葉葇、葉葇，這是我第一次聽到她名字。

* * *

這是一個跟我一樣好的名字。我的名字叫「萬劫」，也是兩個字。三十六年前我一出生，浩劫餘生的父親就給我起了這個名字。他用這個名字，給他艱辛的一生做了終點，給我艱辛的一生做了起點。他把我叫做「萬劫」，大概意味我在劫難逃吧，但劫數難逃，卻歷萬劫而依然存在，可見劫後餘生的本事，也不在小。也許父親起這個名字，別有更積極的意思，他可能希望他兒子長大後能夠「刼富濟貧」吧，那樣也好。總之，「萬刼」、「萬刼」，這是一個響亮的名字。不俗氣、有個性，並且含義深長。如今「葉蓁」這名字，也是如此。普通字典裏找不到她名字，她名字藏在古文字典中。看她名字，就想到她來自古典、穿過古典，飄進現代的時空。

「這名字很古典，」我說。「但也很現代。植物學上有一種蓁荑花，是穗狀花的一種，像柳絮等都是。英文叫 catkin 或 ament，葉蓁的名字，就是這種意思吧？」

「你的博學眞嚇死人。」作家大學生吃驚了。「我們可沒知道的那麼多，我們叫她『小蓁』，因爲她眞的蜜蜜柔柔的。很清秀可愛，不過有點怪。也許你會喜歡她，不過我不知道你們該不該認識。人間有一些人，實在不該認識才好，你說呢？」

「我在我書裏已經說過了。有些人你跟他相見恨晚，有些人你跟他相見恨早，有些人你跟他根本不該相見。你現在的意思，大概是指最後一種。」

「我沒這個意思，也有這個意思，我覺得小蓁眞該認識你，可是啊，像小蓁這樣的女孩子，認識了你是多麻煩的事！」

「你說那一種麻煩？」

「我也說不出來，只是感覺，只是預感。」

「那她就不要認識我吧，——讓我來認識她吧。」

作家大學生笑了。她是敏感的、善解人意的，我想她感覺到我對小棻有了好奇的反應。從作家大學生的眼中，我也感覺到她已知道我知道她有了這種感覺，她曖昧的回了我一笑。最後站起來，告辭了。我送她到門口，她回過頭來，伸出手，同我握手，用會意的眼神輕輕說：「我會打電話給你。」

半個月後，她電話來了，輕描淡寫的，約我到她家裏看看她的藏畫。「一定要來噢！」她特別叮囑了一句，於是，在第二天下午，我就進了這客廳，一眼就看到了速寫像。

「我覺得，」作家大學生一邊喝茶一邊說。「這張畫像不如她本人好看。」

「你是說，葉棻比藝術品還藝術品？」

「可以這麼說。這該怎麼形容呢？這該叫——」

「該叫藝術的平方吧。何況，葉棻是立體的，畫像是平面的。這不但是平方，甚至該叫藝術的立體幾何了。」

「藝術已經夠複雜了，你還滾進數學來！」

「該滾進來的，Art is I; mathematic is we. 藝術是我，數學是我們。你別忘了這句話。」

「這是誰的話？」

「這是我的話。」

「原來是你造的。」

「也不盡然。十九世紀克勞代·伯納德（Claude Bernard）說 Art is I; science is we. 藝術是我，科學是我們。如今數學滾進藝術裏，藝術就不再掛單了。」

「在你的書裏，你好像不大談藝術，我想，你的藝術觀點一定與衆不同。」

「的確與衆不同，因爲群衆的藝術水平是很可疑的。我深信這裏面有百分之多少是騙局。對許多所謂藝術家，我眞的懷疑他們是藝術家還是騙子，尤其在繪畫和雕塑方面，更是如此。」

「對葉菉的作品，你怎麼看呢？你認爲她是藝術家呢？還是騙子？」

「陶藝是比較具體而有規範的藝術，它不像抽象畫、抽象雕塑，它很難行騙。所以，在這方面想行騙也不太成。並且，女人要行騙不必假手於藝術，幾滴眼淚就夠了。」

「你看，你又來了。你對女人的成見，眞不可救藥！我請問你，你到底怎麼解釋女人與藝術？」

「There are but two boons in life: the love of art and the art of love. 人生有二幸：藝術的愛與愛的藝術。我想，藝術的愛和愛的藝術，就是全部答案了。一個優秀女人一生中，所追求的藝術應

你們該認識的日子。」

這時候，電話響了。作家大學生跑去接了，又回來坐下。她說：「本來小葇說今晚一同與我吃晚飯的，剛才來電話說有別的事，不回來了。這說明了一件事，就是今天好像不是你們該認識的日子。」

「噢，」我內心一陣失望，但很快就平復下來。「沒想到今天原來是這樣的大日子，其實，我已經認識了她。」

「你認識了她？」

「認識一個人，不一定直接從她本人啊，從她的客廳裏、從她的工作間裏、從她的畫像裏，你就可以認識啊。」

「噢，我還不知道你是大偵探。」

「我是大偵探，你信不信？要不要我背一段給你聽？——葉葇，安徽當塗人，一九五〇年七月二十五日生，台北市復興幼稚園畢業、復興小學、初中畢業、北一女中高二卒業，身高一六七、體重四十四……夠不夠，要不要再說？」

「天啊！」作家大學生把右手摸在頭上，驚叫起來。「你眞的是大偵探！你眞的是！你怎麼會知道那麼多？你怎麼可以知道那麼多？你還知道什麼？還知道什麼？」

該不外這兩種。」

「我還知道你不肯告訴我的。」

作家大學生臉一沈。看著我，半天不說話。她用眼睛搜索我的眼睛，像要搜出我究竟知道多少？我的表情也轉成嚴肅，從我嚴肅的表情裏，我想她眞的以爲我是無所不知了。

*　　*　　*

我離開方舟後第二天，作家大學生出了意外——出了車禍，住到醫院裏。她右腿上了石膏，一段長時間，是下不了病床了。我一直不知道這個消息，直到三個星期後的一天，一個記者順便同我談起，我才知道。我去看她一次，她正在睡覺，我就出來了。我寄了幾本書給她，附上一信：

作家大學生：

別說我不來看你吧，當有一天，我可以向你描繪出病房的窗簾帘左下角有一個小洞的時候，你就知道「文化大偵探」來過了。寄上一些書給你，其中有一本我的新作——「藍色魔鬼島」，這書還沒出裝訂廠，就給查禁沒收了。幸虧我過去碰到此類手段已多，故已預爲搶藏N冊，特分一冊給你。別忘了說要打斷雙腿的比我大一百歲的美國幽默作家無異沒有腿，你目前有一條腿，我盼望我有四條腿，可以離開這個「藍色魔鬼島」，但他們仍舊不讓我出去，不但不讓出去，並且還設計要我進去。你等著看吧！

欲求離鄉背井而不可得的寫　一九七〇年七月四日

「藍色魔鬼島」被查禁是意料中事，這是我被查禁的第十三本書，其實不看內容，光看書名就犯了天條。獨夫蔣介石被共產黨趕到台灣「島」上，從他的特務機關藍衣社到他的國民黨黨旗全是「藍色」的，禍國殃民的他和他的黨羽又與「魔鬼」無異，組合起來不正是「藍色魔鬼島」的書名嗎？

一九四九年，獨夫蔣介石被共產黨趕到台灣的時候，有兩三百萬大陸人，跟他或被迫跟他同來這個島上，我的父母身在其中，當時我十四歲，沒有選擇權，也一起來了。對一個從十四歲成長的少年，那眞是漫漫長夜，從初中到高中，從大學到軍隊，到處都是藍色統治下的白色恐怖，令人窒息。人們都走了屈從的、逃避的、同流合污的順民之路，我卻不甘如此。我把人生設定了一個主軸，那個主軸就是我要做一個偉大的知識分子，博學多聞、特立獨行，並且要經世致用，有利國家和人民。我從在北京念小學時候，就受了左派書刊的鼓舞，加深了這一懷抱。但我因爲好學深思，思想上並不像左派那樣褊狹。十四歲到台灣，我脫離了大陸的狂飆，卻坐困在海島的高壓，從中學而大學，我一直在這一主軸上鍛鍊我自己、期勉我自己。我遭遇了許多困難的經驗，其中最大的，是我缺乏眞正使我五體投地的師承與榜樣；而在同輩中，我又因自己過分超群而變得難以向朋友學到什麼；而與我同行的女朋友們，也都「中道崩殂」、勞燕分飛；再加上早年的窮困，使我在這一主軸上，做得非常孤獨而吃力。直到我歷經軍隊、辦刊物等鮮明的轉捩點以後，我才慢慢更能熟練的做一個異端、孤獨的異端。我深知自處之道，並且知道爲這一主軸所必須付的代價。沒有白髮前輩、沒有黑頭朋友、沒有紅顏知己，我都不以爲異，在這一主軸上，我淸楚知道只有靠自己，也只有自己一個人走下去。我走下去的方式其實只有一種，就是以言論衝決網羅。我開始寫文章、寫書，前後四年，直到官方封了我的雜誌、禁了我的著作爲止。可是，官方動手究竟太遲了，當他們判定我必須出局的時候，我已經盜了無數次壘了——對這個島，我已經爲思想上的灌輸工作打下基礎。當「紐約時報」(The New York Times) 登出我是這個島的 firebrand 的時候，官方除了報復，已經沒有任何法子了。

這個政府控制了三十一家報紙，也就是全部的報紙，它不准異己辦報。它所控制的報紙，可以毫無忌憚的造謠生事，誹謗官方所要鬥臭或打擊的人。想告它誹謗嗎？絕對沒有成功的希望，因爲法院又是官方控制的。我就告過兩家，可是法院連傳都不傳他們，就判他們無罪。所以，同他們在新聞上和法律上纏鬥，異己絕無希望，除了嘔氣以外，一無所得。當德國的艾德諾（Adenauer），在納粹勢力如日中天的時候、在全國人都向納粹低眉俯首的時候，他曾表現了「雖千萬人，吾往矣」的氣概，但換得的，卻是被極權政府整得灰頭土臉——法庭上誣陷他詐欺背信、監獄中折磨他夜不安枕、名譽被破壞、財產被沒收、自由無緣、家庭破碎。他當時在新聞上和法律上若與納粹纏鬥，絕無希望，他只有在監獄中等待、在修道院的玫瑰花叢中等待，等待有朝一日，海晏河清。他六十八歲時候，集中營主管對他說：「好啦，請你不要自殺，只有你老是給我惹麻煩。您老六十八歲了，總之，也活不了太久了。」可笑這集中營主管狗眼看人低，他沒想到這老囚犯活了下來，並且在一黨獨大垮台後，以清白之身，出任西德總理，一做十四年，從七十三歲做到八十七歲，成了有史以來，最難能可貴的也最堅苦卓絕的一個偉大身教。一般人只看到他七十三歲到八十七歲的十四年「走老運」，卻忽略了他五十七歲到七十二歲的十五年困頓生涯。這十五年的困頓中，他大部分的時間，都坐看自己的敵人張牙舞爪、坐看自己的生命垂垂老去，但是他甘願犧牲一切，他就是不要同他看不起的政權合作。這種淸白記錄，使他在灰頭土臉時候，幹不成地方首長；卻使他在揚眉吐氣時候，幹上了國家總理！當然艾德諾不是我，我也不是艾德諾，但是獨自一人，挺身與暴政相抗，不對一黨獨大低頭的大丈夫作風，則是一樣的。我的家中有一個小鏡框，中有艾德諾人像，我喜歡看到他，他給我一種鼓舞與信念。不過，按照艾德諾的標準，我太年輕了，我還有監獄一關要面對。監獄的陰影，對我說來，是愈來愈濃了。

*　　*　　*

我來自白山黑水的祖國，到了玉山濁水的島上，雖然島是祖國的一部分、我是祖國的一部分，但因政治的緣故，我只能局限在千分之三的中國領土上做戰士，雖然在比例上，我的努力會因島的狹小而使自己「與之偕小」，限制了軀殼，但努力的精神和成果並不受它限制，也限制不了，就像「湖濱散記」（Walden）的作者梭羅（Thoreau）坐牢的時候，他說他「從不曾想到我是給關起來了，高牆實在等於浪費材料……他們根本不知道如何對付我……他們總以爲我唯一目的是想站到牆外面。每在我沈思的時候，看守那種緊張樣子，眞敎人好笑。他們那裏知道才一轉身，我就毫無阻擋的跟著出去了……」。梭羅當然不會小說中穿牆透壁的功夫，他這種來去自如，是指觀念上的解脫，觀念上「從不曾想到我是給關起來了」。他雖然身在斗室之內，但卻心在六合之外，神遊四海、志馳八方，就像拉夫瑞斯（Richard Lovelace）在牢裏寫詩給情人所描寫的一樣。

雖然在藍色統治下的白色恐怖，使台灣小島活像一座監獄，但眞實的監獄，畢竟還是具體得多、狹小得多，因此，我淸楚感到我不能免於到那個具體而狹小的地方，我早有心理準備。海明威（Hemingway）那篇「殺人者」（The Killer）描寫等他們來殺他的那個老安德森（Anderson），他坦然面對不能免的死亡處境；而我呢，也坦然面對不能免的被捕處境，隨時等他們到來。

在藍色統治下的白色恐怖裏，做爲異端，最好就是你一個，因此，我就把住所遠離了市區，遷到了山上。

像隱士一樣，我喜歡在山上，討厭山下的紅塵。除非有特別的事，我是很少下山的。朋友們知道我這種隱士的性格，他們也不輕易找我。我雖是一個戰鬥的人，但我對人際很厭倦，我認爲現代技術的統治，已使人愈來愈軟弱，使個人抵抗政府與環境的能力愈來愈小，所以個人就變得不可靠也不可愛。「我認識人愈多，我愈喜歡狗。」這句巴斯噶（Blaise Pascal）的名言，是我最欣賞的。戴高樂（Charles de Gaulle）也欣賞這句話，大概強者在歷經萬劫以後，都會如此洞徹人際。但這並非說自己要形如槁木、心如死灰，而是仍舊努力、不灰心、不停止；仍舊要說自己的、寫自己的、表現自己的。

在山上，我孤獨而有效率的生活著。戴高樂在做第五共和總統前，他住在巴黎郊外最後的一幢房子裏，保持自我，遠離群衆的吵鬧，但他並非遁世，而是在培養浩然之氣——大丈夫的浩然之氣、「得志與民由之，不得志獨行其道」的浩然之氣。戴高樂是我最欣賞的法國人，他給我平地上突起一座山的感覺。而陽明山，正是這樣一座山。

*　*　*

陽明山本來叫「草山」，它在二十多年前，被一個喜歡改名的獨夫蔣介石給改成這種名字。我不喜歡原始的地名這樣被污染，但污染已久，已經很少人知道它原叫「草山」了。約定俗成以後，我只好把陽明山加以特別解釋。四百六十多年前，明朝王陽明曾被專制腐敗的政權迫害過，他在牢裏的時候，曾寫「深夜黠鼠忽登床」的詩句，陽明山對於我，顯然只有這種受難的意義，並沒有喜歡改名的獨夫蔣介石所說哲學的意義。——這些不學無知的獨夫，他們還提倡王陽明的哲學哪！我想，思想家應該在遺囑中來一條但書，嚴格規定什麼樣的人，禁止他們提倡他的哲學，免得使思想家死後哭笑不得。我很少同情古人，但我眞的同情起王陽明來。

王陽明和我不同的是，他是先坐了牢，再跟朋友分離的；而我卻先跟朋友分離，才準備坐牢的，因爲藍色統治下的白色恐怖裏，一個人的坐牢，使他親人和朋友軟弱的可能，遠比堅強多。別說什麼「眞金不怕火煉」了，不煉倒也更好。一般人太脆弱了，是純金是包金是鍍金，若一一全靠火煉來考驗眞假和純度，是太殘忍、太強人所難的事。最好的發展，還是不煉他們。沒有火煉，漂亮的人一定更多，漂亮的事也會不少。也許有人會提出異議，說不煉他們，那麼漂亮的人中，豈不羼了假？答案是：羼了假也沒什麼關係。很多人沒遭到火煉，他們會漂亮下去，就算是鍍金的還是很漂亮啊！雖然只是金玉其外，但在這金粉世界裏，冒充久了，也就弄假成眞。很多漂亮的事，都是弄假成眞的。如果不避免火煉，硬要煉他們，他們就會原形畢現，一點殘餘的金色都沒有了。這就是說，他們變成赤裸的市井小人了。這時候，自己會被逼得除了痛苦的割斷戈登結（Gordian knot）外，別無他法。對入獄的人說來，入獄的確給親人、朋友一次火煉，這是很「不道德」的事。因此，我要特別在這方面準備，準備得愈使他們跟我不相干，愈好。親人、朋友的關係，是一幅已完成的繪畫，不要想再變動它；愈變動，愈失掉本來的和諧、均衡與基調。

在太平盛世裏長大的人，不會了解這種看法的實際意義。這種人沒有飽更憂患，他們的道德觀念是完整的，沒有裂縫的像一個雞蛋。但是亂世是什麼世界呢？亂世是到處是石頭的世界，雞蛋在石頭裏滾動，結果必然是安有完卵。這種人一旦破滅，反倒無法適應這個世界。只有像我這種先把世道人心打折扣接受的人，才會在「百尺竿頭站腳，千層浪裏翻身」。所以，既然在藍色統治下的白色恐怖裏，坐牢的陰影愈來愈逼近了，我決定跟朋友愈來愈疏遠了。我反鎖房門，孤獨的整理文件與稿件，不想見任何人了。有幾個朋友來找過我，我在門眼裏看到是誰，可是我沒開門。朋友們知道我的怪癖，他們知道我知道誰來了，只是不開門而已，他們一點也不見怪。晉朝王羲之的兒子王徽之在大雪初停的月色裏，忽然想起朋友戴逵，當晚坐了小船便去找這朋友，走了一晚，到了戴逵家門口，就轉身回去，人家問他爲什麼，他說：「我本乘興而來，興盡而返，何必見戴？」這種瀟灑，一千五百年後，被新時代的戴逵反過來強加在朋友身上了，我使他們想見也見不到我了。

我想，對朋友說來，我是一個死過很多次的人才更好。十字架上的那位傳說死過一次就復活了，復活是多麼好的感覺。我覺得要給人死了的感覺，再給人復活的感覺，兩者要交替推出，如能這樣，自我的修鍊和與人的關係，將會不斷的變得新鮮而進取。我假設我已埋在一座陽明山的大墳裏，朋友來看我，只是上墳而已；朋友也不妨以這種心情上山一遊——我想這些吃閉門羹的傢伙裏，一定有人欣欣悟及如此，或恨恨頓覺如此，這樣他們才不覺得掃興。掃墓的人是不會掃興的，不是嗎？難道他還希望墓門開開，死人來接客助興嗎？

這樣幽明異路的一想、一假設，我對他們，一點也沒有歉然了。

* * *

就這樣的，在我反鎖房門後，兩個星期過去了。

七月二十五日的下午三點，又有人按門鈴了。從門眼望出去，像一個進入魔鏡裏的阿麗思（Alice），在朝門眼這邊看。門眼的弧度雖然使人變形，但仍可看出，這個漫遊奇境的，是個中分長髮的女孩子，長形的臉、背心式T恤、牛仔褲、背袋、典型的大學生打扮。「是誰呢？」我心裏奇怪，但我沒有開門。

她走近門邊，又按了一次門鈴。看了一下手錶。她等了一下，東張西望的朝我的山居研究著。第三次，她又按了門鈴，這次時間較長。又等了一下。她開始敲門，敲得很輕，前後敲了兩次。她又看了錶。最後她打開背包，拿出一包東西，放在門下，轉身走了。

我等了一下，開了門，一包東西原來是作家大學生送的兩本書。我恍然大悟，這個送書來的，還會是誰呢？我穿上了鞋，立刻走出山居。

這是一個晴朗的周末下午，陽明山仰德大道上，別有一番情味。到處是一片綠，綠得使人充滿了生機。在綠的前面四十多公尺，我看到了她。她孤單的走著，走得很慢，偶爾停下來，研究路邊的植物，所以，我也放慢了腳步，在四十公尺的距離上，維持恆定。

最後，車站到了。車站旁邊有一幢洋房，她停在那邊，好奇的望著。這時候，我已經走到她的背後了。

她的背心式T恤白底紅花，伸出的兩臂又嫩又白。牛仔褲是新的，緊裹在她修長的大腿上，在牛仔褲和身體之間，甚至看不到內褲的邊痕，在我眼裏，像是沒穿內褲一樣。再看下去，她穿著露出全腳的平底拖鞋，腳清秀而小巧，使我有一種想輕咬的衝動。這樣漂亮的腳不該止於看，該咬咬看。

因爲身材太好，她比她一六七的身高，看來更高一點。看到這種身材，我才想到那幅她家中的速寫像是太不夠了的。那個畫家叫什麼來著，他眞該殺。

公共汽車來了，遠處的一聲喇叭，使她立刻發現了，於是，她結束了洋房研究，準備上車。在車快停下來的時候，我向前，從後湊到她耳邊，說了我向她說的第一句話——

「搭下一班車吧，葉蓁。」

她突然側過頭來，看到了我、認出了我、閃出了驚喜的笑。公車來得很猛，我趕快用右手抓住她的左臂，把她從站牌向後拉。公車停下，司機開了門，看著我們，我向他搖著左手，表示不上車了，他搖一下頭，車開走了。

我的右手還在她的臂上，她的臂，一條白嫩而下，瘦得幾乎露骨，接觸起來，興奮之感，立刻傳遍我的全身。對女人，這種不經意間接觸到的一小部分肉體，和刻意遍摸肉體，是完全不同的兩種境界，從看蜻蜓點水和看選手跳水上，可以感覺這種不同。點水的點，特色就是不經意間短暫的、不預期的、意想不到的接觸，它別有一種意趣、一種情致、一種含蓄、一種保留、一種餘味。怎想得到，在我跟葉萎說了第一句話後三秒鐘，我就抓住了她的裸臂，並且，一直抓著，直到公車開走了，我還忘情的保持原狀。

*　*　*

那樣近距離，我終於仔細看到了速寫像的女主人。

她的小臉瘦長而清秀，非常好看，好看之中，另有一股憂鬱與蒼白，更顯得楚楚動人。她的眼睛極美，如水而含情，純潔得像漂亮修女，她眞是做修女的好材料。

我凝視著她，慢慢放開我的手。

我笑著說：「你運氣眞好，別人上山看不到我，你一上山，就看到了萬劫先生。」

她慧黠的一笑。「這麼好運氣，該感謝上帝，使我在劫難逃。」

「你眞會講話，小朋友，你眞會講話。」

她抿嘴笑了一下。

「既然運氣這麼好，就順便到我家坐一下吧？」

她笑著，點了點頭。

「不過，我可能要先檢查檢查你身上。——」我故意停了一下，她好奇的注意我。「看看有沒有帶武器，到我家把我洗劫一空。」

「會洗劫一空嗎？搞不好洗劫的人被萬劫先生給萬劫不復了。」

「說得也是。萬劫先生的厲害是有名的，從長遠看，站在他對面的人都沒好下場。」

「上帝保佑我，讓我站在你的背後。」

「你已經提了兩次上帝了，你信教嗎？」

「我不信，我是學哲學的。」

「那你爲什麼老是上帝上帝？」

「只是好玩吧，上帝象徵安全和好運而已。」

「上帝最好玩的地方在多妻吧？那麼多修女嫁給他，眞荒謬。噢，對了，提到修女，我一看你就覺得你是做修女的好材料。」

「爲什麼？」

「又純潔又漂亮，好像不食人間煙火，修女專找這種人。」

「那我可要躲起來。」

「怎麼樣，躲到我家裏？」

「你一個人在山上隱居，其實你家就像修道院。逃犯怎麼能躲在監獄裏？」

「我這個修道院快倒閉了，你可以躲一陣就逃出來了。」

「逃出來不會被抓回去嗎？」

「不會，因爲抓逃犯要畫影圖形、要有照片。大家都沒有你的照片，只有我有一幅在我記憶裏的你的速寫像。」

「速寫像？」

「在我沒看到你本人以前，我很喜歡你家客廳中那幅速寫像，一直在我記憶裏。」

「噢，你見過那幅速寫像？」她驚喜的望了我。「那是我的一位畫家朋友畫的。」

「是誰？是不是姓莫，叫迪里亞尼的傢伙？」

她笑了。「你好像什麼都知道，你眞是神出鬼沒的人。」

「但我有的也不知道，比如說，我就不知道今天有人要上陽明山來神出鬼沒。」

「我按電鈴的時候，你想到是我嗎？」

「我沒想到。我沒想到這一生中能認識你。我想我大概只認識了速寫像中的女主人。」

「你大概認爲，這樣就夠了。」

「那也不是，只是覺得有些緣分，還要聽自然發展，不要太努力才好。」

「聽說，你的女朋友很多，都編了號的，這大概也是你不太努力的原因吧？」

「但對號外的，我還是該努力啊！比如說，我努力去了一個人的家去參觀了她做的陶藝。你大概聽說過，我是極難得去別人家的，我去了一個人的家，表示我已經努力了。」

「你的努力，好像太深奧了，可能很多人都領悟不到。」

「領悟不到的就讓這機會失去也好。你不能教別人如何去領悟，那樣就太殺風景了。」

「所以，你的女朋友，應該個個都是聰明的，不然的話，就失去了機會。是不是？」

「你最聰明。」

「我不是吧？我不是號內或號外的吧！」

「那你是誰呢？」

「我？我嗎？」葉蓁笑了一下。「忘了我是誰了。」

「忘了你是誰嗎？很好，但別忘了陽明山有 forget-me-not，你喜歡這種紫草科的『勿忘我』嗎？」

「在陽明山上，有許多都是令人難以忘記的。它跟台北不同。台北倒有許多沒格調的、不值得一記的。」

「這樣說來，比照希臘『忘川』（Lethe）神話，陽明山該叫『忘山』才好，到了這山上，把山下的都忘了，那該多好！」

「可是我的家在台北啊！我不能忘了自己的家啊！」

「你怎麼知道你的家不在陽明山呢？」

葉蓁似有所悟，她好像渾然若忘，不說話了。

*　*　*

回到了山居門口。

葉蓁注意著門前的小花園，高興的看著。抬起頭，看到了大椰樹，笑了起來。

「你笑什麼啊？」

「我笑這棵大椰樹，它好像最歡迎我，它在上面，頭點得最凶。」山風吹在她臉上，她右手掠著飄逸的長髮，左手指著這棵樹。

「歡迎你的，不只這棵樹。」

「如果我沒吃過閉門羹，我會相信你這話。」

「我眞該向你抱歉，因爲我不知道來的是你。」
「如你知道是我，你會開門？」
「如我知道是你，我門不會關。如果關的話，我願一同和你關在門裏頭，或一同關在門外面。不要用門隔開你我、分別你我，你我永遠在門的一邊。」
「照你這麼說，我們可能是一對門神了。」
「當然我是門神中黑臉的那一位，你知道，我喜歡扮黑臉。」我笑著，拿出鑰匙，開了鎖，可是沒朝前推，我敲了敲門。「你不喜歡過這扇門，是吧？」
「現在不會了。」她輕輕的說，伸手摸了門一下。「做了門神，你必然喜歡門。」
我推開了門，請她進了山居。

*　　*　　*

我的家是陽明山上的一幢小洋房。原有的四房兩廳被我敲掉，改成了兩個大間，一大間是書房兼臥室，一大間是書房兼客廳，我的客廳不是接見客人的，實際上，是另一大間有長沙發的書房而已。客廳旁邊是一間廚房兼餐廳，也布置了許多書。總之，這是一個到處都是書的家。這個家極有特色，沒有任何家像它，一如沒有任何人像它的主人一樣。

沒有心理準備的人，進了我的屋裏，會有完全意想不到的驚訝與驚嘆。首先，在一般人的家裏，絕對看不到那麼多的書。書不是一架兩架三架五架，書是成排的牆，我的牆就是書，書就是牆。書架中有龕，大小不同的龕，龕中就配上大小不同的繪畫、拓本與照片。我的藏書很精，舊版本的書占了大比例，所以整個書牆的感覺是古樸的、精緻的，而不是圖書館式的。圖書館是通俗的、冷冷的、沒有個性的，眞正第一流的大思想家的工作地點是自己的書房，而不是圖書館。我從來不在圖書館做研究工作，因爲它遠不如在自己家裏有效率。在自己家裏，我有一面又一面的大書桌、有複印機、有各種文具、有多樣的設備、有音樂、有拖鞋……在圖書館中，那有這麼全？這麼周到？這麼自在？何況，在我做專題寫作的時候，我的書桌，總是堆了滿滿的材料，在寫作過程中，如同時進行其他的專題，我就無法搬下這批滿滿的材料而換上另一批，我只有用不同的書桌來同時寫作，只換桌子，不換人，我用了舞女的術語——「轉枱子」——來描寫這一情況，我眞的活在「轉枱子」之中！沒有心理準備的人，看到我這種「寫作工廠」，一定忍不住不斷的驚訝與驚嘆。另一件引起驚訝與驚嘆的，是屋裏出奇的清潔、整齊，乍看起來，好像是一兩個以上傭人的例行整理結果、維護結果，其實沒有傭人，只有我自己，全部的清潔、整齊工作，都是我一個人做的。外面傳說我的生活水準是美國式的、很闊，但他們不知道，不請傭人、沒有中國主人的臭架子、沒有四體不勤的懶惰，這才眞是美國式的。

據我所知，十個單身漢，九個的家裏是狗窩。我很看不起把家裏搞成狗窩的人，我認爲這種人不及格。我並無潔癖，但我認爲基本的清潔整齊是打一個人分數的重要項目。一個以「文化美容」號召的女星，津津樂道她日常生活的邋遢，說她房裏如何蟑螂滿地、髒衣服成堆，這個島的新聞界還大力代爲宣揚，我眞不知道這是什麼品質。

單身漢家裏有這麼多東西，又不是狗窩，當然是令人驚訝驚嘆的。

葉葇走進屋裏的時候，她晶瑩的眼睛告訴我她心裏的一切。她來，不是全沒心理準備的，因爲她該聽說過我家裏的種種。但是，我敢說，不論怎麼心理準備，都無法抵禦突然的現場目擊。思想家的家畢竟與世俗不同，它沒有金玉滿堂的庸俗裝飾、沒有酒櫃、沒有水晶燈。它有的，是世俗沒有的；世俗有的，這裏又少之又少。葉葇顯然全看在眼裏，我帶她參觀了整個房子，她沒有說任何一句話。我問她要不要洗洗手，她點了頭。「你用臥室的洗手間吧。」我說，把她帶入了我專用的洗手間。

*　　　*　　　*

她望著牆上一幅裸體的少女像，那是一幅華特·奧圖（Walt Otto）的「夏日即景」（Summer

Idyll）油畫複製品，畫著一個美麗的少女在湖邊，張開兩手，用左腳尖試著水的溫度。那幅畫是我在十五年前的一家書店發現的。那時我正念大學，窮得買不起。六年以後，我有了錢，特別請這家書店爲我訂購一張。書店職員在採購目錄裏翻了好一陣，才找到六年前的底卷，他們奇怪我有這樣好的記憶力，我說我會記得我想要的任何女人，如果她青春永駐的話。葉葉望著這幅畫，她不會知道，那是我十五年前就從畫上「認識」了的漂亮女人。

四十多天前，我從畫上「認識」了葉葉，現在，四十多天以後，她本人竟坐在這裏，簡單的衣服裏面就是她的裸體。葉葉親自來爲我做她具體的畫像，——她是有生命的藝術品。

*　　*　　*

葉葉和我，分別坐在擺成直角的沙發裏。她看著我，喝著飲料，最後，她一聲嘆息。

「是不是該恭喜我自己？爲了我終於見到了你？」

「該恭喜的，是見到了我，你卻沒買門票。」

「我會買門票的，如果賣門票的話。」

「你會買門票看什麼呢？——看稀有動物？」

「如果不冒犯的話，你眞是稀有動物。我恭喜我又沒花錢，又見到了稀有動物。」

「我勸你別恭喜得太早。見了稀有動物，對人不一定好。」

「爲什麼？」

「會感傷。」

「感傷？」

「感傷。孔夫子七十一歲時候，見到了稀有動物——麒麟。麒麟在傳說裏是太平之獸，有聖人的象徵。孔夫子見到麒麟在不太平的亂世裏出現，並且被打獵打到，感傷的說：『吾道窮矣！』我們的使命完成不了了！他從此絕筆，不寫東西了，不久就死了。」

「噢，那我眞要恭喜我不是稀有動物，否則你今天見到了我，你的使命也完成不了了，你停筆不寫東西，那就太可惜了，那我可罪該萬死了。」

「你可以不必這樣有罪惡感，因爲大有可能的是，我自從見了你，我眞正的使命方才開始。」

說到這裏，我用兩眼對她凝神看著，精神上，她顯然被揑了一下，她臉紅了，但她顯然沒有躲避，她用含情的眼睛看著我。

「這樣說，我不會罪該萬死了。」

「罪該萬死免了，不過難逃一死。」

「什麼？還是活不成？」

「怎麼活得成呢？你看到了稀有動物，你知道了孔夫子看到了的結果。」

「噢，」她把右手放在胸前，輕拍了兩下。「原來如此！」她笑起來。她的笑，動人無比。「我不是孔夫子，不會死的。萬死不會，一死也不會。萬一死了？」她自問了一下。「也不會。」她又笑了。她那麼可愛，我眞想摟她一下。

「好吧，我同意你萬死不會，一死也不會。不但同意這些，我還同意你是一個不死的孔夫子。」

「那可不敢當吧？人家是聖人呀！」

「『舜何人也？予何人也？有爲者亦若是。』——聖人是叫我們也變成聖人的。聖人是叫我們做孔夫子，而不是做凡夫俗子。所以，你不是別的，你是孔夫子。我說你是孔夫子，你就是孔夫子。」

「可是，孔夫子不是看不起女人的嗎？他不是說女人難養嗎？女人也能做孔夫子嗎？」

「『有爲者亦若是。』你可以立志做個好養的女人啊！比如說，你可以立志做——做、做個『養女』。」

她笑了起來，用讚美又責備的眼神看我。「現在我慢慢感到見了稀有動物的害處了。進門不到十分鐘，我已經萬死一生，已經從聖人變成養女了。」

「你總算領教了稀有動物不是好見的。」

「領教了。」

「怎麼樣？還要見下去嗎？」

「你下逐客令了？」

「不讓客人進門，比進門再請他出去聰明。——我要笨得把客逐出去，我早就聰明得不讓客人進來了。」

「那你還是歡迎我做你的客人？」

「當然，如果你也歡迎做我的主人的話。」

「我不敢做你的主人。因爲我自己做不了主。」

「那我替你做主。」

「替我做主幹什麼事？你不會把我賣掉吧？」

「如果我把你賣掉，我帶你去數錢，你都不會知道。」

「早就聽說你很厲害，但對我，你不會吧？」

「對你我捨不得，所以不賣了，留著自己用。」

「照這樣說，你是我的主人，可是我不是你的客人了，我成了你的財產。」

「或奴隸、女奴。」

「好可怕。」

我站起來，走到書架，隨手取下一本黃色封面的小書，走向沙發旁邊，跟她並排坐在長沙發上。那是一本保羅・賴豐丹內（Paul Lefontenay）的「女奴研究」（**Slave to Sin：The Trade in Women's Flesh**），是摩洛哥丹吉爾的一個前任警探寫的專著，裏面有女奴的圖片，我翻給她看。一張是一排女奴站在街上，另三張都是在妓院裏。葉葇看了每張圖片的說明，神情肅穆，把書還了給我。她看書的時候，我仔細看了她的小手，修長而白細，柔嫩得惹人想握住它，並且要它握想要它握的。

「眞可怕。你，你眞的不是女奴販子吧？」

「我眞的不是，我只是女奴主人。」

「天哪！說了半天，你還是我的主人。」

「誰說不是啊？我是你的主人，我替你做主。」

「替我做主幹什麼事？」

「替你做主決定做聖人呢，還是做養女。」

「你決定好了？」她好像認命了似的。「做那一個呢？」

「那一個都不要做，那一個都做，做聖人的頭，做養女的尾，你去做『聖——女』。」

「我能做到嗎？」

「你能做到。你覺得你是聖女，你就先聖了一半。」

「另一半呢？」

「另一半要慢慢的聖。」

她笑了起來，她的牙齒白白的、小小的，整齊得叫牙醫失業。

「那另一半在沒慢慢的聖以前，是什麼呢？」

「是什麼？你要是什麼呢？」

「我要？我有選擇權嗎？女奴也有選擇權嗎？」

「當女奴太可愛的時候，主人會讓她選擇一次。」

「那要謝謝主人了。我選——我選是什麼呢？」她右手托著下巴，右肘撐在膝上，想了半天。「我選不出來，你說呢？」

「你要我做主了？」

「你做做看，看你怎麼說？」

「要我做主，得先看從那一個觀點看這另一半。要是從上下觀點看，這另一半大概是美人魚的下半身；要是從左右觀點看，這另一半大概是畢加索抽象畫的左半身；要是從前後觀點看，這另一半大概是『聊齋』畫皮的後半身——當女鬼的畫皮在牆上的時候，她的後半身是空白的。」

「天啊！你的『二分法』好特別啊！還以為你是從抽象的部分看這另一半呢！原來你是從具體部分來分的。」

「這是哲學吧？但沒有具體，那來抽象？我可不要那麼玄。」

「哼，還說不玄呢？你說我是女鬼，還說不玄！」

「也許你指摘得對，玄了一點。不過從你的造型裏，全無人間煙火氣，這不是女鬼，又是什麼？」

「噢，」她有點發愁的說。「我記得你剛才在路上說我像不食人間煙火的修女的，怎麼一下子又變成女鬼了？」

「應該改一下，修女是人，女鬼是鬼，做鬼比做人幸福。」

「可是，你怎麼不說我是天使呢？『全無人間煙火氣』也可能是天使啊！」

「你不是天使，你是女鬼，因為女鬼比天使嫵媚動人。」

「女鬼也有不嫵媚的啊，也有披頭散髮的。」

「那是舊式的女鬼造型，太落伍了。現代的女鬼造型絕不是叫人恐怖的那一種，現代一切都漂亮了，包括女鬼在內。現代女鬼是高高的、白白的、瘦瘦的、清秀冷豔、才華照人，有一副好頭腦，一對修長漂亮的腿，穿上牛仔褲，像你一樣。」

「你不覺得你把女鬼太固定在一種造型上面了嗎？」

「我只固定在最完美的一種上面。最完美的造型只有一種。」

「沒有第二種？」

「沒有第二種。最完美的文章只有一種寫法，最完美的雕塑只有一種刀法，最完美的繪畫只有一種筆法，最完美的女人只有一種長法。中國以前描寫美人，說『增一分則太肥，減一分則太瘦』，這就是恰到好處，美人如此，文章、雕塑、繪畫也如此，人間萬事，其實莫不如此。高手之所以爲高手、美人之所以爲美人，就在他們能夠呈現得那麼巧妙——既無以復加，也不能稍減。這種呈現，因爲是最完美，所以只有一種，沒有第二種。」

「你把美人同文章、雕塑、繪畫相提並論，但是文章可以改到完美、雕塑可以刻到完美、繪畫可以修到完美，但是美人生來什麼樣就什麼樣啊！」

「誰說美人不能修改來的？只要有美人基礎，是可以改造的、整型的、加工的。你看蕭伯納（George Bernard Shaw）寫的『賣花女』（Pygmalion），那個語言學家，可以把一個有美人基礎的鄉下姑娘，有計畫有步驟有方法的，高速訓練成窈窕淑女，使她一顰一笑、一舉手一投足，都完全脫胎換骨。可見只要有美人基礎，從單純到複雜、從單眼皮到雙眼皮，全沒問題呢。」

「你一再說只要有基礎，基礎指什麼？當然不是指所有女人吧？」

「當然不是。我用的是有美人基礎，特指以美人爲先決條件。斜眼啦、歪嘴啦、兔唇啦、麻子啦……恐怕不能包括在內。但沒有斜眼、歪嘴、兔唇、麻子還不夠，還得有積極條件才成。積極條件要高高的、白白的、瘦瘦的、清秀冷豔的。要有這些基礎，才能改造、整型、加工，才有從單純到複雜、從單眼皮到雙眼皮的餘地，否則也是徒然！」

「噢，原來如此！原來所謂改造、整型、加工，只不過是錦上添花而已，並且也無非從單純到複雜、從單眼皮到雙眼皮之類，畢竟還得全靠天工、靠生來就有的條件。」

「沒錯，但有一點，是無法得自先天的，那就是她的高水準。很多女人夠得上是美人條件，但是只是像電腦做的美人，沒有水準可言，更談不到高水準了。結果呢，她們的美與她們的水準絕不相配，看到她們，你就覺得好可惜。至於我剛才說的蕭伯納『賣花女』例子，也只是劇本而已，人是沒有那樣容易被脫胎換骨的，所謂改造、整型、加工，也只是皮毛而已，眞正高水準的美人，還是太少了太少了，尤其在才華與頭腦方面，在人間更是少有。大概這也就是在我碰到以後，我要把她當做女鬼的原因。你說呢？」

「叫我怎麼說呢？我是你口中完整的女鬼、一半的聖女，都是你亂說的，你不能證明。你不能證明我是。」

「你是不證自明的。像一七七六年七月四日『美國獨立宣言』第二段第一行所說的 self-evident 一樣。」

「我不是，我要你證明。」

「我能證明你是。先證明你是半個聖女。」

「你怎麼證明？像燒貞德（Jeanne d'Arc）一樣，用火來燒是不是？」

「用火來燒的結果，不一定燒出聖女，搞不好燒出個女巫來。」

「你說我是女巫。」她慧黠的鼓起小嘴，假裝生氣。

「你不是，沒有可愛到這樣子的還會是女巫。」

「可是你說我是，並且你燒我。」

「我沒這樣說，我這裏也嚴禁煙火。」

「可是，我還是認爲你說我是女巫，只是可愛一點就是了。」

「好吧，如果你是女巫，我就是男巫，這樣總公平了吧？」

「當然不公平。本來是聖靈級的聖女的，怎麼一下子就大降級變成魔鬼級的女巫了？」

「你看，都怪你怕火，才有這種下場。」

「如果女人是水做的，應該怕火啊！」

「照中國說法，女人不是水做的，不但不是水做的，其中一個，還當了火神呢。」

「噢，原來女人也玩火。」

我走到書架，取下一本殘破的線裝書，封面上有張紅條，上印「西藥略釋」，右下方蓋上一個大印——「葉德輝」，拿給她看。「這是你們本家葉德輝的藏書，現在流落到我手裏來了。葉德輝是中國近代最有名的藏書家，他對書的愛護，無微不至。他最怕書被火燒到，所以他在每部書裏，都夾入一種照片，他說火神是女神，看了這種照片會不好意思，所以就不會來燒了！」

葉葇沒講話。她顯然知道我在說那種照片，所以她不講話。

「不過我的藏書裏沒夾這種照片。」我決定補了一句。「你可以放心看我書架上的書。」

葉葇把「西藥略釋」推了一下。「可是我不要看這一本。我要你把它燒掉。」

「可是，書是我命的一部分，你要燒書就是燒我。噢，我抓到你了，」我突然用手抓住她的肩。「原來你也燒我！」

葉蓁躲著、笑著。「沒有啊！我這裏也嚴禁煙火。」

「你禁什麼煙火？」

「你說我全無人間煙火氣，我豈不不食人間煙火了？」

「不食人間煙火，你又升到聖靈級了。」

「又升回去了。」

「可是我呢？」我放開了她，裝作無奈的樣子。

「你啊，你還是留級好。」她用右手食指指著我的鼻尖。「你還是做魔鬼好。」

我伸出左掌，用右手食指點著掌心。「可是，想想看，我若是魔鬼，而你是聖女，我們同在一幢房子裏，這房子又是魔鬼的家，你看會發生什麼事？」

葉蓁用信任的眼神望著我，她一點也沒有不安，她笑著說：「我看呀，什麼事都不會發生。」

「如果發生呢？」

「不會如果。」

「只發生一件吧，總要發生一件啊！你說說看。」

「好吧，說說看要發生一件什麼？我看可能發生『魔窠聖占』吧？」

「『魔窠聖占』造成一個結果，你知道？」

「什麼結果？」

「那時候，你就變成我的主人了。」

「我不敢做你的主人，我說過。」

「那不就矛盾了？」

「那我寧願把占領的退還給你。」

「可是，太遲了。門鎖住了，你走不掉了怎麼辦？」

「那等門開了再走。」

「萬一，門像神話裏的一樣，不開了怎麼辦？比如說，門有定時開關，從現在起一連七天，門都開不開，你說怎麼辦？」

「七個白天還好，七個晚上可不太好。」

「你的意思是說，聖女和魔鬼可以共處七個白天，是不是？」

「理論上，也許可以這樣說吧。」

「好，白天講定了。依此類推，聖女和魔鬼當然也可以共處七個晚上，是不是？」

「晚上可不太好。」

「照你剛才所說，『魔窠聖占』，可見魔高一尺，聖高一丈，才有這種效果。聖既比魔占上風，又有什麼不太好呢？」

「那可不敢說。」

「怎麼不敢說我知道。聖女再聖，也是女人。女人容易被魔鬼引誘，這從人類第一個女人就開始了，是不是？」

「就算是吧，所以晚上不行。」

「那如果在南極日夜都是白天的時候，是不是就行了？」

「也許可以這樣說吧。」

「那我們就假設是在南極。」

「怎麼能假設？我們事實上是在陽明山啊！是在亞熱帶。」

「你不知道，其實這個島是很冷的，冷得像在南極。我想起探險家理查·拜爾德（Richard Byrd）獨自在南極度過冬天的事，他一個人活在南極。我覺得我眞像他，雖然我在這個亞熱帶的島上，我覺得我眞的在南極，不是假設。」

「我聽說你很能過孤獨的生活，聽說你有把自己關在屋裏五個多月的記錄，原來你是以在南極的心情過的。」

「也不一定是南極。」

「那是那裏？」

「北極也一樣。」

葉蓁又笑起來。

我說：「講定了啊！」

「講定了什麼？」

「講定了聖女和魔鬼共處七個白天，也共處七個南北極的晚上。」

葉蓁又笑了。「我是說，理論上，聖女和魔鬼可以共處，不是說你和我。」

「何妨是你和我呢？」

「好吧，讓我想想看，等一下再說。」

「好的，我讓你喘口氣。」

*　*　*

在巴哈（Bach）的音樂中，我們閒聊著，已近黃昏。

「葉蓁，怎麼樣？剛才提到的聖女和魔鬼共處七個白天和七個南北極的晚上，你答應想想看的，就這樣講定了吧？」

「我看——」葉蓁猶豫著。「不要吧？」

她望著我，笑了一下。

我輕拍了她的肩。「就這樣講定了，好不好？你說，好不好？你知道你在我這裏是安全的，它不會發生你不同意的任何事，你知道。」

「我知道。」

「可是，你還是不答應表示你不相信我。」

「我相信你，但我不相信我自己。」

「你怎會失掉了自信呢？」

「也許，」葉蓁笑了一下。「你太強了。你會摧毀別人的自信。」

「我保證不摧毀你的。」

「問題不在你，問題在有人信心喪失後，願意被摧毀。」

「葉蓁，記著，只是七天，不是七個月，也不是七年。只不過暑假中的一段，很快你就自由了。」

「可是，不行。」葉蓁若有所悟。「我沒有換洗的衣服啊。」

我聽了，爲之驚喜，她竟答應了！她竟答應了！「這那裏是問題。我看這樣吧，我陪你下山一趟，準備一點你需要的，順便在台北吃一頓晚飯，好不好？」

葉蓁想了一下。「也好，那我就先回家去拿吧。」

「就這樣講定了。」

我把右手伸過去，握住她的左手。她的手柔軟、細嫩，握起來令我興奮，直傳到全身。很快的，我放開了，我要自行設限，使她知道我是一個有信用的、有分寸的。使她知道這次握手只代表一言爲定，似乎還不是別的。

*　　*　　*

坐進我車裏以後，我說：「你要不要開車？我給你開。」

她笑了，她說：「跟我同歸於盡有一百個方法，這是最壞的一個。」

「我不會在下山時與人同歸於盡。下山時最好一個人死。」

「那你要我開車，爲什麼啊？」

「爲了不守 rules。」

「你是不守 rules 的？」

「Rules? Rules are made to be broken. 規則是訂來給人破壞的呀！」

「至少這一次例外吧，看台北市交通警察的面上。」

「好啊，這一次例外。」

在下山的路上，車穩穩的開著，這是八缸的凱迪拉克（Cadillac），坐起來舒服無比。這輛車變成我有錢的一個謠言。其實這輛車很便宜，一般人坐不起這種車，因為它太費油。但對我說來，我既然很少開，所以不發生太多油錢的開支。它是四年前的老爺車，因為保養得很好，看起來很新。我以低於普通三級新車的價錢，買了這二手貨。謠言只注意我坐凱迪拉克，卻忽略了我的精打細算。——笨蛋只會嫉妒比他高的人，卻不知道高的內幕。

「這車坐起來穩穩的。」葉葉說：「有種可靠的感覺。」

「這是萬劫先生的車啊！萬劫先生已經三十五歲了，三十五歲的男人，應該給人凱迪拉克的感覺。那句諺語怎麼說的——He that is not handsome at 20, nor strong at 30, nor rich at 40, nor wise at 50, will never be handsome, strong, rich or wise. 二十而不美，三十而不壯，四十而不富，五十而不智，此公就永遠不美不壯不富不智了。」

「那你正在壯和有錢之間啊！」

「壯則有之，有錢則未必。不過，我的確很早就重視一個人應當有一點錢，尤其在極權國家裏。極權國家沒有自由，但沒錢更沒有自由。這種國家的特色之一是政府權力跟你的胃成一直線，它往往直接控制了你的胃，你要吃飯，就要靠它，就得聽話。或者你不靠它，但你要靠個老闆，但它會威脅你老闆，使你丟掉飯碗，還是一樣。所以，在極權國家尙承認私有財產的情況下，有一點私有財產，不靠政府吃飯、不靠老闆吃飯，這就象徵出你還能掌握到部分自由。既然金錢象徵自由，所以，我就藏了一點錢，並且，給外界一種滿有點錢的形象，不要看起來那麼『衰』，那麼窮酸與窮途。就這樣的，我坐上了二手貨的凱迪拉克。對好朋友說來，萬劫坐不坐上美國特級名牌汽車，都是萬劫，都一樣；但在銀行經理眼中，就不一樣，可見『充闊』比『裝窮』更容易得到銀行貸款，這也就是我爲什麼在經濟上看來老是很老神在在的原因。葉棻，你是學哲學的，這就是萬劫先生的金錢哲學、理財哲學，怎麼樣？神氣活現吧？這種哲學，你們學院裏是學不到的。我是 man of action，雖然跟極權政府過不去，可是在鬥爭上務實得很，也不是不重視理論，但理論要禁得住實踐的檢驗，理論僅供參考而已。」

一路下坡，快到山腳下了，眼看丁字路口紅燈出現了，我的車速也減緩了，突然間，左邊自後竄出一輛黑車，高速闖過紅燈而去。

「你看,」葉萋說。「這才是眞正不守 rules 的, 闖起紅燈來了, 比起這個駕駛來, 你萬劫先生不守規則好像差一點。」

「我不守的, 是大規則, 我犯的是大法, 不是小法, 小法有什麼好犯? 這個政府遲早要抓我, 抓我, 抓我的罪名至少是『二條三』, 就是所謂『懲治叛亂條例』第二條第三項, 就是預備以非法之方法顚覆政府而著手實行, 處十年以上有期徒刑。我闖的那個紅燈, 可要坐十年牢呢。」

說著, 我側過頭來看她, 享受她皺起雙眉的表情, 十年牢? 她顯然被嚇到了。她不安的看著我, 輕輕問起:

「那麼嚴重嗎? 你眞的要顚覆政府嗎?」

「話該這麼說, 不是我要顚覆政府, 而是政府以爲我要顚覆它。狗叼住一根骨頭的時候, 你走到牠身旁, 牠會喉嚨發出嚇嚇恫嚇的警告, 因爲牠以爲你要搶牠骨頭。」

「那你對政府並沒構成顚覆?」

「我沒顚覆政府, 我只顚覆了世道人心。也許可以這麼說, 我沒搶狗骨頭, 我只是在骨頭裏下毒而已。」

「那還不該抓你嗎?」

「不該，因爲以狗的程度，狗並不知道我下毒。狗的錯誤，在疑神疑鬼懷疑人要搶牠骨頭，人會屑於搶骨頭嗎？台灣的面積只是中國的千分之三，志向遠大的人會搶中國千分之三的地盤嗎？」

「那你安全了？」

「不安全，因爲你的敵人不是正常的、夠水準的敵人，你的敵人是疑神疑鬼的神經狗，所以，被牠嚇嚇恫嚇、被牠咬到，未免冤哉枉也！」

「你所謂被牠咬到，是指坐牢嗎？」

「咬到是廣義的，從干擾你、打擊你、查禁你的書，在媒體上一面封鎖你，一面發動御用文人把你鬥倒鬥臭……都算被牠咬到的範圍，最後一道才是抓你，叫你坐牢。目前的情況大概是，我的牢獄之災也爲期不遠了。這也就是我住在陽明山、更不想見朋友的一個原因，因爲紅燈就在那裏，朋友最好不要來。說到這裏，有一個笑話，是說台北市民不守交通規則的。說一個人開車，碰到紅燈就闖過去，不料安全島樹後藏個警察跳出來把他攔住。警察問他：『沒看到紅燈嗎？』他說：『看到了。』『看到了爲什麼闖紅燈？』答案竟是：『我沒看到警察。』這笑話的結論是，紅燈僅供參考，因爲僅供參考，所以不妨一闖。對政府這紅燈而言，我這犯大法的人是闖紅燈者，不過，交通上的紅燈，是不該闖的；政治上的紅燈，可就另當別論了。因爲人間所以有革命、所以要推翻現有的政權，就是革命家絕不尊重那個政府的紅燈，革命家是不信邪的。毛澤東說：『蔣介石認爲天無二日，我就不信邪，要打出兩個太陽給他看。』最後蔣介石的紅燈被闖了，我們在台灣看到夕陽。談到夕陽，葉葇，你注意到沒有，我們一路下山，都是夕陽晚照，美極了！」

「眞的很美。」葉葇凝視著窗外。

「有一天，我會看不到了，請你代我看夕陽之美。」

「噢，」葉葇訝異著。「別這麼說吧，夕陽也許不喜歡一個人看它。」

「說得眞好！」我側過頭來讚美她，她正在看著我。她的背後就是夕陽，夕陽正在看著她和我。

*　　　*　　　*

終於在交通很亂的台北市，我把車開到她家的牆外。「你車開得是第一流的。」她說。

「在台北市開車的沒有第二流的。——第二流的都躺在醫院裏。」

她又笑了，笑得好美。「可能稍微久一點，你就在外面等吧。等得愈久就愈第一流。」

我開了車門先下車，繞過來替她開了車門。「如果你一九四〇年次，我會扶你出來；如果你一九六〇年次，我會抱你出來。可是你一九五〇年次，我不知道該怎麼才好。」

「你這話使一九五〇年次的有挫折感。」

「如果能使一九五〇年次的有挫折感，那也是一九三五年次的成功。」

「我希望一九五〇永遠使一九三五成功，因我覺得一九五〇活得不比一九三五好。我眞希望——」她停了一下，伸出右手，用拇指貼著食指。「眞希望這兩個時代能夠密合在一起。我希望沒有一九五〇，一九三五就是一九三五加一九五〇。」

「葉薬，你說得眞好，我眞喜歡你這麼說。」我伸出右手，輕摸了她的小臉。她深情的望著我，從車裏把手伸給我，我拉她出來。她說：「可能稍微久一點，一九三五已等了十五年了，就再等一下吧。」

＊　　＊　　＊

她出來的時候，帶出一個手提袋，我趕快接過來，放在行李廂裏。

「這行李廂眞大。」她說。

「眞大，大得可以藏兩個通緝犯。」

「唉，萬劫先生，你的思路老是跟犯法有關。裝通緝犯犯的是大法吧？」

「要看裝的是什麼樣的通緝犯。」

「像萬劫先生？」

「像萬劫先生。」我同意。「不過，萬劫先生雖然沒被通緝，其實比通緝犯還被注意。據我所知，機場海關都有我的畫影圖形，這個政府明的是不給我出境證，暗的是你想偷渡也休想。不過，他們全搞錯了，他們不知道我根本就不要離開，有的人根本不屑做亡命者，以他們的程度，他們不知道。不要理他們吧，我們去吃晚餐吧。」

我關上行李廂，打開車門，請她進了車。坐在駕駛座上，我問：

「葉葇，想吃什麼呢？是中餐，是西餐，還是日本人的料理？」

「你喜歡那一家，就去那裏。」

「去吃西餐吧，西餐氣氛比較好。仁愛路有一家信陵西餐廳，在地下室，還不錯，就去那裏吧。」

到了信陵，裏面一個客人都沒有。在靠牆的弧形座裏坐下。葉葇和我，好像捲入一個軟體裏，覺得非常親密。燭光下的她，別有一番模樣。她沒有上一點妝，全是本色，眞純無比，不是人間至美的，誰敢毫不化妝呢？可是葉葇卻敢，因爲葉葇是至美的。

「看到這支蠟燭，」葉葇說：「我想起你那首『蠟燭的命運』。中間一段我最喜歡：

它照著別人開心，
自己卻在發楞。
它搖搖又閃閃，
早知命運前定。

這首詩，一方面說蠟燭燒起來才能有用，一方面說它給了別人光明卻賠上自己的命，我很注意你表達的這種衝突與宿命，但我知道你是不信宿命論的。」葉棻說著，用指尖觸著蠟燭。

「我是不信宿命論的。你做那一種人，你往往有那種職業化的下場。貪夫殉財、烈士殉名、志士殉道、蠟燭殉光。都因爲有什麼樣的存在，就有什麼樣的不存在；有什麼樣的生，就有什麼樣的死。這種必然性很容易被看成宿命的，其實命是可以造的。」

「中國人的宿命觀念是很強的，不是嗎？」

「不一定吧？中國人一方面固然相信『死生有命，富貴在天』，但在死生富貴以外，卻有很強的『造命』味道，修橋、造路、施粥、濟窮，這些做好事以求好報的做法，就不是宿命的，而是改造命運的。孔夫子說君子『不立乎巖牆之下』，君子不站在要倒的牆旁邊，如果信宿命論，一切命中注定，要被壓死，要躲也躲不了，可是孔夫子卻要人躲，這是相信命可以改造；孟子說：『舜何人也？予何人也？有為者亦若是。』同樣相信命可以改造，同樣不相信宿命論。但他們在死生富貴方面，卻都信宿命，這是他們又聰明又糊塗的地方。」

「那對宿命的『緣分』說法，你怎麼解釋呢？」

「人間有太多太多的排列組合、太多太多的函數關係，的確牽一髮動全身、的確一著錯滿盤輸、的確有太多太多的際遇與成敗像是巧合。其實這些不是宿命，而是多少個條件正好湊在一起，你可以說『遇合有緣』、可以說『因緣際會』，但你不能說這在冥冥中都是安排好了的，如果事事都經過安排，上帝早都累死了。」

* * *

這時侍者已菜單伺候，葉棻點了餐前的紅酒，她問我喝什麼，我說和你一樣。順便把菜也點了，黑胡椒牛排，都是七分熟的。侍者走後，葉棻說：「這樣貴，平常我們是吃不起的。我們下課晚了，都在台大附近小巷裏吃碗麵。你呢？你在台大時候呢？」

「我在台大有時候連一碗麵都吃不起。——有時候餓一頓。有一次，一個朋友送我一張飯票，可以吃一頓十五元的客飯。我拿著飯票向飯店走去，另一個朋友碰到我。他說：『從早上到現在還沒錢吃飯。』我就把飯票送給了他。好可憐！」

「好可憐！你今天晚上好好吃一頓吧，追補一下你那失掉的晚餐。」

「眞該追補一下。二十多年了，Alas! My 客飯！」

「你那些朋友呢？現在還來往嗎？」

「大部分都散了。以這兩位爲例吧。給我十五元飯票的那位，第三年就去法國了，我那時已經有了點錢，我送了他一萬元，報答他對我十五元的好意；拿走我飯票的那位，後來去美國了，他發誓要在美國做猶太人，不再回來。他說台灣不安全。他在美國，成家立業，混得還不錯，可是一天晚上，他跟一個黑人醉鬼衝突起來，結果被黑人一槍打死了。我有一首詩叫『無所逃』，就是紀念他的。最後兩句是：

你躲過本國的瞄準，
卻死在異邦的槍下。

就是這麼來的。如果說宿命，這才眞的是『凶緣』呢！」

「後來，你好像不大交朋友了。」

「朋友大部分都離開這個島了。我對朋友的看法，也因我的進步而有點改變。當你不斷進步的時候，你的朋友若不再進步，就會發生距離。眞正的友誼一定要靠人格和公益結合，全憑舊情和私利，是對生命的一種浪費。還有，我因爲多年從事思想活動，很惹官方注意，爲了不牽累朋友，我也有意的疏遠他們。我認爲，一個人需要朋友的眞正原因恐怕還是耐不住寂寞。耐得住寂寞的人，尤其以寂寞做爲自己這一行職業條件的人，在這現實的時代裏，一定得承認朋友的沒落。朋友是歷史的遺跡，自己的朋友是自己歷史的遺跡。時代變了，古典的交友方式，必須改正；人生苦短，酒食徵逐或把臂言歡的交友方式，必須捨棄。這些都是我不大交朋友的原因。朋友是一種生命的浪費，或說得不償失，我愈來愈強烈感到這一點。這也並非說我拒絕了所有朋友，朋友中能與我共同爲理想奮鬥的，我還是另當別論的。」

「你好像也不太喜歡群衆，我看你是全世界最不合群的思想家。」

「思想家要保持獨來獨往，是不能合群的。我工作努力、我敬業，但不樂群。群衆是庸俗的、淺薄的、無情的、沒有是非的、不努力的，他們很討厭。在感覺上我像一個貴族，我不喜歡群衆。」

「但你整天獻身的目的，不就是『爲生民立命』嗎？你造福的對象、解救的對象、苦心焦思的對象，不就是很討厭的他們嗎？你不是在爲他們做事嗎？你不是在爲他們準備坐牢嗎？」

「沒有錯，你說得一點也沒錯。但我告訴你，我在感覺上是懶得看他們的。我遺世獨立，高高在上，寧願同極少數夠水準的人來往，甚至寧願自己完全孤獨，像個隱士一樣，至少在心靈上，我的確如此出世，雖然在行動上，我是入世的。」

「你不愛你獻身的對象嗎？」

「拜倫（Byron）說他愛英國，但不愛英國人。我認爲，他對英國人當然有感情，只是這種感情不宜用『愛』字來描寫。他像許多先知一樣，在當時被當地的自己同胞所誤會，他也會爲之不快，所以他說他不愛英國人。但是，一個跑到希臘、爲希臘人去死的拜倫，不會對自己人無動於衷的。也許拜倫的情況，正好答覆了你的問題。」

「你說不宜用『愛』字來描寫，那用什麼字呢？」

「就用『憐憫』吧，這也許是最好的字眼。『愛』是一個被濫用了的詞彙，對我來說，我很難從寬處理這種感情，它對我的意思是深度的，而不是廣度的，所以只能用在一些特定的少數上，而不是一般的多數。我也許做不到『博愛』，做不到『泛愛衆』，但我絕對可以做到『博施濟衆』、做到『憐憫』與大慈大悲，去爲我並不愛的人獻身。我的結論是：廣度的愛是虛僞的、不眞實的，例如愛自己的敵人，我看我一輩子也做不到，我也不欣賞這種虛僞而不眞實的高調，我能『憐憫』他們，我就很滿意了。」

「照這麼說，你只是救人，但你不要見他們，你只是關起門來『遙救』。」

「對了，這是最高層面的救法，不是嗎？你有恩於他們，他們卻看不到你，你是個遁世大恩人，不也更好嗎？我不要見群衆，我個人也從不喜歡多數、不喜歡成群結隊。我認爲一多數，就是錯誤而不是個性；一成群結隊，就是軟弱而不是力量。你看看易卜生（Ibsen）寫的『人民公敵』（En folkefiende），你就會相信我這種『武斷』是眞理。」

「你說你不喜歡多數、不喜歡成群結隊。是不是這個島上的多數和成群結隊都要不得？知識分子們呢？」

「都要不得。知識分子們尤其要不得。這個島上的知識分子是最沒有人品的。對人品的判斷，跟他幹的是那一行，在這行中幹得好不好，有直接的關係，幹魔鬼的辯護士的，必須替魔鬼辯護；幹公設辯護人的，必須替被告辯護；幹醫生的，必須要活人；幹劊子手的，必須要死人……」

這時侍者送來洋蔥湯，問葉蓁要撒一點胡椒嗎？她說好，我也撒了一點。洋蔥湯味道奇佳。我說：「這廚子不錯，He knows his onions.」

葉蓁知道這句英文俚語，她說：「你倒眞會用 pun，你剛才沒說完，你說到，做劊子手的，必須要死人。」

「是啊，做劊子手的，必須要死人；做廚子的，必須要做飯。如果這些人，都做跟他職業不相稱的事，魔鬼的辯護士替上帝說話，公設辯護人替檢察官說話，醫生殺人，劊子手救人，廚子不做飯。我們就覺得不倫不類，覺得他們不對勁，有虧職守。」我喝著湯，接著說：「傳教士是上帝的使徒，知識原是眞理的使徒。知識分子的職守是尋求眞理、維持眞理。尋求和維持眞理，必須有形式上的條件。美國大法官霍姆茲——霍姆茲的名字叫 Oliver Wendell Holmes，若被五十年前的中國人翻起來，又叫福爾摩斯了……」

「那個l字母不發音。」

「對了，你眞優秀，你都知道。五十年前的人硬給加了一個l音進去。不過我想，你家的方舟 ark 若加上個 l 音，就叫 lark 了，變成百靈鳥，也不錯啊！」

「後來呢，後來大法官『福爾摩斯』怎麼著了？」

「大法官『福爾摩斯』在編制九個人的大法官會議裏，每當其他八個大法官一致投贊成票的時候，他一定獨持異議，一個人爲反對而反對——投反對票。在法律見解上，即使明明該投贊成票，他也要反對。大法官『福爾摩斯』認爲有反對的形式上的條件，比反對的內容還重要。民主制度的特色就是容納反對意見，九個大法官，九票通過，這種全體一致是不好的。這像獨裁制度，不像民主制度，民主制度一定要有反對，即使爲反對而反對。做爲知識分子，他的形式上的條件，就是爲反對而反對，明朝有一個故事：在朝的大官人對在野的東林黨說：『近來有件怪事，凡是在朝的說對的，在野的一定說不對；在朝的說不對的，在野的一定說對。你說怪不怪？』東林黨回答說：『近來也有件怪事：凡是在野的說對的，在朝的一定說不對；在野的說不對的，在朝的一定說對。你說怪不怪？』這個故事所牽涉的誰對誰不對，並不重要。重要的是：它的確顯示出一種爲反對而反對的形式上的條件。東林黨表現知識分子不隨波逐流的一種特徵、不諂媚權貴的一股正氣、不與當道合作合拍子的一個立場。這種特徵、正氣和立場，不單是東林人物所具備的條件，也是古今中外任何第一流知識分子所具備的條件。任何第一流的知識分子，他在形式上的條件必須是反對形態的、批評形態的、異議形態的、你說東我就說西形態的。因爲他們深刻知道：在尋求眞理、維持眞理的過程中，從反對、批評、異議、你東我西來著眼太重要了。尤其在衆口一聲的一黨獨大的一面倒情形下，對這種一面倒表示反對、批評、異議、你東我西，更重要。想想看，當伽利略(Galileo)提出地動說的時候，他所面對的，可說是全世界的衆口一聲、全敎會的一黨獨大、全社會的一面倒，全體認爲他的眞理是胡說，可是伽利略那時候，卻找不到一個能從反對、批評、異議、你東我西的立場爲他聲援的人，眞理就會遭到埋沒。所以，我認爲，第一流的知識分子，他必須以不隨波逐流爲職守、以不諂媚權貴爲職守、以不與當道合作合拍子爲職守。他的職守就是反對反對反對反對反對，一如魔鬼的辯護士和公設辯護人的職守是辯護、醫生的職守是救人、劊子手的職守是殺人、廚子的職守是做飯；知識分子若不這樣做，反而與當道同一步調、替當道護航，這叫曲學阿世，這叫只見其小不見其大。他們雖然也是知識分子，但絕對都是二流或二流以下的貨色。蘇聯作家說第一流的文人是『第二個政府』，就是清楚指出知識分子的職守而說的。而這個島上的知識分子，不但不是『第二個政府』，反倒是第一個政府的應聲蟲，這是我最看不起的。所以我說，這個島上的多數和成群結隊都要不得，知識分子們尤其要不得。——他們不知道他們的 onions！」

「還是知道你的吧，萬劫先生。」葉葇說。「你再不喝洋蔥湯，洋蔥湯就不知道你了。」

我趕快喝了湯。「我眞不對，」我說。「在信陵餐廳說了這麼多不信陵的話。」

「不信陵的話？」她好奇的問。

「一代英雄信陵君，一生中最後四年是在美人與美酒中度過的。人也該輕鬆一下，不該老是談大問題。」

「我很喜歡聽你談大問題，你知道，我是學哲學的，哲學問題沒有小的。」

「那眞好，」我說。「現在輪到你來談點大問題給我聽。」

「大問題嗎？」葉葇笑著。「大問題我還沒有學到，我要等『第二個政府』教我。」

牛排來了，很香很香的牛排。「在牛排面前，」我說。「所有的大問題都是小問題。所有的哲學家都忍受不了牙疼，所有的女哲學家都忍受不了不吃這塊牛排。」

葉蓁笑著把刀叉一放，說：「我可以忍受不吃這塊牛排。——我吃你那一塊。」

我高興的笑著，切了一塊餵她，她張了嘴，露出嘴裏整齊的牙齒。「給了我，你夠不夠呢？」她問。

「我願因你而有所不夠。」

「但我不要因你而有所多餘。」她切了一大塊給我。「我不要因你而保留什麼，這樣才比較聰明。」

「很高興你這樣擁護政府——『第二個政府』。」

「我不能不擁護，因爲我沒錢付帳。」

「聽說你的陶藝品銷路很不錯。你一定有存款。」

「兩手離泥土近的人，一定離銀行很遠。」

「眞希望尋金的和盜墓的，能聽到我們女哲學家的這句話。」

「我眞粗心，我忘了我還有這樣兩類離泥土很近的同行。」

「從哲學觀點看，他們不是你的同行。老子說：『三十輻，共一轂，當其無，有車之用；埏埴以爲器，當其無，有器之用；鑿戶牖以爲室，當其無，有室之用。』轂是車輪中間穿軸的部分，輻是車輪中直的木條，三十條輻接在轂上，成爲車輪，因爲轂的部分是空無的，所以車輪才能轉動；埏是以水和土，埴是黏土，埏埴以爲器就是做陶器，因爲陶器的中間部分是空無的，所以才能有用；戶是單扇的門，雙扇的叫門，單扇的叫戶，牖是窗，因爲房子門窗部分是空無的，所以才能進出透氣。老子說造車的、做陶藝的、蓋房子的，都知道空無之處有最大的妙諦，拉丁諺語說『自然憎惡空無』（Natura vacuum abhorret./Nature abhors a vacuum.），這話後來被傅會成斯賓諾莎（Spinoza）說的，指的就是這一妙諦。在女人身體上，更感到這一自然的妙諦。從哲學觀點看，造車的和蓋房子的才是你的同行，因爲都是以空無得到意義。尋金的和盜墓的，只是後天的化實體爲空無，不是先天的以空無得妙諦，他們是不配做你同行的。」

葉葉舉起酒杯來。「謝謝你爲我換了同行，用現代名詞，我的同行是汽車大亨和建築鉅子，有這些同行，我發現銀行離我愈來愈近了。」她喝了酒，我卻沒喝。

「你怎麼不喝酒？」葉葉輕輕的問。

「我禁了酒。不但禁了酒，煙也不抽了。已經十年了。」

「你眞有意志力，你不喝酒，又何必點了酒呢？」

「在精神上，我今晚同你一起喝酒。我要酒在我眼前，雖然我不喝它。」

「你爲什麼戒了煙酒？爲了健康還是別的？」

「爲了抗議煙酒公賣。也爲了健康、爲了訓練自己的意志力，要自己不做灰煙和黃湯的奴隸。」

「那我一個人也不要喝了。」葉葇放下了酒杯，把酒杯朝前推了一下。「你不陪我喝，我就陪你不喝。好不好？」

「你眞好，那我們就改喝果汁吧。」

「可是，我眞弄不明白，是你爲我開一次戒好呢，還是你不爲我開戒好；你陪我喝好呢，還是我陪你不喝好。」

「我可以幫你弄明白：一、我不爲你開戒好；二、你陪我不喝好。因爲：一、我是男子漢；二、你是可愛的女人。」

「你點了酒，是你的體貼；你不喝酒，是你的性格，你眞是又體貼又有性格的人，至少在處理喝不喝酒這一大問題上，你眞是男子漢。」

「我高興你這樣了解大問題，足見你的哲學無所不在。你眞是可愛的女人。我高興今天我進入你的生命裏，你也進入我的。一九七〇年七月二十五日、一九七〇年七月二十五日，我從今天開始知道這一天，知道它對我有太特殊的意義。爲了證明它多特殊，我訂做了一件禮物給你，你看——」

遠遠的，侍者推了小車過來、過來，直推到我們的桌子旁邊。一個大玻璃罩底下，一小塊精美的生日蛋糕，靜靜的在那兒。玻璃罩揭開，生日蛋糕擺上了桌子，蛋糕上面，有三個字——「給小葉」。

我一直注意著小葉的神情，她顯然太感意外了。她驚喜的看著蛋糕、看著我，又看了蛋糕，又看看我。突然間，她埋頭在我懷裏，我撫摸她的頭髮，等她再抬起頭的時候，她兩眼含淚。侍者遞給我一根小紅蠟燭。我插在蛋糕上，點了起來。不知什麼時候，一大堆侍者已經圍在桌子旁邊，突然合唱起「生日快樂」來。葉葉又驚喜又窘，我坐到她身邊，摟住她的肩、握住她的手。最後，「生日快樂」總算唱完了，侍者中居然有個戴廚師大白帽子的。我謝謝他們，把一卷鈔票塞給了領班的，他們道謝而去，世界又剩下她和我。

「你太偉大了！我眞不知道怎麼說。」葉葉偎著我。「一天之中，你一再做使我想不到的事。你竟知道今天是我二十歲生日！可是一下午，你一個字都不提！」

「你也沒提啊！」

「可是，我就要提的，在你說了兩遍一九七〇年七月二十五日，我就要告訴你的。可是，這時候蛋糕就來了。你沒離開桌子一步，你怎麼訂做的蛋糕？」

「我有辦法。」

「我要你告訴我，我要你告訴我。」

「我在你家門口等你的時候，寫好了條子，一進餐廳，我就交給侍者。可是有一點我沒想到，我沒想到他們跑來唱歌，更沒想到男低音中還有廚子！這廚子不在廚房做飯，卻跑出來唱歌，顯然和這個島的知識分子一樣，有虧職守！」

「不要罵他，他是我們的朋友。」

「ＯＫ，他是我們的朋友。有個朋友是廚子，我們不怕荒年。」

「你看，蛋糕的蠟燭我還沒吹熄，我給這一連串的突如其來弄昏了。」

「讓它蠟炬成灰吧，不要吹它了。」

「好，讓它蠟炬成灰。——『任從蛛網任從灰』的灰。」

「雖然明知人生最後一次成灰，但是還是忍不住去燃燒。活了二十年，我終於決定要燃燒了，不是嗎？我該在二十歲生日慶祝我自己，爲了我終於見到了你。」

「你錯了，該慶祝的，是你終於給我見到。」我緊摟著她，摸著她的小手，柔細得令我興奮，並且，勃起了。

「爲什麼？」

「爲了一隻稀有的花蝴蝶，終於給昆蟲學家見到。花蝴蝶長得那麼好，可是卻沒碰到眞正欣賞牠、研究牠的人。現在，一切都不同了，牠眞飛到了好地方。」

「是嗎？也可能不是花蝴蝶，只是一隻小飛蛾，爲了投奔光明，飛到了蠟燭上。」

「飛到了生日蛋糕的蠟燭上。」

「如果都是飛蛾撲火，飛到什麼上面，有分別嗎？」

「有，至少後者不會變成餓死鬼。並且，別人的生日就是牠的死期。牠把死重合在別人的生上，牠沒有死，牠只是託生而已。」

「你又做了一次福爾摩斯，你怎麼知道我的生日？」

「當然知道。」

「我要你告訴我。因爲不可能是我姊姊告訴你的。」

「我問了一位女士。」

「問誰？」

「問註生娘娘。註生娘娘在登記簿上一查，就告訴了我。可是她用的是陰曆，我換算出陽曆，就是七月二十五日。註生娘娘太落伍了，她應該用陽曆。」

「註生娘娘根本就是舊式的神，她本該用陰曆。」

「未必吧。註生娘娘前面的蠟燭台你注意到了嗎？造型上，是一對蠟燭，但在頂上，卻裝著一對火焰狀的尖形燈泡，是用電的，用電比燒蠟燭又省錢又方便，所以註生娘娘也現代化了，蠟燭都可以用電，生日爲什麼不能用陽曆？」

「也許，蠟燭用電，可能是怕飛蛾撲火被燒死，這是註生娘娘的好生之德。」

「但你怎麼解釋蠟燭電燈以前，千千萬萬被燒死的飛蛾呢？難道牠們都該死？」

「也許，這不能怪蠟燭，這該怪飛蛾。誰讓牠們過早追求光明！追求光明，當然要付代價呀！」

「可是，也別忘了，自己就是光明，再給出光明的，也付了代價呀！我那首『蠟燭的命運』的詩，最後一段是——

它愈燒愈短，
直到一點不剩。
它給了別人光明，
卻賠上自己的命。

最後和追求光明的，同歸於盡。」

「同歸於盡。」

「怎麼回事，本來是慶祝生日的，怎麼談到同歸於盡了？」

「都怪你。」葉葉假裝生了氣，把小手抽回，不讓我摸了。「我認爲潛意識中，可能你希望我早點死掉，那樣才美。」

「最美的死法是情人的同歸於盡，一起殉情。所有的死法裏，我最欣賞這一種，我最嚮往這一種，死得那麼從容、安詳、美，這是最好的。即使不同一天同歸於盡，第二天補死也行。三十六歲的莫迪里亞尼死後第二天，他的心上人不是跳樓了嗎？」

「一起永遠活下去，也是最好的。」

「一起永遠活下去？變成兩個老妖怪？」

「不要老嘛，一起永遠年輕的活下去。」

「至少我不行，我會老、會死。你一個人去不老不死吧。」

「男人老一點比較好。你會老就好了，不必會死。」

「那變成了什麼？那不是眞成了老不死了？」

「沒說那麼老啊！只老到中年而有風度的那種，不要再老下去。」

「一九三五年那種？」

「一九三五年那種。」

「那得先喝到旁斯·得·雷昂（Ponce De Leon）的那種『青春泉』（Fountain of Youth）才成。還是你一個人去不老不死吧。」

「我知道這不可能。縱使能，也變成哈葛德（Henry Rider Haggard）小說『常春恨』（SHE）中那千年不老的女人，一代一代，別人全死了，她還活著，這不是千古同悲，而是千古獨悲了，那太可憐了，還是死了好。」

「這麼說，你想殉情了？」

「只是先放棄長生不老。至於殉情，的確死得從容、安詳、美，可是，對我還不發生這種問題。」

「如果一個男人愛你愛到單方面殉情而死，你怎麼說？」

「那要看我愛不愛他。我不愛他，他這樣死了，死得未免太癡；我若愛他，就不致發生這種問題，他爲什麼要自殺？」

「爲什麼？爲了你並非不愛他。記得唐朝張籍那首『節婦吟』嗎？詩裏寫一個有夫之婦，碰到另一個男人，那男人送她一副珠子，她動了情，收了，掛在腰帶上。掛上以後，想到自己家庭也不錯、丈夫也不錯，明知那男人送她禮物，『用心如日月』，只是單純的愛，但她還是解下來，把珠子退回給那男人了。——『還君明珠雙淚垂，恨不相逢未嫁時。』如果你碰到這種處境，你怎麼辦？你愛你丈夫，可是更愛那個他，也退回珠子吧，可是他愛你愛得要死，最後決定自殺，像少年維特（Werther）一樣，你怎麼解釋這種殉情，總不能再說『我若愛他，就不致發生這種問題，他爲什麼要自殺？』的話了吧？因爲人已死了。你怎麼辦？」

「我眞不知道怎麼辦，這的確是難題。」

「這種難題還是有三角關係的。如果不是三角關係而是兩個人的，難題就更上層樓。『莊子』裏記尾生同情人約會，情人沒來，洪水來了，他不肯走，抱著柱子淹死了。你是這情人，你怎麼辦？」

「他們是約會一起殉情的嗎？」

「書上沒說是，也沒說不是，當然可能是，也可能不是。如果約會一起殉情，女的臨時可眞『放了水』。」

「男的臨時不放水嗎？」

「誰說不放！大大的有放。二十多年前，淡水河邊就有這麼一幕。兩人約會在河邊一起上吊，不料男的暗將絆在石墩上的繩子拉脫墩外，結果少女殉情了，男的以『殺人處有期徒刑七年』。」

「這樣看來，殉情者爲了安全起見，得預先立下『保證一定死』的保證書才行。不然的話，恕難奉陪。」

「那也不然，魂斷梅耶林（Mayerling）的奧國王子和他情人，還不是說死就一起死了。死法是女的先睡，男的槍殺了睡美人後再自殺，程序如此，如果男的放了槍後放了水，保證書一撕，一切也都沒有約束。重要的，殉情還是得找對『死對頭』才成，若找錯了，就變殉情獨腳戲了。」

「眞想不到殉情還有這麼多學問。」

「眞的好多。魂斷梅耶林事件，影響之大，誰也想不到。男主角死了，才輪到奧太子斐迪南（Archduke Ferdinand）候補。斐迪南被刺，就引發第一次世界大戰。可見殉情不是一男一女兩人的私事，原來可以有這麼大的餘波。」

「看你這樣大談殉情，好像你已準備選擇了這種死法似的。」

「不會吧！對殉情而言，我太老了一點。羅密歐（Romeo）該是二十幾歲才好。不過你的年紀倒正好參加這種活動。」

「殉情如果沒有你參加，那一定很乏味。」葉蓁用指尖觸著我鼻子。

「我眞希望時光倒流，倒流到十五年前，聽你對我說這樣的話。如果那時候聽到，我寧願不活這十五年。」

「你不活這十五年，那我今晚的生日同誰說話啊？」

「咦，十五年前我們一起死了，你怎麼又獨自活到今天？」

「怎麼不可以？你怎麼知道十五年前，死的不是那男的一個人的獨腳戲？」

我笑起來，不再摟她、不再摸她的手。我假裝生氣，捏了她的小臉蛋。「認識你六個小時，直到現在，我才知道你多不可靠。」

「可是你可靠——」她靠到我身上，我再摟住她、摸她的小手。

蛋糕上的蠟燭已愈來愈接近成灰，桌上的蠟燭也不知在什麼時候，被侍者換成新的。葉葇偎著我，聽著音樂。這眞是一種又興奮又恬靜的感覺。我聞著她的髮香，想到盧照鄰的那首「長安古意」：「……得成比目何辭死？願作鴛鴦不羨仙。」那不是首成功的詩，但卻有著不朽的句子。它給我一種殉情的啓示：一種得到人間愛情的快樂、大可一死的超脫。人生最難得的一種感覺是：你在某一點時空交會的時刻，你甘願「何辭死」。孔夫子說：「朝聞道，夕死可矣！」這種「超脫點」，就是一個顯例。葉葇在我身邊，她幾乎帶給我這種「超脫點」，我眞的覺得，如果和這樣可愛的人一起殉情，倒也大可一死了。

九點鐘到了。

「邱吉爾（Winston L. S. Churchill）說：『酒店關門時，我就走。』I leave when the pub closes. 我們保留餘味吧，趁他們沒關門前，我們上山吧！」我在她耳邊輕輕說。

葉棻點點頭。「蛋糕留一半給我們的朋友們，」她說。「好不好？」

「你眞好，你就切一半下來吧。要切得齊，就像市政府切你家的房子一樣。」

「我可能切不齊，我不是政府。」

「切不齊也沒關係，反正大的一塊留給『第二個政府』。」

「你總是分大的一塊嗎？」

「是啊，the lion's share。你可以什麼都忘記，但是永遠別忘了我是獅子。」

*　　*　　*

九點鐘後的台北，車已經不多了。我們從仁愛路轉到敦化南路，先在麵包店買了一些咖啡等食品，就上車轉到敦化北路、民權東路，快到了圓山飯店山腳，我忽然提議：「既然路過這裏，去圓山走走吧。」葉棻說：「好的。你喜歡這裏嗎？」我說：「這裏是台北最討人喜歡的地方，但卻有著最討厭的一群人。」說了不久，就到了山頂，我把車沿山邊停下，台北的夜景，露了出來。

圓山雖然一點也不高，但是看起台北夜景來，倒也有氣象一新的迥異。這種迥異，一上山就立刻顯出來了，它使你立刻感到你已不在台北，雖然事實上，你還在台北，我滿喜歡這種立刻脫離台北的錯覺。尤其上山前經過「太原五百完人」招魂塚，宮殿式建築的陰影，更增加了你立刻墜入「時光隧道」的氣氛。「太原五百完人」是國民黨在大陸撤退前的一批死難者，但他們不是國民黨嫡系，而是閻錫山的人。他們在山西太原，在城陷以前，自知逃不掉，共產黨也不會饒過他們，乃在太原城中最高的山頭死守，其中有的還強擄城中美女一起世紀末，最後一起死了。國民黨嫡系精於逃難，死難非其所長，以致烈士缺貨，缺貨之下，就只好挖閻錫山的死人來充數，一網兜收，喚做「太原五百完人」。我小時候，曾在太原這山頭玩過，那時太原正被日本鬼子占領，「太原五百完人」並未爲死守國土做完人，做完人顯然是以後「想通了」才做的。如今他們魂兮歸來，從太原最高山頭到台北最高山頭了，我也幸逢其會，也從太原而台北，恍惚之間，我好像是一個大歷史的小證人，冷眼看盡國民黨的洋相。我每次路過圓山，在墜入「時光隧道」之餘，常常渾忘台北，反倒想起太原，爲之在生死線外，別有所思一番。

我握著葉葉的手，一起看台北的夜色，我講了「太原五百完人」的故事給她聽，最後說：「你看圓山上下這兩座宮殿式建築，上面的是圓山飯店，金碧輝煌，裏面全是熱烘烘的活人；下面是『太原五百完人』招魂塚，淒涼失色，裏面全是冷冰冰的死鬼。多麼有含義的對比！」

葉葉抬頭看著圓山飯店，看了一陣，她若有所失。「從下面看這飯店，它對人好像有點壓迫感。」

「我覺得台北太擠了，圓山飯店給我一種開闊的感覺，至少在停車上，就毫無困難，這一點使我非常喜歡它。但是，它的布爾喬亞味道、高等華人味道，眞叫人討厭，我實在不喜歡看到他們。還有，這飯店因爲被皇親國戚掌握，侍者身分都很特殊，前幾個月，一些建築界大亨在這裏聚餐，有人慷慨激昂之下，不小心批評了國民黨政府建築政策，不料侍者立刻亮出派司，宣布把他們全體扣留。幸虧其中有一個三星上將之子，好說歹說，才算改以登記每人名字的方式，把人放回家。你說可怕不可怕？這才是眞的『有點壓迫感』呢！」

「眞可怕，」葉葉說著，突然握住我的右臂。「我看我們還是回家吧！我怕他們把你抓走。」

「也好，我們早一點回去。」我伸出左手，拍拍她的手背。「回到屬於我們自己的陽明山去，——去他媽的圓山！」

車開到陽明山腳下的時候，整個都市氣氛都甩掉了。我關了冷氣，開了窗子，使晚風吹進來。

「冷嗎？小朋友？」我問。

「一點也不，並且舒服得很。山上眞好。眞高興我今天又朝了山，又朝了在山上的穆罕默德（Mahomet）。」

「你眞會說話，但我相信，你多少有一點朝聖的心情上山的。」

「眞的有耶，有你在，我眞覺得這座山是聖山。我眞的有一股宗教的情緒來看你的，或者說，來瞻仰你的。你知道嗎？我從初中一年級就讀你的書了。七年來，你對於我，眞的是一座山、一座聖山。今天下午我上山來，我多麼希望見到你，私下做我二十歲生日的紀念。但我也沒存奢望，聽說你是不見人的。但是，從你在車站叫我『葉蓁』開始，所有的發展都超過我所能夢想的。想想看，命運是多麼料想不到啊！今天是多麼豐富啊！我好快樂。」

「記得預言家對凱撒（Caesar）說的一句話嗎？『今天還沒有過去呢！』今天的料想不到、今天的豐富，還沒有過去呢！」

「我知道。所以我把我交給了你。」

「你要我把它『過去』?」

「我要你把我『現在』、把我『未來』。」

車經過下午她等車的車站，我停下。「這是我第一次叫你『葉葇』的地方。以後我不叫你『葉葇』了——」我嚴肅的看著她，她驚惶的看著我。「我叫你『小葇』。」

小葇的小臉在路燈下，冷豔而迷茫，她的嘴唇顫抖著，像是等待即將發生的一切。我伸出右臂，從她背後摟住她，用右手撫摸她右邊的小耳朵，順著耳輪，用指頭內外輕揉著。我吻上她左邊的小耳朵，輕吻著、輕咬著。用舌尖順著耳輪內外探索著。我的左手握住她的右臂，左臂成V形壓在她的小乳房上。我感覺到她的喘息，我把嘴從她左邊的小耳朵滑動，我的臉緊貼住她的，在緊貼中，移到了她的唇邊。我先在她的唇邊滑動，又回來，又滑過。她的嘴唇顯然已經輕輕張著，我感受到熱度與溼潤。最後，我終於吻上她。我用嘴唇占有了她、包圍了她、蹂躪了她，在占有、包圍和蹂躪中，我用舌尖做了每一項的恣意憐愛。我吮吸著她，輕咬著她的上唇、下唇，我又把舌尖抵進去，撐開了她的牙齒，直壓在她的舌頭上，挑動著、吮吸著，直到她屈服，順從著我，直到她不再懼怕，配合著我，也不知做了多少、過了多久，我才在滿足中，把她放開。

小葇癱瘓在我身下，她的眼睛閉著，淚水從眼角上滑落，她的嘴唇微張著，溼潤而有變化，顯然是我長時間占有、包圍、蹂躪的結果。我享受著她的癱瘓，用舌尖舐去了她的眼淚，靜靜的望著她。在她耳邊輕輕說著：「你看，同樣的車站，幾個小時後，葉葇變成了小葇。屬於你的葉葇變成了屬於我的小葇。」我用手帕爲她輕擦了小臉，又替她整理了一下衣服，然後，發動了車子。

小葇以朝聖的心情上了山，但在聖山半途，她就開始付出了。小葇切蛋糕時說過：「我不要因你而保留什麼。」——她隨我吻了她，這是不保留的開始。

* * *

又回到了山居門口。

我把車停好。「等一下，」我說。我繞過來，給她開了車門。「我要抱你出來。」我的語氣是堅定的、不由分說的。她笑了一下，無奈的讓我抱起。這是我第一次捧著她的大腿，她的大腿柔軟而緊密。她的小腿伸出我的右臂，從小腿褲管往下看，是她漂亮的腳。她右手摟著我的肩，左手握著背袋，蓋在身上，她看到我在凝視她的腿，她拉下背袋，彷彿在說：「你看得太多了、太久了。」

我把她抱在大椰樹下，晚風吹動了樹葉，樹葉又點頭了。小茱仰看著大椰樹，露出了笑容。

「歡迎你的，不止這棵樹，」我說。「但它站在最高的地方歡迎你。你知道嗎？」

小茱看著樹，不說一句話。從我吻了她，她不說話了。

我抱她到門口，抱她抵在門上，掏出了鑰匙，門開得很吃力，可是我不肯放她下來。門一開的時候，我再抱穩了她。我又吃力的開了燈，客廳中一片光亮。小茱又閉起眼睛，偎在我肩上。我把她抱到長沙發上，輕輕的放她下來。我爲她解下背袋、替她脫了鞋，她的腳眞美，我趁機不露痕跡的接觸了她的腳。我拿了絨拖鞋給她。「你休息一下，」我俯在她耳邊說。「我去把車裏東西拿進來。不，抱進來。我先抱你，再抱你的東西。別忘了凡是跟你有關的，我就是想抱。」

小茱輕皺了一下眉毛，顯得很無奈——順從的無奈。我把卧室、浴室的燈開了，音樂也開了，就走出了房門。

* * *

我把手提袋直接抱進卧室裏，打開衣櫃，挪出一片空間。

「這片空間留給你放東西，要不要幫你打開手提袋？」

「不要，」小葉說。「那裏面有你不該看的東西。」

「什麼不該看的東西？我反倒好奇了。」

「比如說，我的存摺。」

「我實在好奇，可以看看你的存摺嗎？」

小葉奇怪的看了我一下。「給你看一下也可以，實在沒什麼好看。存款少得可憐。是我教家教的一點積蓄，只是開始積蓄，準備畢業後留學用的。」她從手提袋中拿出存摺，隨手遞了給我。

「是中國農民銀行的存摺，好奇怪，」我說。「你怎麼會到這家銀行開戶？」

「我覺得這家銀行的名字很滑稽，我正好經過，就看上了它。它標榜『中國農民』，其實既不『中國』，也不『農民』，不是嗎？」

「你說的對，就好像台灣國民黨小朝廷標榜他們是『自由中國』一樣，其實既不『自由』，也不『中國』。也如同法國哲人所挖苦的『神聖羅馬帝國』一樣，說『神聖羅馬帝國』既不『神聖』，亦不『羅馬』，也不『帝國』。」我一邊說著，一邊翻看了她的存款，眞如同她說的，實在少得可憐。我遞還給她，默記了存摺上的帳號。

「現在快十點半了，在台北塵土中跑了一趟，要不要先洗個澡？淋浴還是盆浴，我替你放水？」我問。

「我都洗淋浴。我住的地方也只有淋浴設備。」

「今天要不要改變一下洗法，今天你二十歲。」

「二十歲就要洗盆浴嗎？」

「因爲你是以朝聖的心情上山的，剛才上山的時候，你說朝到了穆罕默德。你知道嗎？回教朝聖與其他宗教不同。回教有一定的朝聖日期，叫做『正朝』，一定的日期以外，只叫『副朝』，不算正式朝聖。我們陽明山的規矩是：正朝日期從七月二十五日開始。」

小茉笑起來。「是我生日啊！」

「是你生日，又是朝聖，所以要齋戒沐浴，你剛才吃了牛排，沒齋戒，所以要用徹底的沐浴贖罪。徹底的沐浴是該洗盆浴，並且由另一朝聖者幫你洗。」

「這裏並沒有另一朝聖者。」

「有，就是我。」

「你？」

「我。我也朝到聖——朝到聖女。」

「照下午的談話標準，如你朝到了聖女，只是『聖了一半』的，另一半還『要慢慢的聖』，你忘了？」

「我沒忘。因爲你太好了，所以聖得很快，現在已聖了四分之三了，只差四分之一，你就百分之百成聖了。」

「聽你講話，我覺得我像故宮博物院裏那塊鯉魚變形中的玉，我覺得我似聖非聖、似人非人，好可怕。」

「其實成聖的東西，都是二合一的。中國神話『山海經』裏頭，有『人面獸身』、『人面蛇身』、『人面魚身』。『人面魚身』就是美人魚呀，只不知道是不是鯉魚。更理想的是鯰魚——是玻璃鯰。」

「什麼玻璃鯰？」

「凡是愛克斯光，只能透過人肉等軟物質的，就叫軟性愛克斯光；若能透過人骨等硬物質的，就叫硬性愛克斯光。它的軟性硬性分別，全靠侖琴管（Röntgen tube）的眞空度。眞空度不高的時候，電子時常與空氣分子衝突，速度減小，誘起的愛克斯光變軟；相對的，眞空度高的時候就變硬。所以軟性愛克斯光，是一種透肉不透骨的輻射線。」

「噢，原來如此。人類眞偉大，人類竟能發明出這種東西。」

「我倒不覺得呢，如果你看到一種『玻璃鯰』那種魚的話，你就會覺得：一九〇一年因發明愛克斯光而給出來的諾貝爾獎，實在不該給德國人而該給玻璃鯰才公平。你曉得鯰魚嗎？這種魚嘴邊有像貓嘴巴一樣的鬚，俗稱貓魚，就是鯰，也叫鮎。就是左邊一個魚字旁，右邊一個占有你的占字。中國有一句成語，叫『鮎魚上竹』，傳說鮎魚沒有鱗，身上又黏又滑，上竹竿是困難的，『鮎魚上竹』就表示力排萬難不成功也要成功的意思。鯰魚中有一種玻璃鯰，產在印尼和印度，牠的身體好像老是在照愛克斯光似的，在陽光下或燈光下，牠全身骨頭不但全部透出來，甚至身上的器官，也一覽無餘。所以可以這麼說：玻璃鯰不照愛克斯光，卻把自己愛克斯光化，小葇你評評理看，牠該不該得諾貝爾獎？」

小葇笑了，她堅決的說：「該。」

「但已經給了德國人，怎麼辦？」

「怎麼辦，想想看。」小葇假裝想了一下。「有了，我們到德國去，替玻璃鯰行道，去把諾貝爾獎搶回來。」

「可是我怎麼去呢？你知道我不准出境，這個政府不放我走。」

「按照憲法不是人民有遷徙的自由嗎？」

「你這話，使我想起一個故事。這個政府喜歡抓人，不分老少，有一次抓到一個十六歲的小朋友，也算政治犯，人問他怎麼這麼小就抓進來了，他說他上公民課，公民書中寫按照憲法，人民有集會結社的自由，他就找同學們大家想集會結社，結果就給抓來了。『我以爲公民書裏寫的是眞的。』——這就是他的結論。這小朋友很好玩，他說他是『天生革命家』。後來查出，原來他只能白天革命，一到晚上，他就有點怕鬼。牢房的陰氣很重，很多死刑犯都住過，都從裏面被拖出去槍斃，所以這小朋友很害怕。後來他被判感化三年。感化後一出獄，他就自殺了，聽說爲了一個女朋友。」

「殉情派？」

「殉情派。」

「這樣說來，你在十六歲時就不相信公民課本了？」

「我不相信的歷史很久，所以我不能出境，我不以爲異。幾年前美國大使請我去美國訪問四個月，由美國國務院請客，可是這個政府不准我出境，沒有走成。如今不但出不去，反倒又要進去了。我的遷徙自由是朝監獄遷徙的自由。」

「眞慘。」小茱惋惜的說。

「眞慘。」我補了一句。「不過，更慘的是朝聖者，朝聖者沒有一個人洗澡的自由。」

「你說什麼？」

「我說你我都是朝聖者。可能要一起洗。」

「怎麼可以？」小棻有點急了。

「怎麼不可以？你的困難在那裏？告訴我。」

「那多難爲情，把身體給男人看。」

「問題是你現在穿了牛仔褲，還不是給我看嗎？」

「可是看到的是牛仔褲啊。」

「牛仔褲有用嗎？你知不知道，我有一種半愛克斯光透視力？用愛克斯光看人，一看就看到骷髏一具，看得太深了；不用愛克斯光看人，又只看到衣服外表，看得又太淺了。這兩種看法，一種是過，一種是不及，都不行的。只有我的半愛克斯光透視力，可以透過衣服，只看到肉體，而看不到骨頭。」

「你眞有這種本領？」小棻緊張的看著我。

「有。」我打量著她。

「那你太可怕了！」她突然用柔軟的手蓋住我的眼睛。「眞沒想到你長了一對黃色的眼睛。那每個人在你面前，豈不都變成那樣了？」

「誰說不是啊？一般人要到天體營、要到日本的公共浴池風呂屋才能看到裸體，可是我卻不需要，我走到那兒，那兒就是天體營或風呂屋。」

「那樣的話，怎麼在你面前呢？我在你面前成了什麼呢？」

「成了聖靈般裸體女人。所以我說，你是聖女。」我抓住她的手腕，把她兩手放下來。

「那你先抬著頭看天花板同我講話，我們要先弄清楚。」

「好，我抬著頭講話。」

「聖女難道得先從身體來證明？你弄錯了，要先從靈的一面來證明才對。」

「從靈的一面來證明是一種程序上的錯誤。沒有肉，那有靈？一定肉在靈先。六世紀范縝主張『神滅論』，他說精神之於形體，就好像刀刃之於刀子，從沒聽說過刀子沒有了還有刀刃的，怎可能形體不見了還有精神呢？這才是正確的；十八世紀萊布尼茲（Leibniz）在『單子論』（Monadologia）裏說沒有肉就沒有靈，但上帝不在此限。他說得也對，但『但』得不好。他忘了看米開朗基羅（Michelangelo）的壁畫，在壁畫裏，上帝也有肉身的。」

「所以，你就先從皮肉著眼。」

「一點不錯。」

「這算不算皮肉之見？」

「不算，這樣的皮肉之見才是眞皮肉之見。」

「但是，撇開米開朗基羅的上帝造型不談，上帝恐怕還是以純靈的無形存在著的。」

「不對。『創世記』第一章記上帝說：『我們要照著我們的形象，按著我們的樣式造人。』可見上帝是有形存在著的，並且長得跟我一樣。學哲學的人，從萊布尼茲直到你，都沒有好好細看『創世記』。當然也沒有好好細看宋郊的『元憲集』。『元憲集』中有『才作仙家守廁人』的詩，仙家既有廁所，可見上帝不但有肉身，還會拉屎撒尿呢！」

小葇笑起來。「那麼，到底有沒有純靈的無形存在呢？」

「也許佛教的觀音有那麼一點兒。理論上觀音是無形的，他要靠『現衆身』——在大衆身上顯現——來表示自己。所以不男不女、亦男亦女、可男可女、要男就男、要女就女。不但如此男女自如、雌雄隨意，他還可以化爲飛禽走獸、化爲青龍白虎、化爲你和我。他的無形，必須寄在有形上面，所以即使是觀音，也沒辦法純靈的無形存在。」

「這樣說來，無形存在只是理論？」

「甚至只是理論都有人不同意呢！莊子就有『道』在大小便中的話，可見『道』也要有形的展示自己，不管多騷多臭。只不過不是借屍還魂，而是借屎還魂而已。」

「你的理論最後是『借肉還靈』是不是？」

「可以這麼說，我用牟愛克斯光透視了你。在你的聖靈般的裸體身上，我告訴我自己說：『這是個小聖女！』」我說這些話的時候，我抬著的頭早已恢復常態，我又渾身上下打量著她。

小葇發現了，她扳著我。「你背轉過去，背對著我說話吧，我不要你看我。」

「好的，我就背著你說話。——你在背後聽我說你好話。」

「但是，我總覺得，你好像過於注意了肉一點，你好像不覺得靈比肉高。」

「爲什麼靈要比肉高呢？靈比肉高的想法是有問題的，我要好好給你洗一次腦。想想看：人類本是動物出身，他在原始競爭中，肉體的本錢並不足：游不過鱷魚、纏不過巨蟒、跑不過豺狼、打不過獅熊虎豹。一場混戰下來，結局常是『人爲萬物之肉』。這時候，人類站起身來，開始頭腦體操，最後自敗部轉入勝部冠軍，成爲萬物之靈。靈呀靈的，到頭來卻發現不夠靈，因爲解決不了靈與肉的多邊關係問題。最早鬧出這種問題來的，是西方中古前期的基督教。基督教的理論家和『文字警察』們，認爲人類靈魂的永生，有賴於一個先決條件，就是對肉的控制。對肉的控制，本是哲學家、宗教家的一個老題目，但到了中古教棍手裏，卻變得走火入魔。中古教棍提出一種毫無根據的怪論，叫做『唯靈論』，或叫『靈魂至上論』、或叫『崇靈貶肉論』。這種怪論，不論怎麼巧立名目、怎麼疊床架屋、怎麼演繹，它的基本論調，不外『靈』是高的、聖的、好的；『肉』是低的、邪的、壞的。這種靈上肉下發展的顚峰，可以達到肉的行爲足可全被靈給架空的魔術程度。一個學者型的教棍有次發爲妙論，宣布只要在靈的方面不懷邪念，甚至可以摸修女的大奶奶或小奶奶，而毫不犯淫罪。這就是說，肉的行爲，只要一滴靈，就可以一點也不肉了！這種靈肉分離的摸奶奶功夫，這種目中有色、手中有肉、心中無色的言論，進一步發展就更精彩了。『教會史』（Historia Ecclesiasticus）裏記巴力斯坦的洋和尚，能過『百分之百的高明而神聖的生活』，能夠『完全克服他們的情欲』，火候可達到『與女人一起洗澡，也無所謂』的程度，因爲他們的道性，『不論看也好、不論摸也罷、不論摟也成，不論怎麼動作，他們都不能恢復自然狀態與反應。』換句話說，他們都是柳下惠、柳下惠、柳下惠。——柳下惠極了！眞這麼柳派嗎？恐怕大有問題。這種『目中有色，心中無色』的不近人情的唯靈論，它在靈的方面，成色如何、純度如何，一細查教棍們狗屁倒灶的歷史，便恍然大悟。經查自教皇以下，袞袞諸公，都不乏有私生子的記錄。私生子生下來，他們紛紛謊報，說這些小朋友是自己的姪兒或外甥（nephew），進而大加提拔，形成標準的『引用親戚』（nepotism）現象。演變到跟他們沒有生殖器關係的非公子哥兒，就難得出人頭地。這種高度唯靈論的低級趣味，把他們一海底撈，就原形畢露。所謂唯靈之靈，其實一點也不靈。雖然這樣，唯靈論者還是作怪不已。有些洋和尚堅持與處女同床，但要秋毫無犯，這種故意用來考驗自己的女人，專有名詞叫 mulieres subintroducate 私養的女人。一本『愛爾蘭聖徒傳』（Lives of Irish Saints）裏，曾記錄兩個聖徒，都自信通過了同床異夢的考驗，而比賽誰最坐懷不亂。別人爭短長是爭雄，唯靈論者爭短長卻是爭不雄，眞是所爭非她了！這種公然不雄赳赳的氣昂昂，畢竟非常人所能堪，所以道性低的唯靈論者，只好釜底抽薪，採取根本隔離的辦法，他們堅持『不見可欲，其心不亂』。莫里哀（Molière），在『塔土夫』（Tartuffe）一劇裏，描寫塔土夫一見陶麗茵（Dorine），就趕忙掏出一條毛巾給這女人，理由是：若不用毛巾擋住大奶奶或小奶奶，看到的人的靈魂將會受傷！像塔土夫這種魯男子，還算是見到肉才不能自制的。另有一種尚沒見肉只見女人就不行的，就更慘不忍睹。宗教史裏有太多的『拒見女人』的故事，來科波利斯（Lycopolis）地方的聖徒，有四十八年之久沒見過女人，爲了深信只有這樣徹底的不見肉，人才能夠只見靈。唯靈唯到這種落荒而走的境界，他們的靈也眞太見不得人啊！上面所說唯靈論的種種怪象，它的基本魔障，就在將人『靈』『肉』二分。誤信靈肉二分的人，他們在生理構造上，好像多了一層『道德的橫膈膜』。膈膜以上，是仁義道德、是上帝；膈膜以下，是男盜女娼、是魔鬼。他們認爲，靈是淸潔的，肉是骯髒的，因而崇靈貶肉。這種崇靈貶肉一蔓延，即使敎棍以外，許多知識分子也大受感染，而絕對的靈上肉下起來。這個島上，一位狂熱擁護中國文化的大學敎授，在課堂上，總用上部講精神文明『存天理，去人欲』的經典文化；可是課堂下來，他卻常用下部去反對經典中『采葑采菲，無以下體』的訓示，而買肉青樓。不過可爲這類教授開脫的是：靈肉的二分，倒不乏時代的背景，不能獨責於他。中國古代的知識分子，他們眞正靈肉一致的焦點，不是老婆，而是舊藝綜合體——窯姐兒。這些日本藝妓的前身，她們不但會飲酒賦詩、小紅低唱，同時還會柳腰款擺，『教君恣意憐。』不料後來世風日下，人心不古，人身亦不古，並且身心不再合一。女人『靈』的一部分，已上升到月滿西樓的修道院；『肉』的一部分，已下降到江山樓的妓院的『卡緊卡緊』（快快）派，以致心物二元起來：形而上者有靈無肉，形而下者有肉無靈，前者啓靈過分，後者洩欲太多，兩相輝映，終於變成了現代的不靈不肉之人。目前我們眼之所見的現代人，十九都是不靈不肉的，而不是『靈肉合一』的，這是現代人的一大失敗。我這裏說現代人失敗，並非說老祖宗們『靈肉合一』的成功，而是覺得：以現代人的進步和頭腦淸楚，理應比老祖宗們處理得高明、處理得漂亮、處理得達生近情、處理得和諧有致，可是細看之下，顯然並不如此。現代人仍在靈上肉下裏兜圈子，又不能不肉，結果只好在『靈魂純潔』『肉體不純潔』的迷宮裏打轉，在懺情與罪惡感之中周而復始。現代人一方面追尋瓊瑤『窗外』的純情派十七歲，一方面浪跡寶斗里巷內的人肉市場，這是他們最大的羞恥。眞正的靈肉一致者，絕不如此。他的境界，是『列子』書中『心凝形釋』的境界，他發乎靈，止乎肉，但絕不花錢買肉。揚州二十四橋的詩人杜牧，形式上是逛窯子，實質上該是因妓談情，因靈生肉。他若是花錢打炮的粗漢，也不會『贏得青樓薄倖名』了。現代買肉青樓的知識分子，實在無倖可薄，他們只是一團俗物，俗得連『摸修女的奶』的僞善都不配，——只該吃奶嘴！如今我這種靈中有肉、肉中有靈，既有靈感、也有肉感的人被人罰，一定得背對著女人說話，才能不犯罪，你說多不公平啊！」

「是不公平！可是誰叫你有這種𠀤愛克斯光的本領呢？這本領一定使你所見無非是肉，當然靈就少了！所以，我倒建議你四十八年不見女人，這樣比較減少肉感、增加靈感。」

「你別忘了，那麼多年的坐牢日子在等著我，我不愁過沒有女人的日子，但要預習我在牢中變成『唯靈論』者，先不見女人是無效的，還是要在戰場上練兵——比如說摸修女乳房、比如說與女人一起洗澡、比如說與處女同床。可能這才是培靈的正道！」

小棻在背後打我一下。「你看，你這樣被罰還想入非非！我本來想叫你背轉過來的，這樣說，我又不肯了。」

「請不要這樣罰我，我人格擔保，取消𠀤愛克斯光。保證從現在開始，你在我眼中，永遠是穿衣服的，即使你真的裸體，我也會朗誦『國王的新衣』童話，我也會在靈上給你穿上衣服，至少穿比基尼！」

小茉笑出聲來。「你好可愛！」她從我背後，小臉貼在我的耳邊。「那就說定了，我許你轉過身來。」

我轉過身來，貪婪的望著她，拉著她的小手。

「人格擔保，」她注視著我。「不說謊，你看到了什麼？」

「我看到了一個既非二分之一，也非四分之三的聖女，看到了一個百分之百的聖女。」

「她穿的什麼？」

「她上身穿背心式T恤；下身穿——內褲！」

「什麼！你——」她撲到我懷裏，握起拳頭要打我，又放棄了。「你怎麼可以這樣！你使我跟你在一起，覺得我身上沒有保留！多難爲情啊！你眞不好！」

「有保留，我給你留下了T恤和內褲。」

「這樣怎麼夠！」小茉嚴肅的、憂愁的說。

「我實在忍不住，在靈上、精神上，我脫掉了你的牛仔褲。我知道你不會怪我，因爲你把你交給了我，你不會拒絕我，你知道我會對你做對你最好的事。不要再說我『過於注意了肉一點』，我這樣做了——假想這樣做了，我認爲這樣對你是最好的事。所以，我這樣做了，我這樣做，你說是靈呢？還是肉呢？這是很高層次的靈，不是嗎？我痛恨花錢買風月場合的女人身體，沒有靈的肉，我是完全反對的。在這一點上，我是靈肉合一論者。我不相信靈肉可以二分，像一般知識分子或女孩子相信的『靈魂純潔』『肉體骯髒』，這樣的二分法，我是不信的，我相信肉體一樣純潔，我最喜歡一句勃朗寧（Robert Browning）的詩，他說：

靈之對肉，並不多於肉之對靈。（Nor soul helps flesh more, non than flesh helps soul.）

這是何等靈肉平等的偉大提示！這詩人又指出：肉乃是『愉快』（pleasant）的象徵，是可以給靈來做漂亮的『玫瑰網眼』（rose-mesh）的，這種卓見，實在值得滿腦袋『靈魂純潔』『肉體不純潔』的衛道者反省。懂得愛情的人，絕不忽略靈肉任何一方面。說靈是高的、聖的、好的；肉是低的、邪的、壞的。這種靈上肉下的思想，是錯誤的。靈肉其實是對等的、平均的、均衡的，靈中有肉、肉中有靈。噢，小菉，你不也是這樣相信嗎？你要的我，不是純靈的『柏拉圖式戀愛』（Platonic love）吧？也不是純肉的強暴你的發洩吧？你要的我，當然是靈肉一致的，是不是？」我把她從我懷裏扶開，捧著她的小臉，逼問她。「是不是？你說是不是？難道你眞的只要『柏拉圖式戀愛』？那樣也可以，我們就在這房裏『精神戀愛』吧，我保證我不碰你，你可以放心；還是你要我把你當做人肉販子轉運來的小女奴，由我一次又一次的強暴你？」

聽了我的長篇大論，小棻茫然的望著我，臉色凝重。我輕拍了兩下她的小臉，站了起來，也臉色凝重。

「小棻，你選，你要那一種？」

沈默了好一會，小棻輕輕的問：

「如果我不選，由你選，你選那一種呢？」

「眞是學哲學的，眞是學哲學的，把底來摸（dilemma）、把兩難式留給別人。」我假裝生氣，隱含責任的盯著她。

「我現在知道你了，你好可怕，你說你要強暴我。」小棻弄淸我沒生她的氣，有點賴皮起來了。

「你誣賴我，強暴還讓你選嗎？我由你選，你由我選，還算強暴嗎？」

「還算。」小棻更賴皮了。

「好吧，如果你這樣不安，我願讓步，讓你一個人在浴室洗。可是，輪到我在浴室洗的時候，我要你陪我，替我洗背。可以嗎？」

小棻低下頭，猶豫了一下，終於說出：「如果關燈，也許考慮陪你一分鐘。」

「我好高興你肯陪我，」我輕拍一下她的頭。「不要『也許考慮』，就說定了吧。」她沒答話，只是深情的看我一眼。

＊　＊　＊

「既然你先洗，我替你放水好嗎？」我問。

「謝謝你。我去拿衣服。」

「你喜歡熱一點的水還是涼一點？」我在浴室問。

「我想我的冷暖，你會猜到。」她拿著衣服走進來，神秘的說。

「你眞會出難題。我倒要問你，你換穿什麼衣服？」

她朝拿進來的衣服一指。「睡衣。」

「睡衣多難看。如果你喜歡的話。還有，衣櫥中有我的許多襯衫，你可以穿。幾年前，有三位美國模特兒到這島上來表演時裝。最後一場是：穿著男朋友的襯衫，捲起四分之一袖子，下身只穿內褲，在我眼前走過，我眞喜歡。我想，可愛的女孩子，當她上身穿了男朋友的襯衫，下面除了內褲，實在不該再穿什麼，穿什麼都是多餘的。怎麼樣，要不要不穿睡衣，試試我的襯衫？」

「你的意思是要我做模特兒？」

「做只爲我一個人表演的模特兒。」

「可是，聽說模特兒要換衣服換得很快，到了後台，立刻轉變情緒表情，一切端莊都沒有了，只是拚命的大脫大穿，然後，再立刻轉變情緒表情、再出台表演。這樣子忽進忽出、忽穿忽脫，而情緒表情忽鬆忽緊，不受影響，我恐怕沒有那種本領。」

「你說脫衣服脫得沒她們快？」

「恐怕比不上。」

「那沒關係，你去跳脫衣舞好了！跳脫衣舞得愈慢愈見功夫。模特兒靠脫得快吃飯，脫衣舞女靠脫得慢吃飯。你可以只爲我一個人跳脫衣舞。」

小蓁笑起來。她在眉宇之間，笑出了一股慧黠。「你喜歡看脫衣舞？」

「這個島什麼都管制，包括脫衣舞，我沒看過。不知道喜不喜歡。不過一定喜歡你爲我跳的。」

「你要大學女生爲你跳脫衣舞？」

「有什麼不可以？『花花公子』（PLAYBOY）雜誌登過漂亮的瑞典大學女生拍春宮照片呢，她們多前進。跳脫衣舞算什麼。」

「愈說愈嚴重了，還是做模特兒比較好。」

「那就先從穿我襯衫開始，好不好？」

「不要吧？」

「我去拿一件來，何妨試試看。」說著，我就到衣櫃拿了一件白襯衫，遞給小葇看。她接過去，看了一下，笑起來了。

「你要我穿它睡覺？」

「並且穿它在屋裏走來走去。在這個屋裏，你平常穿的，永遠是我的襯衫和你的內褲，看起來多漂亮、多誘人啊。」

「可是，那樣的話，內褲就會常被看到。」

「只被萬劫先生看到、只給萬劫先生看到，讓我常常享受這一畫面，有什麼不好？」

小葇有點爲難，我伸手拿起她的睡衣。「好了，睡衣作廢了。」我轉身把睡衣帶出浴室。

我再轉回來，小葇正要關浴室的門。我說：

「小葇，等一下，讓我幫你做一件事。」

「什麼事？」

「讓我幫你脫牛仔褲。」

「不要，」她趕忙說。「我自己會脫。」

「可是，爲了表示你對我的信任、對我的好，讓我幫你脫下它，我覺得我做了一件偉大的事。」

「你說什麼！」小葇兩手緊張得抓住褲腰。「脫女生褲子是偉大的事？」

「對我來說，脫我心愛女生的褲子的的確確是偉大的事，其偉大程度，不次於救國救民救人類。你知道嗎？愛女人和愛人是我生命兩大貫注所在。脫褲子當然是愛女人中的一項。人生還有比這更令人心嚮往之的可愛的事嗎？我總覺得這是一件神聖的事，是聖人贊同的傑作。孔夫子說：『唯女子之褲子爲宜脫也』，其理在此。」

「孔夫子那裏說過這種話！」

「孔夫子沒說過，不過我總是想他會這樣說的。我讀很多書，發現很多某甲的話，其實該由某乙說出，才更夠味兒。例如今天下午我說孔夫子說君子『不立乎巖牆之下』，其實這是孟子的話，但我總覺得它更像孔夫子的話，所以我就敢代聖人搬家了。」

「所以你興之所至，就常常捏造聖人的話。」

「不只我一個，像蘇東坡他們，也一樣，蘇東坡就『想當然耳』的捏造古聖先賢的話。想想看，孔夫子活了七十三歲，『論語』只有一萬七百零五個字，其中還包括孔夫子學生的插播。難道孔夫子一輩子只說了這麼一萬多字的話?當然不止。並且『論語』的文字，也不可拘泥才對。『論語』傳到西漢時候，已經有三種本子，就是『古論語』、『齊論語』、『魯論語』。後來前兩種失傳了，『魯論語』也殘缺了，最早的『論語』本子，已經如此，後代本子的失出失入，當然更不消說了。『論語』既然不過是孔夫子的語錄、孔門師徒的談話錄，所以它的形諸文字，就不可只就字面上拘泥，而該想到談話當時的情況。當然那種情況我們不能深知、記錄也容有錯誤，所以我們讀『論語』、研究『論語』，應該帶著閒適的心情去看它的眞與僞、它的一致與矛盾，而不該抱著嚴重的讀經態度，去想『道貫』它。這樣才是眞的『爲往聖繼絕學』。能夠眞的體會到孔夫子的眞意，而把它在一萬字以外的話，給說出來，這才眞是孔夫子的知己呢！不但對人如此，對自然景象，也莫不如此。酈道元寫『水經注』，——給古代地理書『水經』作注，他參考古書四百三十種，並根據實地調查的資料，爲一千二百多條河，寫了三十多萬字文筆優美的注。他說他這部書，『山水有靈，亦當驚知己於千古矣！』這表示一個人得山川眞意，代爲形諸語言文字，這也是功德的一種，又有什麼不好?」

「可是，可是，孔夫子不論怎麼語，都不會語出脫人家衣服那種話。」

「不一定吧?子不語的只是怪力亂神。女生褲子既不怪也不力也不亂也不神，當然不在孔夫子不語之列。」

「所以你就揑造了。」

「不止揑造，我還代孔夫子實行呢。孔夫子其生也早，他無緣看到現代的美人兒，所以由我這千古知己來代他。你看我多幸運！」

「可是，你也有不幸的時候。比如說，你其生也晚，你無緣看到古代的美人兒，你看你多不幸，說說看，如果你是今之古人，你最想看到的古代美人是誰？」

「是誰？是誰？我也不知道是誰，中國人太混蛋，沒有給古代美人留下塑像或像樣的畫像，所以，實在想不透她們是怎麼個美法？誰曉得燕怎麼瘦？環怎麼肥？」

「我想你一定喜歡燕瘦，因爲你喜歡『瘦不露骨』的美女，所以你不會喜歡楊玉環，你會喜歡趙飛燕。」

「我不能確定我是不是喜歡趙飛燕，但我幾乎可以確定——我一定喜歡趙飛燕的妹妹趙合德。」

「爲什麼？」

「伶玄『趙飛燕外傳』記漢成帝每握住趙合德的脚，就會勃起，你想想看，趙合德一定有一對全世界最性感的脚，——像你一樣。你知道嗎？你有一雙性感的脚。我今天在車站旁邊看了你的腳，剛才抱你進來又看了你的腳，你的腳好可愛。我和我的漢成帝都會喜歡。」

小棻笑著。「你眞有心理變態。」

「這在性心理學上，叫做『足戀』。美國文學家費滋傑羅（F. Scott Fitzgerald）才有『足戀』，他把女人的腳看成性器官，所以一個女人，在他眼中，有三個性器官。比起他老兄來，我慚愧我在『足戀』上是不足的，因爲我只是觀察入微而已，我對美女全身都喜歡，並不止於腳，所以不是『足戀』。爲了證明我不是『足戀』，讓我看看你的腳……」我蹲下去，小棻尖叫一聲，趕忙也蹲下來，隨即跪在地上，把腳藏住，我合抱她的大腿，從左右兩邊去摸她的腳，她邊叫邊求：「不要這樣！不要這樣！人家怕癢！求你不要這樣！」她用手推我，可是一點也推不動。

「好吧，我不摸你的腳，可是你讓我幫你脫牛仔褲。」

情急之下，小棻無奈的點了頭，並說：「好嘛，讓你脫就是了。」

「那站起來！」我溫柔命令著。慢慢的，她隨我一起站起來。我伸手解開牛仔褲的金屬大鈕釦，她的手抓著我的手，又像阻止，又像縱容，我再慢慢拉開拉鍊，隨著拉鍊，緊身的白色內褲倒三角形的露了出來。小棻開始向後閃躲，「可以了。」她的聲音近乎哀求。可是，我不理會，從拉鍊開處，慢慢伸進雙手，沿著她的左右小屁股伸進去，雖然撐開了牛仔褲，雙手已落在小屁股上，輕輕擦過，小葇已放棄了阻止我，她把雙手放在我肩上，任我慢慢朝下脫她牛仔褲。我一邊脫，一邊欣賞她裸出的大腿，修長、筆直、白嫩、細滑，最後，當牛仔褲脫到腳上，我分別握住她勻稱細嫩的小腿，幫著與褲子脫離。擋了近十個小時的牛仔褲，變成一團，失敗的癱在浴室地上，小葇站在我面前，裸露著大腿、膝蓋、小腿、腳給我，失掉了遮掩，也不再遮掩。我跪下去，抱住她的大腿，把臉貼上去，用唇、用舌，輕輕親著、親著，小葇有一點退縮，但還是讓我有分寸的做了。我把手從她腳背撫摸，從腳踝到小腿、到膝、到膝背後、到大腿、到內褲邊緣。小葇輕拍我的頭，彷彿在提醒我，我強忍著、依戀著，慢慢站起來。

「你的腿好美、好迷人。我不是看你的腿、摸你的腿，我是享受你的腿。」我說著，手還隔著內褲放在她的小屁股上。

她兩手握住我的手，把頭貼近我的耳邊，輕輕說：「夠了，讓我洗澡吧。」

「可是，」我有點賴皮了。「你還沒脫光衣服。」

「先生，你可以放心，我不會穿著衣服做不宜穿著衣服的事。」小葇在無奈被脫被摸以後，慢慢恢復了清醒。「讓我洗澡吧。」小葇又說了一次，望著我，顯然等我離開。

「既然你答應我替我洗背，爲了公平起見，我也爲你洗背好不好？」

「我沒答應你啊。」

「但你答應我洗時陪我一分鐘的。」

「我只是說『如果關燈，也許考慮陪你一分鐘』，你故意曲解我，你賴皮。」

「你看，我比你有決心，我毫不考慮就陪你，並且爲你洗背。」

「天哪！」小葇叫起來。「這是什麼決心，你的決心內容太具侵略性了。」

「我也答應關燈。這個浴室燈一關就漆黑一團，什麼都看不到。你放心。」

「什麼都看不到，你的視覺被剝削了，又看什麼呢？」

「誰要看呢？我有聽覺啊，我可以聽你洗澡，享受聽的幸福。並且，我還可以洗你的背，享受觸覺的快樂。並且，又是並且，還可以從想像享受，享受一個我，竟和一個可愛的迷人的裸體少女同在一間浴室裏。」

「聽什麼呢？」小葇忍不住好奇了。

「聽你洗澡時的水聲，想像你洗到身體上那一個部位了，多好玩！多刺激！」

「你這位先生，你眞的有點變態。」

「我可以常態，常態得你恐怕不肯。」

「爲什麼？常態是什麼？」

「常態是你和我一起共浴，想想看，如果有人看到你在夜裏被我抱下車、抱進我的家，看到我們那麼親密，按照常理，這人能相信在洗澡的時候，兩人是分開的嗎？」

「所以，」小茉說。「變態比常態還寬大，是不是？」

「你說是不是？至少變態什麼都看不到，至少變態只能摸到你的背。比常態損失少。」

「哈！萬劫先生呀，你眞會搞障眼法，非常態即變態，讓人中你的計。」

「何必障眼法呢？浴室燈都關了，眼睛不必障就看不見了。」

「你眞壞。」小茉假裝氣起來了。

「其實我很好，我每次提出的要求，都很小、都很卑微、都很有分寸。」我把食指和拇指兜在一起，露了一段小縫。「你看，我只不過要求在黑暗中聽一點水聲而已。」

「你眞可愛，」小茉笑起來。「可愛得使人難拒絕你。」

「那你答應了？」

「好吧，一分鐘。」

「一分鐘。」

「那我就關燈了。」我把燈關了，浴室立刻一片漆黑。

「好黑啊！」小茉說。「黑得叫人有點怕。」

「有萬劫先生在你身旁，你什麼都不用怕。何況，你們哲學家更不用怕，不是有句話說哲學家嗎，說什麼是哲學家？哲學家就是一個人在全黑的房間裏找一頭根本不存在的黑貓，一邊找還一邊大喊：『找到了！找到了！』」

「我這個學哲學的，在黑暗中一定找光明，而不是黑貓。我怕黑暗，怕的一個是黑，一個是暗中的你。」

「那我可以開燈。」

「不可以，你開了燈更可怕，我怕你的眼睛。好了，一分鐘到了，你可以請便了。」

「那有這麼快就一分鐘，並且，我還沒聽到水聲。」

「你會聽到。」

過了一會兒，黑暗中有了水聲。

「你聽，聽到了吧？」小葇說。

「我可以斷定有一個可愛的人在騙我。她根本還沒脫衣服，她只是用手划水來騙男朋友。」

「哈哈，」小葇笑出聲來。「你眞聰明。你很難騙。」

「因爲水聲有異。我根本沒聽到一個裸體女孩子坐進浴盆應有的聲音。」

「應有的是什麼聲音？」

「我不告訴你，可是爲了你騙我，你總該被罰一下，公平吧？」

「你要怎麼罰？」

「我要替你脫衣服，送你下水。」

「你剛才已經脫過了，好恐怖。」

「剛才脫的只是牛仔褲，不夠。」

「夠了。」

「不夠。」

「夠了。」

「不夠。現在你可以選擇，是開燈讓我脫呢，還是關燈讓我脫？」

「你的兩難式又來了，先是就常態變態來選，現在又就開燈關燈來選。」

「你可以不選，我替你選。」

「我不要開燈。」

「我沒有選開燈，我替你選的根本就是關燈，在黑暗中讓男人脫光你。」

「你愈說愈可怕，別再說了，我求你。」

「可是你必須挨罰，小小的罰一下。這樣吧，我答應君子協定，我只是脫你衣服，不趁機做以外的動作。」

「我怎麼相信你君子呢？」

「因爲我替你選的根本就是關燈，可見我多麼君子。現在，你不被看到、不被摸到，只是被君子脫光而已，孔夫子說：『其脫也君子。』就是如此。」

「你的孔夫子又來了，孔夫子沒說過的又來了。」

「孔夫子沒來，來的是我，孔夫子若在這裏，我會報警。」

「那你在這裏，這樣要脫女生的衣服，女生也要報警。」

「可是，沒用，因爲——」我故意不說了。

「因爲什麼？」小葇急著問。

「因爲警察來了，也要忍不住脫你。」

「天哪！」小葇叫起來。

「怎麼樣？還是接受小小的處罰、接受君子協定吧？再不接受，會愈罰愈重。」

沈默了一會兒。「好吧，」小葇緩慢的說。「只是脫衣服吧。」

我興奮極了，我終於可以親手把這小女生脫光了。在黑暗中，我輕輕摸過去，先輕輕拍拍她的頭，她驚悚了一下，我立刻用右臂摟住她的肩，用力摟住，穩定下來，她突然主動把頭靠向我、貼住我，埋在我身上，表示對我的信任，我環抱住她，用力抱住她，把她緊貼在我胸前，她喘息著，我輕吻著她的小耳朵，以臉廝磨著她的臉，右臂繼續摟著她，左手開始解T恤的鈕釦，一個、一個、一個、一個解開了，解開了，我伸手進到衣服裏，用手背慢慢撐開，用手背脫衣服，手指手掌自然就有意無意間碰到她胸罩上面的肩帶，和那令我勃起的肉體。小茱非常配合的，扭轉身體，讓我脫下T恤。黑暗中沒有視覺，全靠嗅覺中的氣息和觸覺中的飄然，我享盡了那種興奮和滿足。緩慢的，我兩手摸索到她背部，爲了君子協定，我不該戀棧太久，我摸到胸罩釦環，解開了它。當我把肩帶分別從左右向下褪的時候，小茱喘息著，張開兩臂，配合我，讓我脫掉她的胸罩，我手拿胸罩，清醒的知道在我前面的是什麼，不是那可愛的小乳房嗎，那香馨的、柔軟的、溫暖的、怕羞的一對小乳房嗎?我看不到，雖然它們在我眼前，我不可以觸摸，因爲那樣不守協定，但看不到也摸不到，它們卻那樣信任你，赤裸的朝向你、翹向你，你必須自制，在自制中享受那種親近卻又自制的幸福。這種境界，也是幸福境界的一種啊。沈靜了一會兒，我又緊摟住她雙肩，進而緊抱住她，我感到她同時抱緊了我，喘息得更深了。我將兩手分別握住她肩膀，然後，順著她的臂，一路下滑，快到她腰部時候，兩手放開了她，輕輕的、慢慢的，兩隻男人的手摸向她細嫩的腰間，碰到內褲的邊緣。小葇顫抖了一下，她突然摟住我脖子，顯然的，她的「形而上」要緊貼住我，要找倚靠和安全感，爲了讓我在「形而下」爲所欲爲。非常緩慢的，我兩手放在她腰間左右，把手指貼著她，在內褲邊插下去，同樣的手法，我用手背撐開內褲，手掌直著她的肉體，向下褪著，我時褪時停，盡量享受這一刻、盡量延長這一刻。終於，當我的手已摸到她小屁股的兩邊時刻，我可以感應到內褲已褪到那裏，並且，已經過那裏，我蹲下去、跪下去，全用嗅覺來感覺那裏離我多麼近，那裏是什麼？那裏是什麼？不正是我夢寐的人生至樂部分嗎？不正是我想看、想親、想摸、想舐、瘋狂到想一根根數它數目的部分嗎？不正是我想珍惜它、摩擦它、強迫它、強暴它、蹂躪它的部分嗎？在欣喜中、在幻想中、在呼吸中、在細嗅中，我不能失掉自制，我約束我，壓迫自己不可以碰它，我要使小葇信任我，我要享受這種不可望也不可即的境界，這種境界，也是幸福境界的一種啊！顯然的，我不可凍結這種享受，內褲總該脫下來了，不是嗎？內褲自己似乎都不再等我了，它自動下滑了一點，彷彿在提醒我適可而止、提醒我要知足、提醒我不要太急了，她遲早全是你的。當然，當我褪下小葇內褲的時候，我不會忘了兩手沿著她光滑的大腿小腿下滑的觸覺，最後，內褲褪到地上，我握著小葇分別抬起的腳，終於在黑暗中，完成了全身赤裸的小葇，在我面前。我興奮的緊抱住她，「小葇，你眞好，你終於讓我把你全身脫光了，你終於全身赤裸給我了，雖然我看不到，我還是好感動。」說著，我把一隻手緊按了她的小屁股一下，讓她「形而下」朝前挺了一下，讓她感覺一下那勃起的、那堅硬而龐大的，正在那裏。當我相對的也向前挺，頂了她幾次，她在喘息中，迎接了，也閃躲了。

「一分鐘應該到了，早該到了。」小茱說。「讓我洗吧？」

「可是，」我繼續賴皮了。「我還沒替你洗背。」

「我沒答應讓你洗背。」

「你沒答應，可是，背答應了。」我撫摸她的背，光滑而骨感，我用兩手拇指順著她的脊椎，一節一節的擠推下去。小茱舒服得抖了一下，不自覺的輕輕抱住我。

「來，」我低聲說著，扶住她。「進浴缸好嗎？注意太黑了，不要撞到腳。」

黑暗中小茱默默的邁進浴缸。

「溫度還可以嗎？」我問。

「正好。」

「慢慢坐下來。」我還扶著她。感覺她慢慢坐到水裏。

「我好高興，」我說。「我把這麼迷人的、可愛的小女生摸黑送到我的浴缸裏。好，現在我為你洗背，只洗背，不要緊張。我一定遵守諾言。」

「不要吧？」小棻說。

「要吧。不要緊張，我只洗背。」

我捲起袖子，開始爲她洗背，不過，背的定義與範圍可能要從字典中改寫了，當我打上肥皀，在她背上撫摸的時候，我一邊約束自己，一邊又偷偷擴張，在我沿著背後，洗到左右兩邊時，兩手的指尖，已經微微觸摸到她小奶的底部，直到小棻緊緊用兩肘夾住我的指尖，我才慢慢抽回。最後，背洗完了，所有的藉口都沒有了，必須兌現諾言了。

「好了，你看我多好。說洗背，洗的就是背。現在我在外面等你，你自己好好洗吧。」

我一邊輕拍著她的背，一邊摸到毛巾，擦乾我的手。

「可是，」小棻說。「你要爲我開開燈啊，太黑了。」

「怎麼能開呢？」我故意逗她。「一開燈，你的裸體就被男人看到了。」

「開關不是在浴室門口嗎？你只要開，不要回頭，就好了。」

「好吧，爲了你，爲了使你放心，我不回頭。我就在浴室門口，有事可以叫我。」

我走出浴室，立刻坐在地上，靜聽這裸體的小女人洗澡的水聲，那是美妙的音樂，樂章中的休止符似乎多了一點，但是，有聲無聲之間，都塞滿了我的舒適、欣喜與幻想。小棻正在代我洗她的裸體，沒錯，是代我，因爲她的裸體是屬於我的。

*　　*　　*

當浴室門開的時候，我眼睛一亮。我看到的是，小棻穿著我的白襯衫，左右捲起四分之一袖子，襯衫的下邊似遮非遮了她的內褲，內褲緊緊的裹住她。她的兩腿赤裸著，她的大腿小腿瘦得性感，令人立刻想跪上去親它、摸它，可是我忍住了。「多漂亮啊！多漂亮啊！」我張開雙手，讚美著。「你這麼漂亮的腿，可以去拍絲襪廣告。」

小棻笑著，也低頭欣賞了自己。她臉有點紅。「一定要這樣穿嗎？這樣子在男人面前，有點難爲情。」

「這麼漂亮的大腿不給男人看，眞是暴殄天物。並且，不給男人看又給誰看呢？給鏡子看？來，我帶你到餐廳喝點什麼。」我拉住她的手。

「給心靈純潔的男人看。如果你心靈純潔，我就給你看，雖然我非常不習慣，因爲我感覺你有問題，你的心靈不純潔，肉的比例太高了。」

「你怎麼還是那麼傳統？肉來肉去。其實，你記著：沒有欲，那有情？沒有肉，那有靈？情欲之間、靈肉之間，其實也有主從關係、本末關係、因果關係，其實仍是肉欲在先、靈情在後，只不過靈隨肉來、情隨欲至，甚至後來居上，變成『唯靈論』、『女神論』了。對一般女孩子說來，愛情要慢慢培養，慢慢自靈而肉、因情生欲，其間有一段時間、一段過程，不過，對我說來，當我遇到使我著迷的女人，我的反應是 instant、是即溶式的，我會立刻在靈和情上『愛上她』，同時在肉和欲上『想上她』。『愛上她』的『上』字是前置詞，『想上她』的『上』字是動詞。換句話說，愛一個可愛的女人和搞一個可愛的女人，對我沒有時間的落差，我是形而上『一見傾心』同時形而下『蠢蠢欲動』的。雖然事實上我絕不色急或急色，甚至我對一些女孩子可以完全例外做到『唯靈論』、『女神論』，從但丁（Dante）對拜垂絲（Beatrice）式的情人神聖化到蕭伯納對愛倫・黛麗（Ellen Terry）式的紙上羅曼斯，我都可以做到。」

「這可好了，你這麼能自我控制，那麼我們之間，可不可以但丁層面、蕭伯納層面呢？」

「理論上可以。不過他們的層面都是不見面的，但丁一輩子只見過拜垂絲兩次，蕭伯納也沒見到愛倫黛麗幾次，他們能成功，『不見可欲』是重要的條件。」

「那你能做到『精神戀愛』嗎？」

「可以『精神戀愛』，但在精神上並不靜止。精神上會『神交』、會『意淫』、會把你脫光，並且一再蹂躪你。」

「好可怕，」小茱面露愁容。「你怎麼可以這樣？怎麼可以這樣對我？照基督教主耶穌（Jesus）的說法，心裏動淫念的就犯姦淫了，你在精神上並不純潔。」

「如果我那樣自我控制還不算純潔，乾脆犯姦淫罪反倒痛快，我反對耶穌這種瘋狂的唯心論。」

「可是，我要你精神上也純潔。不許『神』什麼、不許『意』什麼，不許有一個想像中的裸體在你眼前。」

「這可做不到。」我急了。

「必須做到。」小茱很堅定的說。「你答應，你保證，不然，不然的話，我就惱了。」她假裝生起氣來。

「好、好，我答應，我保證。」

「可是，」小茱滿意的笑了以後。「可是，我怎麼知道你不在精神上做壞事呢？比如說，我看你現在盯著我的腿看，你就心存歹念。」

「沒有。」

「沒有歹念？」

「沒有任何念。」

「我是那樣沒有吸引力嗎？噢，我明白了，你不喜歡我了。」她假裝生氣，突然站起來，快步跑到卧室去，隨手關上了門。

＊　＊　＊

過了一會兒，門開了，小藆走出來，穿上牛仔褲走出來，一副雨過天靑的樣子。

「你爲什麼不安慰我？」她質問。

「因爲你關上了門。」

「你爲什麼不開門？」

「那樣不禮貌。」

「你爲什麼不敲門？」

「因爲怕你更生氣。你是可愛的、不講理的、不可理喩的、不可思議的、不可捉摸的、不可救藥的、不近人情的，最後不翼而飛的，所以，我以爲你從窗上飛走了。敲門也來不及了。」

「我怎麼會飛？」

「哲學家夢到蝴蝶，就會飛。」

「在沒解決你的精神不純潔前，我想我不會飛。」

「好，」我讓步。「我答應你，我願使我精神純潔。我還保證此時此刻在神聖的、純潔的小處女感召下、影響下，我內心是一派純潔。所以，你可以放心我，把裸體給我看，不會出事，我會用純粹神聖的、審美的、珍惜的、敬畏的、保護的心靈，面對你的裸體。」

「爲什麼要面對裸體？」

「因爲只有你裸體了，才能測驗出我是否心靈純潔。你肉了，我才會靈。」

「你看了，能夠自制嗎？」

「自制有兩種，一種是『不可見欲』式的自制，一種是『見可欲』式的自制。『可欲』是引起你欲望的美女，法國文學家法朗士（Anatole France）寫過一本『泰綺思』（Thaïs）。寫尼羅河岸沙漠裏有家修道院，院中僧侶過著禁欲、苦修、出世的生活。其中有一個叫法非愚斯（Paphnutius）的，修道有成，回想起十年前他認識的一位女演員泰綺思，身陷紅塵之苦，乃計畫去亞歷山大城（Alexandria）救她、使她皈依天主。法非愚斯把這計畫告訴另一苦行者。另一苦行者對他說：天主作證，我絕不懷疑你老兄的意向。但是我們一個神父說：『放在旱地上的魚都要死的，同樣的，走出了獨居小房，到世俗中去的僧侶，就脫離了善境。』但法非愚斯有信心離開修道院去救人，就出發了。最後，他說服了泰綺思，使她看破紅塵，燒掉了她的華麗衣服首飾，把她送到沙漠中的女修道院。不過，泰綺思雖得救了，做了修女，這位神父法非愚斯卻把持不住了。他回到修道院，日夜想起泰綺思來，痛苦不堪。最後，任何苦行的招數都不靈了。全書的結局是：泰綺思死後上了天堂，而伏在她屍體上的法非愚斯，卻哭喊著：『我愛你，不要死呀！請聽我說，我的泰綺思呀，我欺騙了你，我只是一個不幸的呆子。上帝哪，天哪，這種東西能算什麼呢，只有在地上有生命的一切的愛情才是眞實的。』法朗士這本『泰綺思』是挖苦天主教的，但是，他藉法非愚斯最後的哭喊，道出了神職人員的假面目與眞覺悟：什麼出世的上帝哪、什麼天哪，都是狗屁，都趕不上人生在世和那男歡女愛！另一方面，『泰綺思』引發出一個主題，就是：如果神父只住在修道院中，根本遠離女色、見不到女色，不『到世俗中去』，則那禁欲、苦修、出世的生活，就有『成功在望』的可能。這在宗敎裏，叫做『避世禁欲主義』（Asceticism）。這種主義，本是宗敎中的歪道魔道，但在印度敎裏、在佛敎裏、在埃及諾斯替敎派（Gnostics）裏、在猶太以西尼敎派（Essenes）裏，以及在天主敎裏，都不乏此道。爲什麼見不到女色是重要的禁欲條件呢？因爲一見到，六根清淨中的一根就蠢蠢欲動了。有一個笑話說，有一座廟，廟裏和尚都說道性很高，可戒女色。有人要測驗他們，請他們圍成一個大圓圈，每人都盤腿坐下，兩腿中間，放一面鼓。然後請來一個美女，在圈中大跳脫衣舞。不料一跳之下，所有小和尚腿上的鼓都咚咚敲響起來，唯有老和尚的寂然不動。大家對老和尚佩服極了。不料把鼓拿起來一看，原來鼓皮都給捅破了。上面這些故事都說明了一件事，就是人要『不見可欲』才能自制。『老子』書中說：『不見可欲，使民心不亂。』古本『老子』無『民』字，全文則是『不見可欲，使心不亂』。意思是說：不看見足以引起欲望的，心就不會亂了。照老子的理論可知，要想不爲女色所惑，唯一辦法，就是看不見女色，眼不見心不煩，禁起欲來，方有可能。這種理論，從根救起，可謂與西方『避世禁欲主義』東西輝映。另一方面，司馬相如『美人賦』中有這種對話：『古之避色：孔墨之徒，聞齊饋女而遐逝；望朝歌而迴車。』這就是說，儒家墨家之徒是好色的，只是要『不見可欲』而已，一見了可欲，就完蛋了。所以他們只能『避色』、逃避女色。照司馬相如這種延伸，儒家墨家在避見美女一點上，正是道家的信徒。不過，這種『不見可欲』的理論，卻另有高人不贊成、不佩服。這種高人相信：不見也、躲避也，這都是消極的態度。『聊齋志異』中有『小謝』一篇，寫陶望三不亂搞男女關係，有妓女上床，他終夜不搞；有婢女夜奔，他堅拒不亂。後來碰到兩個漂亮女鬼跟他開玩笑，他有點『心搖搖若不自持』，但是立刻『肅然端念』，不理她們。『聊齋志異』會校會註會評本有但明倫評語說：『於搖搖若不自持之時而即肅然端念，方可謂之貞操守、貞理學；彼閉戶枯寂自守，不見可欲可樂之事，遂竊以節操自矜，恐未必如此容易。』意思是說：要貞在美色當前全見可欲之時把持得住，才算眞功夫。不此之圖，只把自己『閉戶枯寂自守』，避而不見，這種人，其實又算什麼本領！一旦美色驟來，眞正全無防身之力的，就是這些笨東西。所以記錄上說，彭祖活了七百歲，最後卻因討了小老婆送了命；北山道人修行了一千年，最後卻因愛上官小姐送了命。我想，這些大師級的禁欲主義者，最後見到美女，一身除了一個器官硬，其他全軟了，原因就在『不見可欲』者多，『見可欲』者少，尤其美女裸女見得少，因此一見之下，一方面大驚失色，一方面大驚失於色，不但敗下陣來，並且敗得一敗塗地。要想不敗，看來得在『戰場上練兵』才成。俗話說『百尺竿頭站腳，千層浪裏翻身』，在最難站腳的地方你能站腳，在最難翻身的地方你能翻身，才算本領、才算務實、才算有可行性。我認爲『不見可欲』的逃避方式是不足道的，也是沒有『性』趣、樂趣的，我贊成用『見可欲』的面對方式去迎接美女裸女，在那種場景、那種邊緣、那種處境下，你能自制，才是高人、才是有『性』趣樂趣的。中國高僧『酒色財氣不礙菩提路』、印度聖人要少女與他同睡而不失自制，就是例子，不過這種苦行派不無自欺之處。至於我，我要看對象、視情況而定。『見可欲』了，有跟她做的情況固然好，不做也有不做的『性』趣樂趣，培養『見可欲』的自制，那種自制，也餘味無窮，含蓄一點、保留一點，不一定一次把所有的全做完。結論是，人可以脫光，但事情不一定做光。喂，我說得太多了，我要喝一口水了。」

小葉看我喝著水。「看你喝水，好像就有哲學，你很渴，也不把杯子一次喝光似的，是不是？」

「口渴時，喝水是一種享受，凡是享受，都要和拉麵一樣，要拉長一點。」

「貓抓到老鼠，並不立刻吃，先玩牠，讓老鼠跑了再抓回來，一次又一次，好像也屬於這一類。」

「貓不太一樣。你說的貓，一定是已經吃飽了的貓，才有這種閒情雅致。我知道你的意思，你在影射我是貓，你錯了，不過，你可以用來影射日本文學家夏目漱石，因爲他寫了一本爛書，名叫『我是貓』。」

小葉笑得好開心。

「好，你不是貓，夏目漱石是。我同意你的基本觀點，我對快樂的看法跟你很接近。」

「快說給我聽，你怎麼接近我。」我拉過來她的手，握在我手裏。

「我沒說我接近你，我說我的看法接近你。」

「凡是你的接近就是好的，說說看你對快樂的看法。」

「據我了解，快樂不是做完什麼事，快樂是做事做不完。是老是在做那件事，似完非完，快完沒完，那時候才最快樂。眞正做完了，只快樂一陣，就不再快樂了。」

「你的意思快樂只是過程，不是結果？」

「對。人很可笑，他追求半天，竟不知道眞正的意義是在追求的過程裏，而不在追求結果裏。人跟快樂眞正打成一片是在過程中，過程一完，一到結果，不管結果是得到還是得不到，不管是成或敗，都很快的告一段落。」

「你舉個例。」

「到處都是。戀愛是過程，失戀或結婚是結果；盼望考取大學是過程，落榜或考上是結果。等放榜有一種盼望的快樂，考上那幾天，快樂會繼續，可是久了，那種快樂的感覺就沒有了，要快樂，得另想法子，另起一套快樂的作業。」

「人的悲劇是兩個，一個是你得不到你盼望的，一個是你得到了它。你跟你的男朋友的關係，恰恰如此。」

「所以，唯一的辦法是像一條狗，狗背上綑一根竿子，從狗頭前面伸出去，竿子頭上吊一塊肉。狗就永遠追這塊肉，永遠在牠眼前，永遠追不到，這樣子，狗活得最起勁。」

「這不是吊胃口？你怎麼由我是貓變成你是狗了？」

「狗也好啊，」小蓁抗辯。「胃口能永遠給吊住，就是幸福啊！不然你以爲什麼是幸福？難道吃到才叫幸福？吃得倒了胃口才叫幸福？」

「那有什麼意思？」我逗她。

「意思就是不倒胃口，這還不夠嗎？人活著，你還要多有意思？一個人活一輩子，永遠保持興致勃勃，胃口好，起勁，還不夠嗎？你還要怎樣？想做神仙？做神仙也有神仙的苦惱。笑話不是說，一個人死了，見了閻王爺，他對閻王爺說，請你讓我下輩子託生富貴之家，一輩子福如東海壽比南山，做大官住大房子，坐小汽車討小老婆，前前後後是黃金美鈔，花也花不完。閻王爺說，有這種好事，我自己去了，我也不做閻王爺了。不是嗎？閻王爺做神仙，我看不出來比做人更快樂。」

「你說得對。宋朝古書『太平廣記』根據另一本古書『神仙傳』，記錄了一段超級老壽星彭祖同白石先生的對話，彭祖問白石先生說：你爲什麼不吃上天堂的藥？白石先生說，天堂上能比人間更快樂嗎？天堂上神仙多極了，你到天堂就得侍候他們，會苦不堪言，不如在人間長壽，反倒划得來。這位白石先生一言點醒長壽人。所以『抱朴子』這部書裏就提倡，不要吃全部升天的仙丹，只要『服半劑』，只要把藥劑服下一半就好了，全部不吃，會下地獄，全都吃了，會上天堂，只吃一半，升到人間就停住，最划得來。當然在人間不能短命，要長壽才行，長壽的目的在享受人生，所謂『求長生者，正惜今日之所欲耳』。什麼是珍惜『今日之所欲』？就是抱住葉棻這樣的小天使，使她也不上天堂，每天一起過地上神仙的快樂日子，並且珍惜這種難得的快樂日子。」

說到這裏，看小茱聽得入神時候，我抱住她。小茱含笑不語，任憑我把臉貼住她，在她臉上、脖子上廝磨。最後，我驚醒似的對她耳語：

「你看看你剛剛洗過澡，我還沒洗，這樣會把你弄髒；並且，你又穿上牛仔褲，來吧，陪我到浴室去，你再洗一下。並且，你還欠我的，你答應替我洗背的。」

「你的記憶力眞好，也眞壞。眞好的是，爲了你雖天南地北高談闊論了那麼久，可是仍不忘回到主題，要我爲你洗背；眞壞的是，我從沒答應爲你洗背，我只說也許考慮關燈條件下陪你一分鐘。」

「好嘛，一分鐘也好，我們一起到浴室去，那裏就是我們的人間天堂。」

「人間天堂？沒有那麼多神仙，只有你和我？」小茱問。

「還有誰呢？如果該有而沒有的，應該是一隻貓。」

「貓？」小茱好奇。

「貓。小茱你注意到了沒有？十二生肖裏，有老鼠卻沒有貓。爲什麼沒有貓？俗話說：『一人得道，雞犬升天。』爲什麼沒有貓？我一直奇怪貓爲什麼受歧視。後來我看『水經注』這部書，記唐公房一人得道升天後，『雞鳴天上，犬吠雲中』，雞犬也都一同升天了，可是

『唯以鼠惡，留之』，就是說老鼠太可惡了，把牠留在人間，不許一同升天。老鼠是壞東西，是不配上天堂的，索性留牠在人間做惡。我想，雞犬升天，貓卻不走，答案就在這裏了。貓是有使命感的偉大動物，人間老鼠還在，貓就要繼續打擊魔鬼，不要上天堂。地藏菩薩在衆生不成佛時他寧下地獄，我看貓卻在衆鼠不消滅時牠寧不上天堂。貓的貓生觀是：人間若還黑暗，天堂不是我們的！說到這裏，眞覺得貓不但偉大，簡直就是菩薩呢！」

「你喜歡貓。」

「我好喜歡。」

「你不養貓？」

「我的處境不適合養貓，所以我只看有關貓的圖片。看美女圖片，是『意淫』；看貓圖片，大概叫『意貓』了。不過，照『伊索寓言』講法，貓和美女也不無關係。『伊索寓言』裏有一條『貓和愛神』，說一隻貓愛上一位美男子，請求愛神把牠變成美女，愛神答應了。變成美女後，美男子喜歡上牠，就和牠結婚。當天晚上，愛神要試試貓變美女後，是否還貓性沒改，乃在臥室中放出一隻老鼠。美女一見之下，故態復萌，一躍下床，直追老鼠。愛神大失所望，只好把美女再恢復成貓。寓言的教訓是：『本性勝過教養。』Nature exceeds nurture.『伊索寓言』最後把美女恢復成貓的本相，雖然不免失之殺風景，但在『本性勝過教養』之中，我卻覺得，這隻貓縱爲美女，卻也不失其本職與本色，床上歡樂，不忘床下戰鬥，這種人生觀，可眞淋漓盡致呢！」

「那就是你萬劫先生吧？」小葇打趣說。

「萬劫先生固然床上歡樂，不忘床下戰鬥。可是，他也不忘在床上戰鬥。」

「和女人？」

「不，和老鼠，如果老鼠爬上床的話。」

小葇哈哈大笑起來，我也大笑。她撲在我懷裏。

＊　＊　＊

「我要洗澡了，我要你陪我。」我對懷裏的小葇說。

「只陪一分鐘，並且要關燈。」她不動，像一隻可愛的貓。

我輕拍她的頭。「先陪一分鐘再說。」

「我就穿著這樣子陪你。」

「不可以，你要先脫下牛仔褲，恢復生我氣以前你的穿著。並且，還是由我脫你牛仔褲，脫你褲子，那是我的最愛、我的特權、我的殊榮。」

「怎麼可以！」小棻懶懶的說。「好像才不過一小時，你就兩次脫人家褲子。」

「問題不在我脫的次數，而在你穿的次數，何況我每一次脫它都徵求你的同意，而你每一次穿它，都沒得我同意。」

小棻打我一下。「你呀，眞是詭辯大王。只是你的辯證法太霸道了。好吧，辯不過你，我去陪你一分鐘。」

我摟著她，走進浴室。

我打開水龍頭，轉過身來，從背後輕輕抱住她，並把兩手接觸到牛仔褲的金屬大鈕釦，在她耳邊小聲請求：「讓我……好吧？」

小棻頭靠向我，沒有說話也沒有拒絕，我慢慢解開大鈕釦，拉開拉鍊，慢慢伸進雙手，沿著她小腹的左右伸進去，摸著她緊緊貼身的內褲兩邊，撐開牛仔褲，一路向下脫，我順著她大腿背後往下脫，事實上摸的動作多於脫的動作，到了膝蓋背後，到了小腿腿肚，到了腳跟，我一邊欣賞一邊欣喜，不到一個小時，我已經從正面脫過她，也從背面脫過她，我滿意又滿足，並且躊躇滿志。——我竟這麼有成就感，我竟這樣速脫兩次大學女生的褲子！

「好了，你成功了。」小棻彎腰撿起牛仔褲。「萬劫先生，現在要關燈了，計時一分鐘。」

「一分鐘太殘忍了，那只是脫衣服的時間，不是陪洗澡的時間。要等我脫了衣服，裸體坐到浴缸裏，才起算，才合理。」我抗議。

「好吧。」小葉同意了。「我等你先脫衣服，我來先關燈再脫。」說著，她把電燈關了，浴室一片漆黑。

「你怕嗎？小葉。」

「有一點怕。比剛才我洗的時候還怕。」

「關了燈，同樣是黑暗，爲什麼這次比上次還怕？」我一邊脫一邊問。

「上次是黑暗中找根本沒有的黑貓，這次卻是牠在那裏。並且，上次你穿衣服，現在，我卻和一個裸體的男人同在一個房子裏。我好怕。」

這時，我已全部脫光，裸體站在那裏。

「可是，小葉，浴室是全黑的，男人裸不裸體你都看不見。」

「是看不見，可是，我無法遮掩我的感覺。我好難爲情。」

我試著安慰她，黑暗中伸過手去，正好摸到她的肩，她突然嚇得一抖。

「是我，小葉，不要怕。」我把她攔腰一抱，擁在胸前。這時，她的大腿已跟我的大腿貼在一起，舒服光滑的感覺立刻傳到我全身，它也勃起了，堅硬的在她和我之間。我要適可而止，我警告我自己。我湊到小葉耳邊，低聲提議：「我要進浴缸洗了。爲了獎勵我很有節制，還是爲我洗個背吧？」

我一邊邁進浴缸，一邊拉著她的手。「我幫你捲高袖子。」她讓我捲了。「現在，我坐下來了。要不要我告訴你背在那裏？請你感覺我的背在那裏，就洗那裏。洗好了，你就光明在望了。」

黑暗中一言不發的，小葇領會了一切。她柔軟的小手摸索到我背上，爲我洗了起來。她不但洗，還用指甲爲我搔背，還捏了我的脖子和肩頭。範圍只是在上半身擴大，一過我腰部，她都躲開了。結果所謂背部，要在詞典上重新定義了。

*　　*　　*

洗澡出來的時候，我習慣是穿素色襯衫和素色睡褲，這是夏天我一人獨居的基本裝束，比起小葇來，兩人只是光著不光著大腿的不同。我平常穿著這種衣服工作，也穿著這種衣服睡覺。愛因斯坦（Einstein）不用兩種肥皀，我在家裏，不換兩種衣服。

我走出臥室，看到小葇正坐在大書桌旁看書，在歐洲古典枱燈下，在四面書架環繞中，一位小哲學家正在「紅顏窮經」，那眞是一幅美麗的畫面。我拿出拍立得相機，爲她存下留影。快門的聲音使她抬起頭來，我又趁機照了一張。兩張照片顯影以後，都照得不錯。我問她：

「小茉，考不考慮在你二十歲生日留下幾張裸照？想想看，那該多有意義、多麼難得。把這麼青春、漂亮、有氣質的肉體，留下幾張存眞，該多値得。古今中外雲煙過眼了多少美女，眞可惜沒有什麼裸照傳下來，這眞是全人類的損失，也是美女們的損失。」

小茉望著我，神秘一笑。「你說說看，我們學哲學的還要拍裸照嗎？」

「爲什麼學哲學的就不拍裸照？」

「因爲哲學裏有『投影不移』的理論，我不完全淸楚，好像既然不移，沒照就是照了，不是嗎？」

「你這小哲學家，你竟用玄虛來閃躲裸照！你談到『投影不移』的理論，我先把我的心得說給你聽。『墨子』書中說『景不徙』；『列子』書中說『景不移』，意思是說，影子是不移走的。『莊子』書中說『飛鳥之景，未嘗動也』，意思是說，飛鳥的影子是不動的。照傳統的解釋，鳥飛的時候，影子也跟著動，影子發生，由於鳥遮住光，鳥飛過去，光又不被遮住了，影隨之沒有了；鳥朝前飛，新的影子產生於前，舊的影子消失於後。但是原影其實並沒有消失，只是變化位置而已。其實，這種解釋是不足的，進一步的解釋該是：物質運動所經空間的極小段時間內，物質似動非動，在空間裏，彷彿凝在其中，像是電影膠片的一格以內，自其變者而觀之，則該影曾不能以一瞬，所以，影子不徙不移，飛鳥的影子是不動的。其實，這種進一步解釋還是不足的。眞正『景不徙』、『景不移』的極致，似乎該是和英國喬治·巴克萊（George Berkeley）主教那種『存在即知覺』（esse est percipi）的理論相反的發展，而是『知覺即存在』。——當你知覺到影子在那兒並沒移走，影子就正存在那兒而沒移走。在喬治·巴克萊前兩百年，中國的王陽明有『物不在心外』之說，就先喬治·巴克萊一說再說了。其實，更唯心的說法乃是『物在心內』，正因爲影子在你心裏、知覺裏，所以影子永遠存在。——縱使事實上已不存在，但在你心裏、知覺裏，卻依然存在。胡適曾就『墨子』書中的理論，寫過三首詩，我最喜歡，我背給你聽：

飛鳥過江來，投影在江水。鳥逝水長流，此影何嘗徙？
風過鏡平湖，湖面生輕縐。湖更鏡平時，畢竟難如舊。
爲他起一念，十年終不改。有召即重來，若亡而實在。

這三章哲理的詩，理中抒情，情之所在，雖風流雲散、雖人琴俱杳，但在一念之轉的刹那，碧海青天，好景也會重來，只看你如何看待它。智者達者從不傷逝，『逝者如斯，而未曾往也。』只要你不以亡而亡，一切若亡的，都凌虛而實在。『投影不移』的理論，要在這一大堆說明下，才發現它的高明與玄虛。對哲學家不幸的是，照相機發明了，與其站在那兒空談『景不徙』，不如立此存照，照些眞正把影捕捉、把影固定的照片，反倒逼眞得多。『有召即重來，若亡而實在。』做爲抽象的玄想是別有情味的，但如輔助上照片留底，豈不更投影存眞？豈不更傳神入畫？豈不更好嗎？」

「說得也是。」小菉點點頭。「可是……」

「不要可是，」我打斷她的話。「怎麼樣？讓我用拍立得爲你照幾張裸照，不經過照相館沖洗的，全世界只有一張也不加洗的，只是留給你和我的，好不好？好嘛。」

小菉想了一下，搖了搖頭。

「爲什麼搖頭？」

「爲了照那種照片，照的時候，你會看到太多了，照完以後，你又要保存起來永遠看。我會被你看得緊張。」

「美國舞蹈家鄧肯（Isadora Duncan）碰到法國雕塑家羅丹（Rodin），也因爲緊張，結果失掉了一個因她做出的世界級雕像。後來在自傳中，鄧肯一直後悔她當年太緊張了。」

「如果我後悔，只是一個理由，就是當年我使你失望，我本可以使你不失望的，你對我那麼重要，我對你也那麼重要，我不該使你失望。」小菉動情的說。她說得很慢，深情的看著我。

「那就好，你就不要使我失望好嗎？」

「可是，」她發愁的笑了一下。「可是又來了，可是，你教我怎麼面對你、面對鏡頭啊？現在夜裏十二點了，從我午後認識你，才不過九個小時，這麼多的變化，我眞的消受不起。再說吧，也很晚了，是不是該休息了？」

「你是不是覺得我是你見面才九個小時的男人，九個小時就裸體給我拍照，太不習慣？」

小菉點了點頭。

「那你把我當職業攝影師吧。碰到職業攝影師拍裸照，見面一個小時就開拍了。」

「可是，你不是職業攝影師，我也無法把你當成是。」

「那你把我當成什麼？」

小菉笑得好虛弱、好膽怯。「我把你當成什麼呢？讓我想想看。今晚怎麼睡呢？」

「你睡臥室我床上，我睡客廳沙發。」

小菉楞了一下，又有所悟，點了點頭。

「你臨睡前要喝點什麼嗎？」

「不需要了，你呢？」

「我入睡前，永遠保持腹中無物、心中沒事狀態。」

「今晚也如此？」

「今晚不行，今晚做不到。今晚我會在沙發上充滿心事，想念臥室床上那可愛的人。」

＊　＊　＊

替小棻鋪好床後，我從臥室抱了另一組枕頭和薄被，放到客廳沙發上，再轉回臥室。我安排她上了床，並爲她打開床頭燈，坐在床邊，問她：

「要看看書再睡嗎？要點音樂嗎？要燈光嗎？」

「太晚了，都不要了。」

「臥室門要關嗎？不關也好，我在外面，有什麼情況可以叫我。門不關，相信我嗎？」

「可以不關，」小棻說。「我當然相信你。」

「那麼，」我站起來。「你要好好休息了，今天你也該累了。我去客廳了。我來替你關燈好嗎？」

小棻點了點頭，用一種渴望的表情看著我。

我關上燈，轉身走開的時候，小蓁叫住我。

我開了燈。「小蓁，什麼事？」

小蓁默然不語。

我拍拍她的小臉，關了燈，轉身走到客廳。

*　　*　　*

躺在沙發上，我正在看一本小說的時候，小蓁已站在我面前。

「你剛才對我好冷淡。」她幽怨的說。

「我不能不那樣，你知道我不能熱情。要熱情，我就不會躺在沙發上了。」

「可是，你知道我會過來。」

「我知道。」

「你怎會知道？」

「因爲這樣豐富的一天，不該有一個貧乏的句號。」

「如果我不出來，你會進臥室看我嗎？」

「你會出來。」

「我睡不著，」小菉訴說著。「今天經歷的、遭遇的，太多太多了，好像二十年來的加在一起都沒有這麼多、這麼瘋狂、這麼刺激，並且，我一個人睡在臥室，我也好怕。並且，你剛才那樣冷淡對我，我也好害怕。」

「我知道今天還沒過去。」我坐起來，拉她坐在我身邊，緊握她的小手。「也難怪你，今天你碰到萬劫先生，也跟著萬劫難逃了。今天你累積的，已經超過這樣可愛小女生的負荷。」我拍拍她的小臉。「那麼，你想怎麼辦？」

「我不知道。也許你在我身邊，會減少我的怕。」

「可是，我本人也很可怕呀。」我笑著。「尤其，我身上還有更可怕的。」我還開玩笑。

「我知道，知道你也很可怕。」小菉苦著臉。「可是，『以怕制怕』也許能讓我睡得著。」

「你的意思是讓我陪你睡？」

「如果你保證你保護我，如果你保證你像印度聖人那樣跟少女睡在一起卻非常安全，如果你保證你不做得太過分……」

我笑起來。「我不能保證，正因爲我不能保證，我才睡到客廳沙發上來。」

「你已經保證了。其實，客廳和臥室之間，沒有任何阻止你的障礙，你自動睡到客廳來，就表示你有自制力。」

「在漂亮女人面前，我沒有多少自制力。而是有股力量使我自制，那就是疼你的力量、喜歡你的力量、捨不得蹂躪你的力量、怕你受不了這麼多的體貼你的力量、因你不勝負荷而令人心生憐愛停止逼迫你的力量……是你給了我力量，我才有形式上的自制力。」

「既然你有了這些力量，就來陪我一下也好。」

「陪你當然我願意，可是離你太近了，你的迷人誘人力量會大於你給我的自制力量，我怕我會失控。」

「我對你有信心，我知道你捨不得強迫我。」

「你說對了，可是為了證明你的對，我要飽受一個兩難式。」

「我喜歡看一個偉大的強者為我兩難式。」小茉慧黠的笑著。

「你說這種話，哈，現在知道誰好壞了吧？」

「是我好壞，可是，可是，我沒有辦法，我需要你這種強者，我要你。」小茉說著，含著眼淚，頭側向遠方。

「好的，我可以陪你睡。可是，後果會很嚴重喲。不是我嚇你。」

「我只知道你對我好，你會保護我。」

「你要強姦犯保護你？」我點著她的鼻尖。

「一、你不是那種犯。二、你捨不得那樣對我。」

我笑著，輕輕擰了一下她的小臉蛋。

我從沙發中站起來，拿起薄被和枕頭。

「我幫你拿。」小蓁興奮的伸出手來。我把枕頭給了她，讓她分擔我們共同的行動，我滿心歡喜，歡喜今天還沒有過去。

*　*　*

我們共同把床鋪好，小蓁重新上了床，她坐在床上，用薄被遮住了大腿，我坐在床邊，拉住她的手。

「怎麼睡呢？」我問。「是你睡我左邊，還是我睡你左邊？」

小蓁好奇了。「誰睡左邊，有那麼重要嗎？」

「我比較喜歡你睡我左邊，這樣我看你的時候，我就左傾，在思想上我比較左傾，左傾接近我的習慣。」

「那我就睡你左邊，使你左上加左吧。」

「對你方便嗎？」

「是左是右，對我都一樣，我都有點緊張。」

「我有辦法消除你的緊張。你考不考慮，讓我爲你按摩按摩？保證你被按摩後，渾身舒暢，睡個好覺。你有被按摩的經驗嗎？」

「沒有過這種經驗，聽說很舒服。」

「很舒服，但要看你給誰按摩，誰爲你服務。」

「你說你會？」

「不但會，並且手藝高強，有職業按摩師的水準。」

「職業按摩師不都是盲人嗎？盲人看不見被按摩者的身體，被按摩的比較放心。」

「我可以裝盲人，讓你放心。」

「怎麼裝呢？」

「又是你們哲學的辦法。『禮記』中『大學』說『心不在焉，視而不見』，可知有人有本領能把看到的做到沒看到的境界，因爲他『心不在焉』。」

「你可以嗎？」

「我可以。」

「那你心不在，到那裏去了呢？」

「心還在那兒，只是有本領說不見就不見了而已。好像用照相機照相，你是必須對準鏡頭。如果不對準，你照的只是別的。所以，out of sight, out of mind 這句成語，應該給反過來說，改成 out of mind, out of sight 這才正確。」

「你故意扯遠了。out of sight, out of mind 的本意是『離久情疏』、『去者日以疏』、『眼不見，心不想』，你給我按摩，我並沒離去，你眼睛見的是我，怎麼能說『視而不見』呢？」

「唯心論哪、唯心論哪，唯心論是幹什麼的？正因爲唯心可使此心一念之轉，所以可以『心不想，眼不見』，自然就達到盲人境界了。」

「噢，」小葇知道我在玩論辯魔術。「你眞會找理由去按摩女人。」

「還有，如果你不接受『心不在焉，視而不見』的理論，再換一種也可以。那是『眼中有色，心中無色』。理論來自佛門，故事卻來自宋朝理學家。宋朝程顥就是程明道，性格溫和，弟弟程頤就是程伊川，性格嚴厲。有一天他們被請去做客，席間冒出了妓女陪酒，弟弟大怒，拂衣而去；哥哥卻隨和，盡歡而散。第二天弟弟餘怒未息。哥哥說：『昨日座中有妓，吾心中卻無妓；今日齋中無妓，汝心中卻有妓。』弟弟聽了，承認自己境界不如哥哥高。所以，做到了『眼中有色，心中無色』的境界，自然也無異變成盲人了。」

「你萬劫先生眞是雄辯無礙！可是不論你提出『視而不見』的理論，或是『心中無色』

的理論，我看都有一個大前提，就是那女人是醜八怪，不吸引人，從你提出的理論中，我明白了，原來我在你眼中、在你心中，可以完全不存在，你洩漏了你的秘密——你把我當醜八怪，你不喜歡我了！」小茉抽回小手，假裝生氣了。

「千萬別這麼說，你這樣說是誣賴我，就算在我眼中、在我心中你不存在，可是我手中你明明存在，我的手在按摩啊。」

「按摩一個醜八怪？」

「如果我是豬八戒。」

「你可愛，你不是豬八戒。」

「你可愛，你不是醜八怪。」

「那我可愛，」小茉高興了。「光著身體被你按摩，多不放心。你提出的理論都不能讓人放心。」

「有一個辦法，可以讓你消除緊張，我有一個顏色很深的太陽眼鏡，戴起來就像盲人，我戴那副眼鏡為你按摩好不好？太陽眼鏡限制了我，看不見什麼了。」

小茉想了一下。「可不可以關著燈按摩？」

「總要有些光線。不然會按摩錯，按摩到不該按摩的地方。」

「盲人會嗎？」

「盲人不會，但假盲人會。」

小茱笑起來。「你眞不好，但壞得令人喜歡。」

「我去拿太陽眼鏡。」我站起來，快步走到客廳去。當我回來的時候，我戴上太陽眼鏡，手裏還拿了根小枴杖。以演默劇一般的慢動作，一步一步走進來。「是那位女士要按摩？本按摩師來了。」我故意學台灣國語發音。

小茱大笑。「是小姐要按摩，不是女士。」

「好，小姐對折，女士加倍。」我又台灣國語。

「爲什麼？」

「因爲偷看小姐，可以得心應手，値回票價。」我還是台灣國語。

小茱笑得更開心了。她終於接受了我這個假盲人。

＊　＊　＊

「你這位小姐，你怎麼這樣香？」

「你這位按摩師，按摩就好了，聞什麼呢？」

「我沒聞，凡有意聞的，都不是高明的知道什麼是香的人，正確的方式是說香自然飄進你的鼻子裏，而不是用鼻子吸吸的去聞。」我連做了三次重重用鼻子快吸的動作。

「嗯。」小葇發出讚美式的肯定。

「你還沒告訴我，你怎麼這麼香？」

「我剛洗過澡，我用了肥皀。」

「這不是肥皀的香，這是你身體上的。」說著，我從背後握住她的肩膀，暗示她朝前躺下。小葇把肘放平，俯在枕頭上。我用手爲她按摩著頸部、肩部，她舒服的閉上了眼睛，讓我做著。我再把枕頭也抽走，讓她平俯在床上，開始按摩她的背部。她的背眞是愈摸愈動人，我把她按摩到完全放鬆狀態，她的表情已有幾分迷茫。我一面按摩，一面湊到她耳邊。

「小葇，讓我爲你脫掉襯衫，那樣按摩起來才更舒服。你就拿我眞當成職業按摩師好了，這樣你就不會覺得很彆扭。」

「我寧肯相信是你按摩我，不過，你要保證，你的動作就像一個按摩師一樣，你的眼睛也什麼都看不見。」她輕輕說。

「你眞好，小葇。我保證。那你撐起來一點，我給你解鈕釦。」小葇撐起來，我從她背後向前伸出了手，從最下面解起，我感到無限興奮。釦解開了，小葇又放平了肘，我幫她先脫掉左袖，她的左肩左面的背部先裸露出來，我把襯衫翻到右邊，從她右臂上一脫而下。小荎整個的裸背全部在我眼裏。「你的背眞好看，小荎，我好喜歡。」我心裏這樣想，可是我要假裝什麼都看不見，我不能說。

我開始爲她按摩著，爲了使她舒服，我必須用職業性的姿勢，我跨到她身上，從正面按摩著她。我時而騎在她身上，時而跪起。從她的表情和律動中，我知道我已使她非常舒服，享受到被按摩的樂趣。很久以後，我的兩手從她背上向下滑，滑到腰間，她的腰緊緊的、細細的，按摩起來，別有情味，我興奮地欣賞她的肉體，從正面、從側面、從不同的角度。她的小乳房緊壓在床上，我只看到一點點側面，我已經心神蕩然。

我向後退坐著，隔著薄被，我開始按摩她的小屁股，小荎兩臂反攤在左右，沒有阻止我。我拉開薄被，裹得緊緊的白色內褲露了出來，把小屁股的曲線全部呈現無遺。我隔著內褲按摩著、按摩著，又開始排斥性的把內褲輕輕褪下、褪下，直到露出整個的小屁股，我興奮極了。對我整個的越界按摩，小荎一直沒有阻止，她似乎已被按摩得陷入催眠狀態。我從她身上下來，一手繼續按摩著，一手丟開薄被，順著就向下拉她內褲，拉到大腿，拉到小腿，再從腳部脫離，一個完整的、一絲不掛的「背面小荎」頓時展現在我眼前。我兩手忙不過來了，赤裸的身體，每一點，都是我要像鋼琴家面對的琴鍵，並且不止一位鋼琴家，好像我要化爲一八二九年的俄國魯賓斯坦（Anton Rubinstein），和一八八七年的波蘭魯賓斯坦（Arthur Rubinstein），兩人加在一起，才能演奏這一肉身鋼琴似的。的確，我是以藝術家的虔敬、神聖情懷，面對這純潔少女的背面全裸肉體的，那麼潔白、那麼纖細、那麼瘦弱、那麼柔軟、那麼青春、那麼緊密、那麼彈性、那麼性感……所有美好的形容，構成一幅有整體感的畫面。整體感是多麼的不同！當她出浴以後，穿著內褲，裸著大腿，大腿已經使我跟著變成函數關係——大腿是自變數，我是因變數，我貪婪的一路因大腿而變，變得魂不守舍。可是，當大腿不再單獨赤裸，而是跟赤裸的小屁股、赤裸的腰、赤裸的背、赤裸的肩……一起同步赤裸的時候，大腿已經融入整體感的赤裸中，跟上穿襯衫、下穿內褲時裸露的大腿，同樣的大腿，卻給我不同樣的注目、凝神、欣喜與享受。多麼神妙啊！我幾乎要喊出來。可是，我上下左右貫串性的按摩動作還是提醒了我，提醒我要努力保持我的諾言，克制我的情欲。我告訴我自己，我不可以不克制。小葇是這樣眞純的信任我，在此時此刻，她眞的要我做的，不多於一個按摩師，也不少於一個按摩師，我不能使她疑慮。

在我按摩到完成階段，我重新拉起了被，替小葇蓋好。然後拍拍她的背，再把腿跨過去，恢復了騎式按摩的姿勢。

「好了，」小葇說。「從現在開始，你的眼睛恢復了視力，你可以看我了。」小葇拉住我的手。「你對我很好，我知道你對我很好。」

「我只按摩了你一半。」我俯到她耳邊。

「哪一半？聖女的一半？幸虧我這一半全在我身體背後。」小葇笑著。

「所以你不覺得我該把身體前面另一半也按摩了？」我問。

她停了一下。「至少，今天不要吧，好嗎？今天實在被你做得太多了。」

「可是，」我像一個搖頭賴皮的小孩。「我實在想按摩你正面那一半，至少要讓我看一秒鐘，看到全部正面的你。」

「你的話，已經超過了一個按摩師該說的。」

「做爲按摩師，我願按摩你全身，包括正面；做爲情人，我願看到你全身，也包括正面。我有兩種身分，你替我選一種。」

「叫我怎麼選？一個是滿足你觸覺，一個是滿足你視覺。叫我怎麼選？」

「滿足觸覺時間太長，又被摸，你可能更痛苦，我建議，還是一秒鐘滿足視覺吧，小葇，只一秒鐘，我幫你翻過來給我看一下，看一下就好，我們就睡了。爲了使你感覺好一點，我答應不拿下太陽眼鏡來看你，這樣，你會覺得你的正面沒有完全在我眼前赤裸，因爲中間隔著太陽眼鏡，深度很黑的太陽眼鏡。好不好？」

小菉不再回話，不說拒絕。我拍拍她的背，慢慢拿起了薄被，背面的全裸又再度出現我眼前。我輕輕扶著她，幫她轉身，她不抵抗，屈從著、順從著，讓我轉過她的正面。可是，她的右臂緊緊彎到胸前，用整個的右手遮蓋住左邊乳房，用右腕遮住右邊的，雖然遮得不夠全部，但還是重點保留了自己。至於她的左臂，則直伸下去，用整個的左手，緊緊的重點保留著，不讓我看到。恰像那古代「端莊維納斯」（Venus Pudicitia）的雕像，卻是清瘦而有生命的。

我興奮極了，跨在我下面的，竟是這可憐少女的正面裸體。我一再上下看著，全神貫注的看著。看著，直到最後說：「我要你手拿開，在我面前，不再有任何保留。」我嚴肅的說著，說得很慢，像是命令，眼睛直逼著她。

小菉閉著眼睛不敢看我，聽了我的命令，又迷茫的看向別處。時間和動作都好像凝住了，凝住了好一陣。可是，我不再說第二遍，我要她習慣男人的命令只是一遍。

終於，在好一陣凝住以後，她轉回了眼神，看著我，在那晶瑩美麗的眼睛中，輕含了一層淚水。她看到我的表情，嚴肅的、嚴肅的近乎冷酷，在等著她，等她爲我獻出了一切。

終於，她輕輕說了話：

「可是……」

我用食指輕輕點住她嘴唇。

「不許『可是』。」

隨即把食指一側，慢慢推開她牙齒，擠進她口裏。她咬著我食指，在咬合之中，感到她在下決心，做痛苦的決定。

我抽回食指，用掌心輕拍她的臉。她無奈的望著我，她知道必須回答，她躲不過。

「我等你回答我。」我補了一句。「不許『可是』。」

她充滿了無奈，無奈之中，逐漸露出屈從和順從。

「但是，請你關上燈。無論如何請關上燈。」她請求著。

「燈不能關。」我堅定的拒絕。「我不要在黑暗中跟你在一起，我是光明之神。」我故意壓低了聲音。

她眼神又移向別處。我再度輕拍著她的小臉，輕捏了她的臉蛋一把。等她下定決心。最後，我用手指抓住她的小下巴，使她眼神面對著我。

「怎麼辦？」她輕聲自言自語。

「答應我，根本不許『怎麼辦』。」

「不肯關燈怎麼辦？……」她無奈的想著。突然間，聰明的她，想出了解決的方法。

「我答應你，你知道我無法不答應你。可是……可是你可不可以答應我你閉上眼睛。我在事實上，對你沒有任何保留，可是，你不可以看，你只能在想像中……」

「在想像中看你？」

「也不是完全的想像，是有眞實做基礎的想像。你並不是空想看到那樣情況的我，是眞的那樣情況的我就在你面前，只是你只能想像在你面前的眞實，你不准看這種眞實。」

「可是，我固然要想像你，也要看你。固然想像你的眞實，也要看你的眞實。」

「可是，可是你已經看了很多了，太多了！從下午三點到現在，快十個小時了，你已經看了多少了？現在還讓我這樣狼狽的在你面前，你忍心這樣對我嗎？請讓我最後保留一點點吧，求你！」小葇以哀求的聲調訴說著，說得我一心疼她，不忍再堅持下去。

「我知道。小葇，我知道你知道我知道。這十個小時中，你已經給了我很多很多，已經超出了你的負荷，所以，我不再要求你了，因爲我有點捨不得了。雖然，對一個男人說來，我強烈的要你的一切，要你一次又一次的滿足我，並且一次又一次給你滿足，但我還是用男人的氣概，爲你保留了。我承認在靈上、在精神上，我已經太多次的享有了你，這不是從今天看到你後才開始，而是第一次在方舟看到你的速寫像就開始了。一看到你的速寫像，我就立刻覺得，我脫光了你。所以，你知道嗎？對你的身體，我其實一點也不陌生，不但不陌生，我甚至熟悉到每一個部位。你說我『好像過於注意了肉一點』，你錯了，我是眞正以靈控制肉的人，如果我的靈和肉能夠清楚分開的話。想想看，你同我單獨在一起多久了，我怎麼可能忍耐這麼久？但我居然都克制住了。這種克制，我可以告訴你，絕不是純意志力的，雖然我極有意志力，但純意志力無法抵抗我對你身體的要和給，我是靠著對你的憐惜和喜歡來克制自己的，並且這種克制，還需要一些技術上的配合。我想，我在客廳睡，原因之一，就是技術上的配合吧？我不相信我跟處女同床，能同西方柳下惠們比賽，但我願睡在客廳沙發上，同他們比賽。但留你一個人在臥室睡又太孤單，所以，我進來陪你，我決定今天讓你好好睡一夜，除了再做一件事外，不再做更多了。你猜是什麼事？」

「什麼事？不要叫我手拿開吧。」

「我同意不再進一步爲難你，今天到此爲止，不再要求看得更多。可是，你雖沒給我看到，事實上，你已完全裸體在我身邊了，陪你睡，我覺得我也該裸體，止於裸體，沒有暴行，這樣才覺得你我之間沒有阻隔、沒有隔閡、沒有被單、沒有薄被，只有空氣，同我們一起呼吸的空氣，你不可以拒絕，這是今天做的最後一件事，答應我不拒絕，答應我。」

小茉滿臉無奈。我拉起薄被，蓋在她身上，再從被底下分別拉出她的手。「你看，我用被把你蓋起來了，放心了吧！今天到此爲止。」

「可是，燈要關起來。」小葇終於說。

「當然，這次關了，今晚永遠不再開，明天等太陽爲我們開燈，好不好？」

小葇點點頭。

「我要關燈了，小葇，好好看看我，等下燈一關，你就看不到我的存在了，你只能感覺我的存在。」

「我有點怕看不到你了，你對我的眼神，雖然充滿了侵略，可是你會在侵略中保護我。一旦燈光把眼神遮掩了，我怕我失掉了保護。」

我把眉毛一揚，笑著。「你的意思是說不要關燈是不是？開燈你不怕看到我的裸體？」

小葇無奈的想了一下，最後結論是：「還是關了吧。」

我關上了燈。我脫光了衣服。我輕輕掀開了被。

小葇向旁邊挪動了身體，讓出空間讓我躺下。平躺在床上，赤裸著，我深呼吸，像是剛被上帝造出來的亞當（Adam）。不同於亞當的是，上帝使亞當熟睡，取下肋骨造了女人，而我這亞當還沒睡，上帝就爲我造出女人來。上帝眞優待我。

我一句話也不說，一動也不動。好久好久。

一片黑暗中，小葇終於忍不住，說話了。「你還好吧，萬劫？」

我不作聲。

她又問，我仍不作聲。

突然間她側過身來，伸出左手摸到我鼻尖，摀住我鼻子，研究我是否在呼吸。我用力憋住氣，一動也不動，好像呼吸停止了。她把手從我胸前滑下去，直摸到我肚子，我仍努力憋住，任肚子起伏停止。

她不肯上當，她摸著我肚子，動也不動。最後，我憋不住了，爆炸式的，突然吸起氣來，嚇了小葇一跳，她叫起來。我立刻用右手壓住她在我肚子上的手，不許接觸到我肉體的小手離開。

「你好壞，你裝死，你在黑暗裏嚇我。」

「不嚇你又怎麼保護你。」

「不許再嚇我了，你知道我怕你死。」

「那你就要讓我滿足。你讓我滿足我就不會死。」

「我難道不是一直讓你嗎？」

「是一直讓我，可是現在呢，我們是這種情況在一起，像兩具裸屍。」

「你老說恐怖的話，怎麼是你所說的呢？」

「因爲赤裸的，沒有任何動作的情況最像那個。」

「裸屍怎麼會在一起？」

「雨果（Hugo）的『巴黎聖母院』（Notre Dame de Paris）最後就是那樣在一起，但不虛此裸，那對男女是有性行爲後化爲枯骨的。」

「我記得那部小說明明是女的先死了，你說的不對。」

「我說的對，是女的先死了，可是愛她的鐘樓怪人最後屍姦了她，再死在她身上，最後被發現時，已是兩具抱在一起的枯骨。」

「你在代孔夫子立言以後，又替雨果寫小說了。」

「我說眞的。事實就是那樣。」

「好恐怖啊！」小葇貼近我，她抽出左手，摟過來，抓緊我右肩。這時候，我淸楚感覺有可愛的小奶貼在我右臂。「怎麼會發生那種事？」

「屍姦也是一種刺激，歷史上這種實例不少。」

「是性變態？」

「當然是。」

「你會嗎？」

「當然不會。不過，純假設性的說法，如果你死了，你的裸屍在我面前，蒼白、肅穆、莊嚴、淒楚、又美麗動人，在燭光下、在教堂裏、在聖樂聲中，並且只有我和你，那時候，此情此景，我懷疑我會放過你，我願意跟你做了，然後跟你一起死去。」

小蓁更緊緊抱住我，她把上身更側過來，緊貼在我胸前，小乳房也貼在我胸前。「你愈說愈恐怖，不過，也淒美動人。沒想到我死了，還會得到你的喜愛、垂憐和……」她猶豫著選擇詞彙。

「和性變態。」我接上去。

「對了，」小蓁笑起來。「和性變態。」

「現在，我又有了新的害怕理由，你不是眞的性變態吧？」小蓁湊到我耳邊。

「我偷偷告訴你眞話。近一點，靠緊我。」小蓁更貼過來，上半身斜靠我胸前。「我的眞話就是：我眞有性變態。」

「啊，好恐怖！」小蓁叫起來。

我輕拍她的背。「不要怕，是很輕微的那種性變態，幾乎是性常態。」

「那一種？」

「明天你查書架上靄理士（Henry Havelock Ellis）『性心理學』（Psychology of Sex），你就知道了。」

「我要先知道。那一種？告訴我。」

「那你要躺好，才告訴你。你不要這樣斜著身體，這樣多不舒服，來，躺上來，躺在我身上。」我雙手托住她的腰，朝我身上移，小葇忘情的順從了。她上身緊貼住我，一對小奶緊貼在我胸前，下身雖然左腿也跨在我腿上，但卻翹起小屁股，顯然的，她不敢伸直身體壓下來，她在躲避，怕會壓到什麼。

「現在，」我開口。「告訴你我輕微的性變態是什麼吧——」我停住了。

「是什麼？」小葇伏在我肩上。

「是我有一點點虐待狂，我喜歡我的小情人有一點恐懼、一點疼痛、喜歡看到她這種表情、聽到她這種聲音。相對的，我也有一點點被虐待狂，喜歡小情人折磨一下我。整個的比喻像是你家小狗輕咬著你，你也回咬著牠，雙方都會被咬得叫起來，可是誰都沒眞咬了誰。這個比喻並不很夠，因為與小狗咬來咬去只是遊戲，沒有情欲，但男女之間有情欲，由於這種輕微的虐待狂可以使我興奮，所以，我高興我有這種變態，如果稱得上是變態的話。」

「那——你會虐待我嗎？」

「當然會，可是，一種力量約束了我，就是如你剛才所說的，對你的喜愛與垂憐，因爲這種緣故，我的所謂虐待狂，都是在我的小情人可以接受或忍耐的限度內，不可以硬來的，即使我很硬。」

「好的，知道你不會虐待我，我就放心了。」

「你看你這種姿勢，」我拍拍她的小屁股。「翹得這麼高，會舒服嗎？來，把身體放平，全部躺下來，躺在我身上，表示你對我完全放心。就這樣睡在我身上吧，請永遠記得，男人的肉體就是你的床，放平身體，睡吧！」說著，我雙手放在她小屁股上，幫著輕輕壓下去，直到她全身貼在我身上。小棻當然感受到她身體相對部分碰觸到什麼，一開始她有點顫抖，但在我的擁抱與慰撫下，她接受了横在外面、横在兩人身體中間堅硬的、可怕的事實。我興奮極了，一次又一次突然緊抱著她，每抱一次，她就叫著、喘息著、哀求著，顯得癱瘓無助、欲仙欲死……

事實上，我還沒做什麼呢，沒開始做什麼呢，這白嫩嫩的小女生已經全無拒絕的意志或抵抗的餘地，非常明顯的，此時此刻，我不可以爲所欲爲嗎？但我決定約束我自己，想想看，整整十多個小時了，這小女生由相識到相戀，由相約到黑暗中裸裎相見，她已經爲我做得、讓我做得太多了。一九七〇年七月二十五日，二十歲生日，下午認識了你這男人，半夜就在黑暗中、在薄被裏，使她赤裸的躺在這男人身上。到此爲止吧，不要把事一次做盡、不要把福一次享盡，留點餘地、留點回味和想像空間給這小女生，也給我自己吧。

輕拍著小葇的背，讓她在我身上緊張、鬆弛、再鬆弛。我也跟著鬆弛下來，那堅硬的、可怕的，也在我的決定下，失望今晚無法有所作爲、無法爲所欲爲，也鬆弛的休息在那兒，在上面那麼溫柔的覆蓋下、那麼毛茸茸的廝磨下休息，也是一種喜悅、一種樂境。施暴與發洩固屬本色、固屬本性，但留到明天來別有洞天、留到明天來延長這一征服和占有過程，也是極樂中的奇趣。不是嗎，萬劫先生，你如此幸福，眞該感謝可愛的小葇，一天下來，她最後讓你感同身受，赤裸的貼在你身上讓你身受，你的未來尚有何憾？你的人生尚有何求？今日應盡，等到明天吧，明天又是享受小女生的日子、蹂躪小女生的日子，如果你捨得的話。

*　　*　　*

對昨天說來，明天過了就是後天、就是大後天，大後天後再過四天，就是小葇和我預定的分開日子了。時間只不過短短一百六十八個小時，所以，兩人的時間單位，是以時計的而不是以天計的。但我也不要以時計，我要渾沌一片，要「行歌不記流年」那樣不記流月、不記流日、不記流時，我只要回歸太初、回歸元始、回歸天地初創、回歸宇宙洪荒、回歸玄黃乍變、回歸陰陽顚倒。像是古書「呂氏春秋」所描繪的：「陰陽變化，一上一下，合而成章，渾渾沌沌，離而復合，合則復離。」到那種境界的時候，只有不斷的上下、不斷的離合才有意義，時空幾乎沒有意義，當然也就對我沒有限制。做了皇帝，有「起居注」，記錄自己的一舉一動，但做了神仙，誰還需要「起居注」呢？神仙生活不是每一件都是欲仙欲死的快樂嗎？神仙的快樂能記錄完整嗎？神仙的快樂能筆墨形容嗎？都免了吧。不過，即使不能記錄完整或筆墨形容，眞正會享受人生的神仙，還是多少要講求永恆的短暫、講求靈光的一閃。奇怪的是，觀察這種境界，反倒不是電影式的連續，而是幻燈片式的片段，在片段與片段的夾縫裏，給想像留下空間、留下餘韻、餘味與餘情。甚至，在幻燈片式的放映中，再來幾張空白的、曝光的、模糊的、朦朧的，不也很好嗎？赤裸的情人到了太虛幻境，陰陽流轉，可有比古來各種愛經圖書更精彩的畫面呢，又不是教科書，何須那麼一筆一筆的寫盡呢？只要因緣隨意、即興而發就好了，是蜻蜓點水吧？是飛鴻踏雪吧？自然而輕盈的，像是「警世通言」小說中一頁說的：「行雲流水，一絲不掛。」那多好啊！並且，看「警世通言」嗎？也別看整本的，把書丟在草地上，躺下來，讓風來吹它和你，風吹那頁就看那頁，這才是眞正灑脫啊！就這樣吧，不要電影式的，而要幻燈片式的，我要留下一些幻燈片，讓風吹起。

*　　*　　*

第一片。

風眞吹到草地上了。

因早晨的陽光是和煦的，照在小茱白嫩的皮膚上。我警告她只曬半小時就好了，千萬不要曬黑，我喜歡她的白淨。小茱在陽光中瞇著眼。「不久我就下山了，你看不到我曬黑的時候。何況，即使我曬黑了，我也很乾淨。」我笑了。「你在我眼裏和心裏，永遠白淨。我可以『強暴』你，但卻無法『姦污』你。一、誰能污染一朵白蓮呢？二、我也是白蓮。」

*　　*　　*

第二片。

「我走了以後，你會想我嗎？」小茱問。

「我想我會盡量不想你。」

「你不愛我了嗎？」

「當然愛你，可是要盡量不想你。想你這種回憶離我太近了，太近的回憶會使自己不安，要與回憶保持距離——至少要保持好多年的距離，二十年、三十年，才更好。」

「我覺得你眞是高深莫測。」

「像我這種男人不需要太多的回憶。太多的回憶是不灑脫的。不過，對你這樣惹人回憶的，我還是要灑脫的回憶，灑脫的回憶就是常常想你的音容笑貌，我也會笑起來。回憶可以，可是絕不傷感。傷感是不灑脫的。所以，爲了回憶的緣故，我們要做大量『歡樂滿床上』的事。回憶是一種能源，沒有它們，冬天會很冷。」

＊　　＊　　＊

第三片。

小葇和我在一起，並沒膩在一起。

我們非常有默契的在客廳生活著，或分別看書、或一起閱讀、或朗誦幾段、或東翻西找、或小坐談心、或相擁笑傲、或「不可收拾」。所謂「不可收拾」，就是她每每被我帶到卧室去……

*　*　*

第四片。

你知道海水會結冰，你知道怎麼結的嗎？你知道這裏面有節節抵抗的不結故事嗎？海水因含有鹽分，與淡水結的冰不同，結冰點比較低。當開始結冰時，形成圓形小斑點，散布在海面，不久即具有結晶狀態，但凍結部分仍為淡水，鹽從中間分析出來，留存在沒凍結的海水中，叫做鹽水（brine）。溫度繼續降低時，鹽水再繼續結冰，但最後仍有一部分鹽的結晶或濃度極大的鹽水存在，它們拒絕結冰。

清秀的小棻有一股冷豔之美，她不笑的時候，那股冷豔之美就會特別顯著。當她把這種美用來阻止我的時候，她變得非常莊嚴。與海水結冰相反，不是一部分拒絕結冰，而是永不融化。每在那種情形，我就想「強暴」她。「強暴」是唯一融化她的方式。

但是，「強暴」她是不可思議的事，你如何能對一個玉潔冰清的女神施暴呢？她會使你熱情如熾，可是包在冰塊裏。

＊　＊　＊

第五片。

小葇第二次洗澡的時候，我決定不給她單獨洗的機會了。我在浴室門口，聽著水聲，知道她已在浴缸中了。我說我要進來一下，她說你先關燈，再進來。她大概以爲我又來給她在黑暗中洗背了。但關燈進去以後，我摸黑脫光自己，也摸進了浴缸裏。小葇尖叫了一聲，問我怎麼可以這樣。我說昨晚在黑暗的空氣中我們不是裸體在一起嗎？今天在黑暗的水中也該在一起，否則太歧視水神了。水神是得罪不起的。小葇笑起來，說你說的什麼話。我提議給她洗背，她轉過身來，默許了。可是這回我把背的定義無限擴大了。黑暗中我洗了她全身。當我洗到她的小奶和陰部時，她用手來攔住，可是，在我堅持下，她也任憑我爲所欲爲了。洗她陰部時，我特別要她跪在浴缸裏，這樣才能露出水面來洗。我最喜歡看美女腿在水中，但卻露出大腿以上的裸體部分，浴室全黑，看不到這一畫面，但我可以摸到洗到、可以感受到，還是別有情味。我興奮極了。隨後她說既然洗好了，放她起來，我不肯，我要她爲我洗，也先從背洗起。最後，我逼她洗我全身，她屈從了，但卻閃躲著她害怕洗的，我握著她的小手，強制她洗，這是我們認識以來她第一次用手服侍粗大與勃起，還包括周邊的，我感到她非常羞澀、非常害怕，但我卻極爲高興，高興這大學女生終於洗出男人來。什麼是男人？只有從掌握裏才眞的開始知道啊。

* * *

第六片。

第二天的晚上。浴後，在床上。

比照昨天，我們又在黑暗中，小菉全身赤裸，伏在全身赤裸的男人身上，男人就是勃起的我。

入夜，除了夜行性的動物，一切本都屬於歸宿狀態，人在家裏，鳥在巢裏，萬籟俱寂，萬物也各就各位。只是，當它勃起的時候，好像宇宙萬物中突然多出了它，不可小看的它，堅硬、挺拔、長大、粗壯、熱情，並且，穩定中有點徬徨，因爲它覺得它應有歸宿。那歸宿不止於一個「空」把它存放、不止於一個「套」把它套住，而要給它吸收、發洩、牽引與慰藉。否則，它像宇宙間的遊魂——龐然大物的遊魂，沒有著落，永無寧夜。

當小菉伏在我身上的時候，遊魂已不再同意昨晚的忍耐，它拒絕被壓在陰毛叢中。當它的抗議瀕臨爆發時，小菉好像不自覺的張開腿，讓它歸宿在兩腿中間，被夾與被壓的感覺都令它興奮，但被夾更好，因爲天堂更近了。

＊　＊　＊

第七片。

安撫它是一件困難的工作，比獨夫蔣介石侈言「反攻大陸」更困難。過了不久，它就發現被夾在兩腿中間其實並非眞的歸宿，想進天堂的人，在天堂門外，只是快樂的過渡。

還是先用幻想來安撫吧。

我幻想我翻過身來，壓在她上面。在小薏阻止的哀求裏，我暫停下來。小薏俯臥在床上，我又俯臥在她身上。小薏喘息的阻止我，我喘息的阻止我自己。小薏說：「你知道我很怕，我只有信任你，因爲你是可以信任的，我不能阻止你，我不能阻止你，但是……不要，還是不要好……求你不要……我知道完全在你，我已經一點也沒法阻止你，我……我也不要阻止你。哦……我不幫你不要，我只要你不要，我知道對你是太難的，可是，可是，你愛我，你會……你一定會阻止，你會因愛我而不這樣。你會的……」

「我會的，」我說著，氣喘著。「我會知道你太小，我要給你時間去躲避、去拖。只是現在這樣了，還是讓它輕鬆一下，讓我們一起來給它另一種方式的滿足，然後放開你。你只要表示你信任，它就會乖下去，你愈信任，你就愈安全。」

「我信任，我信任。」小菉幾乎叫著。「你要我怎樣，我就照你說的，你要我怎樣，你救我。」

我建議小菉翹起小屁股，要讓步，讓那根可怕的在外面碰碰她，應該碰一碰就好。我再勸它應該滿足，你已經碰到了，該乖下去。反正是你的，你不要太急。我這樣勸它，它會同意的。

小菉無言，只是低泣。我把手伸到她小腹下，試著、暗示著她抬高小屁股，她一開始猶豫，接著屈從了……

突然間，小菉開始了尖叫，那堅硬、挺拔、粗壯……所有陽剛的形容詞都集中化爲一個動詞，集中向她那嬌嫩的肉體頂進，其實動詞是憐惜小菉的，因爲它阻止了長大那個形容詞，使長大不可以跟進。結果所謂頂進，只是頂端的進入，絕大部分的長度，還暫停在外面。

小菉的尖叫與低泣是惹人憐惜的，但頂進也是憐惜的一種。難道不是嗎?當動詞感到有某種滑潤的徵象在四周，長大那形容詞也就理直氣壯要求同等待遇了。可憐的小菉，最後是你、是你，終於疼惜了所有的形容詞……

本來是幻覺安撫的，不知在什麼時候，幻覺已經成真，我開了床頭的燈光，一片光明下展現出小蓁正在被憐惜的背影，我又撐直兩臂欣賞著，又坐直上身欣賞著，正面看她漂亮瘦弱的背部，轉過頭去看她修長迷人的雙腿，興奮的聽著她的尖叫與低泣，還伴同著一再哀求，但這些聲音，都化成我對她「強暴」的配音，是催情，也是伴奏，直到我又憐惜了她，提醒這是處女的第一次，不要過分爲難了她，我才強制我自己該停止了。我在緊張的高潮中放開了自己。最後，我把液體的白色留在她裏面，把液體的紅色從她身上取走。小蓁信任我，她付出處女的她，給了我永恆的血證。

*　*　*

第八片。

像是沖決了的堤防，一切都攔不住了。失掉處女不是一個結束，而是一個開始。五花八門等著她、多采多姿等著她，一次啊又一次，小蓁只是屈從和無奈。但是，愛情是什麼？愛情就是快樂的屈從、愛情就是快樂的無奈。

*　　*　　*

第九片。

常是爲了開燈做還是關燈做，兩人不同。

最後小茉拗不過我的開燈論，她提議：「開燈也可以，但有一個條件，就是眼罩你來戴。這樣，燈雖開了，至少你看不到我。」

「你錯了，」我說。「你戴的時候，你看不到我在看你，那就是沒看到你。你戴了，可以完全看不到我；而我戴了，你還是看到了我，只不過看不到我看你的眼睛而已。你還是看到了裸體的男人。想想看，你戴我戴，那個划算？」

「好吧，」她幾分無奈的說。「看來還是我戴好一點。但是……你還是要戴。你和我全戴，好不好？」

「一點也不好，你戴我戴，兩人眼前一片漆黑，又和關燈有什麼不同啊？」

「有不同的，就是滿足了戴眼罩的安全感。」

「問題是爲什麼要關燈？爲什麼要戴眼罩？」

「因爲不想看見自己不想看到的。」

「也不想讓人看到人想看到的。」我補了一句。

最後我同意兩人全戴了，但我卻偷偷拿下來，享盡了她戴眼罩的呻吟和裸露。

＊　＊　＊

第十片。

我對小茱說：「奉勸你除非有把握可以永遠拒絕它，否則你還是經常關懷一下它，讓它的能量不要壓抑得太多太久。不然的話，當你一旦不能永遠，它像一座終於爆發的火山，能量釋出得令你無法負荷，你會一再求饒。」

「我不給它機會，我也不求饒——我會喊救命。」

「那時候誰來救你啊，爲了配合它，我的全身，你的全身，全身的每一部分都是蹂躪的幫凶，那時候，你會後悔平時沒有關懷它，引來它最後的壓抑太久的『能量大釋出』，使你要死要活，雖然你仍會喊救命。可是，神仙來救你你恐怕都說免了，因爲你自己就是神仙。」

＊　＊　＊

第十一片。

今天是幾號了? 噢，不要管它幾號。尋歡的人，誰管幾號? 要號，就是「流號」，每一天都在流動，流到「廣漠之野」、流到「無何有之鄉」，鄉野是莊子說的，但莊子算什麼，他那能像我們這樣逍遙，在這裏，眞正貫穿了他的理論。

* * *

第十二片。

最喜歡把眼睛閉起來，埋在她大腿的內側。光滑、柔軟、溫暖、香馨，還有彈性……眼睛埋在那裏，我願從此一瞑不視，那是我永遠嚮往的安息地方。

不但大腿內側是我的「息眼之所」，吻上去、舔上去、摸上去、堅挺的前端擦上去、塗上去，最後也貼在那裏休息，那也同樣是我嚮往所在。不過，還有一個地方，和大腿內側一樣好，那是專屬堅挺的，雖然舌頭和指尖也爭相和它親近，但是，當堅挺的出現時候，立刻形成獨占的局面，因爲它是「費里塞斯特」(Phallicist)!

* * *

第十三片。

小葇怪我做得太多了，她實在受不了「日夜蹂躪」。閉著眼睛，有點憂愁。她說她最好一個人睡一夜。我捧住她的臉，要她睜開眼睛，她睜開了，不太敢看我，但我使她目光與我相對。「你猜是什麼事？——我同意今晚在沙發上睡，可是要有一件你的東西陪我睡。我要脫下你的內褲陪我睡。」我說得很認眞、很堅定。

小葇輕皺了眉頭，但是掩不住她的好奇和笑意。

「好不好？」我催她同意。「人家愛屋及烏，我卻愛人及內褲。答應了，好不好？」我輕拍她的臉蛋。

「你好怪，」她終於說話了。「你的念頭好怪，你的要求也好怪。你大概有心理變態，你大概有『物戀』的毛病。」

「看到你這樣可愛的人，我所有的毛病都會發作。輕微的『物戀』是正常現象。我要你的內褲，條件之一是我要親手脫下它。」

「天啊！你——」小葇用手摀住我的嘴，不許我說下去。可是我輕咬著她的指頭，還是說下去。

第十四片。

小棻笑我貪戀她的內褲，她說那是性變態。是嗎？如果是，我寧願那種變態。何況，又不止於我。一千六百年前陶淵明寫「閑情賦」、一百六十年前丁尼生（Tennyson）寫「磨坊主人的女兒」（The Miller's Daughter），他們都明目張膽要變成美女身上的一部分衣飾呢！從羅帶開始，都圍著美女肉身上轉，我的變態，比他們可輕多了。

* * *

第十五片。

我與心愛女人的關係基本上是一種射出，恰如邱比得（Cupid）射出一樣。不同的是，邱比得的射出是使男女情人中箭、射出的對象是情人雙方；但我的射出，卻是我自己做邱比得，射出給我心上的人。

所謂射出，有著不同的情況，從精神投射到肉體射精……都在它範圍之中。情人愈有魅力的，引發你的投射愈多，誰能跟小棻比呢？

*　*　*

第十六片。

早上，我先醒了，看她睡得那麼熟，我輕輕下了床，在書床旁，我代她戲擬了

萬劫先生守則十二條

第一條　我答應少做那種事。

第二條　不得已要做，我答應關燈做，至少一半時間要關燈做。

第三條　做的時候，我答應不問各種奇怪的問題。

第四條　做的時候，不得已要問，我答應不堅持聽到她的答案。

第五條　我答應限時，每次不要做得太久。

第六條　我答應姿勢變化要少一點，尤其少用坐姿。

第七條　我答應不讓她扮演各類女人。

第八條　我答應不要太深。我也答應不要太硬，或硬得太久。

第九條　我答應不逼她呼喚那個又硬又久的名字，每次呼喚，她都自動加個「大」字的形容詞，她眞惹人歡喜。

第十條　如她要求，我答應讓她穿戴一點點東西，以爲遮掩，比如說，讓她戴太陽眼鏡。

第十一條　君子動手不動口，我答應不每次都以用口爲前奏。

第十二條　做完以後，我答應不問令她難爲情的任何問題，不逼她描寫經過。

戲擬完畢，我把它藏起來了。因爲我每一條都做不到。雖然如此，我還是與小菉另訂了幾條條約，給她一些「人身保護條款」。

＊　＊　＊

第十七片。

不平靜是低手、是凡人的愛情，平靜是高手、是情聖的愛情。情聖得其靜趣、得其禪機、得其神往、得其心凝，絕大部分是他自己的「內部作業」——因外有所得而內有所獲、因外有小交會而內有大波瀾。但丁的「神曲」，就是這麼來的，但女主角卻不知道。這是何等「內部作業」、何等偉大的「內部作業」！也許有一天，我會以「內部作業」方式，寫下小菉和我的情史。

*　*　*

第十八片。

不入流的情人是多愁的、善感的、病態的、懨懨的、「爲伊消得人憔悴」的、尾生式的、賈寶玉式的、爲一隻鳥唱歌都要傷感的。這種情人看花也愁、看草也愁、看雲也愁、看月也愁，他們的感情一觸即發，是早洩式的。這種情人的長相，是多麼討厭、多麼病態啊！

第一流的情人就不這樣。新式的情人是笑口常開的、灑脫無比的、幽默的、會謔人也會自謔的、來去自如的、不患得患失的、健康的、調情的、眉來眼去的、奇兵突出的、突現的、變化莫測的、飄忽不定的、有活力生命力的。

第一流的情人沒有一點痛苦的情緒，因爲他淸楚知道，痛苦是一種毫無好處的情緒、一種最可惡的情緒。一個人在同一時間，只有這唯一的一小時、這永不再來的一小時，這一小時，用來做甲就不能做乙、用來痛苦就不能快樂、用來自尋煩惱就不能自尋快樂。事實上，煩惱以外的快樂或其他有意義的項目，還多得很，同一小時內，去自尋煩惱，自然就把自尋快樂或其他有意義的項目的時間擠掉了。

我與小蓁充滿了第一流情人的特質。

*

*

*

第十九片。

寫了一首「直到這一刻來臨」：

享受她柔情似水，
享受她眼波如神，
享受她哀求、閃躲、掙扎，
享受她喘息、淚痕。
多少幻情，
多少等待，
直到這一刻來臨。

看她用身體作畫，
畫出她纖弱均勻；
聽她用聲音作譜，

譜出她宛轉呻吟。
多少幻情，
多少等待，
直到這一刻來臨。

她一切爲我成長，
她一切爲我橫陳，
她心上歡喜奉獻，
奉獻給身上的人。
多少幻情，
多少等待，
直到這一刻來臨。

*　*　*

第二十片。

「你的工作成績這麼好，獎品是我讓你擦一下鼻尖。」她說。我湊過去，用鼻尖跟她的鼻尖抵住，她立刻閉上了眼睛。「讓多久？」我抵著不動，問。「一分鐘。」她規定。「什麼時候開始？」「只剩五十秒了！」「哎，這不公平，談判時間不能算在內。」「還有四十五秒。」我不敢多說了，我要趕快享受這一剎那。她的氣息是清新的，是一種紫羅蘭的香味，我渴望把她吐出來的空氣全部吸盡，我神秘的相信，重新把它們呼吸過，將是我最大的滋養。她的氣息和我的相通著，一動都不動的鼻尖接觸，最能體會到這一感應，比接吻還要顯明。接吻的感覺比較複雜、比較激烈，雖然也有氣息相通，但卻沒這樣單純、這樣寧靜。肉體的接觸有多種形式和不同趣味，其中有雲雨澎湃、欲仙欲死；有淡煙疏雨、心蕩神移。鼻尖的接觸在肉體的接觸中，屬於最輕淡的一類，情味非常特殊，它使她和我的意識都凝匯在鼻尖上，全神貫注、靈犀相通。瑜伽術中呼吸法有一種蘇卡普魯白克（Sukha Purbhak）鬼話，說精通之人可聽到自己內心的呼聲。我沒有這種經驗，但我從跟她的鼻尖接觸中，感受到一種莫名的專注與交會，我彷彿聽到她內心的呼聲，傳到我的內心，共同交響。

*　　*　　*

第二十一片。

和小蓁在山邊走著，一點風都沒有，卻看到落花的鏡頭。我說：「古人有詩句『風定花猶落』，沒人能對得好，王安石卻對出了，他對以『鳥鳴山更幽』，對得眞好。『風定花猶落』是靜中有動；『鳥鳴山更幽』是動中有靜，多美啊！只有一種情況是跟這美相當的。」小蓁問：「那一種？」我神秘的笑說，「你是聰明的，你想想看。」小蓁的臉一片泛紅，她明白了。

*　*　*

第二十二片。

一隻蚊子叮了小蓁一口，我說：「我眞盼望牠也叮我一口。」小蓁問：「想感同身受嗎？」我說：「不是，而是我想起英國詩人約翰敦（John Donne）的『跳蚤』（The Flea）詩，詩中說跳蚤咬了你又咬了我，在牠肚子裏，我們的血合在一起。不過，不靠蚊子或跳蚤，也有使我們合在一起的，就是你一直怕的。」小蓁皺起眉頭。我解開褲子拉住她的手，要她握一下。因爲緊張，她握得更緊，纖細的小手顯出了在用力。——本來是因爲怕握而該握得更鬆的，但卻適得其反，在緊握之中，更顯示出親密。

第二十三片。

我相信愛情一部分是靈肉一致的關係，另一部分是純靈的關係。靈肉一致的關係有它的極限，但是純靈的關係卻沒有。所以，「精神戀愛」對某些情人說來，是有道理的。我和一些我心愛的情人並不上床，或並不急於上床，其意在此。當然另有上床的，那是靈肉一致的關係，不是純靈的關係。這兩種關係，都是令人神往的。小葇是唯一能使我又純靈、又靈肉一致的。因爲在靈肉一致以後，她立刻會轉化成純靈狀態，純潔得使我一塵不染，莊嚴得使我神交夢馳。

* * *

第二十四片。

我說：「『浮生六記』裏寫芸娘，說她『瘦不露骨』，這是最好看的女人。英文怎麼翻？該叫 skinny，女人全身瘦瘦的，但骨頭不露，像你這樣。」

裸身向上的小葇羞怯的低了頭，顯然的，她偷看了一下她自己。我赤裸的坐在她身上，看著她。那不是看，而是一種情焰。我好喜歡好喜歡她的 skinny。尤其她的一對乳房，聰明而嬌小，奶頭淺淺的，向上翹著。旁邊瘦得稍稍露出肋骨，更是「瘦不露骨」的極品。兩百年前，法國新共和產生，以裸露的乳房象徵自由和平等，對我說來，這對小奶，對我是自由，摸起來屬於我的自由；是平等，每個都平均對待、平均摸到的平等。

*　*　*

第二十五片。

與小葇徜徉，永遠在眞幻之間交錯。或以幻爲假，其實幻也未嘗不眞，是眞的另一面。相對的，眞之爲物，也並不與幻相對，它其實也未嘗不幻，是幻的另一面。寫了一首「眞與幻」：

人說幻是幻，
我說幻是眞。
若幻原是假，
眞應與幻分。

但眞不分幻，
幻是眞之根。
眞裏失其幻，
豈能現肉身？
肉身如不現，
何來兩相親？
眞若不是幻，
也不成其眞。
眞幻原一體，
絮果即蘭因。

這詩的立論是很明顯的，眞幻實爲一體，但是幻是更根本的。這種根本，並不是笛卡兒（Descartes）「我思想，所以我存在」（Cogito, ergo sum）那種，而是眞是存在的，但只有根之以幻才成；而幻的存在，也要附之以眞才成。這種關係，有點玄妙，但在第一流的愛情裏，我們便可看到它的相成。沒有幻的愛情，其實是一種假的眞，「假作眞時眞亦假，無爲有處有還無。」當你追求的純是眞的一面，你將發現眞只是缺憾、現實與索然，並且變化不居。逃離這種情境的方法只有「意淫」、「精神戀愛」、「限時分手」，此外別無他途。

*　*　*

第二十六片。

有人講究不立文字、有人聲言欲說還休，多少美麗的、令人沈迷的經歷，難道眞的就讓它們無聲的滑過？無痕的走過？但又如何留下它們？憑電影？憑錄音？憑繪圖？憑照片？這些憑，各有它們的功能，但是，誰又能忽略了紙上和筆下？總有些是只有紙筆可憑的，還是留下一點罷！有一天，你也許會發現，爲了博君一粲、爲了共度的美好時光，在不立文字時偷立了一點；在欲說還休時偷說了一點，也許不算多餘。畢竟這些，不是 oral 做得到的，也不是說得出口的，更不是時間上可以過去的。對了，就用法語中的「未完成的過去式」來寫吧，用現在式講內容，但整個畫面卻已過去，小棻和我的一切，永遠只有未完成，永遠沒有過去式。

*　*　*

第二十七片。

永遠沒有過去式。小茱終於同意我用拍立得爲她照了三張裸照。裸照使過去式永遠變成現在式，它青春永駐、它美麗長存。照好以後，我自動放棄所有權，我說她離開我的時候，可以帶走。但小茱笑了。「能帶走的，我都不帶；不能帶走的，都願留給你。」

*　　*　　*

第二十八片。

其實，享有青春美麗女人的可愛，只有在幾種設限條件下才存在、才永恆存在，那就是在時間上，短暫；在空間上，距離；在關係上，神秘；在離合上，無常。其中距離最令人奇怪，當裸體在一起時候，還有距離可言嗎？那時可說沒有，但裸體過後，就要把距離恢復，像從遙遠的山頂上下來，你又同它保持了遙遠。

但是，裸照卻超越了一切。它似遠而近、它似親而疏、它反倒是永恆的存在。

*　　*　　*

第二十九片。

小茱說：「看你是一個快樂型的人，其實你對愛情好悲觀。」

「正因爲悲觀於先，所以才快樂於後。大概是我太聰明了，太了解愛情的本質了，所以才時時要先發制人，掐死愛情，而避免被愛情掐死。恰像玫瑰盛開的時候，你把它掐下來，在它最好的時候，送給情人，做了最好的歸宿，雖然它很快會凋謝，但不掐它，讓它老死枝頭，又有什麼意思呢？」

「也許問題在——」小棻想了一下。「在你掐玫瑰的時候它只是蓓蕾，含苞還待放，另一方面也沒有情人可送。可是你卻成了採花摧花的人，結果可能是八個大字，——『情人何處？玫瑰何辜？』不是嗎？」說著，她把頭一斜，笑著看我。

「我絕不會在沒有情人的時候無緣無故掐玫瑰，無緣無故把一朵花掐下來的，只有女人幹得出來。」

「別忘了花匠也如此。」

「別忘了女花匠尤其如此。」我補充。

「你不是男花匠嗎？看你家裏的植物照顧得不錯，好像你難逃是花匠？」

「你錯了，你注意到沒？我家只種一種，並且還不是花，只種綠葉黃金葛，只爲了它常綠而有特色。我喜歡常綠而有特色的女人，我不看女人的秋天。對我，你是一個沒有秋天的女人。」

第三十片。

小蕖眞是沒有秋天的女人，她想有秋天，都不可能了，因爲我的冬天，來得太早了。

＊　　＊　　＊

＊　　＊　　＊

「你的女朋友很多吧？外面都傳說你是風流的文人。」小蕖問。

「外面傳說錯了，其實我不風流。不過，若照『風流』兩字的古典定義，就是唐朝人『吾愛孟夫子，風流天下聞』那種正面的意義，我倒可算『唐朝風流男』。若照今天一般的風流意義，我根本不算風流。」

「爲什麼？」小蕖好奇。

「爲了我從不涉足風月、從不酒食徵逐、從不亂扯女人。我的女朋友都是精挑細選的，標準是很嚴格的，正因爲如此，被我看中的女人少之又少。萬一看中了也沒用，要雙方『來電』才成，否則也失掉了機緣。所以，我的女朋友其實很少。」

「今天這個島上，一般說來，男人不怎麼樣，可是女人愈來愈怎麼樣了，有的女人已經很好了，你還從嚴錄取。」

「很好是不夠的，很好是最好的敵人，有了很好，就不太會有最好了。」

「那你要怎樣？」

「我要最好。我生平喜歡的就是最好。最好是一流的，很好是二流的，我生平不喜歡任何二流的，包括二流的敵人。」

「你這種人生觀，使你看到的東西都是單數，因爲最好的都是單數。」

「所以我看到你。」

小棻笑起來。她慧黠的反問：「如果我不是單數呢？比如說，我是同卵雙胞胎，有一個一模一樣的我，你怎麼選擇？」

「我還是會二選一，選到你。」

「萬一你搞錯了呢？」

「搞錯？我倒眞希望我搞錯呢！那我就有一對你了。」

「你有點可惡！」小棻瞪我一眼。「你這話若給新女性者聽到，她們一定要代我爭女權，要求你萬劫先生也要兩個，也是雙胞胎，那才公平。」

「比照『西遊記』唐僧的經驗，那可很危險喲。」

「危險什麼？」小菉詫異。

「眞實的唐僧取經歷史不是神怪的，和『西遊記』不一樣。眞的唐僧萬里孤征，只有一個人，他眞了不起。記錄上說，唐僧在取經途中聽說有『雙頭佛』。『雙頭佛』是一個身體卻生出兩個頭的佛，原來有兩個佛教徒造兩座佛像，可是他們太窮了，於是佛陀乃施出法力，弄出個『雙頭佛』給他們，現在蘇聯聖彼得堡冬宮博物館還藏有這種怪物佛，像是雙胞胎擠在一個脖子裏，我有照片給你看。」說著，我從書架上順手就拿了出來，攤在小菉面前。

小菉仔細看了。她輕輕的說：「眞可怕。」

「這就是我說的危險。如果我是雙胞胎不成，變成畸形兒，我就兩個頭了。你還敢占我便宜嗎？」

「不敢，再也不敢了。」小菉一路搖頭。

「所以，女權主義者走開，還是讓男人享受雙胞胎小菉姊妹花。」

「那姊妹花中你是不是還是特別喜歡我呢？」

「當然，只要我能分辨出那個是你。」

「我總要有我的特徵讓你分辨吧？」

「有的，的確有。」

「是什麼?在那裏?」

「是一顆小痣,在某一個可愛的地方。」

「什麼地方?」

「我說不清楚,我可以指給你看。」

「你指給我看。」

「可是你會拒絕。」

「我答應你,不拒絕。」

「那要在你上床的時候,你脫光了,才能指出來。」

「什麼地方呢?」

「你最怕我看到的地方。」

「噢,不好。怎麼我都沒發現的,被你發現了。」

「我比你更了解你自己,尤其是你的身體。」

「多可怕!變得我在你面前,好像赤身露體似的,多可怕!」

「又有什麼關係,我是你心上的人,又是你身上的人,我們這麼友好,把身體給我看到,讓我快樂、讓我享受,又有什麼不好?你難道不喜歡被我看到嗎?」我摟住她。「等一下，我指給你看，看我在你漂亮的肉體上發現了什麼。」

*　　*　　*

我拉著小棻的手，進了卧室。小棻依偎著我，輕輕在我耳邊說：「你眞的指給我看？」

「當然眞的。」

「可是你不要看，你只要用手指指出在什麼地方就好了。」

「不行，我的手指是跟著眼睛走的。」

「好吧。可是沒有必要全脫吧？」

「也不行，要全身脫光。」

「有必要嗎？只爲了找一顆小痣，痣又不會滿身亂跑，它只固定在一個地方啊。」

「告訴你一個笑話。一個婦產科醫生，病人來時，他都趁機要病人全脫光。有一次來了一個鄉下女人，他叫這鄉下女人先脫衣服，就轉身忙別的去了，等一下他轉回來，看到鄉下女人還沒開始脫，他問爲什麼不脫呀？鄉下女人紅著臉說，你還沒先脫哪！」

小棻笑了。

「還有一個婦產科醫生，也要病人全脫光……」

「怎麼？」小葉打斷我的話。「怎麼你的婦產科醫生都是暴露狂？」

「不是暴露自己的暴露狂，是暴露別人的暴露狂。」我補充。「一天又來了一個鄉下女人，醫生要她全脫光。鄉下女人猶豫了，正在猶豫時，門後忽然閃出一個手提工具箱的毛茸茸裸體男人，鄉下女人大叫一聲，不料這裸體男人說，你們病人脫光了算得了什麼，我來修個水管，醫生都要我脫光呢。」

小葉又笑了。她好奇的問：「你怎麼有這麼多有關脫光的笑話？」

「現在不是笑話，而是現實。你要脫光，我才指出那顆小痣長在什麼地方。限你一分鐘以內脫光，不然，婦產科醫生自己也開始脫了。」

「啊，不要！我脫就是。」小葉叫起來。

「可是婦產科醫生要幫你脫。記住，除非你跳脫衣舞給我看，否則一切衣服，都由我來脫，我好喜歡好喜歡脫你衣服，尤其褲子，尤其內褲。」

「你好色，萬劫先生，你好色。」小葉因情生怨。

「我不是好色，是不願暴殄天物。這麼可愛的女人，脫光她的過程是何等享受，能多脫光她一次就多脫光她一次、能多享受一次就多享受一次。你知道我能有多少這種幸福呢？我的幸福是一次一次可數出的，我太珍惜了。」

小菉突然抱住我，拍我的背。「不要這麼說，不要這麼悲觀。我是你的，我讓你一次又一次享有我、我任你一次又一次做你喜歡做的，我是你的。」

我緊抱住她。慢慢把她放在床上。我先脫她襯衫，再脫她內褲，然後為她指出那顆小痣所在。當她好奇的接受我的指引時，我拿出床頭櫃中的手鏡和手電筒，讓她從強光反射中看個清楚。那是一顆淡淡的褐色小點，安謐的躲藏在一片柔軟的陰毛叢裏，令人關愛。它的位置，本來是一個防守者的位置，防守粗硬龐大敵人的進逼，可是，當我擁有的出現的時候，它彷彿由防守者變成歡迎者。它背叛了小菉，倒向了我。在我每一次出現粗硬龐大的時候，都會不斷接觸到它、摩擦到它，它是我的小可愛。

*　*　*

我從床上起來，隨手拿起小菉的襯衫和內褲。等小菉找她的衣服時，衣服不在了。

小菉趕忙拉床單遮蔽，我坐在床邊，按住床單，不許她拉。

「求求你無論如何給我一點東西穿，這樣子在男人面前，難為情死了！」她蜷縮在床上，兩臂緊抱住小乳房，兩腿緊併在一起，斜曲著，向我投來哀求的眼光。

我站在旁邊，一聲不響，看著她，又退後兩步，側著頭望著，又向左移兩步，換一個角度欣賞著，像是一個採光師，我一直笑著。她看我這樣，又趕忙低下頭，一邊搖著，一邊試探。「我答應爲你做一件小小的事，只求你不要讓我這樣一點遮的東西都沒有。」

「什麼小小的事？」

「你說，我不知道，但我答應做，答應爲你做。」

「既是你提出來的小小的事，還是由你來做，看我滿意不滿意，滿意了，就可以。」

「那做了，你說不滿意，豈不白做了？」

「不會白做，我不會爲難你，只要你做的正是不多不少的小小的事，我就答應你。」

「眞的？」

「眞的。」

「那勾手手表示一言爲定。」她把臂仍舊緊貼在胸前，只伸出一隻小指。我走過去，跟她勾了，順便貪婪的看著她的小乳溝。

「你眞的守信？」她好像不太放心，又補了一句。

「當然眞的，不是勾了手手了嗎？」我點著頭。「好，看你爲我做什麼小小的事。」

「我沒說小小的事，我說的是小小小的事！」這小東西，她開始狡賴了。

「好哇！」我叫起來，「你這不守信的小東西，得寸進尺，偷工減料，剛一言爲定了的，你就開始偷偷打折扣！」

她笑起來。「不是不守信，是你有『健忘症』。」

我決定整整她。

「好，」我說。「就算是小小小小罷，小小小小是什麼，快做給我看！」

「已經做過了！」

「什麼？」

「已經做過了！」

「你做了什麼？」

「小指頭讓你勾了一下，讓你碰到，不是正是小小小小的事嗎？按說你是不准碰我的，現在讓你碰一下，其實已經是破例優待，已不是小小小小的事了！」

我笑起來。「好哇，你膽子愈來愈大了，你騙我這有『健忘症』的人，並且只用一隻小指頭。你看我要不要好好罰你。你說我得了『健忘症』，對了，我就得了，所以我忘了我對你的什麼保證了，我現在要照我的方法對你的身體了……」

「呵……你敢！你敢！」她急叫起來，身體更緊縮著。

「我爲什麼不敢？因爲我忘了。」

「你沒忘，你沒忘，條約上有你的簽字，你難道不認識你的簽名？」

「什麼條約？什麼簽名？」我兩眼向上一翻，裝得傻傻的，還張著嘴。

她笑著，急著說：「我們有一個密約，放在你書桌中間抽屜裏的中間，你拿來看。」

「什麼書桌？什麼中間的中間？」我仍裝著。

「那我拿給你看！」她突然放下兩臂，從床上起來，跑了一步，又驚叫一聲，趕忙退了回去。——她忘了她一絲不掛了。可是我卻趁機看到她跳動的小乳房，和一閃的小毛叢，我渾身感到一股熱流，舒服極了。

她蜷縮在那裏，開始新的協商。

「現在，」她臉紅紅的說。「總該行了吧？」

「什麼行了？」

「你知道的。」

「知道什麼？」

「你知道的，你故意裝糊塗。」

「我不知道。」

「你知道剛才已為你做了一次不但不是小小小小的，而且是大大大大的。」

「剛才？」

「剛才。」

「什麼時候？」

「剛才我——」她停住了。

「你怎麼？」

「你好沒良心，你看到了什麼？你還裝！我為你做了那麼大大大大，你還不知道。」

「我有『健忘症』，我不記得你做了什麼，除非你再做一次。」

「啊！這怎麼可以！」她急叫起來。

「不成！」我搖搖頭。

她開始用喉音撒嬌，要我通融。

「我問你，剛才你是有意為我做的嗎？」

她不答。

「你說，坦白說，是不是有意的？」

「不是。」她小聲答。

「既不是有意的，怎麼能算在為我做的帳上？」

「雖不是有意的，可是你得到的卻是大大大大的，你占了便宜，比有意做的小小小小划得來。所以是可以拆帳而有餘。」

「好，算你有理，饒你不必再做一次，只要——」

「謝謝先生，多謝開恩。」她高興的打斷我。

「先別謝，還有條件呢——」

「好啦，好啦，還有什麼條件嘛。」

「有條件，」我堅定的說。「饒你不必再做了，可是你必須說出你剛才無意中讓我看到了什麼？」

「哎呀！愈來愈嚴重了！這怎麼行，這怎麼行？」

「怎麼？寧讓我看到什麼，也不肯說麼？說比看還嚴重麼？」

她低頭不語。

「好了，如你不肯說，你寫出來也成。」

「有書面字據，那更不行了。」

「那你就再做一次給我看。」

「讓你看到兩次，那太便宜你了！你倒想得好！」

「那怎麼辦？你還欠我一次小小的事。」

「小小小小！」她更正。

「好，就算小小小小，你爲我做吧。好，現在就開始。」

「那我吃虧了。」

「你並沒吃虧，只是想逃避不成而已。你一次是想拿談判時的勾手手投機，第二次是拿無意中的動作打馬虎眼，都被我拆穿了。現在既往不咎，你還是快爲我小小一次吧！」

「小——小——小——小！」她又更正。

「好，就算小小小小。」

「不是就算，本來就是小小小小。」

「好好好，本來就是小小小小。」

「你爲什麼不堅持了？爲什麼這樣順著我？」

「我要討你歡喜，也許你高興了，會把小放大一點。」

她笑了。

「好，」我說。「既然你承認是你有『健忘症』，那我就爲你小小一次，也許是小一次，也許是不大不小一次。讓我想想看。」

「我看我能爲你做什麼？……」她把頭上揚。「哦，有了，我讓你——」

「我爲你——」她聲音愈來愈輕，最後嘴巴動了幾下，可是沒有聲音。

「你眞好。」

我興奮起來了，我身向前傾，靜候佳音。

「我沒聽見。」

「我說過了，你不好好聽，以棄權論。」她噘了小嘴。

「我怎麼沒好好聽，實在是你沒發聲音。」

「就算那樣，你也該會『讀唇術』。」

「好，我忘了用了，請你再說一遍。」

「我不再說了。」

「求求你再說一遍，也考考我『讀唇術』的本領。」

「好，我就考考你。注意呵，我要說了——『我爲你——』」她的嘴唇隨便動了幾下，

我知道她什麼都沒說。我要將計就計、裝他一裝。

「呵，我懂了！」我忽然高興笑著。

「說說看，你懂的是什麼。」

「不必說，快來，我懂了就是！」我站起來。

「來什麼？」她有點急了。

「快來，我知道你的意思了，我的『讀唇術』一百分。」我走過去，彎下腰來。她趕忙縮得更緊，向後躲著。

「哎呀，你先說清楚，說清楚到底你懂的是什麼？」

「你說的是什麼我就懂的是什麼。」

「那我說的是什麼？」

「你說你爲我洗一次淋浴給我看。」

「啊，我從來沒那樣說，你的『讀唇術』跟原案差十萬八千里，完全零分。你作弊！我不來了！」

「別急，別急，那你說說看你的原案是什麼。」

「我不說了。」

「你不說就按我的一百分決定了！」

「我說我說！」她急了。

「你說！」

「我是說我爲你——修——一——支——鉛——筆！」她笑了，笑得好開心。

＊　＊　＊

我繃著臉，站起來，「我去開水龍頭。」我說著，轉身朝浴室走去。「不要！」她喊著，從床上跳下來，追到我背後，抱住我。我停住了。我感覺到她柔軟的乳房抵住我，使我非常舒服。她把嘴湊到我的耳邊，輕輕說：

「想想看，我兩手修鉛筆的時候，你可以看到我什麼？……」

我側過頭來，貼近她的小臉，滿意的笑了，但我沒想到我又上當了。

她從後面連抱帶推，和我走出卧室，走到書桌邊。「遞給我鉛筆和小刀。」她命令。我遞給了她。她卻姿勢不變，從後面伸出兩手，在我胸前修起來。

「你騙了我。」我說。

「騙了你什麼？」

「你說你爲我修鉛筆。」

「我是在爲你修鉛筆。」

「但我沒想到你是這種姿勢，你怎麼可以藏在我背後修？我以爲你在我面前修給我看。」

「你沒想到，那是你的錯覺，怎麼能怪我？」她笑。

「好，你騙我，我們走著瞧。」我點著頭警告。

「不，我沒騙你，我修鉛筆，你站著瞧。」

鉛筆修好了，她輕輕用筆尖扎我手一下。「放回去！」她命令。我照做了。她開始抱著我倒退，直退到床邊。「不許回頭！」她又命令。等她回到床上，她才說：「好了。」

我轉過身來，她已回復到原來的姿勢。

「好了，我為你做的不大不小的事，已經做完了，你該守信，給我一點東西穿了。」她志得意滿的說。

「既然一言為定，我也不好不守信。你閉上眼睛，等我去拿。」

「哈，你眞好。你眞是君子。」

* * *

我走進臥室，把衣服拿出來，遞給她。她背過身去，先穿內褲，我盯著她的小屁股看；再看她穿上襯衫，我盯著她的背看，眞是快慰平生。

扣好鈕子，小葇轉過身來。

「現在，」我說。「回到主題：當你和雙胞胎姊妹一起出現的時候，或單獨一個出現的時候，你知道我辨別兩人的方法了吧？就是看誰有那顆小痣。任你們再像，我也不相信會有一樣的痣在同一個地方……」

「天哪，」小葇叫起來。「你說什麼！你幹什麼！每次我們姊妹，不論兩人或單獨，都要被你脫褲子辨別誰是誰，這怎麼得了，這是什麼世界？」

「這是『悲慘世界』。」

「眞是『悲慘世界』！你太壞了，人家不來了。My God，怎麼會注意到這步田地！」

「想想看，原因在什麼地方，第一，你有了雙胞胎姊妹。第二，你要我特別喜歡你。第三，可是你們一模一樣，我必須從兩人中辨別出那個是你。第四，所以只好脫你們姊妹花的褲子。整個邏輯層次，一一分明，我沒有手續錯誤。只是不巧脫了你姊妹的褲子，對她有點意外，她會奇怪，爲什麼這個男人一見面就要脫她或她姊妹的褲子，對她脫了褲子，只是檢查，又不做什麼。」

「叫人又好氣又好笑。」小葇又氣又笑的說。「這可怎麼辦，只好我放棄提出我要你特別喜歡我的要求。」

「可是，我的確特別喜歡你。」

「你不喜歡我姊妹?」

「不喜歡了。有了你，還要喜歡誰啊?」

「你騙人，現在姑且不談你喜不喜歡她，要是她喜歡上你怎麼辦?」

「這——」我假裝猶豫了一下。「這就比較麻煩。我先講個我瞎編的笑話：一個美男子，做了市長，女人個個愛他，可是他很膽小，不敢扯女人。有一個年輕女記者對他死追不捨，他也滿喜歡這女記者，不無感情困擾。有一天，女記者訪問他，他看到女記者對他一往情深，特別講了一個夢安慰女記者。他說，我昨天做了一個夢，夢到我和你單獨在一起，後來我脫光你的衣服。女記者聽得目瞪口呆，趕忙追問，脫光我的衣服，好呀！後來呢？美男子市長說，後來我就吻了你一下。女記者更興奮了，又說好呀！再追問後來呢？美男子市長說，後來我就夢醒了。女記者一聽，就哭了。一邊哭一邊說，如果你只是吻我一下，脫光我幹嘛？這就是我瞎編的笑話，如果用在你雙胞胎姊妹身上，倒很切題呢，你的姊妹每次被我脫下褲子，我卻連吻都不吻她一下，一定奇怪我在幹什麼。」

小葇笑得好高興，她說：「你眞是有趣的男人，你這麼有幽默感，外面人都不太知道。」

* * *

可能是你文章太犀利了，窮凶極惡，所以人人怕你。但你本人卻比你文章溫和得多。」

「不認識我的人，喜歡看我的文章。認識我的人，喜歡聽我的講話。了解我的人，喜歡我這個人。我的做人比我的講話好，我的講話比我的文章好。光看我的文章，你一定以爲我是一個窮凶極惡的傢伙；可是聽到我的講話，你便會覺得我比我的文章可愛；等你對我有更深一層的了解，你更會驚訝：在那張能說善道的刻薄嘴下三十二公分處，還有著一顆多情而善良的心。因爲我又厲害又善良，所以，別人是惡霸，我是善霸，我也是一霸，我絕不是窩囊沒用被人欺負的爛好人。」

「可是，你好像會欺負雙胞胎。」

「問題是有一對雙胞胎在困擾我。可是我也捨不得欺負她們，我只是性好脫褲子辨別一下誰是誰而已。」

「雙胞胎有時候會死一個，如果我出生時就死了，我的姊妹活著，遇到了你，你怎麼辨呢？喜歡不喜歡呢？」

「你的假設，使我想起美國幽默大師馬克吐溫（Mark Twain）講過的關於自己一死一活的故事。他說他是雙胞胎，兄弟兩人太像了，連媽媽都分不清誰是哥哥誰是弟弟。有一天，保母爲他們洗澡，其中一個失足滑入浴盆淹死，沒有誰能知道究竟淹死的是那一個。馬克吐溫常對人說：『這是一個悲劇。人人都以爲我是沒被淹死的，其實不然，沒被淹死的，其實是我的雙胞胎兄弟，而我本人，卻是當時被淹死的那位。』這種似眞疑幻的、說來好像自相矛盾的話，其實論人生死，都可如是觀。所以，你怎麼知道死的是你呢？何況，當我指出那顆可愛的、隱秘的小痣以後，證明了你好好的，你根本沒死，誰都沒死，都是我的姊妹花。」

「好了，我承認在雙胞胎問題上，我放棄。沒有雙胞胎了，還是只有我一個人吧，沒有姊妹了。」

「沒有也不好，還是偶爾有、必要時候有吧。那時候，一切由你來扮演，記住，你不但是你自己，人生如戲，你也是演員，你可以隨時入戲，扮演各種可愛的人給我看。」

「我會演戲嗎？」

「你這麼聰明，你會，並且演得很好。」

「你會嗎？剛才你說你講話比文章好、人比講話好，證明你有多種面相，你也該會人生如戲。」

「我的戲只是一人發音的對口相聲而已，是高級的布袋戲，我想我會跟木偶或布娃娃之類的對演一番。」

「好極了！」小蓁說。「本來我就要送你一件禮物，我帶在我手提袋裏。你看是什麼？」

說著，她走到衣櫥，轉身回來的時候，手放在背後。做了一個神秘的表情，突然從背後伸出手來，拿著一個可愛造型的胖貓頭鷹布偶。「看，這是我送你的小禮物，漫畫裏、卡通裏貓頭鷹都象徵精明、智慧與博學，就像你。」

我接過禮物，端詳了一下，突然雙手抱它在胸前。「你眞好！送我這麼可愛的禮物。它是我的了。這貓頭鷹下面有一個開口，手可以伸進去，原來可以跟它演對手戲。」

「完全正確。它就是你的道具，它可以跟你演一個人發音的對口相聲，恰恰適合你。」

「你好像有先見之明。」

「像你這樣的人，有多少人能夠同你對台呢？你只好自說自話，它就是你、你就是它、你又是你、你又代它，貓頭鷹是另一個萬劫先生，不過應該是溫和一點的。」

「你好像弄它來，有意要我好看，要我人格分裂。」

「誰的人格不分裂呢？你是聖雄、奸雄級的人，人格當然更分裂。」

「好吧，如你所說，分裂就分裂吧。反正人家看不到。」

「可是我看得到，並且現在我就想看。人生旣然如戲，你就同胖貓頭鷹演出一場人鳥大戰好不好？」

「如果能取悅你，取悅我心上的人，跟胖貓頭鷹打一場也値得。」

「好極了！」小茱鼓了掌。「我來做觀衆，也兼司儀。你準備好，要開始了。爲了增加戲劇效果，你不能扮演完全本色的你，完全本色的你太理智了，你要稍微瘋狂一點，我要你扮一個跟正常的你比較相反的人，比如說，你不喝酒，可是我要你扮一個酒鬼，來一場『酒鬼萬劫先生和胖貓頭鷹脫口秀』。同意嗎？同意你這樣扮嗎？」

「爲了取悅我的小茱，我同意扮酒鬼。」

「好！」小茱鼓起掌來。「開始，立刻開始。」

「等一下，我還是要準備一點道具。」我伸出手掌，一邊說，一邊快步走向廚房，居然找到一瓶洋酒回來。

「你說你戒酒戒了十年了，怎麼還有酒？」

「也不記得那個朋友送的了，一直擺在那兒。不喝酒的人家中擺了一瓶酒，又有什麼關係？有美酒在前，不去飲它，更可看出自己戒酒的定力。就好像有美女當前，你不去對她做什麼，這也可看出自己的定力。不過，台大哲學系的美女例外。台大哲學系的美女引發你的『強暴』欲，一、想『強暴』她，二、還想『強暴』她的哲學。」

「你呀，眞不好！」小茱假裝皺了眉。「酒還沒下肚，就說起醉話來了。噢，對了，你在信陵吃飯時候，你說戒酒的原因之一是爲了抗議煙酒公賣，那你可以不喝台灣的酒而喝洋酒啊！」

「不行，我不喝洋酒，因爲我又反對帝國主義。英帝、美帝、法帝、日帝、俄帝、德帝、西班牙帝等等都算。」

「這瓶洋酒是那一帝的？」

我拿起酒瓶，裝做醉態，搖搖晃晃。「看不清楚了，管它哪一國的帝國主義，反正反它就沒錯。」

「可是現在假設你還是喝了，並且醉了。」

「並且醉了，並且醉了。」我模模糊糊的說著，伸手去摸小棻的大腿。

小棻叫起來，躲著。「你在幹什麼？」

「我一醉，就酒後亂性，我一亂性，就會亂摸女人大腿。並且，我摸了還不負責任的，因爲我已是帝國主義者。帝國主義者很多，但我只做俄國帝國主義者。」

「爲什麼？」小棻忍不住好奇。

「有一點黃色，不過講黃色笑話給女學生聽也是人間一樂。清朝末年，八國聯軍攻入北京，姦淫燒殺，無所不爲。終於罪有應得，各國士兵都得了性病。他們都急於求診，但卻不得其道，因爲北京只有中藥鋪，各國士兵都不知道如何看中醫。後來，『馬鹿野郎』的日本兵終於想出解決方法，方法是直接把要治療的『部位』『放』在藥鋪櫃台上，並且在旁邊放了一疊錢。英、美、法、義、奧、德各國兵陸續到來，也都如法炮製，便在藥鋪櫃台上排成一列。最後，俄國兵來了。他原來看不懂大家在幹什麼，後來終於有所『領悟』，便也如法炮製，然後很得意地把櫃台上所有的錢收起來，並且對大家說：『你們看，我贏了！我的最大。』所以，我要做俄國帝國主義者。」

小萘掩口笑起來。

「小萘你記得嗎？『水滸傳』中王婆說，男人吸引女人，要像動物裏驢一樣大才有吸引力。這是因爲公驢的生殖器在身體比例上，最具特徵。有一個與驢有關的笑話。一家旅館主人，最喜歡他的驢，並引以爲傲。有一天，他在旅館貼出海報，懸賞說：『誰能使我這頭驢笑，我送他一千元。』大家你看我我看你，都沒有辦法。獨有路人甲說他可以。於是，把驢帶到中庭，大家圍觀，路人甲走上前去，在驢耳旁邊，低聲說了一句話，驢聽了，果然面露笑意。旅館主人無法，只好照付一千元。過了幾天，旅館主人又貼出海報，懸賞說：『誰能使我這頭驢哭，我送他一千元。』大家又你看我我看你，也沒辦法。這時候路人甲又出現了，他說他可以，但是這次要在牆角邊對驢說話，才有效果，旅館主人同意了。於是路人甲牽驢於牆角，解開褲子，讓驢看看，果然該驢掉頭就走，淚流滿面而歸。旅館主人沒法，只好又照付一千元。旅館主人前後付了兩千元，心有未甘，堅持要路人甲透露他有何種本領，能叫我的驢說笑就笑、說哭就哭。路人甲說，我可以透露，沒有關係。我上次跟你的驢說的話，只有一句，就是：『我的比你的大。』驢一聽，果然笑了，牠以爲我在亂蓋。這次呢？我把牠帶到牆角，脫褲子給牠看，一看之下，千眞萬確，眞的比牠的大！」

小葇本來睜著天眞無邪的眼睛聽著，最後聽到笑話結果，又忍不住掩口笑起來。

「你呀！」小葇用了責怪的眼神。「你不好，老愛講這些笑話，好像不雅。好了，現在你和胖貓頭鷹要開場了，你要賣力演出啊！」

「可是，」我伸出手去，摸上她的大腿。「你要先慰勞我啊！」

「怎麼可以！」小葇推開我。「現在眼看你和胖貓頭鷹就要登台了，你還不老實，沒演出就先調戲觀衆，本司儀要叫警察抓你。快住手！」說著，她拉我站在沙發前面，把胖貓頭鷹套在我左手上。「我來司儀了，好，一、二、三。Ladies and—Ladies. Here comes 酒鬼萬劫先生和胖貓頭鷹博士，請大家熱烈鼓掌！」小葇鼓起掌來。

*　　*　　*

「哈囉，胖貓博士！」

「哈囉，酒鬼萬劫先生！我先糾正你，我是胖貓頭鷹，不是胖貓。」

「好，胖貓頭鷹。可是可能我酒還沒醒，我看你倒像一隻胖雞。我恨這隻胖雞，我一定解決牠。牠長得就是一副搗我蛋的相。」

「長得這麼胖，有什麼不好？」

「可恨就在這裏。牠長得給一個人吃吃不完，給兩個人分不夠吃，我看到牠，就好像看到個阿拉伯數字——一·五。在所有數目字中，我不恨十三、不恨四，就是恨一·五。」

「一·五有什麼可恨？」

「一·五比一個多，比兩個少，而它的·五又不是完整的單位，搭在外面，像一根盲腸。」

「你喜歡二，是想長兩根盲腸？」

「那倒不是，我寧願喜歡一，也不喜歡一·五。我要像割掉盲腸一樣割掉那○·五。」

「割不好，你把一·五割成了兩個○·七五，那樣單位就更複雜了。」

「你不要亂說，我說過割的方法，是像割盲腸一樣，外面搭出·五，當然只割·五，不會多割呀，也不能多割呀，——又不是賣豬肉！」

「你爲什麼恨○·五？」

「○·五像一不是一，像二不是二，我不喜歡這種兩不像四不像的東西、我不喜歡又像這個又像那個的東西、我不喜歡任何模稜兩可的東西。」

「噢。」

「你呢？」

「我無所謂。」

「什麼叫『無所謂』？如果你問一個人他要不要這件東西而他說『無所謂』，那意思就是說他想要。想要，為什麼不乾脆說？」

「我說『無所謂』，意思是說要也好，不要也好。」

「『無所謂』三個字是很混蛋的三個字，它表示明明他想怎樣怎樣，可是卻裝得他並不想怎樣怎樣，如果你想怎樣怎樣，他也可以隨你的便要怎樣就怎樣。『無所謂』是一種冷淡、無禮、不負責任而又滑頭的三個字，喜歡說『無所謂』的人，我可不要同他做朋友。只有舞女才喜歡說這三個字。」

「好、很好，我知道最好我宣布取消『無所謂』三個字，為了可以同你同台演出。」

「聽你講話，滿嘴好、很好、最好的，好像沒有壞的？你好像很樂觀。」

「我是很樂觀，人家說我是一個不可救藥的樂觀主義者。我看人間萬事，先有一個底價，這底價，就是好。從好再往上算，正好、真好、很好、太好、最好、好極了、好得很、形勢大好……」

「難道沒有比你的底價還低的情況？」

「也不能說沒有。」

「那時候你怎麼說？」

「實在低於我的底價的時候，我會說還好。」

「更嚴重時候呢？」

「那就說大事不好。」

「你不說壞這種字？」

「能用好字來表達的，爲什麼用不好的字？」

「你好得邪門，好到抹殺了一切的壞。」

「倒也不是抹殺，而是根本不必看得那麼壞，自然就事事看好。這就是樂觀主義者的好處。樂觀主義者看什麼東西都看好的一面，所以能從悲觀主義者眼中的壞看出好來。」

「那你看我是好是不好？」

「好、好、好，萬劫先生，看你滿面紅光，喜氣東來，不像要坐牢的樣子，並且可以長壽似烏龜，雖然你是酒鬼。」

「我的數學和哲學，告訴我可以活過八十歲，並且活到八十一歲。」

「爲什麼？」

「九九八十一，你忘了？九九八十一。九就是喝酒的酒，喝了又喝，就是酒酒，酒酒八十一，就是喝酒又喝酒可以活到八十一歲。」

「哈，原來如此！連最中立的數學都支持你喝酒了，你竟可以動員所有的學術來支持你了，萬劫先生。」

「這叫酒酒萬能。」

「開句玩笑，如果數學是這樣的助酒爲虐，這種數學，一定是酒桶裏面出來的。」

「又有什麼不好？一切學術，都要爲酒鬼服務。」

「你太霸道了，你像共產黨。」

「我不是像共產黨，我根本就是共產黨。共產了壞人的酒，然後入黨。」

「我看你冒充共產黨，共產黨是淸醒的，而你卻是醉眼醺醺，成個什麼樣子？」

「好啊，你敢誹謗本共產黨，你居然問起我是什麼樣子，我還要問你呢。說，你爲什麼這麼大的肚子？又腦滿腸肥又滿腦肥腸？」

「我的肚子不能不大，因爲用處比你們多。我的肚子不但管消化，也管感情。我的感情，是用肚子表現的。我生氣，就是一肚子氣；我難過，就愁腸百結；我高興，就一肚子肉笑得直顫。所以，你不要看我臉、也不要聽我說，只要看我肚子，一切就都明白了。」

「既然你的肚子這麼奇妙，我想講一些推心置腹的話，放在你肚子上。」

「你說吧，就對著我肚子說吧。」

「你這麼大肚子，擋住你的視線，害得你都看不到你的腳趾頭了，要不要我告訴你，你的腳趾頭長得什麼樣子？什麼醜樣子？胖貓頭鷹先生。」

「你說什麼，我聽不見。」

「你肚子沒有耳朵，只有嘴巴，你只要吃吃吃，你不要聽。」

「我不是不要聽，而是不聽我不高興聽的。我的聽覺有自動開關，專挑好聽的聽。」

「所以你聽到的都是好話。」

「所以我才會胖。」

「胖有什麼好處？胖了得血壓高，先完蛋。」

「錯了，胖子最安全。胖了就不會是共產黨，共產黨沒有胖子。胖子不但不會被當做共產黨，甚至不會變成任何危險人物，因爲人一胖，就打也打不過、逃也逃不快，所以胖子受先天限制，必須很老實很安分。所以，一切闖禍的、鬧事的、革別人命的，都是瘦子，愈瘦愈危險。」

「哈，原來如此。原來你是爲了怕被當做危險人物，你才拚命發胖。」

「實不相瞞，眞相的確如此。」

「你怕死？」

「怕不明不白的死。」

「你不怕胖出血壓高，噗一下就完蛋？」

「當然也怕，不過至少知道自己是爲何而死。」

「爲何而死？」

「爲高血壓而死。」

「死得又明又白？」

「當然，死亡證明書開出來，看起來也死得好看。不是打死、撞死、被人掐死……總之，不死於非命。要死，也死在自己手裏。」

「自殺？」

「總比他殺好。」

「你把自己吃成大胖子，從醫學觀點看，就是自殺，慢性自殺。胖傢伙！」

「我不從醫學觀點看。」

「你不正視現實。」

「我最正視，我整天一半時間看我肚子。我的現實豐富得多。」

「肚子就是你的現實？」

「肚子是任何人的現實。任何人不吃飽肚子，都會亂來，不對嗎？」

「你胖，怎麼還有這麼多理由？」

「我的理由多，是勸我自己：已經胖了的部分，一律追認；在沒有新理由以前，沒胖的部分，不要再胖了。」

「在我眼中，胖，就是罪。」

「胖也有罪？」

「也有罪。因為胖，證明你剝削別人，證明你一個人吃了雙人份三人份。現在東西都不夠吃，你還吃雙人份三人份。所以，你有罪。」

「但我並沒吃雙人份三人份。」

「現在是沒吃，但你過去吃了。」

「我過去也沒吃，我是一生下來就胖。」

「那你媽媽吃了。」

「那你找我媽，有罪的是我媽。」

「你媽在那裏？」

「我媽在樹枝上。」胖貓頭鷹向上一指。

「我怎麼找？還是找你，你爲什麼生下來就胖？」

「當時產房的醫生護士也奇怪，說這是雙胞胎的重量。」

「但沒生下雙胞胎？」

「沒有。」

「這證明你還沒出生就開始吃人。」

「天啊！」

「你吃了你弟弟？」

「天啊！」

「哥哥？」

「弟弟被吃了，我自己就是哥哥，我自己不能吃我自己。」

「也許是三胞胎，你是老二，你吃了兩個。」

「你萬劫先生怎麼這樣，你把我當成什麼？非洲土人？」

「非洲土人也比你好，至少他們不生吃。」

「你先生不要開玩笑。難道我在娘胎裏生火？」

「誰跟你開玩笑？你站好！不許笑。」

「可是大家都在笑。觀衆席上那個漂亮的小馬子也在笑。」

「都在笑也不許你笑，何況，我就沒笑。我不笑的時候你就別笑。」

「你太霸道了，連笑的自由都沒有！你欺負本貓頭鷹，你虐待動物！」

「我沒虐待動物，我只是討厭貓頭鷹，尤其是胖的。」

「爲什麼討厭貓頭鷹？」

「因爲你長得不倫不類。你是一隻兩眼不在左右而同朝前方的怪鳥，頭部可轉二百七十度，又像貓，又像鷹。又不是貓，又不算是鷹。你是個騎牆派，是個滑頭分子。並且，你有張大圓臉，臉盤羽毛的功能好像雷達接受器的反射面一般，連同你的大耳朵，可以聽到一切不該聽的。你是怪物，看起來像一盆吃肉的雷達。」

「蝙蝠在寓言裏又是鳥又是獸，你爲什麼不討厭牠？」

「我先討厭你，再討厭牠。」

「你不公平。是不是因爲蝙蝠長得小一點，你就可憐牠；我大一點，你就欺負我？」

「你不是大一點，你是大了很多很多。」

「其實我討厭的，正跟你相反，我總是把小的放大，我一切都喜歡放大，我是開照相館的。你知道不知道，不單是我這一行，別的行，一切都得靠放大才有結果。」

「你說說看。」

「就拿女人這一行做例。女人的子宮平常只像一隻梨那樣大，可是爲了有產品，它的重量會增加三十五倍，容積會放大五百倍，不放大，能生小孩嗎？」

「你說的對。」

「再拿醫生這一行做例，顯微鏡把東西放大三十五倍、一百倍、四百倍，電子顯微鏡甚至放大到一百萬倍以上，不放大，能把那些小鬼頭看清楚嗎？」

「你說的也對，也不對，我可以代你舉一個例。拿賣汽球這一行做例。汽球，不放大到一百倍、四百倍，成嗎？可是吹吧，吹吹，一下子吹破了，一倍也不倍了。變成了瞳孔放大了，死翹翹了。」

「萬劫先生你不要胡鬧，我們是在談哲學，不是在吹牛皮。」

「你說一切都得靠放大，但放大要有一定的限度，你媽當年要沒限度，你就變成大頭鬼了，懂嗎？」

「懂。」

「懂就好。」

「但也可能不是大頭鬼，而是雙胞胎。」

「雙胞胎？又談雙胞胎？世界有你一個還不夠？除非上帝是雙胞胎，他絕不許這個可憐的世界竟有兩個你。」

「雙胞胎既然上帝不肯，那有沒有一個人長兩個腦袋？」

「一條蛇長兩個腦袋的倒有，叫雙頭蛇，還有連體嬰，但沒有一個人長兩個腦袋的。」

「如果只許長一個腦袋，那可以長三隻眼三隻手或者很多隻眼睛很多隻手嗎？」

「你覺得你長得還不夠怪嗎？」

「『封神榜』裏聞太師不是長三隻眼嗎？佛像裏觀音不是長千手千眼嗎？」

「那是六觀音中的一個，有千手千眼，二十七面。你現在只是小鬼，要成佛，還差十萬八千里呢，想都別想。」

「佛要那麼多眼睛那麼多手幹嘛？」

「佛經上說是爲了廣大無礙，要看要碰什麼也擋不住。」

「我看是多了，要看女人洗澡，獨眼龍就夠；那麼多手，除非渾身長癬，抓癢方便，否則反倒礙手礙腳的。」

「所以你不能成佛。」

「有沒有千手千腳的？」

「沒有。」

「蜈蚣呢？」

「蜈蚣腳一般是十五對到一百七十三對，所以也不過是三十隻到三百四十六隻腳，差得遠。」

「要那麼多腳幹嘛？是不是想跟千手千眼的比手畫腳？」

「牠怎麼敢？任何蜈蚣的第一對腳，就是腦袋後面那第一對，都是用來打架的，不是用來走路的。從第二對開始，才用來走路。」

「或逃跑。」

「或逃跑，你說的對，那麼多腳，除了逃命以外，實在沒什麼道理。還有，那第一對腳不但用來打架，並且還有毒的。所以一打架，那不是下毒手，是下毒腳。」

「眞有意思。那小傢伙這麼厲害，那麼多腳看來好像不是逃跑的，可能像坦克車的履帶一樣，反倒是硬推自己向前進攻的。」

「有道理，你能從攻勢觀點看萬象，我該為你吹一次衝鋒號。」

「你自己不衝鋒？萬劫先生？」

「吹衝鋒號的要不衝鋒，衝鋒的人還聽得見衝鋒號嗎？」

「我對你有信心，我願跟你一起衝鋒。但如果你被打死了，沒有號聲了怎麼辦？」

「那你就跟蜈蚣在一起，蜈蚣沒人給牠吹號，牠還不是在打。」

「打得一點聲音都沒有？」

「打得好的、一個人打的仗，不一定有聲音，那叫『殺人如草不聞聲』。」

「可是，我願同你併肩作戰。」

「謝了，我要併肩作戰，一定得找個臉蛋好看的。你是胖貓頭鷹，太醜了。」

「你嫌我難看？」

「難看，難看極了。」

「有沒有補救辦法？」

「有，把你另外一張臉拿出來，不必拿這張臉。」

「如果我有另外一張臉好拿，你想我會用這一張嗎？我知道，你恨我，你對我有成見，你歧視動物。你要在今天一分手後，就設法忘掉我，說！是不是？」

「不是。我只歧視貓頭鷹，尤其是胖的。」

「怎麼不是？」

「一分手後，我不是設法忘掉你，我是設法記起你。」

「啊哈！沒想到你倒忘得可快，我看你還沒分手，就把我忘掉了！是不是？好，測驗一下看，現在，看著我！看好！我問你，你看著的是誰？說！是誰？」

「是動物中的一大怪胎。」

「請不要歧視我，我會報答你，我多才多藝，還會做一手好菜，我會為你做次廚子，我做廚子，菜比較好吃。」

「為什麼？你手藝比別人好？」

「倒也不是，我心好。」

「心好跟做菜有什麼關係？」

「才有關係呢！你不能叫奸臣做你廚子，壞蛋做你廚子。」

「怎麼樣？奸臣和壞蛋又怎麼樣？只要他們菜做得好，管他奸不奸、壞不壞？」

「他們菜做得好，不錯，可是他們做菜的時候，會往菜裏吐口水。怎麼樣，你還高興吃

「吐痰！」

「吐什麼？」

「變質？變質就不吐口水了。」

「天哪，像你這種人，好人在你嘴裏也變質了。」

「下毒藥是正宗制裁別人的方法，好人有時候也要制裁人，所以下毒藥；但吐口水是不入流的方法，所以好人不用。」

「下毒藥毒人還算什麼好人？」

「我說好人再變心，他做菜只下毒藥，不吐口水。」

「你說什麼？」

「現在懂了吧，找廚子，一定得找好人。好人做了廚子，菜比較好吃。好人再變心，他只下毒藥，不吐口水。」

「當然不要。誰敢要啊？」

「那還要他們做廚子嗎？」

「當然不要吃呀！那多噁心！」

嗎？」

「哈，氣死人了，沒錯吧？我一看你就不是好東西，果然你這胖東西不是好東西，但沒想到你這麼壞。好了，對你，我有三個理由不喜歡你了。」

「那三個理由？」

「第一，你是王八蛋；第二，你是王八蛋平方；第三，你是王八蛋立方。」

「你這麼說，是指我王八蛋乘三呢，還是王八蛋立方？」

「又乘三又立方，這要看從那一個角度來看你。你在數量上王八蛋的時候，就是王八蛋乘三；在體積上王八蛋的時候，就是王八蛋立方。你太胖了，所以體積上像後者。」

「除了王八蛋以外，還有沒有別的？」

「王八蛋已經包羅萬象，不需要有別的了。」

「你恨我？」

「你要毒我，還吐痰，能不恨你嗎？這世界上有幾類人是我恨的，可是你一個人卻身兼各類，集可恨之大成。所以，為了省事起見，我只要集中仇恨，恨你一個人就行了。你做他們的總代理。」

「既然你這樣恨我，你準備寫遺囑吧！」胖貓頭鷹生氣了。

「為什麼？」

「你看我的嘴，你看到了什麼？」我張開了嘴。

「你張開嘴。我告訴你。」

「眞叫人失望中起了希望。快說，那一點？」

「不過，不管我們怎麼像，有一點還是完全不像。」

「我諷刺你幹嘛？照你說我像你的話，我諷刺你就是諷刺我自己啊！」

「你是諷刺我長得像鬼？」

「我長得像你，就已經三分像人七分像鬼了。你掐死我，也不過七分上再加三分而已。」

「我掐死你，你就變成鬼了。」

「如果我長得竟像你，我活著還有什麼意思。你掐好了。」我伸出了脖子。

「天啊！我怎麼會像你？我眞的長得像你嗎？」

「眞的。」

「你長得太像我了，我發誓掐死世界上任何長得像我的人。我只要世界上長我這樣的人只我一個。」

「爲什麼？」

「你要死了呀！我要掐死你。」

「你胡說。你給我閉嘴！」

「我們是雙胞胎，同一個媽。哈哈哈！」胖貓頭鷹笑說。

「什麼，你說什麼？」

「因爲她也是我媽。」

「爲什麼可憐？」

「原來如此，可憐的媽！」

「世界上誰都會騙我，可是牙醫絕對不會。因爲她是我媽。」

「你怎麼知道進到你嘴裏發光的，就是眞金？你怎麼知道牙醫不會騙你？」

「當然，進到我嘴裏發光的就是眞金的。這就是說，我有金牙，你卻沒有。這就是說，我有錢，你是窮鬼。」

「眞金的？」

「假牙？你別忘了那可是眞金的。」

「還有，有半口假牙。」

「再仔細看，還有什麼？」

「看到滿口亂牙。」

「不能閉，閉了就看不到我的滿口眞牙。」

「去你的，我才不要與你認親呢！」

「你必須認，我們其實正是一對，我們同樣不喜歡一樣，又同樣喜歡一樣。」

「這話怎麼說？」

「我們同樣不喜歡一樣——都不喜歡對方那張臉；同樣喜歡一樣——都喜歡把自己的拳頭打在那張臉上。」

「啊，原來如此。」

「我們完全是人同此心，心同此理。我們是完全同型的人，只是生來就是一盤棋上的黑白兩顆棋子，生來就注定要你來我往、你死我活一輩子。我們誰也缺不了誰，缺了對方，就沒有觀衆。所以，還是讓我陪在你身邊，與你併肩作戰，我保證不給你惹麻煩。我發誓。」

「你發誓，你是不是一沒辦法就發誓？」

「因爲我謊話太多，不能不用發誓來幫助。」

「幫助你不再說謊？」

「幫助我的謊話取信於人。發誓是我開支票，上帝背書。」

「可是你退票，上帝不會代你還。」

「但上帝能懲罰我，上帝罰了我，你總解了恨。」

「我發現我問你你答的都是謊話。我不要聽到謊話。」

「你不再問問題，你就聽不到謊話。」

「可是即使你不講話，你也在扯謊。」

「對不起，我只是一頭貓頭鷹，我能有你們人類那樣壞嗎？」

「好吧，我相信你是我認識的最肯幫人解決麻煩的人，每次有麻煩，你總在麻煩旁邊，因爲麻煩是你給惹來的。」

「哦。」

「我做了一個夢。第一次見到你，你就一個勁兒的拍我肩膀，很慷慨的說：沒問題，有什麼小麻煩，算我一份，你的麻煩就是我的麻煩，有麻煩就是我們兩個的。我聽了，很高興，心想今天運氣眞好，交上這麼一個夠朋友的。直到後來，事實一再證明，你的確有遠見，你說有麻煩，果然就有，不但有，還一大堆。第一次見到你，你迎頭就沒頭沒腦的問有什麼麻煩，我還奇怪，我說我沒有麻煩啊，你說不會沒麻煩，會有的，原來認識了你，就開始了麻煩。我就做了這麼一個夢，如今噩夢初醒，原來你就站在我面前，還跟我同台演出，天啊！醒來的比噩夢還噩夢！」

「本胖貓頭鷹是很有度量的人，雖然你挖苦我，但挖苦得詞兒還是可圈可點。」

「爲什麼要加圈？」

「因爲文章寫得好要加圈，話說得好也要。」

「那麻子臉上加圈難道是長得好，老天爺要加圈？」

「麻子也不見得長得有什麼不好，看你用那一種標準看。這不是麻不麻的問題，而是你選擇那一種審美標準的問題。如果你選一種有麻才美的標準，那麼從每一個麻坑裏都可以看到一個世界、一個天國，也未可知。印度的文學家泰戈爾（Tagore）就歌頌過麻子女人。」

「你是唯心論者？」我好奇了。

「從麻臉這個物上影響自己的心的這種人，才是唯心論者。我不是唯心論者、我是唯貓頭鷹論者、唯動物論者。人的一生，要用動物來分階段，才算高桿。要聽我的動物分段論嗎？人的一生，二十歲還不像孔雀那樣漂亮、三十歲還不像獅子那樣有力量、四十歲還不像松鼠一樣有積蓄、五十歲還不像貓頭鷹一樣聰明，這種人，就是笨人，——就像你。」

「哎呀，你罵人。別忘了我才三十五歲。」我抗議。

「三十五歲又怎樣？你還是沒獅子有力量。一隻獅子有一大堆老婆，你一個都沒有。」

「人家都罵烏鴉嘴，其實你這胖貓頭鷹嘴更該罵，並且該打你屁股。」

「我如嘴巴惹了你，你打我屁股，這樣對屁股不公道。」

「什麼不公道！公道不公道之間，有意想不到的出入。例如說『搞屁股』，實際所搞者，屁股眼也，但不說『搞屁股眼』而說『搞屁股』，屁股背虛名而屁股眼得實禍，這是名實不副，對屁股不公道。像這種不公道，不止於搞，打也如此，人從小就被打屁股，但該打的罪，沒有一件是屁股惹出來的，都是身上別的器官惹出來的，但挨打的卻總是屁股，這也是名實不副，對屁股不公道。」

「你的意思是說，你該打，可是你的屁股不該打？」

「是。」

「可是有種情況就不然。一個笑話說一個強姦犯被抓住了，被打屁股。事後屁股向凶手抱怨說，在前面進進出出舒舒服服的是你，結果挨打的是我。可是凶手說，我在前面只是探頭探腦，是你在後面突然頂我，我才犯了罪的，不打你還打誰？」

「好啦，別扯了！屁股啊屁股，不如沒有你倒省麻煩。」

「可以沒有屁股嗎？你錯了。有一個笑話說，一天，人臉上的五官忽然不和，吵起架來。首先，嘴巴對鼻子說：『人非吃不能活，要吃，非我莫辦，可見我多重要！你是什麼東西，居然在我上面？』鼻子一聽，火了，大罵道：『人能辨別香的臭的，全靠我，沒有我，你他媽的連狗屎都吃下去了！我不在你上面，誰在你上面！』嘴巴一聽，再也不敢吭氣。鼻子一勝，神氣起來了，鼻孔一吸，抬頭對眼睛說：『我既這麼重要，你又是什麼東西，居然在我上面？』眼睛一聽，也火了，大罵道：『我能辨別遠近、辨別光暗，沒有我，你這臭鼻子早撞上牆了！我不在你上面，誰在你上面！』鼻子一聽，再也不敢吭氣。眼睛一勝，也神氣起來了，白眼一翻，對眉毛說：『我看你就不順眼，我既這麼重要，你又是什麼東西，居然在我上面？』眉毛聽了，一直不理它，眼睛一再追問，最後眉毛一揚，心平氣和的答道：『我可以不在這兒，但若沒了我，你還像個人麼？我在這兒，就是叫你像個人樣，你能像個人樣，就幸虧有我！』懂了吧，胖貓頭鷹博士，眉毛都不能沒有，何況屁股？所以，你必須向你屁股道歉，挽留你屁股，不要出走。何況，沒有屁股你就不能大便了，一個星期不大便，你渾身上下，不再是胖子了，你要變成水肥車了。」

「你愈來愈胡扯了，我不跟你扯了。」

「我也不跟你扯了，我要走下台來，到觀衆席上，找到那有著最可愛屁股的小女生，去摸她的屁股。」

說到這裏，我把胖貓頭鷹布偶從手上快速抽出，往沙發一丟，就撲到小葇身上，小葇笑著尖叫。我把頭埋在她大腿間，順手摸上她大腿，再向上摸，直摸到她內褲，再從內褲兩邊上插進雙手，直接摸到光滑的、緊緊的小屁股。

小茱沒太拒絕我，她拍著我的頭，笑著說：「『酒鬼萬劫先生和胖貓頭鷹脫口秀』演出完畢，精彩極了。只是後段有點不雅，談屁股談得太多，爲什麼？」

我抬頭看著笑臉的她。「爲什麼？因爲摸得太少，所以談得太多。」

小茱雙手握住我的手腕，想拉它們出來，可是我不肯。「親愛的小茱，我這樣賣力跟這胖傢伙演出，請讓我多摸你一分鐘，表示你慰勞我。別忘了馬戲團的狗熊表演完了，也要立刻給牠一塊糖。」

小茱放開我的手腕。「好，慰勞一下下，只許一分鐘。」她又拍拍我的頭。「你眞有表演天才呢！眞想不到。你平常在外面，都是窮凶極惡的形象，大家都怕你，卻不知道你這麼風趣可愛。」

「眞的嗎？」我抬起頭。「我願這些風趣可愛算做我的一些小秘密，只留著給我心愛的人獨享，像剛才給你、只給你，它是你我之間的小秘密，別人不得窺探，只給你看。」

小茱雙手捧著我的臉，凝視著我。「我好感動。但願我也有表演天才給你看，做爲我們之間的小秘密。」

「你何必表演呢？你的自然、純眞、青春、美麗、慧黠，就是最好的表演，問題出在小秘密上，只要你呈現出只給我看的小秘密，一切就圓滿了。」

「我有什麼小秘密給你看呢？」

「『遠在天邊，近在眼前。』你有這麼美的身體迷人的肉體在這裏，」我雙手輕撫著她的小屁股，「給我看到，就是我們之間最好的小秘密啊！」我一邊說，一邊上下打量著她。

小葇抿著嘴笑，用指尖點我的額頭。「你呀，你太想這種事情、你老想這種事情，你使我好緊張。今天太晚了，是不是該休息了？」

「你說得對，是該休息了。你先到浴室準備一下，我隨後就來。可是，請注意，等一下洗澡，我要全部關燈的那種，不開電燈也不點蠟燭。」

「爲什麼，你忽然放棄開燈看我了？」

「因爲我已經變成夜行性動物了，有一種叫倉鴞（Tyto alba）的貓頭鷹，有本領在黑暗中單憑聲音就可抓到牠要抓到的，我就是那種倉鴞喲！」

* * *

也幾乎記不起多少種姿勢、也幾乎算不清多少次次數、更幾乎數不清每次塞進又拔出、塞進又拔出、塞進又拔出了多少下，逍遙在一起、徜徉在一起、纏綿在一起、飄在一起，我們不穿衣服的時間，幾乎多於穿衣服的；脫了再穿、穿了又脫的時間，幾乎連衣服都要抗議了。但是，我們不是荒淫也不是縱欲，我們是過正常生活，我們也討論中國、也關懷世界，只是常常在半裸赤裸之間，從容討論與關懷而已。恰像那遠征前夜的羅馬戰士，他們是在醇酒美人之中討論軍國大事的。雖然，小葇和我的天地並不羅馬、也不那麼遙遠遼闊，但是信手拈來，也自成佳趣，尤其我們一起讀書的時候。

有一次小葇翻查「大英百科全書」（ENCYCLOPEDIA BRITANNICA），她說：「你這套『大英百科全書』是海盜版的，前一陣子看報說美國向我們交涉，要求政府查禁這種版本，認爲侵害到他們美國人的著作權，你注意到了沒有？」

我說：「人類開始寫書的時候，只是寫書就開心了，壓根兒沒想到什麼著作權，這種念頭，是近代財產權觀念精益求精以後的事，也就是說，這是近代先進繁榮社會的產物。以英國論，英國形成先進繁榮社會，爲時很早，當她形成這種社會以後，她的一切，都要有板有眼的來，一切都要制度化、習慣化。英國祖先雖是北歐海盜出身，可是一旦沐猴而冠起來，也不得不裝成人樣——至少自己人對自己人，要裝成人樣。換句話說，自己人對自己人可不能再海盜了，要海盜，要朝外海盜，不能在家裏海盜。就這樣的，英國慢慢形成了保護財產權的法律，著作權就是其中之一。著作權的定義就是：老子編印的書，是老子的，你小子除了乖乖去買以外，休生歹念，不可盜印！書價也是老子定的，老子高興定多少，就多少，你買不起，活該！窮人還想讀書嗎？屁！不幸的是，正在英國趾高氣揚的時候，有一些不信邪的先鋒性人物出來，脫離了老子，自己去當老子了，這，就是美國的獨立革命。美國在獨立革命前後，在北美洲東海岸，已經雲集了大量的牛鬼蛇神，他們是自由熱愛者、是上帝代言人、是走私專家、是革命黨、是心懷不平的平民、是亡命徒、是新生代……他們在海外創建了新天地，成立了新國家。他們的手法是笨拙的，可是很有衝力、很有叛逆性，他們的基礎很單薄，要建國、要稱霸，必須有賴於先進繁榮的母國——英國——的技術指導，可是英國當時氣都氣死了，那裏還肯幫他們。於是，老美們只好來個拳擊的『技術擊倒』（T.K.O.），開始智勝了。方法之一是：在十三州的文化沙漠中，盜印英國書，以襲取英國的速成方法，迎頭趕上。試看他們海盜書店（The Viking Press）出版的『袖珍愛默生集』（The Portable Emerson），翻翻一八三七年九月十三號愛默生寫給英國文豪卡萊爾（Carlyle）的信，信裏說他告訴盜印商：卡萊爾的書暫時不能盜印，『總該先給人家一點輸入英國原版的時間。』他又向卡萊爾抱歉說：『我覺得很難爲情，你教育我們的青年人，而我們卻盜印你的書。有朝一日，我們會有比較完善的法律，也許你們會採用我們的法律。』但是，『有比較完善的法律』來保護著作權，老美可沒那麼痛快。老美淸楚知道：她的母國英國，爲了迎頭趕上，曾大量盜印過歐洲大陸的書，大哥有前科如此，豈不『大哥莫話小弟』？豈止前科，並且正是現行犯、現行慣犯，在愛默生寫信的當時，便是如此。據我所知，英國盜印歐洲大陸的書，一直拖到一八八六年才停止；美國盜印英國和德國、法國、俄國的書，直到一八九一年才停止。最妙的是，今天警告中國人不要盜印『大英百科全書』的大闊佬老美，當年窮小子的時候，就公然盜印過『大英百科全書』。那時候『大英百科全書』在英國出版，英國人警告老美，但老美的政府可不媚外，睬也不睬英國，照樣由小民盜印不誤。直到最後，老美自己慢慢站起來了，要加入國際版權同盟了，參衆兩院的議員們，還保護小民不遺餘力，死不肯立下『比較完善的法律』，而大打太極拳。前後拖了五十年，才兌現了愛默生的『有朝一日』，那時候，美國已飽受盜印之利，已經變爲世界一等強國了。今天美國的國會議員，忘了他們有過盜印『大英百科全書』的老祖宗了，居然施展壓力，以政治方法，干涉起中國人盜印『大英百科全書』來。國民黨政府的大官人，居然也『俯允所請』，大加查扣——非法的查扣，鬧得天翻地覆。其實，盜印在中國是根本不犯法的。」

「若不是經你這麼一分析，我還一直以爲美國是公義的、友好的對中國。」小葇嘆了一口氣。「畢竟你厲害，你拆穿美國人，從愛默生的信拆起，一路靠眞憑實據，絕不是空口指責他們是『美帝』。」

「你說得對。每個人都會罵人王八蛋，可是我卻有本領證明他是王八蛋。對王八蛋如此，對美國人也如此。」

「不過，從另一個觀點看，你有一個大缺點。」小棻說。「你好像犯了『學問過多症』，或者叫『學問臃腫症』，或者叫『學問肥大症』，或者叫『萬氏學問腫』，像是基督教聖經裏的保羅（Paul）一樣，學問太大，發瘋了似的。你像一座大水庫，存貨太多，必須經常洩洪，洩出來的也不管農田需不需要、也不管淹不淹農田，你反正一瀉千里，千軍萬馬，撲人而來，用學問把人弄得溼淋淋的，怪討厭的，人爲什麼要知道得這麼多？人有沒有必要要知道得這麼多？你的學問腫，叫人懷疑是不是知道得少一點才更自在？有時你會不會覺得，你那麼淵博、那麼引經據典、那麼喜歡『掉書袋』，多累啊？多累贅啊？爲什麼不簡單一點？知道得少一點，豈不也好？」

「你的意思頗有哲學家老子『絕學棄智』的味道。『絕學棄智』當然也好。不過只是覺得，古今中外，那麼多古人死去了，但他們偶爾留下些吉光片羽、鴻爪遺痕，或驚人之舉、或神來之筆，足可以豐富我們的生命，吸收他們，更可補充我們生命的多姿多采。——我們的一生，在許多點上，表現得未必超邁古人，現在把古人『先得我心』之處吸收到自己生命裏，予以欣賞、享用，該多麼值得。且照羅馬喜劇家德倫西（Terence）的說法，天底下沒有未曾被人先說過的話，我們以爲話由自己說出，事實上是『掉』別人的，只是不知『掉』誰的而已。『南唐書』裏記彭利用對家人、對小孩、對奴隸講話，老是引用古書，以代常談，被人叫做『掉書袋』，做爲笑話。做作的賣弄淵博，未嘗不好笑。不過，我懷疑這種人眞夠得上是淵博。眞正的淵博是上下古今學貫中西，這不是容易的事，古人那做得到？所以古人的所謂淵博，只是搬弄幾本線裝書而已。至於眞正淵博了，該不該賣弄賣弄，這要看情況。我覺得，有些你的觀念、你的想法、你的奇思、你的佳句，你以爲是你的，但是淵博之下，發現古人或世人早已先得你心，或某種程度的已經有所發明。在那種情況下，你有兩種反應，第一種像宋朝蘇東坡式的，他抱怨很多好句子已被以前的人先寫出來了，心有未甘，因爲這些好句子明明我蘇東坡也可以寫出來，現在我寫，人家就說我是抄襲了。爲免揹抄襲之名，只好引經據典了。另一種反應就是我這種，認爲既然古人已先得我心，我就不妨觸類旁通，把同類的別人心得，『掉』它一下，以助談資。這可能就是我講話的一個毛病。——我覺得一般人講話，內容太貧乏；而我講話，內容太豐富，豐富得像是一個撐破了的萬寶囊。結果毛病老是輕話重說、短話長說，好處是不讓古人的靈光白白閃過，要把他們的精華給欣賞過來、享用過來，有時予以批評，倒也不算枉博學了一場。不過，你的水庫洩洪比喻，把人弄得溼淋淋的，在我看來，倒不像我的學問，而像我身體上的某一部分呢！」

小葇會心的瞪我一眼，我把「大英百科全書」接過來一丟，把她摟在懷裏。

*　　*　　*

小葇想喝一點咖啡。倒咖啡的時候，我用了兩個咖啡杯，可是只給小葇咖啡，我自己是白開水。

「怎麼？」小葇問。「你不喝咖啡？在信陵吃晚餐時，就看到你只點果汁、不點咖啡。」

我笑著。「我不喝咖啡，已經戒了好多年了。我有好多好多的『不不不』。我不吸煙、不喝酒、不喝茶、不喝咖啡、不嫖、不賭、不做好多事。我其實比清教徒還清教徒。——我自律甚嚴。」

「在信陵吃晚餐時，知道你戒了煙酒是爲了抗議煙酒公賣。戒咖啡又抗議什麼？」

「戒咖啡不是抗議，是比賽。當我知道『民族救星』、那獨夫蔣介石只喝白開水的時候，我想我該也有意志去做到這一點。不過，咖啡究竟是咖啡，不是酒，你這回一定要喝，不要陪我不喝。好不好？」

小葇笑起來。我把咖啡杯在她面前輕推了一下，她點點頭。我又把一盤小甜點在她面前輕推了一下，她拿起一片。「這個，」她問。「不在你好多好多的『不不不』之列吧？」

我笑著。「這個不在『不不不』之列，如果你餵我的話。」

小葇把這片拿到我眼前，我點點頭，她餵過來，我趁機咬上她的小手，她叫起來。我左手握住她的小手，給她揉著。「你爲什麼咬它？它對你這麼好。」小葇因情生怨。

「我咬它，爲了它使你不暴露。它幫你穿上了衣服，是不是？是不是它？」

「還有它。」小葇伸出左手。我立刻咬上去，她叫著躲開了。

「其實你穿了衣服，我反而看到你的裸體。」

「這是什麼邏輯？這話怎麼說？」

「我先講一個故事。你知道，廟裏和尚看來四大皆空、看破一切，其實是很勢利眼的。有一個窮書生，到廟裏去，廟裏老和尚看他窮，對他很冷落。一會來了一個大官，老和尚立刻上去巴結，大加招待。大官走後，窮書生就質問老和尚，說你怎麼這麼勢利眼，招待大官卻冷落我？老和尚大概是哲學博士，會辯證法，他回答說：我們出家人，不招待就是招待、招待就是不招待。窮書生一聽，一個耳光就打在老和尚臉上，理由是：我們讀書人，不打就是打、打就是不打。現在，親愛的小葇，明白了吧，衣服不穿就是穿、穿就是不穿。所以，你穿了，等於沒穿，我還是看到你漂亮的肉體。」

「你胡說，你的精神太不純潔了。」小葇衝到我身上，用四指包住拇指的小拳頭，輕打著我。我抱她在懷裏。

「你想救我，救我於精神不純潔之中？」

「不是，我想救我自己，救回我被你脫光的肉體，拿回衣服。否則——」

「否則什麼？」我笑著問。

「否則死了都難爲情。」她笑著說。

「請注意，你可不能死，一死反倒眞沒衣服穿了。」

「什麼？」

「你死了變成女鬼，但你有沒有注意，女鬼是不穿衣服的，邏輯上，並且是不能穿衣服的。」

「證據何在？」

「漢朝的王充提到一個論證，他說鬼是『死人之精神』，『形體雖朽，精神尚在。』所以鬼出現了。但衣服卻不一樣，衣服沒有精神，所以衣服不能同鬼一起出現。因此，有理由出現裸體的鬼，但沒理由出現穿衣服的鬼。到了晉朝的阮脩，更進一步否定『人死者有鬼』的說法。他的論證是：『今見鬼者云著生時衣服，若人死有鬼，衣服有鬼邪？』所以，你死了，要全身裸體給我看到才算數。你活著，在我面前還有半脫半穿若隱若現的機會，你死了，就永遠裸體在我眼前了。」

「你好壞，人家死了都不放過。你老是用一大堆學問來宣傳你的色情言論，使人難以消受，卻又無法駁倒。你眞不好。照你和你的漢朝晉朝一大票人這樣說，我和我的衣服死後就完全分開了？」

「死後當然完全分開，這也就是漢朝高明人士要求死後要光著屁股裸葬的原因。不過，有一個好消息，就是莎士比亞（Shakespeare）帶來的。莎士比亞『皆大歡喜』（All's Well That Ends Well）劇本有靈魂就是一套衣服的比喩，可見衣服也有精神，可以與鬼相伴。不過，那是指男人說的，女人嘛，還是照舊光著。現在，結論出來了，就是衣服穿就是不穿，你活的時候，穿比不穿還嚴重；你死的時候，穿了反證你不是女鬼，是冒充的。所以，不論生死，你必須脫下來，光著漂亮的肉體給我看，當然，有時候不止於看。」

聽了我的話，小蕉充滿了無奈與愁容。最後，她屈服了，說：「好吧，我可以脫掉一分鐘做為實驗，但是有就是無，色即是空，你要保證你沒有沒有看到。」

「我可以保證我沒有沒有看到。但我要先講一個文法的故事。有個小男孩對老師說：『I ain't got no pencil. 我沒有沒有鉛筆。』老師糾正他說，否定只能用一次，不能連用兩次。你應說：『I don't have a pencil. You don't have a pencil. We don't have any pencils. They don't have any pencils.

我沒有鉛筆。你們沒有鉛筆。我們沒有鉛筆。他們沒有鉛筆。』這下子小男孩糊塗了，他問老師：『What happened to all the pencils? 那鉛筆都到那裏去了呢？』現在你說要我保證沒有沒有看到，那我要問，漂亮的肉體那裏去了呢？」

小茱哈哈笑了起來。「你要『視而不見』、你要『目中無色』、你要完全漠視它們、你要修改文法學上的否定式，沒有沒有就是沒有。你乾脆把我當做隱形人好不好？」

「可以，我高興你這麼說，反正對我最有利，以後當我摸你、親你的時候，你不要怪我，因爲你不能怪我接觸沒有沒有的東西。」

「那怎麼可以。我要修正一下。你『視而不見』，是因爲你根本看不見。這樣修正好了，我變成隱形人了，你不可能看見隱形人的肉體。OK，你不可能看到。」

「隱形人的肉體固然看不到，還是可以摸到、親到呀！」我抗議。

「那——」小茱想了一下。「那要你抓到隱形人才算。抓不到，我的理論就成立了。」

「好的，就這麼辦。現在你要脫掉衣服了，來，我幫你脫。」

「不，我自己會脫。」

「可是，脫漂亮女生上衣和褲子是一種榮譽，請給我這一榮譽，好不好？你說好嘛。」

小茱爲難的笑了一下。我拉住她的手，帶她走進臥室，她任我脫光她，並看著時鐘計時一分鐘。可是一分鐘過去了，十個二十個一分鐘過去了，她隱形人沒做成，反倒被有形人按在床上，又不可避免的強她做了一次。當我從她肉體上起來，我補了一句：「我們有形人，有形就是隱形、做了就是沒做。所以，我現在雖然赤身露體在你面前，其實你什麼都沒看見，不是嗎？」說著，我跪著向前，直把那雄偉的對準她，貼上她的臉。「不是嗎？你若看到我，請問你看到的是什麼？」

小葇臉紅了。她急著說：「快移開它！我什麼都沒看見，我眞的什麼都沒看見。你說對了，快移開它。」

我坐起來，拉她進了浴室，我們一起洗了淋浴，我特別要她洗著她看不見的。小葇說：「你是一個可怕的清教徒，最可怕的清教徒，你雖有好多的『不不不』的戒律，可是，一項更該『不』的戒律，你卻毫不實行，害得別人要一次又一次服侍你，你說你多不對。」

「我沒有不對，」我抗議。「不對的是你正在爲它洗的。我發現你特別疼它，我全身所有的器官，其實你最疼它，對不對？」

正兩手洗著它的小葇一手放開它，一手摟住我脖子，淋浴的水從頭流下，她湊到我耳邊，小聲的說：「我承認一件事，我只特別疼它，可是別讓它聽到，不然它要得更多、索求無度得更多了。我發現我上山以來，把它給慣壞了，可是，只要它不太壞，我甘願慣壞它，人會溺愛任何即將遠離他的，不是嗎？啊，我眞的疼它。」她邊說邊洗著，我好高興聽她說了眞話。可是，當我追問她的時候，她忽然翻了翻眼，對我否認了一切。「記著，我剛才什麼都沒說，你也什麼都沒聽見。」

「可是，你的手在洗——」

「什麼都沒洗，別忘了我是隱形人。我沒有沒有我自己，我也沒有沒有它。」突然她抱住我。「我只有只有你，我的萬劫先生。有了你，我不但有了有了它，也有了有了我自己，我們眞的三位一體，我們不正這樣在洗淋浴嗎？」

「說得眞好，小棻。」我緊緊抱住她。「我眞的眞的疼了你！」

*　　*　　*

小棻坐在沙發上，我又做了一個我喜歡的動作，躺下來，枕在她大腿上。

小棻摸著我的耳朵。「你的耳朵不算大。他們說耳朵大的有福氣。」

「兔子耳朵最大，狼耳朵小，可是兔子碰到狼，福氣在那兒？驢耳朵大，人耳朵小，可是驢碰到人，福氣在那兒？」

小棻笑著，改摸著我的眼睛。「你的眼睛不算大。他們說眼睛大的聰明。」

「牛眼睛最大，我也沒看到牠聰明到那裏去。」

「我說大小是與人相比，你怎麼老是跟動物相比？」

「只要動物不抗議，一比何傷？」

「如果動物抗議呢？」

「我會道歉，並且書面道歉。」

「書面？動物認識字？」

「至少有人這樣認爲。唐朝的韓愈到潮州，看到鱷魚爲患，他居然寫了一篇『祭鱷魚文』，給鱷魚一隻羊一隻豬，要鱷魚搬家，『其率爾醜類，南徙於海！』如果『冥頑不靈』，人類就要把你們殺光，你們不要後悔啊！據說鱷魚看了他的文章，就都搬走了。這眞是千古妙文！」

「怎麼有韓愈這種妙人？」

「其實韓愈這樣幹，是有中國文化做背景的。古代中國人有時候會發偉大的奇想，這種偉大的奇想，想入非非，使人怎麼也想不透人爲什麼要這樣想、能這樣想，這樣想又何苦來。中國人怎樣想什麼，七想八想，其中妙的很多。最妙的一則是，中國人相信『人事感天』，相信自然現象有時是受了人的感動而生，感動到火候十足的時候，可以『驚天地，泣鬼神』、可以『天雨粟，烏白頭』，天上下雨下的是米粒，烏鴉會生出白頭髮，可以『天地含悲，風雲動色』。並且，『人事感天』的所謂『天』，要從廣義解釋，上自老天爺，下至一條豬、一條魚，都無一不可以感動，最早的感動文獻是『易經』。易經裏有一卦說：『豚魚吉。』意思是說，人類的誠信所及，那怕像豬那樣蠢的、像魚那樣冷血的，都可以一一感化，這種感化，有專門成語，叫『信及豚魚』。既然豬也可以、魚也可以，理論上，什麼動物都應有『同感』。於是，感動的範圍就擴大到無所不包。自然包括韓愈的鱷魚在內，於是，就出來鼎鼎大名的『祭鱷魚文』。」

「這樣看來，了解中國還眞麻煩，韓愈的想法是這麼源遠流長的，你不這樣分析，我們還以爲是韓愈的個人行爲、個人發神經。」

「這就是我的功德之一。我這麼多年來寫文章，就是幫助中國人了解中國，幫助非中國人，包括洋鬼子、東洋鬼子、假洋鬼子別再誤解中國。中國人不了解中國。爲什麼？中國太難了解了。中國是一個龐然大物，在世界古國中，它是唯一香火不斷的金身。巴比倫古國、埃及古國，早就亡於波斯；印度古國，早就亡於回回。只有中國壽比南山，沒有間斷。沒有間斷，就有累積。有累積，就愈累積愈多，就愈難了解。從地下挖出的『北京人』起算，已遠在五十萬年以前；從地下挖出的『山頂洞人』起算，已遠在兩萬五千年以前；從地下挖出的彩陶文化起算，已遠在四千五百年以前；從地下挖出的黑陶文化起算，已遠在三千五百年以前。這時候，已經跟地下挖出的商朝文化接龍，史實開始明確；從紀元前八四一年起，中國人有了每一年都查得出來的記錄；從紀元前七二二年起，中國人有了每一月都查得出來的記錄。中國人有排排坐的文字歷史，已長達兩千八百多年。在長達兩千一百多年的時候，宋朝亡國丞相文天祥被帶到元朝丞相博羅面前，他告訴博羅：『自古有興有廢，帝王將相，挨殺的多了，請你早點殺我算了。』博羅說：『你說有興有廢，請問從盤古開天闢地到今天，有幾帝幾王？我弄不清楚，你給我說說看。』文天祥說：『一部十七史，從何處說起？』三百多年過去了，十七史變成二十一史，明末清初的大思想家黃宗羲回憶說：『我十九、二十歲的時候看二十一史，每天清早看一本，看了兩年。可是我很笨，常常一篇還沒看完，已經搞不清那些人名了。』三百多年又過去了，二十一史變成了二十五史。書更多了，人更忙了，歷史更長了，一部二十五史，從何處說起？何況，中國歷史又不只二十五史。二十五史只是史部書中的正史。正史以外，還有其他十四類歷史書。最有名的『資治通鑑』，就是一個例子。司馬光寫『資治通鑑』，參考正史以外，還參考了三百二十二種其他的歷史書，寫成二百九十四卷，前後花了十九年。大功告成以後，他回憶，只有他一個朋友王勝之看了一遍，別的人看了一頁，就愛睏了。爲什麼別人愛睏了？因爲太多了，太多了。何況，古書不只什麼二十五史，它們只不過占二十五種。古書遠超過這些，超過十倍一百倍一千倍，也超過兩千倍，而是三千倍，古書有——十萬種！嚇人吧？這還是客氣的。本來有二十五萬種呢！幸虧歷代戰亂，把五分之三的古書給弄丟了，不然的話，更給中國人好看！又何況，還不止於古書呢！還有古物和古蹟，有書本以外的大量考古出土……要了解中國，更難上加難了。又何況，一個人想一輩子獻身從事這種『白首窮經』的工作，也不見得有好成績。多少學究花一輩子時間在古書裏打滾，寫出來的，不過是『斷爛朝報』；了解的，不過是『瞎子摸象』。中國太難了解了。古人實在不能了解中國，因為他們缺乏方法訓練，笨頭笨腦的。明末清初第一流的大學者顧炎武，他翻破了古書，找了一百六十二條證據來證明衣服的『服』字古音念逼迫人的『逼』字，但他空忙了一場，他始終沒弄清『逼』字到底怎麼念，也不知道問問吃狗肉的老廣怎麼念。顧炎武如此誤入歧途，勞而無功，而他卻還算是第一流的經世致用的知識分子！又如清朝第一流的大學者俞正燮，他研究了中國文化好多年，竟下結論中國人肺有六葉，洋鬼子四葉；中國人心有七竅，洋鬼子四竅；中國人肝在心左邊，洋鬼子肝在右邊；中國人睪丸有兩個，洋鬼子睪丸有四個……並且，中國人信天主教的，是他內臟數目不全的緣故！俞正燮如此誤入歧途，勞而無功，而他卻還算是第一流的經世致用的知識分子！二十世紀以後，中國第一流的知識分子，在了解中國方面，有沒有新的進度與境界呢？有。

他們的方法比較講究了，頭腦比較新派了，他們從象鼻子、象腿、象尾巴開始朝上摸了。最後寫出來的成績如何呢？很糟。除了極少數的例外，他們只是一群新學究。西學爲體，中學爲用。其實天知道他們通了多少西學，天知道他們看了多少中學。他們是群居動物，很會壟斷學術，專賣學術，和拙劣宣傳他們定義下『中央研究院』式的學術。於是，在他們多年的烏煙瘴氣下，中國的眞面目，還是土臉與灰頭。中國這個龐然大物，還在霧裏。至於中國人以外，洋鬼子、東洋鬼子、假洋鬼子，他們就更別提了。所謂中國通、所謂漢學家，他們基本上是一群『斜眼派』……」我說著，把眼睛一斜，從左斜做到右斜。

「什麼『斜眼派』？」小葇笑著好奇。

「洋鬼子研究中國，因爲理解中文的困難，又沒有早期瑞典漢學家高本漢（Bernhard Karlgren）下的那種硬功夫，所以鬧出很多笑話的結論。例如一個漢學家斷言陶淵明在生理上是斜眼，證據是陶淵明有『採菊東籬下，悠然見南山』的詩，既然在東邊的籬笆下採菊花時眼睛能同時向南山看，足證只有斜眼才辦得到。這種洋鬼子，自以爲了解中國，我把他們定爲『斜眼派』，當然，斜眼也表示是偏見。總之，要了解中國，斜眼看是不行的，要正視它才成，正視要從它長遠的歷史開始。美國人向法國人開玩笑，說你們法國人老是自豪，可是，一數到你們爸爸的爸爸，就數不下去了，爲什麼？法國人私生子太多，一溯源，就找不到老爸爸了;法國人也回敬美國人,說你們美國人也老是自豪,可是,一數到你們爸爸的爸爸,也數不下去了,爲什麼?美國人歷史太短,一溯源,也找不到老爸爸了。這個笑話,說明了解歷史太短的國家,直接了解,就可一覽無餘。了解只有兩百年歷史的美國,固然要了解英國;但了解英國,只要精通北歐海盜史,就可以大體完工,絕不像了解中國這麼痲煩。總之,要了解中國,一要硬功夫,二要好頭腦,我有這些條件,所以沒人比我寫得更好。大體上的結論是:中國人談不上全面的了解中國,而洋鬼子、東洋鬼子、假洋鬼子更不了解中國。我絕不護短,我也論斷中國,但看到別人胡亂論斷中國時,我就忍不住要糾正,尤其對有偏見的所謂中國通與漢學家。」

「你不覺得你也有偏見嗎?」

「你罵我斜眼嗎?」我假裝生氣。

「我沒罵你,」小蓁趕忙解釋。「我只是好奇你不以爲自己有點偏激嗎?」

「當然有,偏激使我不能筆直的走向主要方向,有一點誤差。但誤差不會荒腔走板,大方向上是正確的;但那些看來不偏激的,其實在大方向上就南轅北轍了,他們大方向根本錯了,不偏激又怎樣?還不是照錯?」

「聽你講話眞有趣,長篇大論,『黃河之水天上來,』一講就是上天下地,我只不過談到你的耳朵不算大、眼睛不算大，就惹來你的嘴巴大。你大嘴巴說你要對鱷魚，不，對動物道歉，書面道歉。然後就說你最了解中國。別人，尤其是外國人，不了解中國。最後，你眼睛斜了……」

「你胡說，」我笑著。「你亂下結論，我要掐死你。」我作勢要掐她，她嚇得尖叫，我撲過去，輕輕掐住她，把她掐到床邊，把她壓在床上。隨著，我撐起上身，側過頭去，用斜眼盯著她，她笑起來了。

「陶淵明先生，」她打趣。「請別用斜眼看我，可不可以？你看錯人了，我不是『南山』。」

「我知道你不是『南山』，可是不論你是什麼，我都要斜眼看你。」

「那不公平，如果你再這樣看下去，我也要以斜眼回敬了。」小葇一邊說著，一邊笑得好歡。

「好，」我坐起來，面對著她。「你就用斜眼回敬我吧。好，立刻開始，一、二、三。」

小葇突然把頭朝我側頭相反方向側過去，也斜了眼，笑著。

「你這樣斜，我看不到。」我笑說。「我是朝南斜，你是朝北斜。這樣子目光沒有交集。」

「目不斜視才有交集，目有斜視就表示不看也罷。」

「不可以不看。我要你斜眼看我。」我幫她把頭扭向同我一邊，兩人面面相對卻斜眼相向，滑稽的樣子，都笑了起來。

「好了，」我說。「我們以斜對斜，扯平了，誰都不許有偏見了。」

「可是，有人寧願斜眼，也就是說，寧願有偏見。因爲這樣才可以不正視現實。不肯正視現實，其實對他們自己並不壞。」

「爲什麼？」

「以靠幻想維生的人，正視現實對他們並不健康。對他們而言，現實是要逃避的，要逃避都來不及，怎麼還正視？因爲逃避現實對他們最愉快，所以你逃避我逃避，大家都把現實丟到腦袋後面去。在這時候，如果還有人肯扭過頭來斜眼斜視一下現實，依我看，他們還算是有良知的，你該鼓勵他們，不要罵跑他們。」

「照你這麼說，我要對肯斜視現實的人稱讚稱讚才成？」

「正是如此。」

「那照你說來，長得嘴歪眼斜的才最可取。」

「至少看比薩斜塔時可取。」小棻理屈了，開始胡扯。

「你眞破壞了我這種相信眼睛的人的信念。我生平的習慣是信眼睛，不信耳朵。眼睛和耳朵兩種器官，其實代表著兩種人生態度，眼睛只相信自己，耳朵卻相信別人。也就是說，相信自己耳朵就是相信別人的眼睛。但這有一個例外，就是和你在一起的時候。」說到這裏，我停下不說了。

「什麼例外？」小葇感覺我有一個陷阱，她小心的問。

「天機不可洩漏，我要在床上，蒙著薄被告訴你。來，我們到臥室去。」我站起來，拉她的手。一聽到床字，她好像全無反抗意見了。

我先把薄被披在我背後，然後要她趴在床上，我壓在她身上，在耳邊說：「眼睛看的、耳朵聽的，都令我相信，尤其、尤其、尤其、尤其當那種時候，我眼睛看到你的掙扎、耳朵聽到你的叫聲和哀求，它們帶給我有點輕微虐待狂的享受、滿足和快樂，絕對是人生最高境界的、無與倫比的、身心合一的。只有那時候，我全身的每一部分器官都是協同的，協同做一件偉大的事。當我知道我不可以做的時候，彷彿我全身的每一部分器官，除了它以外，都協力約束它不可以做；當我知道我可以做的時候，也就是說，當我知道你會答應它並且慰勞它的時候，彷彿我全身的每一部分器官，都協力配合它去做。整體的觀察起來，做與不做之間，我全身的每一部分器官彷彿都爲它而活似的，至少被它鬧得團團轉，多有趣，它變成中心、變成主軸。對我如此，對你，我的小情人，又何嘗能置身事外呢？又何嘗能置身它以外呢？它不是同樣的使你因它含笑、因它皺眉嗎？你明明知道它多麼壞、多麼殘忍的一次一次又一次『強暴』你，可是你還是不怪它、原諒它、疼它、服侍它、滿足它。對我說來，它做爲中心和主軸是抽象的，但對你說來，當它蹂躪你的時候，那中心、那主軸，都是具體的了、活生生、硬邦邦的了。」說著，我朝她小屁股頂著。

「你看你，好討厭，談什麼事最後都扯到這種事上面。不過我可以告訴你，你的習慣是信眼睛，我的習慣是怕你看我的眼睛。你想來想去，想什麼，都從你眼睛中洩漏出來。我覺得，每次你做的時候，絕不是做的時候那一次，你早在眼神中做了一次兩次三次。所以，每次和你在一起，總覺得好緊張，總覺得被你一做再做的做了好多好多次。」

「這樣說來，你怕我做的理由，倒不是因爲事實上做了那麼多，而是因爲你想像中被做了那麼多。對不對？」

「大概是吧？」

「你還說你眞的有點怕我想呢！我倒眞的有點怕你想了！你這樣胡思亂想，對我太不公平了。你說說看，公平嗎？」

「誰讓你眼睛盯著人家亂想，你亂想，自然也得配合你。不配合行嗎？」

「啊，你配合了，你在想中，接納了我的想了，我們在想中交會、在想中合在一起了。

我們在想中做了最美的合作。是不是？」

「未必是吧？法律上的『想像競合』怎麼說？我不懂法律，這是我亂用的名詞。你可別忘了，可能做的，不是最美的合作，而是最可怕的犯罪呀！」

「說說看，你小小的葉蓁小姐，能夠跟我犯什麼罪？」

「比如說，犯一起打家劫舍的罪，做『雌雄大盜』。」

「『雌雄大盜』中的女主角是最令人佩服的。女人為了愛情，會跟她的男人浪跡天涯海角、萬死不辭。愛情是女人的全部，由此可見。」

「是男人的一部？」

「對我這種男人確是一部，不是全部。」

「你的意思是說，如果我約你打家劫舍，做『雌雄大盜』，你不會跟我一起？你還說你愛我呢！你的愛情好像一點都不盲目。」

「對了，睜著眼睛的男人才配談戀愛！能睜一小時眼睛就可談一小時戀愛，能睜二十四小時眼睛就可談二十四小時戀愛。同樣的，不能睜開眼睛的人就不配談戀愛。有人說『愛情是盲目的』，其實盲目的人是不配談戀愛的，因為他們不會談戀愛。盲目的人根本不懂愛情，他們只是迷信愛情。迷信愛情的人才會陪女人做強盜，那是『卡門』（Carmen）中的混男人，我是不幹的。」

「你幹什麼？」

「我幹警察，把你抓起來。」

「然後呢，我坐了牢。」

「我愛你，我會幫你越獄，然後亡命天涯。」

「兩個通緝犯，在天涯怎麼生活呀？」

「做強盜呀！」我笑著。

小棻大笑起來。「原來還是『雌雄大盜』，何必讓我多坐一次牢？」

「坐牢是小事，甚至不失為一段好的人生經歷。」

「那你為什麼這麼神經，又抓我又陪我亡命？」

「想想『孟子』書裏的一個討論吧，孟子被人問說，虞舜的父親殺了人，虞舜的處境該怎麼樣？依孟子的說法，虞舜本人，一方面應該尊重法律，由司法人員去抓他父親；一方面又該重視親情，偷偷地把老子背跑，潛逃到海邊去，皇帝也不做，天下也不管，陪老子玩一輩子。」

「兩人去做強盜？」

「強盜要一雌一雄做，兩個雄的做起來太沒意思。何況，虞舜的爸爸太老了。」

「那怎麼生活？」

「虞老爸年紀夠大，可以做台灣國民黨的民意代表，領乾薪領到死。」

「不談虞舜他們兩個了，還是談我和你。我們亡命天涯，怎麼生活，難道眞做強盜？」

「我不忍心你這麼可愛的人做強盜，我願自我犧牲救你。」

「怎麼犧牲法？」

「美國文學家休伍德（Robert Emmet Sherwood）寫『化石森林』（The Petraified Forest），寫那個窮苦文人斯魁爾（Alan Squier），甘願請強盜殺死他，爲了死後可領五千保險金，送給他心愛的女人，幫她離開沙漠，去過好日子。當我們亡命天涯的時候，我就找個強盜把我幹掉，你就領了保險金，遠走高飛。」

「你眞好。」小葇紅了眼圈。「雖然難以置信，不過聽起來還是動人。」

「可是不能碰到斜眼的強盜。斜眼的瞄準我開槍，事實上可能打到你。那時候，對不起，領保險金遠走高飛的，就是我了。」

「說的也是。所以你對強盜要仔細看清楚，如果你愛我的話。」

「要看清強盜，必須先培養好的視力，好的視力培養方法，只有不斷的『養眼』。『養眼』方法，只有看裸體的小情人。所以，現在就讓我開始『養眼』吧。」說著，我快速撐起上身，騎著她，開始脫她衣服。小葇笑著叫起來，連說不要，可是我堅定而堅硬，她也半推半就的讓我脫光了。當我也脫自己衣服的時候，從她茫然的眼神裏，我看到懼怕、無奈與任憑。我從她背後「強暴」著她，除了享受肉體的接觸與廝磨，騎在她身上，我盡情的前後看遍她的背影：她翹起來的小屁股、她緊夾在一起的大腿、她修長細嫩的小腿、她用腳趾抵住床的雙腳。最後，我俯下身來，扳住她的頭，側面向上，把她性感的嘴唇朝向我，我再親吻上去。她全身被我壓住，又被迫向右扭著脖子，近乎窒息的被緊緊吻住，只能發出惹人憐愛的喉音。更可憐的是，她身體的另一部分，不但要翹起小屁股來迎接、來服侍，還得以嬌嫩的、緊緊的、滑潤的「性服務」，一任那令她陌生的、疼痛的粗長硬大蹂躪不已。直熬到從接吻中，突然傳來了巨大顫動與喘息，她才被放開。這時候，她已經癱瘓了。

*　　*　　*

小葇基本上，尤其在若有所思的冥想時候，是一個表情莊嚴的少女，純潔、冷豔、靈氣，像一座女神，看著她，使我有被震懾的感覺、被洗淨的感覺，自然會壓抑了肉欲，跟她提升了靈修。當然，這種壓抑不會很久，當我繼續看下去，一切的莊嚴、一切的純潔、冷豔和靈氣，都可被我轉化成更吸引我想蹂躪她的條件，我想褻瀆的對象，不只是美女了，想褻瀆的，根本是女神了。蹂躪一位美的女神，該多麼令人通身歡暢！對小葇而言，當她的冥想境界被我侵入以後，在我的鼓舞下，她也有說有笑、也半推半就。可是她那基本上的莊嚴神情，還是時而一閃，好像把一切與我的熟悉與親密，頓時都給歸零。我必須從零再次鼓舞。

除了女神之感外，小葇給我的印象是三位一體式的，三位就是眞、善、美。她像是眞、善、美的具體化身。什麼是眞？什麼是善？什麼是美？一旦你要具體化，一如在問什麼是風？風你看不到抓不到，只能感受到，眞善美也如此，本來對它們只能抽象思考，但一旦小葇出現，就不再抽象了，而是血色鮮紅的具體化身，你感受到了。小葇是風。

我向小葇讚美她的三位一體後，又宏論大發：

「我們通常愛說眞、善、美，粗糙說來，眞是科學哲學的問題，善是倫理學經濟學社會學的問題，美是美學藝術的問題。人的一生，面對萬象，難免有所選、有所不選，選與不選之間，大致說來，屬於形象方面，是美的範圍；屬於非形象方面，則屬眞、善的範圍。在美的範圍內，觀點重在美醜，但在眞、善範圍內，觀點就重在眞假善惡。我始終相信，涉及美醜範圍，人的一生，可以只見美的部分，而對醜的部分視而不見；但涉及眞僞善惡範圍，人的一生，就不能這樣逍遙了，在道德上，將逼使我們在眞僞上面要去假存眞；在善惡上面要揚善抑惡，我們如果在眞、善範圍，也採取美的觀點，視而不見，對假和惡視而不見，我們將發生道德上的過失。因此，對人間眞、善範圍的任何虛假和罪惡，我們必須去面對、去扒糞、去發掘、去揪出、去打倒……在這種認眞下，我們眼之所見，不能逃避。不過，在與美逍遙的時候，倒算是可以自解的一種逃避，畢竟人不能每一小時都關注在眞假善惡上，那樣會得胃潰瘍啊。但一進入美的境界，你就面對了女人和藝術。很要命的是，女人在追求眞、善上面，似乎不能跟美相安無事。有的女人要在愛情上追求眞、善、美，我認爲這種人太貪心了。凡是涉及眞和善的問題，我認爲女人都不適合追求。你只要做一次選擇法就夠了。如果眞、善、美三者不可得兼，一定要女人選三分之一，我看全世界所有的女人，除了德瑞莎修女（Mother Teresa）外，大概都會寧願不做眞女人、不做善女人，而要做一個美的女人。女人寧願是個假女人、壞女人，也要是個美的女人。這就是說，女人的本質是唯美的，女人實在不適合求眞，不適合責善，女人常常把感覺當做證據，這種人，怎麼求眞？女人常常把壞人當成好人，這種人，怎麼責善？所以女人追求眞相，眞相愈追愈遠；女人擇善固執，善惡愈擇愈近。女人只能追求美，女人若在追求美以外，還要追求眞和善，還要替天行道、還要大義滅親，會發生可怕的錯誤。因此，我相信男女之間的一切關係，都是唯美的關係，戀愛應該如此，分手應該如此，結婚應該如此，離婚應該如此。男女之間除了美以外，沒有別的，也不該有別的。別的一混進來，套子就亂了。」

「眞是長篇大論的『傲慢與偏見』！人家一定說你是雄辯滔滔的大男人主義者。」

「你也這樣以爲嗎？」

「我似乎也要這樣以爲一下吧，不然我念什麼哲學系呢？如果我不能求眞求善的話。」

「哲學系也有美學的課呀，你可以專門追求美呀。」我打趣。

「好像說得也是。」小蓁溫和的附和著。

「其實，你何必上什麼美學的課呢？上美學的課不如做唯美的事。我看你不如整天照鏡子，像左拉（Zola）筆下那個鏡子前面自我欣賞的女人，你自戀算了，你本身就是美，去他媽的美學！」

「談美學，不該講粗話。」小蓁提醒我。

「別忘了有時候粗話也是一種美。好吧，不講『去他媽的』，改用『遠離美學』吧。記得西班牙籍的美國哲學家桑塔耶那（George Santayana）嗎？他是美學權威，在大學教了二十三年，但他卻非常厭惡學院傳統，五十歲那年，一天上課，一隻小鳥飛到教室窗外，桑塔耶那忽然若有所悟，他說了一句：『我與陽春有約。』（I have a date with spring.）就離開美國了。此後在歐洲浪跡三十年，八十九歲死在羅馬。多美啊！」

「眞的美，有這種故事，美學又算什麼呢？『去他××的美學！』」小茱也學著說粗話。她邊說邊笑。

「對，去他××的美學！我們要活生生的美學，不要死板板的美學！」我興高采烈，兩手握拳高舉，做抗議狀。

「我記得，」小茱想著。「有一個什麼吃鱸魚歸故鄉的故事，好像跟桑塔耶那的很像。」

「噢，你指的是晉朝張翰的故事，張翰在外面做大官，一天秋風吹到臉上，他想到家鄉的鱸魚，忽然若有所悟，感到人生『貴得適志』，怎麼可以奔波幾千里外去尋什麼爵祿富貴，立刻就不幹了。這位老兄沒有陽春有約，是與秋風有約。也可說是與鱸魚有約，但鱸魚一定反對，那有約好了你來吃我的道理。」

小茱笑起來，笑得好開心。「與秋風有約，就美了；與鱸魚有約，就焚琴煮鶴了。現在得到一條美學定律了，就是『要美，就不要太貪吃』。」

「對，」我鼓著掌。「完全原案。這樣才灑脫。人就要活得灑脫，脫身得灑脫。還有，進一步，脫衣得灑脫！」

「不許你又擴大『脫』的範圍！剛才你說一進入美的境界，你就面對了女人和藝術。你刻薄了半天女人，眞善美三樣只給了女人三分之一，那藝術呢？」

「藝術倒是一個逃避現實的境界，基本上也是美的境界。但逃避得太過分，每一小時都關注在美的問題上，像明朝大藝術家董其昌一樣，在亂世裏他老兄什麼都不管，只管藝術，這也未免太沒心肝。不過，大藝術家倒是亂世中的尊嚴倖存者，即便是碰到暴政，他也可以逍遙在自己的世界，暴政也隨他逍遙，不去管他。從齊白石到畢加索，都是如此。暴政所以對他們網開一面，因爲他們搞的是美的問題，不是眞、善的問題。當然有的比較偉大，把美的問題跟眞、善問題串在一起。像畫『流民圖』的中國畫家、像畫『行刑圖』的西方畫家，他們的藝術作品，已經在山水、花鳥、人物之外，另有輪廓深沈的視野，這是應令一般畫家慚愧的。」

*　*　*

「有時候，」小葇說。「我常常覺得，把美用在感情上、用在人與人關係上，似乎比用在藝術上更有味、更富哲理。」

「你說得沒錯，我看把美用在感情上、用在人與人關係上，全在能不能在『奇情』與『俗情』上表現出高下。『奇情』是超乎『俗情』的表現，『俗情』本身，有時並非一定要不得，但是『奇情』，卻更是要得。也就是說：『俗情』本身，有時並不一定不好，但是若不來『俗情』而來『奇情』，那就更好。人間很多事，看起來完了，其實沒完；看起來沒完，其實常常完了。用詩來說，前者是『山重水複疑無路，柳暗花明又一村』，後者是『枝條始欲茂，忽值山河改』。因此，智者和達者看人生，多能不斤斤於盛衰榮枯，他們是失馬的塞翁，不以得爲得，也不以失爲失，因爲在許多方面，得就是失，失就是得。這種得失之間的哲理，漢朝賈誼說得深刻，他說：『禍兮福所倚，福兮禍所伏。憂喜同門兮，吉凶同域。』意思是說，一切禍中都有福分、一切福裏都藏禍根，歸根起來，憂喜吉凶，都是一窩裏的東西，實在難以保證純度。所以，智者達者從禍中看到福分的一面，或從福中看到禍根的一面，而不患得患失。智者達者以外，另有一種頗富這種色彩的『美者』——兼具智者達者的唯美主義者，他們能從另一角度，搶眼人生。他們認爲：人生不但有禍福相倚的一面，也有醜八怪的一面、不漂亮的一面，人過一輩子，不該把自己或自己跟人的關係弄成這一面。人不該在這一面上發展下去、浪費下去，而該盡量追求相反的另一面。這另一面，就是唯美的一面。唯美一面的開花結果，就是『奇情』。『奇情』是一種異乎『俗情』的表現方式，一般人的舉手投足、喜怒哀樂，按照人情之常，大家都差不多，做得差不多，反應得也差不多，但是『奇情』就做得、反應得不一樣。我舉漢武帝的李夫人爲例。中國人描寫女人的美，用『傾國傾城』，最早就是對漢武帝的李夫人說的。李夫人被形容爲『北方有佳人，絕世而獨立，一顧傾人城，再顧傾人國』，成爲絕代佳人、成爲美的偶像。可惜紅顏薄命，得了要命的病，最後纏綿病床，眼看就死了。漢武帝跑去看她，想見最後一面，可是李夫人卻拒絕了。——爲了給情人留下一個豔光照人的好回憶，而不是一個風姿憔悴壞印象，她拒絕了『人情之常』的訣別。從『俗情』觀點看生離死別，大家見最後一面乃情所必至、理所當然，怎能不見？可是從唯美主義觀點看，卻不見更好，『相見爭如不見』更好，不見更美、更要得、更漂亮，這就是『奇情』。幾年前，我看過一場電視劇，描寫一個中年男人，一天收到老情人的電話，說要路過他住的這個小鎮。這個小鎮正是他們當年舊遊之地，如今男婚女嫁，頗思舊夢重溫，於是相約一見。不料那天到來，兩人卻陰錯陽差，老是碰不到：男的到甲處，女的竟剛離開；女的到乙處，男的又方才走。最後交錯了一下午，也緣慳一面。到了晚上，男的收到老情人留下的一封信，大意說，雖沒碰到，她自己一個人卻一下午把舊遊之地一一重臨，見景生情，有不少美的回憶。最後轉念一想，忽然覺得，兩人如果不再鴛夢重溫，永遠保留『記得當時年紀小』的印象，豈不更好？於是老情人留書而去，走了。從『俗情』觀點看，大家好了一回，情緣未了，見上一面，乃情所必至、理所當然，怎能不見？可是從唯美主義觀點看，卻不見更好，『相見爭如不見』更好，不見更美、更要得、更漂亮，這就是『奇情』。『奇情』論者的價值判斷，是絕世的、是獨立的，它對得失的衡量與鑑定，與『俗情』標準不同。『俗情』的標準是『盡』字，『奇情』標準卻是『捨』字。『盡』是一切事情都隨波逐流的做，做到胃口倒盡、感情用光、你煩死我、我煩死你爲止，一切都『趕盡殺絕』的幹法，不留餘地，也不留餘情。市井小民在男女情變或婚姻破裂時候，最容易犯缺乏節制的『盡』字，最後經常是和平開始、戰爭結束，『趕盡殺絕』，一切反目相向，醜八怪已極、不漂亮已極。這是『俗情』標準。相對的，『奇情』標準卻高桿得多，因爲它能『捨』。『捨』是一種智慧、達觀、藝術、決斷的結合，它的特色之一是常把『進行式』轉變成『過去式』，它常在『俗情』標準的中點上，中間的中，做爲終點，終結的終，在『看起來還沒完』的節骨眼上，戛然而止，宣告完了。『捨』是速決、是早退、是慧劍斬情、是壯士斷臂、是爲而不有、是功成弗居、是濃抹處淡妝、是無情處有情……介之推不言祿，是一種『捨』；魯仲連不受酬，是一種『捨』，以他們的功德，『言祿』『受酬』，按『俗情』標準，也是應該的，可是按『奇情』標準，他們進一步表現了『捨』卻是神來之筆、點睛之妙，益見其高。在人類歷史上，有太多太多『捨』得動人的奇情故事，我最欣賞的一個，是唐太宗李世民的。唐太宗是歷史上最有『奇情』氣質的英雄人物，柔情俠骨，一應俱全。在打天下的政治鬥爭中，當然他有和人一樣的霹靂手段，但在這些政治性的『俗情』以外，他有許多『奇情』，使江山多彩、爲人類增輝。在打高麗那一次，他因補給困難，必須退兵。退兵前，卻送禮物給敵人，表示對他們守城不降的欣賞，這種對敵人的心胸，絕不是小鼻子小眼的現代政治人物幹得出來的！唐太宗這種『奇情』，最精彩的一次，是表現在他對『朋友變成敵人』的心胸上。唐太宗肝膽照人，成功的一大本領是大度『化敵爲友』，在群雄並起中，一統天下。天下一統後，他爲了特別感謝杜如晦、魏徵、房玄齡、李靖、李勣、秦叔寶、侯君集等二十四位功臣，叫閻立本爲他們一一畫像，掛在凌煙閣，表示崇德報功，不忘革命情感。不料後來侯君集造了反，被抓住，依法非殺頭不可，唐太宗對這位『朋友變成敵人』的老同志，非常痛苦。他哭了，他哭著向侯君集說：你造了反，非殺你不可，但你是我老同志，我不能不想起你、懷念你，我再上凌煙閣，看到你的畫像，教我情何以堪？你死了，『吾爲卿，不復上凌煙閣矣！』我爲了你，再也不上凌煙閣了！這種心胸，也絕不是小鼻子小眼的現代政治人物幹得出來的！——小鼻子小眼的現代政治人物他們對凌煙閣，怎麼也『捨』不得！怎麼會爲你不上呢？現代小鼻子小眼的政治人物，他們實在俗不可耐，毫無趣味，不但做他們朋友沒趣味，甚至做他們的敵人都沒趣味，他們連做敵人都不夠料。他們今天跟你是『親密戰友』『肝膽相照』，明天就把你從百科全書或機關刊物中挖出來，一桶黑漆，把你革命勳業全部抹殺，打成『敵我矛盾』，於是，你變成了『懦夫』、變成了『叛徒』、變成了『漢奸』、變成了『大騙子』、變成了『脫離革命隊伍的反對派』……你變得一無是處，你的功績全不提了，天下變成他們打的，你若有畫像在淩煙閣裏，早就拉下來，撕毀、鬥臭。天下是他們的了！什麼？你是二十四分之一？笑話！滾！——以理想主義起義的人，最後拋棄理想不談，反倒連事實都抹殺，見權力起意，這是現代人物最大的『俗情』、最大的反『奇情』的悲劇。我清楚知道，隨著時代的『進步』，早年人類的一些動人品質，已經花果飄零、消磨將盡。但對我說來，我仍忍不住一種內心的吶喊，使我在俗不可耐的現代，追尋『今之古人』。可是，暮色蒼茫、蒼茫，又蒼茫。我失望。小莱你呢，你失望不失望？」

「爲了不失望，讓我們多做一些『奇情』的事。」

「對。做什麼呢？」

「什麼都好，你舉個例給我聽。」

「剛才說『奇情』的標準之一在能『捨』，還有一種情況也算『捨』的一種。比如說，一件事情或一段感情該發展到盡頭，可是你不要它發展到盡頭，故意讓它沒做完。一般習慣總是把一件事情做完，做得毫無保留、毫無彈性、毫無餘味，他們習慣上認爲事事一定要有個結果，有個明白清楚的結果，才算告一段落。我卻覺得，許多事固然該這樣，可是有許多事，如果沒有做完，就停了、斷了、突然結束了、戛然而止了，似乎也別有情味、也不錯。」

「如果感覺不是不錯而是難過，那倒不如根本不做。」

「根本不做不行，不但要做，並且要做到個八成九成九成半，那時候，就要畫龍而不點睛，功虧在一簣上面，才別有情味。」

「這好像有一點點被虐待狂似的。」

「好像有那麼一點。至少是悲劇味道。」

「龍畫好了卻不點睛、功快成了卻一簣而敗，這種悲劇感太強了，不要做到八成九成九成半吧，八成九成九成半才沒完成，太殘忍了，還是做到一半就好了。」

「古人說『行百里者半九十』，意思指走一百里路，走到九十里，其實只走了一半，因爲最後十里最辛苦、最難走。照這種哲學，做到八成九成九成半也才一半而已。」

「難怪你按摩我時，整個身體的一半、整個身體的背面給你按摩了，你還不算，你還要身體正面那一半。」

「你眞聰明，小棻。你知道要從許多角度看什麼叫一半。我做預備軍官的時候，有一個軍方術語，叫『機會教育』，那是利用一種情況發生的機會，趁機施行教育，那種教育效果最深刻。現在，我們何不來一次『機會教育』?」

「什麼『機會教育』?」

「來，」我伸出了手。「到臥室來，我告訴你。」

小菉無奈的搖了搖頭。「又是臥室！可怕的臥室！」

*　　　　*　　　　*

「配合做還是被迫做，告訴我你要選那一種？」我拉小菉坐床上，問她。

「我都不要！」她知道又要做那種事了，嚇得兩眼含淚，倒向我的懷裏。「請你不要這樣。」

「你必須選。」我撫著她的肩，但不肯通融。

「我不要！請不要逼我。」她搖著頭。

「好，不逼你，讓陀螺來決定。」我身體前傾，從小桌上拿起一個白陀螺又拿了支筆。

「這是一個四面陀螺，在兩面上寫『配合做』、『被迫做』，現在再加上兩個，一個上面寫『不做』，一個上面寫『做一半』。你看你有四個機會了，你該高興才對。來，坐起來，我們一起寫。」

我扶她半坐起來，她頭靠在我胸前，我把陀螺和鉛筆分放在她無力去接的左右手裏，然後用兩手分別握在她的兩手，把著她寫字和握陀螺。

「先從最輕的寫起好不好？」我低頭徵求她意見。她淚眼無奈，點了點頭。我們一同寫了「不做」。

陀螺轉了一面。我把著她手剛要寫，她忽然停住，輕輕用手一指說：「換另一面，對面那一面。」當「做一半」三字寫完的時候，她補上理由：「這一面運氣好一點。」

第三面是「配合做」，她寫得一點也不用力了，她的手軟軟的，等於是我寫的。到第四面「被迫做」的時候，她要求折衷一下，改換多寫一次「不做」代替，我當然不肯，她自知無望，也就不再說了。寫的時候，她用了點氣力抵抗，可是我緊緊握住她，她只好輕輕要求「寫小一點」，我笑著同意了。

我把鉛筆放回，取了陀螺盤，放在床上。「好啦，」我說。「現在看你的運氣了！」

她低著頭，雙手握住陀螺，放到嘴邊，自言自語：「耶穌基督、釋迦牟尼（Sakyamuni）、穆罕默德，不知道臨時信那一位最靈。」

我笑出聲來，摟住她。鼻子埋到她頭髮裏，深吸了兩次她的髮香。「你可愛透了，小蕖，憑你這麼可愛，耶穌基督、釋迦牟尼、穆罕默德都會保佑你，使你我如願以償。」

「使『我』如願以償。」她清楚的更正。「沒有你。」

「有我的，小蕖。在靜止的時候，陀螺每一面都好像表示你我之間的衝突，但當它動作的時候，你就看不到任何一面了，在天旋地轉中，它渾然融合成一體，沒有了你，也沒有了我，只有我和你。我的部分進到你裏面，我們整個的連在一起，我們不是四個方面，我們是一個整個的陀螺。」

小茉讓我摟著，靜靜的，不說一句話，但我感覺到她胸前起伏，心跳加快。過了一會，她終於說：「讓我試試看。」

陀螺在盤裏轉動了，轉得很穩定，然後速度慢了下來，開始搖擺，小茉緊張得趕忙把頭藏在我的懷裏，不敢再看。陀螺最後搖搖晃晃，停止了，答案是我的特獎——「配合做」！

「是什麼？」小茉仍把頭埋在我懷裏問。

「你自己看。」

她坐起來，驀然看到三個小字，臉色立刻變了。她立刻又撲回我的懷裏，擁擠著、顫抖著，哭起來了。

我摸著她的頭髮，安慰她：「我看，耶穌基督、釋迦牟尼、穆罕默德，他們三人都不可靠，還是得靠我了。小茉別哭，讓我告訴你一個好消息：我答應你再轉一次。」

「這次不算？」她仰起頭來。

「也不能說不算。只是你剛才在轉以前先說『試試看』，既然是試試的，大概可以先不算再說。」

小葉望著我，淚眼迷茫中閃露著意外的喜悅。「我眞沒想到你這麼好！對我這麼好！現在我才知道你多愛我疼我，爲了愛我疼我，你肯把你最想做的已經到手的機會放棄，我能認識你，我好高興。」她慢慢把頭側靠在我胸前，右手的食指輕輕在我左胸上打圈圈，好像那快揭曉的陀螺。

「你眞比耶穌基督他們可靠。」她補了一句。「也許，你是我的耶穌。有一天，我說不定會像彼得（Peter）一樣在危難時離棄你，三次不認你，可是，在你上了十字架以後，我仍舊回頭做你的使徒。我不敢想將來，因爲我不知道將來你我會變得怎樣。還是你說說看。」她又仰起頭來望著我，嚴肅的。「你說說將來你我會變得怎樣？」

「我也不知道，我現在三十五歲，和死掉的耶穌差不多。我們兩人蕭條異代，相差一千九百七十年，但我知道時間雖隔了這麼久，做殉道者的情況卻沒有變，十字架的造型雖不一樣，可是還是一樣的釘人。在一個不進步的群體裏做先知、做異端，是很少有好下場的。不過，我比他幸運多了，在最後緊要關頭，我還可以同美女玩轉陀螺。好吧，別談這些掃人興的屋子外面的事了，我們還是在屋裏玩吧。現在，你有重新轉一次的機會，開始吧。」

我把陀螺遞給她，她轉了開去。陀螺停的時候，答案出現了——「做一半」。

小葉無奈的搖了頭，但在四個答案中，它比「配合做」、「被迫做」都好，所以，小葉雖搖了頭，但也露出未嘗不慶幸的喜悅。

＊　　＊　　＊

「什麼是一半？這可有得解釋喲。『解人頤』書裏有一首『半半歌』，整篇哲學都是對『半』字的禮讚。在『看破浮生過半』的時候，詩人以歌聲禮讚『半中歲月盡幽閒，半裏乾坤寬展』。又禮讚『心情半佛半神仙，姓字半藏半顯。一半還之天地，讓將一半人間。半思後代與滄田，半想閻羅怎見』。最後是『酒飲半酣正好，花開半吐偏妍，帆張半扇兔翻顚，馬放半韁穩便』……整篇詩境哲學都是禮讚中道的。不過，許多事做到一半，其實也就很可觀、很有餘味了。洞山和尚是雲崖和尚的大弟子，有人問洞山和尚說：『你肯先師也無？』你贊成你老師雲崖和尚的話嗎？洞山說：『半肯半不肯。』人又問：『爲何不全肯？』洞山說：『若全肯，即辜負先師也！』所以，學生不必百分之百肯定老師，一半一半，不盲目師從，也就是爲生之道。還有把『半』字哲學用到更玄的境界的。人問金聖嘆說，農曆初七的月亮只看到一半，那一半那裏去了？金聖嘆答道：你看到的就是那一半，這一半在那裏我不知道。這就是更玄的哲學論辯。現在陀螺轉出結果，『做一半』，你怎麼解釋呢？」

「我想，」小葇尋思著。「該是時間減半吧？該是動作減半吧？我不知道。反正『做一半』一定做起來對我有一半好處才對。哦，我想起來了……」她停下來，不說了。

「想起什麼？」

「想起『做一半』的正確解釋。可是——」

「可是怎麼？」

「可是我不好意思講。我可以在你耳邊小聲告訴你。」

「好的，你坐在我腿上，在我耳邊講。」我把她抱坐過來。小茉湊到我耳邊，用極小的聲音說了。我聽不清楚，要她重說一次，她重說了，原來是「『做一半』的意思是如果做，只插進一半」！我聽了，笑起來了。

「同意照你的解釋做，」我陰謀的說。「並且，我建議用你在上面的坐姿，這樣的話，你在上面，可以控制深度，對不對？」

對我說來，每一種姿勢都有它獨特的欣喜，但對她說來，每一種姿勢她都膽怯，最令她膽怯的，我發現是她在上面面對我的那種坐姿。其他姿勢或在肉體上接觸面多，或在床墊上有所倚重，使她感覺有所分擔，可是坐姿就太集中了。當那一姿勢開始的時候，她被迫要用身體接觸集中凸起的暴力，那種龐大、那種雄偉、那種粗長、那種堅挺，所有男性的表徵都集中在那一接觸點上，不再憐惜她，要進入她的身體，那種進入，不是插進，而是撐進，要把緊的撐開、把窄的撐開、把細嫩的撐開，要邊撐開邊進入，撐進的暴力是不勝負荷的，在接觸點上，她感到她完整的身體被撕裂，她用撕裂的聲音表達了這種撕裂，用閃躲冀圖躲避這種撕裂。但當暴力的兩手從她腰部自上而下把她壓住，而集中凸起的暴力由下而上朝她挺進的時候，任何閃躲，都變成更多的可愛和誘因，反倒使她更狼狽更無奈。所幸因爲暴力要享受過程，要慢慢占有眼看就屬於它的一切，在這一慢慢享受中，她有了一點喘息的空間，她知道什麼事一定在她身體內發生，她無所逃避，她必須屈從，但情急之下，她央求讓她自己做，不要「強暴」她。這種憐憫是可以接受的。

「可是，我還是怕那種姿勢。」小葇緊皺著眉說。

「我要你詳細說出爲什麼最怕坐姿。」

「最怕一個人坐在你身上那一種姿勢。什麼原因，還用說嗎？」

「我知道你爲什麼怕，讓我來形容給你聽。那種姿勢使你整個的上身沒有任何倚靠、任何支援，整個的垂直暴露在空氣中，感到孤立無援。更可怕的是，又全部在我的視野之下，每當看到我的眼睛，就看到眼睛在欺凌著你，爲了急著躲開我的視野，你俯下身來，但我的兩臂推起了你，不許貼在我胸上，而在我推開時，更趁機蹂躪了你的一對小奶，我伸直兩臂，兩手各自撫摸了你可愛的小奶。最最可怕的，是那種姿勢使它的蹂躪更爲集中在那裏，尤其我以突落突起的向上打樁式的深入，使你躲無從躲、防不勝防。除了哀求我和兩手遮住我的眼睛，你已全無能力。所以，你最怕那種姿勢，對不對？」

小葇邊聽邊搖手。「別講了！講這種事，眞難爲情。」

「可是，有一點奇怪的是，那種姿勢你在上面，你的兩腿跪坐在我身上，那時候，只見你哀求，卻從不見你抽身，你只要抬起身體，自然就滑脫了。明明姿勢對你有利，你在上面，爲什麼不脫離呢？」

小葇羞紅了臉。「我不敢讓它滑脫出來，因爲它需要我。」

「你也需要它吧？」

小葇溫柔的瞪我一眼。

「好了，現在你有陀螺護符了，護符說只『做一半』，我們就照你解釋做好嗎？」

小葇點點頭，補了一句。「一定要照我的解釋喲。」

*　*　*

當一切前奏的過程過去後，小葇面臨了必須「套住暴力」的階段，以整個身體，從上向下，套住挺進而來的暴力，套住龐大、雄偉、粗長、堅挺的深入者，但小葇這回卻有了決定深度的全權。當她試著「套住暴力」的時候，我不必憑感覺，光從她變化的表情上，就測量到深度了。當她從上緩緩向下，做「套住暴力」的動作時，本該用眼測度，用手幫助抓定、對準的，但小葇顯然怕看那一可怕的，也顯然避免用手碰到那可怕的，所以直接由上而下，單憑感覺就朝下套去，像是盲目降落的特技表演，每一次誤觸、每一次相接，都在她臉上反應出好奇與微痛，但整體上，她仍一貫保持著尊嚴與莊嚴，像一座裸體的年輕美麗女神在凌空而降，只不過不是定點著陸，而是定點著落在可怕的上面。現在，由於「做一半」的新款條件，使她在「套住暴力」時增加了深入的測量問題。當我提醒她，提醒她根本不到一半的時候，她不得不用手輕觸、測量在外面的長度，以取信於我。可是，當她在上面律動時候，每次抽送都以「一半」爲度，也未嘗不困擾了她，使她小心翼翼，減緩了速度。

在多次默數和欣賞以後，我終於推翻了她的解釋，在她每次向下的時候，我挺身向上，試著更深入一點、更深入一點。一開始她尙放任我，可是，當我突然像最後衝刺的選手，直接全部插入的時候，小葇尖叫起來。她急著想脫離，但是，太遲了，我的兩手用力把她的小屁股朝下壓，配合長「軀」直入的動作，造成了徹底的兩個一半的深入。小葇一邊尖叫，一邊向我抗議：「你賴皮，陀螺講好是『做一半』的，你怎麼可以這樣？」

「是一半啊，」我笑著安慰她。「不過指的不是前面一半，而是後面一半。」

小葇無奈的笑起來，她俯身向下，貼在我胸前，把臉也貼住我，輕輕說：「我就知道你不會守信。」然後，一任我從下向上對她一次一次「施暴」著，她的尖叫已和緩，她用喉音配合了每一次的插入，像聲聲讚美我的解釋取代了她的，因爲「半半歌」的哲學不適合那長長的，洞山和尚的辜負論要從頭修正，長長的是整體的哲學，講一半，就辜負了它。孔夫子說：「吾道一以貫之。」聖人都沒說一半、沒說「『半』以貫之」啊。

當雲過去、雨過去，一切都過去了，我拉小葇走向浴室。小葇說：「等一下。」她赤裸著跑過去，拿起白陀螺，拿起紅筆，把「做一半」那一面打個大╳字，遞給了我。我們相視一笑，攜手進了浴室。

*　*　*

「我忽然想起，我們可以做一種遊戲。」小葇忽發奇想。「方法是我用手點在你身上什麼地方，你要三秒鐘內，就這塊地方說句成語、或背句詩、或說段故事給我聽。共做十次，若有一次答不出，我就罰你，怎麼罰，到時候再說。你敢不敢接受？」

「爲什麼不敢？但我十次全都答得出，你得給我獎品才成，這樣才公平。」

「我看看給你什麼獎品……」她用右手食指尖，抵住下唇。「唉，有了，我的獎品就是就是——『不罰你』，寓獎於不罰之中，這不是很公平嗎？」她睜著眼睛，狡猾的說。

「這是什麼邏輯！這是你們漂亮女人的邏輯！」我抗議。

「好，開始！」她伸過食指來。

「不行、不行，要先說清楚！」我叫著，躲著。「一定要說清楚你給的是什麼獎品，不然不來。」

「好好好，如果十次你全答出來，我讓你自行決定我該怎麼給你獎品就是了。」

「眞的？」我興奮起來。

「眞的。」

「若是你不守信呢？」

「不守信你可以罰我呀！」

「怎麼罰？」

「跟我罰你一樣，到時候再說。」

「這還差不多。」我自言自語。

「想通了吧？好，開始！」她又伸過食指來。

「好，開始。」我正襟危坐，看著她的食指。

她把食指朝上繞了好幾圈，嘴裏嗡嗡作響。突然間，食指自上而下，直按到我的食指上，停住了。她兩眼望著我，忍著笑。

「食指大動。」我輕鬆的說。

「好，很快。」她說。

她伸過食指，在我每個指頭上點了一下。然後，笑著望著我。

「……敢將十指誇鍼巧，不把雙眉鬥畫長。苦恨年年壓針線，爲他人做嫁衣裳。」我背出了秦韜玉的詩。

她拍著手。「好，很快。」

她又把手指直指我的心。

「昨夜星辰昨夜風，畫梁西畔桂堂東。身無彩鳳雙飛翼，心有靈犀一點通……」

「這是李商隱的。」小葇說。

「這是跟小尼姑談戀愛的大情人寫的。」

「他詩裏『神女生涯原是夢，小姑居處本無郎』，『神女』、『小姑』，都指的是小尼姑嗎？」小葇問。

「當然是啦！指的不是尼姑還指誰？」

「他愛小尼姑嗎?」

「他愛。」

「你愛嗎?」

「我愛——」我慢吞吞的說著，打量著她。她臉色一沈，我又補上一句：「如果你是小尼姑的話。」她滿意了，笑了。突然間，她把左手掌心向下，右手指尖成九十度抵住左手掌心，做了籃球教練「暫停」的手勢。「我要做小尼姑，你得先做老和尚，現在暫停遊戲，給你五分鐘，你立刻做首『老和尚和小尼姑』的詩。這裏是紙筆。」她推過紙筆。「你要快寫，還要寫得比李商隱好。」

「這個容易，」我說：「說寫就寫：

我不再煩惱，
我要把你忘。
我手敲木魚，
去做老和尚。
你沒有講話，

你也沒有哭，
你跟在身後，
當了小尼姑。」

「眞好！眞好！」小茱看了又讀了，直拍手。「寫得這麼好，要氣死李商隱了。可惜的是，你的詩不夠含蓄。」

「才含蓄呢。就拿這首詩來論吧，短短四十個字，就含蓄了一個重要的情境，就是女人不可理喩、只會賭氣那一面。人家都被你煩得要出家做和尙了，你還不挽救、阻止，反倒一言不發不吵不鬧，也跟著剃度了事，這不氣人嗎？眞氣人呀！」

小茱大笑起來。「好嘛，不做尼姑就是了。我才不要做小尼姑，小尼姑只會數念珠、小尼姑只會敲木魚、只會釋迦牟尼阿彌陀佛，並且，小尼姑沒頭髮——喂，遊戲又開始了。」她伸過食指來，左右撥著我的頭髮，等我答話。

「你是問沒頭髮那種，還是有頭髮那種？」

「沒頭髮那種怎麼說？」

「禿頭禿腦。」

「有頭髮的呢？」

「……故國神遊，多情應笑我，早生華髮。」

「不錯，有沒有又禿又有頭髮的？」

「有，那就是清朝的小辮兒。清朝做官的戴倒盆式的帽子，留著小辮兒，難看死了。民國以後，居然還有一些老怪物拖著不肯剪，你說多噁心。」

「這回你該被考倒了，民國以後，老怪物這種小辮兒該怎麼說？」

「我說了，算不算一次？」

「當然算，你已說對了四次，這是第五次。」

「好，你記不記得蘇東坡的『冬景』詩，末兩句是——

荷盡已無擎雨蓋，
菊殘猶有傲霜枝。

前一句正好指清朝時候的倒盆式帽子，後一句正指的是那條豬尾巴！」

「哈哈，蘇東坡眞有先見之明！你這一次說得眞好，該算兩次。一共你對了六次了。」

「多謝開恩。」

「男人留辮子，多難看啊！」

「可不是，有的中國人最沒審美觀，以男人留辮子爲美、以女人纏小腳爲美，還說文明，這眞是王八蛋文明。中國知識分子談了一千年的『爲天地立心，爲生民立命』，可是卻聽不到小女孩纏小腳時硬把骨頭折碎、把肉壓爛的哭聲，你說王八蛋不王八蛋？」

「這眞不可思議！」她感慨的說。

「還有一種也是中國人幹的事：明朝末年張獻忠殺人，把女人小腳砍下來，堆成跟小山一樣高。——」

小葇突然用小手摀住我的嘴，「快不要說了！」她叫著。「好嚇人啊！你別再說了！」她皺著眉，搖著頭，請求著。

「好、好，不說了。怎麼，你不願正視事實？」我故意問她。

「人間有許多事實是不能正視的。」她反駁。「難道你不承認？」

「我承認。」

「我在外國書報上看過一張漫畫，」小葇用手指比了一個方塊。「一個大富翁在家裏山珍海味的大吃大喝，抬頭一看，看到窗外一個窮人在眼巴巴的望著他，他心有不忍了，於是，你猜他怎麼著？——他走到窗前，把窗簾拉了起來。於是他回到桌子旁邊，又大吃大喝起來了。這種不正視現實，有時甚至是必要的，孟子叫人『君子遠庖廚』，因爲你看到豬牛羊是怎麼被屠宰的，你就不忍心吃牠們的肉了。過度的正視現實，人就活不下去了，因爲太緊張了。你說是不是？」

我笑而不答。她急了，「你說呀，」她搖了一下我肩膀。「你說是不是，你說是呀。」她俯身向前，側過頭，看我表情。

「我說是。」我點了頭。

「是就好。既然你說是，爲什麼你老是那麼犀利，那麼對現實不肯逃避？」

「誰說我不肯逃避了，別忘了我都做了老和尚了。」

「你就便做了和尚，也是和尚中的異端，像濟公一類吧？」

「聲明在先，我可是清潔的濟公，那個濟公老是髒兮兮的、臭烘烘的，眞吃不消。」

「那沒關係，」小蓁握拳、伸出拇指向浴室一指。「你有這麼乾淨的浴室設備，保證可洗出個乾淨的濟公。」

「可是，」我補上一句。「我要一個可愛的人爲我洗，我才乾淨。」

「不必了，我會請來濟公替你洗。」

＊　＊　＊

我和小茉的神仙生活，很快便形成基本規則。像一起洗澡，總是在浴缸中，我爲她洗遍全身，她再爲我洗全身，但她至少要三次爲我特別加洗它，第一次我坐在浴缸邊，她仰卧用她的腳，她有非常秀氣的腳；第二次我仰卧，她坐姿，用雙手；第三次我跪著，上半身俯在浴缸邊，背對著她，她從後自我大腿中間伸手過來，從睪丸洗起，一直洗到堅挺的全部。這時我特別低頭欣賞，看她的手在顫抖中膽怯中慢慢動作，這是我最喜歡最喜歡的一幕。我幻想一個可愛的小處女在爲我做這件事，對她說來，這是她生平第一次接觸到男人這種東西，並且，等一下過後，我就會「強暴」她——我興奮死了。

這一次洗澡時，我舒服的躺在水裏，張開兩腿，讓小茉仔細洗著它。當它勃起著、堅挺著，像尋找特定目標似的大勢所趨時，小茉一面好奇的凝視、一面泛出了一臉愁容。她說：「我想起看海明威『戰地春夢』（A Farewell to Arms）最後一章，女主角臨死以前，微笑的對男主角說：『你不會跟別的女孩子做我們之間做的事，或說同樣的話吧？』男朋友承諾『絕不會』。我忽發奇想，我眞忍不住要說：我眞的願望我們分開了，它不要再同別人做。這不是要誰承諾，這只是我的願望。」她慢慢洗著它，抬起頭來，眼卻望向別處。

我輕拍著她的頭。「我也同此願望。在我一生中，讓它有這麼完美、這麼甜蜜的結局，它眞的永遠滿足了。我想，它應該提前退休。——爲了懷念一個心愛的女人而提前退休。」我抬起她的下巴，笑看著她，叫她看著我的笑。「這不是承諾，我願望它從此『金盆手洗』之後，永遠封存，此後除了小便，不做第二種用途。」

帶著肥皀沫，小葇的食指塗在我嘴上，她湊到我耳邊，小聲說：「你太大膽了吧？不徵求它同意，怎可代它決定未來？你不怕它叛變？何況，不一定沒有第二種用途，它還是會不甘雄伏的。比如說——」

「比如說？」我也湊到她耳邊。

「比如說它忍不住，叛變了你，將來變成暴露狂，說不定要展示給別人看。只是看，沒有別的，這也算是第二種用途吧？」她一邊輕捏著它，一邊輕聲細語。

「這倒眞是有點麻煩。」我小聲說。「那麼就放寬一點，乾脆許它暴露給別人看，但不能做了，因爲已經退休了。」

小葇笑起來，又抿著嘴。「人家好好一個願望，被你一攪，攪亂了。」

我握住她雙肩，搖著。「不要失望、不要這麼快就失望。我承諾它如果忍不住，一定要暴露的話，我會讓它只向你暴露。」

「可是，我們分開了。」

「分開了嗎？永遠沒有、永遠不會。我身心俱存、你音容宛在。當它忍不住，它會以你爲對象，做爲指針。你在南方，它就指南；你在北方，它就指北；你坐上飛機，它就指向天。但，拜託，你不要下地獄或進隧道或進陰溝，那樣對勃起者就不太方便了。」

「奇怪啊！」小蓁笑起來。「我進陰溝幹什麼呢？」

「我也不知道。也許你去自殺吧？孟子說『自經於溝瀆而莫之知也』，就是那樣死法。」

「要自殺，也得找個乾淨一點的地方啊！」

「這世界只是陰溝，沒有淨土。」

「佛經說有。」

「佛經胡說。」

「佛經眞的說有。」

「佛經眞的胡說。」

「噢，我想起來了，世界眞正的淨土只有一個地方，就是——就是——你家裏。你家裏眞的乾淨，我剛來那天，看你家裏一塵不染，以爲你有潔癖。」

「我只是清潔整齊，沒有潔癖。我討厭那些狗窩式的家。太多的男人女人的家都是狗窩。尤其是文藝圈中的那些什麼什麼家，出來人模人樣，回來狗頭狗腦。——出門即人，回家即狗。他們是名副其實的狗男女，還自以爲有文學、藝術氣質。其中有的吃喝嫖賭全來，抽煙不停、借書不還、借錢不還，尤其討厭。跟他們交上朋友，你眞想自殺。想『自經於溝瀆』。」

「所以我才看中你的家。如果『自經於溝瀆』，倒不如死在你床上。也許有一天，我不想活了，我被人煙燻了、書被借去不還了、錢被借去不還了，我想不開了，我會溜進你的家，『自經於溝瀆』在閣下床上。」

「對不起，我的床不做『自經於溝瀆』之用，但可供『自瀆』之用。如果閣下在敝床上手淫，鄙人樂於出借並偷看……」

小葇叫起來，摀住我的嘴。「你老是說不雅的話。不許你再說。」

「答應到時候許我看，我就不說。」

「看什麼？」

「看你自殺，或自瀆。」

「我從不自瀆。並且，這字眼可眞不好。我不認爲那是瀆。」

「我同意。你在我眼裏，是一個不會自瀆的女人。我不喜歡女人自瀆。像你這樣純潔的女人，手淫是難以想像的不搭調。你純潔得像瑪利亞（Maria），瑪利亞會手淫嗎？總之，聖靈般的女人應該有點性冷淡。我看你性冷淡，我喜歡純潔的女人性冷淡。」

小葉的手放開了它。用浴巾遮蓋了臉。「可是，」她停了一陣，陷入沈思。「可是，認識你以後，我還純潔嗎？和男人這樣在一起還算純潔嗎？」

我轉過她的身，從背後摟住她。「這才是眞的純潔！純潔不是空谷幽蘭、純潔不是孤芳自賞，眞的純潔是要獻出、要獻身，像以處女獻神一般的，要做爲犧牲才能彰顯出來。Physical contact with me is tantamount to spiritual purification. 像是一支漂亮的蠟燭，它要燃燒才有用。處女獻神就是一種燃燒，否則變成老處女，又純潔何用？要記得，雲雨中的純潔才是眞的純潔，不論你心上的男人怎麼蹂躪你，你仍舊此心不染、超塵脫俗、一淸如洗，並且把蹂躪你的男人一起提升，這才是眞的菩薩功夫。佛敎裏有一種歡喜佛，它是偶像崇拜中最怪異的偶像，偶像上不是一個佛，而是男女兩個，不但抱在一起，並且還性交著。在『大聖歡喜供養法』中有一段說明，我會背，背給你聽：

大聖自在天，烏摩女爲婦。所生有三千子：其左千五百，毘那夜迦王爲第一，行諸惡事；右千五百，扇那夜迦持善天下爲第一，修一切善利。此扇那夜迦王，則觀音之化身也。爲調和彼毘那夜迦惡行，同生一類，成兄弟夫婦，示現相抱同體之形，基本因緣，具在『大明咒賊經』。主要意思就是說：爲了調和一千五百個做惡事的，才以一千五百個做善事的來配合『兄弟夫婦』，這一千五百個調和派，又是『觀音之化身』，由觀音出面，做爲女的，以性交的方法，來軟化男人的惡行，這種設計，眞絕透了，但也偉大極了。你看觀音這樣獻身給男人，不還是一個純潔的佛嗎？難道如你所憂慮的：『和男人這樣在一起還算純潔嗎？』當然算啊，觀音就是證人。」

「眞不可思議，還有這種佛，這種歡喜佛。」小茉驚嘆。

「更有不可思議的呢！歡喜佛是佛與佛發生性行爲，還有佛與人發生的呢，那就更實際、更人性化了。有本書叫『西湖二集』，有一個故事說，唐朝延州有位妓女，『不接錢鈔』、不要錢，讓人白嫖，原來這妓女是在『捨身菩薩化身，以濟貧人之欲』！以自己肉體做布施，眞是菩薩心腸。目的只是滿足窮人的性欲，最單純。其實這個故事該修改一下，專門布施給窮人，太便宜窮人了，應該布施給義人才好，給因義受難的人，像——」

「像萬劫先生。」小茉會心的手向我一指。

「像萬劫先生。」

「這怎麼可以！還有我在呀，你怎麼愛上菩薩了？」

「我愛上菩薩了，但那菩薩不是別人，就是你呀！」

「你要我做妓女？」

「做菩薩化身的妓女，專給我用的妓女。」

「那還好，」小棻放心了。「我還以爲菩薩是我情敵呢！」

「你是你自己的敵人。」

「這個故事不如頭一個好。頭一個有教化作用，可以用獻身方法感化壞人。你太壞了，應該感化。」

「你別愁我不被感化。這個政府就有名叫『生產教育實驗所』的單位，專門感化政治犯的。我一旦坐牢，早晚會去那個地方，就是給你『洗腦』，像我這種頑強的大頭腦，他們永遠洗不了的，除非給像你這樣的菩薩洗。」

「菩薩也洗人腦嗎？」

「聽我講第三個菩薩故事，你就明白了。有一部書叫『觀音感應傳』，記載唐朝時候，陝右金沙灘地方忽然來了一個漂亮的賣魚女人，許多人都打她主意，想討她爲妻。她的擇偶條件很怪，就是男方須能在一夜之間背得出一部叫『普門品』的佛經才成，結果有二十個人背得出來。這漂亮女人說：我一個人怎麼能嫁這麼多丈夫？再換一部難背的，背『金剛經』吧。結果你背我背，仍有十八個人背得出來。這又不行，於是又改背『法華經』，結果只有一個姓馬的年輕人能背得出來。漂亮女人就答應嫁給他。可是結婚之日，一迎進門，她就死了，並且屍體立刻爛光。後來來了一個和尚，姓馬的年輕人帶他上墳，和尚開棺，不見屍體，只見到一堆黃金色的鎖子骨。和尚說：『此觀音菩薩，憫汝等以化現耳！』可見人信了佛，不一定搞得到觀音，可能空忙一場！但觀音擺人一道，卻提升了人的信佛程度，這是佛門的一大收穫。總之，這第三個故事吊足了男人胃口，張三李四哇哩哇啦背了一晚上佛經，結果漂亮女人還是處女，觀音菩薩還是處女，多妙啊！」

「這個故事好！」小茉舉起拇指。「最純潔。只是令人不解的是，為什麼要用情欲的方法來傳教？」

「佛門傳教，有一奇怪的理論，叫做『以欲止欲』，主張用風情萬種的美女，吸引好色之徒，以引你性欲為手段、以導你信佛為目的，這在『宗鏡錄』和『維摩詰所說經』中，都公開宣揚過。而所謂觀音者，也是捨身幹這行的。因為觀音的造型之一就是純潔的美女，像你一樣。」

「多謝讚美，你把我給觀音化了。在佛教的所有神裏，只有觀音這個女神夠看。」

「你說觀音是女神，也未必。一般善男信女，都以爲觀音是女的，正式的佛理解釋是觀音不男不女，亦男亦女，可男可女。不但可男可女，並且可以『現衆身』，上自飛禽，下至走獸，無一不可。因爲觀世音本身是『無形』的，佛門弟子卻枉費心機爲觀音造像、畫像，當然是可笑的。」

「原來如此。」

「事實上，有關觀音男女的爭執，我還是受害人。我寫過一篇『觀音不男不女』的文章，後來做爲書名，和其他雜文印成一本小冊子，不料推出以後，蔣介石政府還沒查禁呢，卻先被善男信女給查禁了。擺書攤的阿公阿婆拒絕代售這書，理由是作者侮辱了觀音。這一被禁書經驗使我感到，你散布眞理的時候，阻力絕不止於昏君，還有愚民呢！再進一步推論，阻力絕不止於暴君，還有暴民呢！」

「觀音性別雖然值得討論，但在你說的歡喜佛、妓女、賣魚女人三個故事中，觀音都是女的。證明佛教認同女人和情欲。」

「你說得對。關鍵在男人本身的弱點，他對女人有強烈的欲望。這種欲望，什麼理論其實也擋不住。薄伽丘（Boccaccio）『十日談』（Decameron）中，有洋和尙自謂我雖是僧侶也有男人欲望的話；莫里哀『塔土夫』中，也有我雖披上袈裟但我仍是一個男人的話。洋和尙如此，中國和尙也一樣。『西廂記』寫和尙見了崔鶯鶯要『貪看』；『金瓶梅』寫和尙見了潘金蓮要『昏迷了佛性禪心』、要『七顚八倒，酥成一塊』、要『從前苦行一時休，萬個金剛降不住』！至於『水滸傳』中寫花和尙裴如海，更是一絕：說他『將善男瞞了、信女勾來，要她喜捨肉身，慈悲歡暢』……」

「哎呀！」小棻以手指扶頭。「我頭都大了，你的書是怎麼念的，你怎麼一串一串記得這些出中外和尙醜的文獻！你眞敎人佩服，可是也缺德。說，你爲什麼這麼缺德？」

「缺德？我就是看不慣他們不缺的仁義道德。你看佛經怎麼看女人：按照佛門理論，不論『雜阿含經』、不論『方廣大莊嚴經』、不論『佛本行集經』，都記魔女做六百種色、三十二種媚，用以惑佛。但是佛的反應卻視女色女媚爲『尿屎囊袋』！『四十二章經』記天神獻玉女，用以試煉佛，但是佛的反應卻視玉女爲『革囊衆穢』！『後漢書』記天神遣好女給浮屠，但是浮屠的反應卻視好女爲『革囊盛血』！大體上，都把女人看做『兩腳水肥車』，只見其臭腐，不見其美麗。不過，這種見地，似乎唯佛唯浮屠能辦到，而其信徒和尙者，卻戛戛其難。所以，流精所及，玉通和尙五十二年把持，最後功虧一簣；五戒禪師幾十載辛苦，最後毀於一妓。——和尙愈大，他兩腿中間的『小和尙』愈鬧個沒完，孔夫子說『吾未見好德如好色者』，我卻說『吾未見好佛經如好色者』。可見經典理論是一回事，事實行爲是另一回事。他們整天念佛經，可是狗屁倒灶的事，一樣也不少做。」

「照這樣說來，把女人當做臭皮囊也好、水肥車也罷，好像都不靈呢，都擋不住老和尙要變逐臭之夫了。」小棻說。

「雖然擋不住，還是要擋呀！有一本叫『欲海回狂』的古書，特別收進『四覺觀』。四覺就是四種警覺，第一叫『睡起生覺』，就是看到女人，要立刻設想她剛睡醒時什麼樣子，眼有眼屎、嘴有口臭、脂粉未施、十分醜陋，不是嗎？第二叫『醉後生覺』，就是看到女人，要立刻設想她喝醉酒時什麼樣子，杯盤狼藉，大吐滿地，多醜啊！不是嗎？第三叫『病時生覺』，就是看到女人，要立刻設想她久病在床什麼樣子，面黃肌瘦、形容枯槁，還生了一身癩瘡，多醜啊！不是嗎？……」

「哎呀！」小棻皺起眉頭。「別說了，噁心死了！」

「再說最後的，第四叫『見廁生覺』，就是看到女人，要立刻設想她在廁所時什麼樣子，屁滾尿流、臭氣熏天、大便不通、臉像豬肝，多醜啊！不是嗎？這第四覺，已和前面說的臭皮囊和水肥車接軌了。」

小棻摀著鼻子，笑個不停。「眞妙啊！太妙了。誰想出這些法子！這些法子可眞缺德。整個都臭成一片，爲什麼不想一點不虐待嗅覺的呢？」

「有，有一個，一個宋朝和尚叫慈愛的，他寫過一篇『枯骨頌』，後來引發出一種『枯骨想』的法子，就是看到女人，要立刻設想她死後化爲枯骨的樣子，在她『皮肉盡』、『髑髏乾』的時候，還有什麼可愛呢？既然是枯骨，臭味應該少一點了。是不是？」

「好像少一點。」

「想女人是枯骨還不夠。爲了加強定力、撲滅欲火，還有一種『九想觀』，就是用九種想法來撲滅欲火，不過這回重點不是把女人想成枯骨，而是把自己想成九種死相，想到自己死時，屍體變冷、發青、生膿、流汁、蟲咬、筋纏、骨散、火燒，最後也是枯骨，這九種想法每一想，就立刻提醒自己將來我就是那副慘相，『則淫心淡矣！』如此這般控制情欲，雖生猶死，你說多妙呀！」

「眞好玩，明明雙方都是活人，卻把雙方看成死人。」

「另外還有一種不以死人嚇唬自己的方法，就是警告男人會變成女人。『欲海回狂』書裏還談到男人好色，下輩子會變成女人。照佛教的理論，變成女人是很倒楣的事。佛經裏挖苦女人的話，可以一舉舉一大堆。『巴利典小品』說女人本性像『取巧多智的賊，和她們同在一塊兒，眞理就很難找得著』；『毗奈耶雜事』說女人『作惡』、『無恩』、『刻毒』等像『大黑蛇』；『增一阿含經』說女人『不淨行』、『妄語』、『心不正』；『正法念經』說女人

『自恃身色』、『憍慢』、『如雹，能害善苗』；『智度論』說女人以『著欲故，雖行福，不能得男身』；『寶積經』說『女人是大毒』；『大毗婆娑論』說女人『是梵行垢』；『大般涅槃經』說女人是『大魔王，能食一切人』等等等等，簡直說不完。不過，佛經裏瞧不起女人，但並不遺棄女人，而是仍要救她們，當然救女人也因爲要救男人的緣故。『增一阿含經』說佛出世爲的是救女人和救男人脫離女人的羈絆，『佛不出世時，女人入地獄如春雨雹』；佛出世後，女人才能得救。而救女人之道無他，使女人先變成男人而已。女人先變成男人，才能上天或成佛。正因爲當女人這麼倒楣，所以『欲海回狂』這種書就嚇唬男人，說你好色，下輩子會變成女人。」

「這樣說來，女人如果好色怎麼辦呢？同樣的邏輯，該下輩子變成男人呀，那多划得來，這輩子可隨便好色，下輩子又變成男人。」

「沒錯啊，『欲海回狂』這種書也防到這一點。因爲男人下輩子變女人，是墮落；女人下輩子變男人，是超生，怎可以同樣好色，卻女人何幸而男人何不幸？於是出來解釋，『欲海回狂』的解釋是：比如兩個人一起登山，張三朝下看，不小心失足掉下去了；李四朝上看，也不小心失足掉下去了。結論是，李四雖向上看，但不能因爲失足就往天上掉，他和張三一樣，還是墮落了。」

＊　＊　＊

「不管怎麼論證，」小蓁峰迴路轉。「還是要回到一開始的問題。就是，我想到『戰地春夢』那臨死前女主角，她最後要求她心上的人，不跟別的女孩子『做我們之間做的事』。小說裏男主角答應了，如果你是那男主角，你答應嗎？」

「這要看女主角是不是眞死了。」

「如果眞死了呢？」

「這要看女主角是不是你。」

「如果是我，我死了呢？」

「這要看我坐不坐牢？」

「跟坐牢有什麼關係？」

「當然有關係。坐牢期間，自然就等於答應了，因爲牢裏沒有別的女孩子。」

「那出獄以後呢？」

「如果無期徒刑，就很難出獄。」

「如果最後還是出獄了呢？」

「那時一定老得有性欲、無性能了，所以也等於答應了，因爲有別的女孩子也沒用。」

「如果那時還不老呢？」

「那我就要努力追回並補償我在坐牢期間的遺憾，天涯海角，找到第二個你。整天整夜、日以繼夜和你在一起，軟硬兼施，做我人生最喜歡做的事。」

「什麼事？」

「性交。」

「做完以後做什麼事？」

「等待下一次性交。」

小菜又氣又笑，瞪我一眼，嚴肅起來。

「我不懂你意思，我那時死了，怎麼會有第二個我？」

「我也不懂我意思，總覺得應有第二個你，與我重續前緣。」

「那時我是女鬼了。」

「我要的應該就是女鬼。像『聊齋』女鬼一樣。」

「會嗎？不會了吧？『聊齋』中的女鬼，像荷花三娘子，在共處了一段快樂的時光後，總是突然要走了，說『夙業償滿，請告別也』、說『聚必有散，固是常也』。——女鬼比男人還能參透人間離合。女鬼走了，不會再回來了吧？」

「是那麼決絕嗎？好像也不是。你忘了荷花三娘子最後說的是：我走了，可是你想要我的時候，你可以抱住我穿過的衣服、叫我名字，那時你也許會看到我。後來荷花三娘子走了。那男的想要她的時候，就抱住她衣服、叫她名字，在彷彿之間，荷花三娘子會依稀出現，讓她的男人跟她做，但只露出可愛的笑臉，一句話都不說了。——可見女鬼還會回來，慰勞她的情人，但只是慰勞而已。笑著不說一句話，多美啊！所以啊，你就算變成了女鬼，我也扣住你的衣服、內褲，整天叫你名字，把你叫來，一次又一次蹂躪你！」

「哎呀，聽起來眞恐怖！這樣我看我只好改名字，使你叫不到我了。」

「改名字？談何容易，政府不准啊！按照獨夫蔣介石的國民黨大有爲政府的『姓名條例』，要改名字，名字要與通緝犯同名才准改、名字要字義粗俗不雅者才准改、名字要和尙尼姑還俗才能改……你呀，你沒有一個條件符合，除非你先去做尼姑。」

「你本來說我像修女的，怎麼變成尼姑了？」

「修女就是尼姑，洋尼姑。」

「我出了家你還要同我做那種事？」

「這樣我才配做男主角啊，只跟你做。」

「這就是你要找的第二個我嗎？」

「應該是才對，不然，什麼又是第二個你呢？不過，照十一世紀中國神秘哲學家邵堯夫的推算，人間萬事，會在十二萬九千六百年後，全部重演。所以，沒有第二個你，十二萬九千六百年後，第一個你還會回來，還會回到這裏。」

「是深情到來生？」小茉極感興趣。

「不是來生，是重生，只是要十二萬九千六百年後。」

「太遠了！」

「的確太遠了一點。」

「還是做女鬼快，是不是？」

「是，還是做女鬼吧！」

*　*　*

小茉大概有點「戰地春夢情結」，她念念不忘女主角臨死前的叮嚀和男主角的承諾。她又談到「聊齋」中女鬼荷花三娘子的事。

「我跟你談談另一個女鬼的故事吧。清朝紀曉嵐在他『閱微草堂筆記』裏記有一個故事：一位吳先生，喜歡找妓女。後來碰到一位鬼狐變的狐女——女狐仙，雖時常做愛，但是意猶未足，仍去找妓女。女狐仙向他說：『凡是你喜歡的妓女，其實我一變就可變成她的模樣。你只要一想到那個人，我就立刻變成她給你看，這樣多好，你何必花錢到外面找妓女呢？』這位吳先生聽了女狐仙的話，樂意一試，一試之下，果然想到那一位妓女，那位妓女就立刻出現在眼前，於是全由女狐仙包辦，不再找妓女了。可是過了不久，他向女狐仙抱怨說：『你變成她們，很令我快樂，可惜這是幻化的，總覺得不是眞的，總覺得不是眞的在和她們做愛。』女狐仙回答他說：『你說的不對。男歡女愛這種事，本就是像電光石火一樣。不但我變成她們是幻化的；就便是我自己，不變成別人，又何嘗不是幻化的？即千百年來的美女們，那個又不是幻化的？男女相遇，兩情相悅，或者短到幾小時、或者長到幾年，終有離別之時。到那時候，幾年相處也好、幾小時歡聚也罷，都歸於春夢一場、轉眼成空，這難道不幻化嗎？就便是兩人永不分離，白頭偕老，但是人只要老去，就跟原來不一樣了，當年的美女，變成了老婦，就便同是一人，走樣到這步田地，這難道不幻化嗎？』吳先生聽了這番女狐仙哲學家的話，爲之大徹大悟。幾年以後，女狐仙離開了，吳先生也看透了，也不再找妓女了。——紀曉嵐這個故事，眞不錯吧？」

小棻聽得入神。故事講完了，她如夢方回，打量著我。「我看呀，這位吳先生倒有幾分像一位萬先生呢。」

「你錯了。萬先生對妓女可沒有吳先生那麼有興趣。」我聲明。

「不過，」小棻狡黠的說。「如果她們不是妓女而是女朋友們、是美女們，這時候來個女狐仙哲學家，隨君叫名點唱，搖身一變，以一當十，倒也省掉不少麻煩，這樣也不錯呀！」

「我同意！」我舉起右手。「不過，先決條件是：這位女狐仙哲學家要絕不嫉妒，她不但甘心忍受她情人的花心，並且甘願一一變成別人的造型來滿足情人的素願。她不嫉妒，一來是她深知她情人喜好美女的多樣性，要從多樣性滿足他，才最妥當、最安全；二來是她這樣做，實際並沒吃虧，精子不落外人田，這情人不論心在何處、情歸何處、『極視聽之娛』在何處，其實都不離開原處。」

「你說的固然有道理，不過，你注意紀曉嵐這個故事的最後是說幾年以後，女狐仙離開了，吳先生也不再找妓女了。這位吳先生為什麼在和女狐仙分手後不再找妓女了？原因你知道嗎？我猜他對分別了的情人有了承諾。」

「我想，一個重要的原因是這位女狐仙哲學家眞是迷人的、眞的迷住了他。他不再喜歡別人了。」

「怎麼可能？別忘了男人喜好美女的多樣性。別人是多數，多數就千變萬化，有多樣性：燕瘦、環肥，還有不肥不瘦的，光在肥瘦之間，就有那麼多花樣，何況臉蛋呢？……」

「當然可能！」我打斷她的話。「當女狐仙哲學家眞正可愛到千變萬化時候，她本身就具有獨特的多樣性。這時候，她變來變去，所變都是職業上的、服裝上的，就像一個女明星，一個人可以在不同的電影裏演出不同的女人，但那種千變萬化中有一點絕對不變，就是她的臉蛋，那臉蛋獨有的特色是永遠迷人的。所以，那只是一人多變，而不是變成多人。」

「那同樣的臉蛋不會看膩嗎？」

「看你這樣迷人的就永遠不會。」

「那我好高興。」

「你高興，就表示你接受了你要爲我扮演不同的女人給我看、給我摸、給我享有、給我頂禮、給我蹂躪、給我爲所欲爲，不是嗎？」

小蓁笑而不答。但自此以後、出浴以後，眞的在我的要求和點唱之下，她竟一一爲我演出，從修女到模特兒、從新娘到女秘書、從海倫（Helen）到趙飛燕、從女盲人到昏迷中的未成年少女……每次我都把我瘋狂的性幻想放縱的傳給她，她都相與俛仰、淋漓盡致，讓我得意盡歡。眞沒想到她極有表演天才，演什麼像什麼。當然也有「失敗」的時候，有一次我要她扮演一位剛剛死去的情人，任我「屍姦」做爲告別，她最後忍不住笑了一下，我追問她爲什麼死人還能笑，她說死人看到你這麼性變態也會笑、也會起死回生。我聽了，假裝生氣，「殘忍」的以多種高難度的姿勢「懲罰」了她，她一路求饒、喊救命，並保證一定死給我看，絕不再活，把我挑得花心怒放。最後，我說我來扮演死人，由你用嘴巴做，做爲告別，她爲我做了，當溫暖的、白色的、滑潤的直噴上她的臉，她一言不發下了床，赤裸走出臥室。回來的時候，手拿一張卡片，遞給我，娟秀的五個字寫在上面：「做鬼也風流。」我笑起來，她一臉嚴肅，湊到我耳邊，低聲警告：「人死了，不許笑。」我反問爲什麼死了不能笑卻可以看卡片，她把眼睁大，說：「因爲你『死不瞑目』。」——這就是小葇，慧黠的、可愛的、一派天眞、一派純情的小葇，你讓她死了，她也不讓你活，但她幫你有一次歡樂的死，她讓你死前還看到千千萬萬的你在她臉上，她任你做出了一切。

＊　＊　＊

小葇追究完了我跟不跟別的女孩子「做我們之間做的事」以後，她又轉移重點，關心到「忘情」的問題。

「古人講『太上忘情』，」小葇一臉憂慮的說。「好像你就是那樣吧？我發現：除了你流在我身上那一剎那，你是完全動情的，除此以外，你的眼神，老是閃出理智的光輝，你不是百分之百動情的，這就是『太上忘情』吧？情一忘，你就沒有情了吧？」

「古人講『太上忘情』，太上是最高明的人、是聖人。『太上忘情』不是沒有情，而是有情，但把它放到好像忘了的層次。照原始的解釋，忘情是寂焉不動情，若遺忘之者。莊子說：『言者所以在意，得意而忘言。』陶淵明說：『此中有眞意，欲辯已忘言。』忘言不是說把要說的話給忘了，而是默默的體味它的意思，不以說話來表達。忘情也是如此。忘情絕不是無情，而是有情的，可是有情卻不爲情牽、不爲情困，要把情處理得豁達灑脫。有情是好的，但是有情一有到沾滯、一有到不灑脫的地步，就把情給弄得烏煙瘴氣了。『聖人』和『太上』絕不這樣把情給弄糟了，甚至弄成惡形惡狀化。晉朝王衍死了兒子，他悲不自勝。他的好朋友山濤去看他，說何必如此。他回答說：『聖人忘情，最下不及於情。然則情之所鍾，正在我輩。』這段話重點不但在『聖人忘情』，更在『最下不及於情』，『最下』就是三流的、不入流的人，這種人對情一片號啕，全無抑制、轉化與昇華的修養。結果呢，情就淪爲惡形惡狀化。中國人在哭喪上，最能表現這種惡形惡狀。王衍說『最下不及於情』，就是指這種水準的人，『最下』是全無格調的，連情字都不足語也。『太上忘情』的範圍是廣義的，當然也包含男女的愛情在內。我總覺得，在愛情的離合上，尤其在離別、在分手時所表現的，最能看出一個情人的水準。晉朝王衍的鍾情論，認爲『情之所鍾，正在我輩』，有別於

『太上忘情』、『聖人忘情』，關鍵在王衍的兒子死了，他的反應有點鑽牛角尖，我拿一位現代老祖母的故事一比，就比出來了。一個老祖母死了小孫女，但她沒有悲不自勝、沒有一片號啕，反倒看起來很平靜。人們奇怪，問她爲什麼死了小孫女還如此達觀。老祖母說：『我很老了，我的生命不但指日可數了，並且指時可數了。每一小時對我都很重要，我對每一小時都很重視。所以，同一個小時，我用來傷心難過，爲我走了的小孫女流淚，倒不如花同一小時，用來回憶我跟小孫女的快樂時光，回憶我們怎樣在陽光下捉蚱蜢、怎樣在樹叢中捉迷藏、怎樣拍手高歌、怎樣一人吃一個蛋捲冰淇淋……一小時中，我有太多太多快樂的時光可以回憶，爲什麼我要那麼想不開，在同一個小時裏，專想小孫女的死而製造痛苦呢？』——這位現代老祖母，比起古代的晉朝王衍來，豈不高明多了嗎？老祖母的作風，只在一念之轉，但那一轉，就是『太上忘情』。」

小葇聽得入神了。我講完了，她朝我笑了一下。「講得眞好！『太上忘情』做得最好的，原來不是古人而是現代老祖母。老祖母的成功，好像是以情制情，以一種感情來驅走另外一種感情。」

「你說對了，老祖母的一小時中，她只塞滿一種感情。」我兩手一推。「就是和小孫女甜蜜的、快樂的回憶，這種回憶一塞滿，對死者的哀傷就擠不進來了。不過，有一種比老祖母更別致的，是英國詩人華滋華斯（William Wordsworth）那首『我們七個』（WE ARE SEVEN），詩中寫他碰到一個八歲的小女孩，詩人問她說，你有幾個兄弟姊妹呀，她說七個。詩人問那七個，她說兩個去航海了，兩個住在別的地方，一個姊姊一個哥哥埋在那小屋旁邊。詩人說，活著的才算，應該只有五位才對。小女孩說，姊姊哥哥墳上

我常在那兒織襪子，
我常在那兒縫手帕，
我坐在那兒地上，
對他們唱歌說話。

我常在太陽下山，
看天上又晴又亮。
我端著我的小碗，
在那兒把晚飯吃上。

My stockings there I often knit,
My kerchief there I hem;

And there upon the ground I sit,
And sing a song to them.

And often after sunset, Sir,
When it is light and fair,
I take my little porringer,
And eat my supper there.

詩人又寫著：

『那麼還有幾個？』
『啊，先生，我們七個。』
她回答，乾淨利落。

『但他們死了，兩個死了，
他們的靈魂，上了天了！』
這些話，是耳邊風，一說而過。

小女孩執意她沒錯，

小女孩照說：『不對，我們七個！』

"If they two are in heaven?"
Quick was the little Maid's reply,
"O Master! we are seven."

"But they are dead; those two are dead!
Their spirits are in heaven!"
'Twas throwing words away; for still
The little Maid would have her will,
And said, "Nay, we are seven!"

華滋華斯這詩寫這個純眞的小女孩，置姊姊哥哥死亡於度外，不論生死，手足照算，視親人雖死猶生、若亡實在。這種境界，看似童穉，其實倒眞與參悟大化的高人境界若合符節。高人的境界在能『樂入哀不入』，在生死線外，把至情至樂結合在一起。這種至情至樂是永恆的，不因生死而變質，縱情隨事遷，並無感慨，反倒只存餘味。人生有了這種境界，自然不會生無謂的傷感、自然不會否定過去或逃避過去、自然會眞正達到『所過者化，所存者神』的新水準。『所過者化，所存者神』在這裏，『化』字該解做化境，『神』字該解做餘味。達到這種水準，才是眞正正確的水準。相對的，輕易『多愁善感』是沒水準的，『哀樂不能入』也是沒水準的，高人的水準是『樂入哀不入』，只有輕快，沒有重憂；只有達觀，沒有閒愁，這樣的境界才是修養最高的境界，華滋華斯詩中小女孩的境界，恰恰是這種境界，雖然小女孩一派天眞，全無哲學與理論，但是她『舉重若輕』，

每隻手脚都充滿了生命，
她那管什麼叫死。

And feels its life in every limb,
What should it know of death?

這種境界，多麼高明。我寫過一首詩歌頌這種小女孩∶

雖生有死原非假，
雖死猶生本是眞。

生生死死原一體，
不以生死易童心。

這就是我所歌頌的哲學，從老祖母哲學到小女孩哲學，都是那樣的眞純、簡單。小葉啊，你在台大哲學系永遠學不到。」

「是學不到。」小葉點點頭，有點茫然的說。「假如有一天，我先走了，埋在墳裏，你會用老祖母哲學來只想我們快樂的日子嗎？會用小女孩哲學去認定根本不把我的死當死嗎？你會嗎？」她美麗的兩眼注視著我，想注視出我眞的答案。

「不會，因爲前提不成立。你根本不會比我先走，別忘了你比我小十五歲。」

「你不是一再把我扮成女鬼嗎？萬一會呢？」

「那我就老祖母一下、小女孩一下。老祖母一下，爲了我們之間，除了快樂的日子可以回憶，還有別的嗎？小女孩一下，爲了『生生死死原一體』，誰先生誰先死，其實都一樣，只要『太上忘情』，一切都沒問題。不過，要注意，『太上忘情』是不准哭的。歐陽修的好朋友石曼卿死了，歐陽修寫祭文懷念他，最後說我雖然明明知道生離死別的人間『盛衰之理』，可是我想起我們的前塵往事，就不由得悲從中來，『不覺臨風而隕涕者，有愧乎太上之忘情』，他還是哭了。」

「可見做到『太上忘情』的境界，難度很高。」

「高也要做到，因爲那種境界太高超了、太高明了。」

「看這樣高難度，一旦做到了『太上忘情』，恐怕不去戀愛了？」

「『太上忘情』非但不是不去戀愛，並且還戀愛戀得暢快淋漓，只是能夠及時斷情絕情而已。因爲『太上』的境界是第一流的，第一流的愛情往往是短暫的、新奇的、淒迷的、神秘的……當兩人相處得太熟太久的時候，第一流的愛情，就會褪色。愛情的墳墓，豈特結婚而已，不講技巧的超過三個月，墳墓的土壤，就開挖了。在這種可能發生的時候，『太上』會提前結束。」

「絕不白頭偕老？」

「絕不白頭偕老。」

「絕不比翼雙飛？」

「絕不比翼雙飛。只是雙飛一下，就各飛各的。就『東飛伯勞西飛燕』，就勞燕分飛。我有一首標題『情老』的詩，我背給你聽：

好花應折，
因爲花會老。
莫等盛開，
折花要趁早。

春天應尋，
因爲春會老。
莫等冬去，
才把春天找。

愛情應斷，
因爲情會老，
勞燕先飛，
是爲兩人好。」

「你的詩，」小茉說。「寫得雖然無情，卻很洗練。」

「謝謝誇獎。不過說到無情，我還有一首『然後就去遠行』的詩，也背給你：

花開可要欣賞，
然後就去遠行。
唯有不等花謝，
才能記得花紅。

有酒可要滿飲，
然後就去遠行。
唯有不等大醉，
才能覺得微醒。

有情可要戀愛，
然後就去遠行。
唯有戀得短暫，
才能愛得永恆。」

「也是好詩，」小菉說。「我看你兩首詩中都提到花，一首是把花給折了，一首是不等花謝人就跑了，花在你眼前，命可不太好呢。」

「會嗎？花被我看到，就是好命呀。你注意到了嗎？在植物裏，花只是整株植物的生殖器而已，但它長在上面，而動物和人的生殖器總長在下面，這就是動物和人不如植物的原因吧？但這一生殖器太漂亮了，被人看中，因而讚美欣賞不絕。其實花與人的關係，是一個有趣的哲學問題，明朝的王陽明『傳習錄』中有一個故事，說王陽明在山中，他的朋友問他：『天下無心外之物，如此花樹，在深山中，自開自落，於我心亦何相關？』王陽明答道：『爾未看此花時，此花與爾心同歸於寂。爾來看此花時，則此花顏色，一時明白起來，便知此花，不在爾的心外。』這種走火入魔的唯心論是很有趣的，心中有花，才算有花，心中無花，花就非花，花的存不存在全靠進得了進不了你的心，我想花若有知，一定也不服氣。」

「對，你說的對，打倒王陽明！」小棻舉起拳頭。

「對，我說的對，打倒王陽明！」我也舉起拳頭。

「打倒走火入魔的唯心論！」小棻又喊。

「打倒走火入魔的唯心論！」我跟著喊。

「我們爲花向王陽明抗議！」

「我們爲花向王陽明抗議！」

「我們保護花！」

「我們保護花！但在床上，要採花。」

「你說什麼？」小蓁問。

「我想起舊小說中的『採花大盜』，半夜飛來飛去，飛進女孩子的房間。」

「你怎麼可以這樣？」小蓁假裝生氣，質問。「你這樣不尊重女孩子，我要聯合『新女性』打倒你。」

「不打倒王陽明了？」

「不打他了，還聯合他一起打倒你。」小蓁把拳頭繼續搖著。

突然間，我把她摟到沙發上坐下，把頭枕在她的腿上，不肯起來。

小蓁拍我的臉，要我起來。可是我置若罔聞。她的手碰到我耳朵。她摸著我的耳朵，「你不聽話。」她又補了一句：「你耳朵好硬，你不聽女人的話。」

我笑了一下。「這好像有點道理，」我說。「我是不聽女人的話。但我想起一句英文諺語：“A woman's advice is not worth much, but he who doesn't heed it is a fool.”女人之言，何足道哉；但不注意，就是阿呆。」

「你不是阿呆、不是傻瓜，你太精明了。你不是傻得不聽，你是精明得不聽。有一點，你知不知道，我和你一樣，我也不聽女人的話。並且，我也不聽男人的話。」

「你不聽男人的話，但你聽男子漢的話。因爲我是男子漢，我知道你聽我的話。你是最聰明的女人。最聰明的女人絕不跟男子漢爭勝，只有愚笨的女人，才以這種爭勝自豪。」

「你不喜歡愚笨的女人？」

「不喜歡。」

「即使很好看。」

「即使是第一美人，但她的爭勝令人討厭。你可以同女人爭勝，你可以同男人爭勝，但不能同男子漢爭勝。這種第一美人，太不知道天高地厚了。」

「這種人大概是『新女性』。」

「對了，十九是『新女性』。人一有好的條件，就難免不知天高地厚。但這種不知天高地厚，發生在男人身上和發生在『新女性』身上，程度就完全不一樣了。男人有五分好條件，就自我膨脹爲十分不知天高地厚，可是『新女性』若有五分好條件，就會膨脹爲五十分。結果呢，有好條件的這種女人下場大都很悲慘，這都因爲她們不知天高地厚，而把已經到手或可以到手的幸福，不知珍惜，親手毀滅掉。我認爲做爲一個女人，不論有多少好條件，如果不能清楚自己的立場，她的下場必然很悲慘。這種人老是想爭自己人的勝、老是想打倒她不該打倒也打不倒的對象，叫囂抵制什麼『大男人主義』，其實該抵制的，是她的偏執狂、她的自卑感、她的不均衡的偏見，眞正夠水準的女人絕不這樣。英國的維多利亞女王（Queen Victoria），做了女王，也難免不知天高地厚，一天晚上敲房門，丈夫阿爾伯特（Prince Albert）問是誰，門外神氣的回答：『維多利亞女王！』阿爾伯特不開門，也不理什麼女王。直到維多利亞恍然大悟，在門外小心的說："Your wife, Albert!"門才開了。維多利亞畢竟是帝王氣象的女人，她知道不該爭勝的對象，不可以爭勝。眞正夠水準的女人眼中，絕沒有什麼『大男人主義』，她潛移默化了一切矛盾，她不要勝利，因爲她不失敗。她根本就不把和平的事，當做戰爭來處理，——她知道天高地厚。」

「『新女性』弄不清戰爭與和平，但是，『新女性』至少很好看、很會打扮。」

「好看嗎？很會打扮嗎？我卻到處看到了許多妖怪，尤其是老妖怪。從陳香梅到尙奈兒（Gabrielle Chanel），到七十多歲老太太瑪琳・黛德麗（Marlene Dietrich）展示大腿，這都是老妖怪、老妖怪。老妖怪是青春一點也沒有的『新中性』——中性，因爲月經也沒有了，美容醫院和法國香水的挽救效果也愈來愈小，小到最後香水是香水、她是她。這時候的她，本該是個老太太的打扮的，可是她不，她一定要老妖怪。打扮如此，作風自然也老妖怪，教人看了難過得要命。別人人人都知道她是老妖怪，可是她自己不知道，眞他媽的。幾年前，有個『法國夫人』在台灣時裝界招搖，老得雞皮鶴髮，看了她，除了雞皮疙瘩外，你不會起任何反應，可是她自己『不知老之將至』、也不知『妖怪之將至』，眞要命。」

「但上了年紀的人也有打扮的權利。」

「當然有。問題出在她們完全不自知自己已經不適合作怪了，她們自己總不知道，或者是全世界最後一個知道。當她們知道的時候，全世界的香水，已經供不應求了。」

「古話說『紅顏薄命』，大概多少也有紅顏久了，就會『妖怪之將至』的寓意吧？」

「現在時代變了，女人抬頭了，這四個字的解釋自然要現代化一點：紅顏不止於美色、薄命不在於早夭，而是『有好條件的女人，下場都悲慘』。這種情形，大概統計學可以用得上：若統計一下，自女權運動以來、男女平等以後，凡是成爲名女人的人，究竟有幾個是好下場的？有幾個是幸福的？這種統計，若以電影明星和女作家抽樣，就可得到驚人的結論。這種女人中，尤以靈性才女出道的、以『文化美容』出現的、以美人或第幾美人出場的，更爲明顯，因爲這一類的覺醒來得最遲，嘉寶（Greta Garbo）最後說她把她一生搞得亂七八糟，她終於有了這種遲來的自知之明。嘉寶畢竟還算高人，等而下之的，可能一輩子都不會醒，到死都還怨天尤人。」

「所以，你討厭『新女性』。」

「我討厭『新女性』。」

「但『新女性』很有才氣。」

「東方諺語說：『女子無才便是德。』西方諺語說："A learned woman is twice a fool." 有學問的女人是雙料愚人。如果不做古典的解釋，這兩段諺語倒眞是『新女性』的寫照與警告，翻成現代語言，該是『女人沒有好條件才不是混蛋』，『女人有好條件都不會處理，不如沒好條件。』看了那麼多的混蛋『新女性』，我眞愈來愈凝固了我這種偏見。」

「『新女性』既然無望，你一定寄望在舊女性身上了？」

「我討厭舊女性。」

「你也討厭舊女性？」

「我也討厭舊女性。」

「『浮生六記』裏的芸娘，你也討厭？」

「芸娘好，芸娘與老公與『船家女』素雲一起喝酒。幾天以後，魯夫人問她，說你丈夫『挾兩妓飲於萬年橋舟中，子知之否？』芸娘說：『有之。其一即我也！』這種舊女性多可愛！但是同一喝酒，『新女性』就大異其趣了。我的一位漫畫家朋友，討了一位『新女性』做太太，這位『新女性』漂亮多才，只可惜愛犯『行同男人』的毛病。她對老公，管理得寬中帶嚴，老公要同朋友逛酒家，可以，不過她也要一起去，去了還不說，她還要當場和男生一樣摟女生：『本姑娘也點一個。』這種太妹作風，想來眞有點好笑。我認識一位新女性導演，人家問她你和男導演有什麼不同，她說除了上女廁所之外，其他完全一樣。我想這位漫畫家太太，恐怕更勝一籌了，——她下一步，就要上男廁所了！女人奪權，在某些爭平等的目標上是好的，不幸的是，女人在爭平等時，常常得意忘形，爲打倒『大男人主義』而淪爲『大女人主義』，她爭平等，卻不與人平等相處，最要命的，她又想壓人，要以『行同男人』的愚蠢來壓男人，於是，一切器小易盈的局面，便一一發生。因爲女人要『行同男人』，只能做個失敗的男人。——女人身無長物，她想上男廁所，未免太滑稽了吧？」

「這麼說來，對女人，你喜歡不新不舊的？」

「我喜歡又新又舊的。」

「像——」

「像你。眞正夠水準的女人，她聰明、柔美、清秀、嫵媚、努力、有深度、善解人意、體貼自己心愛的人。她的可愛，毫不屬於『新女性』那種囂張型，或舊女性那種軟弱型，但她的好條件，也不比她們少，只是有些條件是隱性的、蜜蜜柔柔的、淡出淡入的，像空谷幽蘭，不容易被發現而已。當你發現了這種女人，你才知道她多采多姿，多麼動人。像你就是。」

「可是，你不知道我有許多缺點。」

「我知道。」

「你說說看。」

「比如說，缺點之一是：你不喜歡我脫你褲子。」

「天啊！說了半天，你還沒忘掉這類事！」

「脫女生褲子是何等大事！我立志做大事。在沒成功前，我永遠不會忘記；成功以後，我會永遠回憶。」

「你把這種事當人生大事，你一生的回憶裏，恐怕有太多這種鏡頭。」

「這種鏡頭才是愛情中最可取的鏡頭。你以爲愛情中可取的鏡頭是什麼？愛情的鏡頭其實只該有一個，那就是男歡女愛。愛情只該給高人這種情趣，高人有一個座標，」我把手橫著一掃。「座標的下限是平靜，沒有負數的座標。高人相信男歡女愛是人類最大的快樂，這種快樂，是純快樂，不該羼進別的，尤其不該羼進痛苦。痛苦是負數的座標。過去大師級的中國思想家胡適給朋友寫扇面，他寫著——

愛情的代價是痛苦，

愛情的方法是忍受痛苦。

我認爲他全錯了。在愛情上痛苦是一種眼光狹小的表示、一種心胸狹小的表示、一種發生了技術錯誤的表示。眞正第一流的情人，是不爲愛情痛苦的，像一位外國詩人所說的——

啊！『愛情』！他們大大的誤解了你，
他們說你的甜蜜是痛苦，
當你豐富的果實
比任何果實都甜蜜。

Oh Love! they wrong thee much
That say the sweet is bitter,
When thy rich fruit is such
As nothing can be sweeter.

這才是不病態的愛情觀。我也寫過一首『愛是純快樂』的詩，算是抗議『少年維特之煩惱』(Leiden des Junger Werther)。我背給你聽：

愛不是痛苦，
愛是純快樂。
當你有了痛苦，
那是出了差錯。

愛是不可捉摸，
愛是很難測。
但是會愛的人，
絲毫沒有失落。

愛是變動不居，
愛是東風惡。
但是會愛的人，
照樣找到收穫。
愛是乍暖還寒，
愛是雲煙過。

但是會愛的人，
一點也不維特。
愛不是痛苦，
愛是純快樂。
不論它來、去、有、無，
都是甜蜜，沒有苦澀。

這才是健康的愛情觀。反過來說，小說、電視裏的愛情觀卻是病態的。我們看電視劇，每一個電視劇，不管是碧什麼海、情什麼天，或者秋什麼雨啊、風啊，都是提倡非常錯誤的兩性觀念。他們把男女之間的關係搞得那麼複雜、那麼痛苦變態、那麼糾纏不清、那麼不灑脫，其實是錯誤的，男女之間應該很單純、很快樂的。其實不該有任何痛苦，一有痛苦，就是你給弄錯了、就是你發生了技術錯誤。所以，現代的羅密歐，不該是十七世紀薩克令（John Suckling）"Why so pale and wan, fond lover?"（情人何憔悴？）式的，而該是三百年後宓西爾（Margaret Mitchell）筆下白瑞德（Rhett Butler）式的。克拉克·蓋博（Clark Gable）在『亂世佳人』（Gone With The Wind）中演白瑞德，演活了那個快樂的男子漢角色，他愛女人，卻不失去氣概、不失去必要的主動、不失去擠眉弄眼的玩世、不失去一定程度的 philanderer 的比例。philanderer 該怎麼翻？philander 動詞是 flirt，是 make love without serious intentions，加 er 後該翻做『不太認眞的大情人』，我覺得這樣意譯，才能得其眞情。」

「反正啊，」小棻嘟起小嘴。「你就是『不太認眞的大情人』，你愛女人，但正如你那首詩所說的，『只愛一點點』。」小棻停了一下，注視著我，卻又興奮起來，她像一個爭勝的小學生，說：「其實這是一首有趣的詩，我會背，我背給你聽：

不愛那麼多，
只愛一點點。
別人的愛情像海深，
我的愛情淺。

不愛那麼多，
只愛一點點。
別人的愛情像天長，
我的愛情短。

不愛那麼多，
只愛一點點。
別人眉來又眼去，
我只偷看你一眼。」

小棻小學生背書式的，背完了這首詩，我摸上她的臉，輕拍了兩下。「葉棻同學的記性眞好，葉棻同學在和別人眉來眼去的時候，還有這麼多時間去過目不忘這首詩，她眞不得了。」

「人家才不眉來眼去呢！對了，我問你，你是不是常常偷看別人一眼？」

「有時候不止於看。」

「還怎樣？」

「還會『二毛』一下。」

「什麼『二毛』？」

「『二毛』是三毛減一毛。」

「三毛減了一毛，還剩二毛，是什麼意思？」

「一毛是毛手毛腳，一毛是用毛筆寫詩。」

「你用毛筆寫詩幹什麼？」

「幹什麼？證明給這個島上的所謂『詩人』和『書法家』看，我的詩比你們好一萬倍，字也比你們好一萬倍。」

「你的詩，明白如水，在他們眼中，不算詩。」

「在騙子眼中，誠實的人，不算騙子。」

「你說他們是騙子？」

「他們當然是騙子！他們什麼都不會，就會寫詩，但是那叫什麼詩，只是把一大堆連他們也不清楚的抽象名詞用代數遊戲加工，加以排列組合而已。他們也不知道他們自己在說什麼，只是一些鬼畫符而已。滿紙畫符而不知所云、滿紙濫情而無病呻吟，但誰也不敢拆穿誰，此非騙子而何？」

「也許，他們說你太理智了，你不懂詩。」

「也許，我不懂詩，但我所懂的，卻是什麼不是詩、什麼是詩的贋品，我懂得什麼不是眞的詩、什麼是狗屁的詩、什麼是狗屁又狗屁的詩。對詩的看法、對此地的所謂詩的看法，我深信是徹頭徹尾的騙局，此地所謂的詩人，其實就是騙子，四行的詩人就是四行的騙子、十四行的詩人就是十四行的騙子。」

「因此你就說他們是狗屁。」

「豈止狗屁，還是狗屎呢！我講一段幾年前『余姓大詩人』跟我的對話給你。有一天，我嘲笑他只有無病呻吟，沒有動作、沒有反抗。他說：你說我們沒有動作是不公平的，我們也在動，只不過方式跟你不一樣，我們也在寫詩反抗。我說：你們那叫什麼詩！那叫什麼反抗！你們的詩，連你們自己都不知道它在說什麼，誰又知道你們在說什麼？誰又知道你們在反抗什麼？壓迫人的看不出來你們在反抗他們，被壓迫的也看不出來那是在反抗，也看不出來一點安慰或鼓舞，而你們現在竟說那是反抗、那是動作，眞是胡扯。我現在以詩對詩，把你們的詩一炮打死——雖然根本就是死的，我的詩的題目叫『你的詩是很狗屁的』，全詩如下：

你呀
詩人的
狗屁的
詩呀

我啊
請你們
拿回去
搽狗屎吧

這就是我對你們全部的批評。他說：你怎麼可以這樣？怎麼可以這樣對待詩人？什麼狗屁狗屎的？我說：我告訴你，詩人啊我的詩人，爲什麼要狗屁啊狗屎的，我給你用一個笑話來說明：有一個又糊塗又凶得要命的縣太爺，一天在縣政府大禮堂訓話，正好跑來一隻狗，那隻狗在禮堂門口先拉了一堆屎，然後跑進禮堂，跑上講台，當衆放了一個屁。縣太爺一下子沒有弄清，問這是什麼？左右說：是屁。縣太爺大爲震怒，桌子一拍，大叫來人啊，給我把屁抓起來！這狗一聽，拔腿就跑，左右的人去追，當然追不上狗，於是垂頭喪氣，把門口的狗屎包了一包，帶了回來。縣太爺說：抓到沒有？左右說：主犯逃掉了，現在拿得家屬在此！——懂了吧，詩人啊我的詩人，我叫你把狗屁的詩拿回去搽狗屎，這就是答案。他說：你太刻薄了，你這種態度也不是正視問題，你總不能因爲你不懂詩，就說我們的詩不是反抗、不是行動。我說：反抗？行動？你又放狗屁了。我剛才說過，你們根本不知所云，壓迫人的和被壓迫的也都根本不知道你們在說什麼，但壓迫人的只要看到你沒反抗他，他也願意把你拉到身邊，算做統戰的戰果，這也就是你們的狗屁詩都被他們選到『戰鬥文藝』裏面的緣故。他們要知道你們是反抗，還會這樣選來印去嗎？所以你說你是反抗，正好相反，他們看來卻是合作。至少把你們拉到文藝大會來，一起大合唱。你們說你們那些是行動，我看那種行動大概是小規模的吧！再來一個笑話：有個賣木材的商人，一天碰到一個長得像你詩人啊詩人樣子的人，他問木材商是幹那行的？木材商說我是賣木材的。木材商反問說你是幹那行的？他說我跟你先生同行，只是小規模的。木材商問他怎麼小規模法。他說：我是賣牙籤的。——懂了吧，詩人啊他媽的，如果你們那種居然也叫反抗、也叫行動，那只好說是賣牙籤式的小規模的吧？你們的反抗、你們的行動，已經小規模到變成一具棒棒型的按摩器了，震在壓迫人的要害上，可眞舒服得很哪！因此之故，如果我是國稅局局長，要抽三種稅：一、醫生寫文章，抽稅；二、畫家寫文章，抽稅；三、詩人寫詩，抽稅。抽前兩種人的稅，爲了醫生和畫家不務正業；抽後一種人的稅，爲了詩人專務正業。詩人實在不是一種正業，因爲——照愛默生和梭羅等的說法——人人內心深處都是詩人，人人可以成爲詩人。既然大家都是，爲什麼有人卻專門以詩人自居，整天搖頭擺尾，寫那不知所云的狗屁？他們除了只會將一些抽象名詞排列組合一陣外，弄出來的，全無絲毫意義。從這種觀點來過濾，他們不但不是詩人，反倒是前面所說的騙子。甚至還不如騙子，騙子至少知道他持以行騙的內容是什麼，可是要命的詩人呀，自己也不知道是什麼。」

「你既然用這麼輕快灑脫的態度面對愛情，又這麼無情，又自稱你是詩人，罰你立刻寫首詩來描寫吧，給你十分鐘，夠不夠？」

「十分鐘寫好詩不夠，寫爛詩可以。」我低著頭說。

「那就寫爛詩。」說著，她推出紙筆。

「那爛詩就問世了。」我拿起筆來，隨手寫著：

不愛那麼久，只愛這七天。
計時正倒數，無時不尋歡。
攜手水之湄，分手山之顛。
餘暉山和水，永遠不孤單。
不愛那麼久，只愛這七天。
秋來比人早，夏去在客先。
花落春猶在，路盡鳥還喧。

寫好了，遞給小棻。她念了一遍，抬頭看著我。「你的文思可眞快，又押韻呢。很多詩人的詩不押韻。」

「既然叫做詩，當然以押韻爲上，不押韻的詩，只證明了掌握中文能力的不足。台灣的所謂詩人和譯詩家，既不詩又不韻，像性無能者一般，是『詩無能者』，卻整天以陽痿行騙，我看眞是笑話。」

「你又罵人了，難怪詩人們，不論新舊，好像都不承認你是詩人。」

「我根本不屑於這小島上對我的承認。」

「可是，你好像承認他們，不然你花這麼多時間罵他們幹什麼？」

「我罵他們，並不是承認他們，只是覺得他們是攔路的老鼠而已。你當然不以鼠輩爲敵人，可是牠們攔在那兒，你只好打鼠輩，把牠們打開。」

小棻笑著，笑得好開心。「你呀！你眞缺德，難怪你有這麼多仇人，因爲你到處拆穿別人，從老鼠到鴿子，你一一拆穿，一個也不放過。其實至少你該放過詩人，因爲這裏的詩人只是鴿子。」

「我拆穿他們，只爲了他們不是眞鴿子，而是 pluck a pigeon。眞正的詩人絕不是這樣子的。眞的詩人是不把詩當『嘲風雪、弄花草』的，這是白居易的話。白居易說詩是該『救濟人病，裨補時闕』的。他曾編『諷諭集』，收詩一百七十二首批評時政，他要求統治者『欲開壅蔽達人情，先向歌詩求諷刺』，結果詩一發表，『權豪貴近者相目色變、執政柄者扼腕、握軍要者切齒。』白居易是唐朝創作最豐富的詩人，寫詩三千首，他要求詩要能『老嫗能解』，老太太都能聽得懂，他的詩，當時流傳各地，很受歡迎。有的妓女甚至以會背『長恨歌』而增加身價。他『自長安抵江西，三四千里，凡鄉校佛寺、逆旅行舟之中』，往往有題他詩的、背他詩的各階層人士，他之受人歡迎，由此可見。這才是眞詩人啊！即使他是鴿子，也是眞的鴿子！」

「所以，你就不斷的挖苦這裏的詩人，你說他們是狗屁、狗屎，無病呻吟。」

「眞是無病呻吟。清朝的梁鼎芬，有一封給朋友的信，說他睡覺睡不著，就躺在床上呻吟，『往往哼之達旦。』他的僕人半夜驚醒，不知道老爺在吟詩，以爲老爺病重了，就爬起來，迷迷糊糊跑去照顧他，他氣得『喝之乃悟』，要把僕人罵跑，才能『天空多麼中國』，你說多有趣！這就是無病呻吟故事中最妙的一個。」

「梁鼎芬的詩狗屁、狗屎嗎？」

「這個人是很眞誠的保皇黨，他的大腦是漿糊、詩也是漿糊，尙非狗屁狗屎。他臨死前說：『人心死盡，我輩不可死，盡一分算一分。』他的精神可嘉。」

「在這裏的詩人精神不可嘉嗎？」

「他們有什麼精神！用一句台灣阿婆的話：『沒這麼大的屁眼，呷那麼多瀉藥！』他們的精神，只是放狗屁、拉狗屎而已！沒屁沒屎又強吃瀉藥，眞辛苦了他們的屁眼！」

小葇摀住我的嘴。「不許你老說這麼多不雅的話。你說這些話，最有精神。你每天做這麼多的工作，還有精神挖苦別人，你眞精神可嘉！」

「我在做預備軍官的時候，聽到一個國民黨老粗總司令的笑話。老粗總司令在司令台上訓話完畢，帶頭喊口號，糊里糊塗，把口號『國父精神不死！』喊錯了，喊成了『國父不死！』他背後的政治部主任趕忙搶前一步，提醒他：『還有精神！』他嚇壞了，隨口就接著喊：——『還有精神！』」

小葇笑著，她用柔細的手指捏我的臉、用晶瑩的眼睛端詳著我，像是幼稚園女老師疼愛一個小頑童。我對她注視著、注視著，享受她那純眞、可愛的神情。幾十年後，「也信美人終作土，」她的純眞與可愛都將化爲塵土，但是，在後一代的眼中，她是不是「還有精神」呢？更令人可惜的，是誰有資格和能力來記錄她的精神呢？大概只有我有，可是，那時我早就不在了。所以，趁我還在的時候，我要記錄小葇，不一定記錄在筆底，我會記錄在水中、在床上。在那令人靈魂飛揚的時候，做記錄的，不再是筆、不會是筆、也不該是筆；那時的記錄工具，是跋扈的它、洋溢著堅挺，一次又一次的，讓被記錄者死去活來、活來死去，倒不是不管情人死活，而是當它進入情人的時候，在死活線上，情人寧願欲仙欲死。——寧願死去，在你身上；寧願死去，在堅挺的蹂躪裏。

＊　＊　＊

我跟小葇說：「古代的莊周，就是哲學家莊子，有次做夢，夢到自己是隻蝴蝶，開心無比，根本不知他莊周是老幾。忽然夢醒了，發現自己不是蝴蝶，分明是實實在在的莊周。他下結論是：『不知周之夢為胡蝶與？胡蝶之夢為周與？』不知道是莊周做夢化為蝴蝶呢？還是蝴蝶做夢化為莊周呢？他順著提出哲學問題，他說莊周與蝴蝶必定是有所分別的，這種形象的轉變，叫做『物化』。戰國時宋大夫韓憑，有個漂亮的太太何氏，被康王看中，搶去了，還把韓憑關起來、罰他築長城。韓憑就自殺了。何氏私下穿了用藥水腐蝕過的衣服，在與康王登台時候，從台上向下跳，左右趕忙去抓住她，可是被腐蝕過的衣服立刻碎了，化為蝴蝶，抓不住，何氏就摔死了。但在衣服裏留下遺書，願與韓憑合葬。康王大怒，故意把他們分開葬，使兩個墳可望而不可即。但是，一夜之間，兩座墳各有樹木生出，根連於下、枝連於上，有兩隻鳥像鴛鴦，常站在上面，早晚悲鳴。後代的人說這是韓憑、何氏的精魂所在。宋朝王安石有首詩寫這段故事，名字叫『蝶』，他的詩是：

翅輕於粉薄於繒，
長被花牽不自勝。
若信莊周尚非我，
豈能投死爲韓憑？

全詩把兩個有關蝴蝶的掌故，那麼貼切的融合在一起，寫得非常出色。王安石是有大境界大懷抱的文學家兼政治家，在這首詩中，他以懷疑主義者的眼光、以非我之說，質疑何氏的投死行動。在哲理上，這種懷疑固有所本；但在情理上，卻未免抹殺了人間浪漫主義的氣質。——縱在哲理上人可能是蝶夢一場，但做了蝴蝶，比翼不成，又何妨爲情人投死呢？莊子以莊周與蝴蝶必定有所分別而言『物化』，其實，縱有所分別，也可以『理化』。——做爲蝴蝶，也可以殉情啊！也有資格殉情啊！我讀了王安石的詩後，把它後兩句給改寫了：

翅輕於粉薄於繒，
長被花牽不自勝。
縱信莊周原非我，
何妨投死爲韓憑？

你覺得怎麼樣？」

「好動人的故事，好動人的詩。」小棻搧起兩手，做蝴蝶狀。「韓憑和何氏的殉情故事雖短，看來比『羅密歐和茱麗葉』(Romeo and Juliet) 那悲劇還淒涼。不論長短，都『教人以生死相許』，這種愛情，可眞愛到頂點了，而頂點就是一死。除了一死，他們能有更好的解決方法嗎？」

「有時候的確沒有。尤其像韓憑和何氏這種遭到外力的壓迫，硬把他們拆散的暴力情況，殉情不失爲一種解脫。不過有人是不殉情的，但也不能說那種愛情故事不動人。最有名的例子是淸朝冒辟疆與董小宛的故事。冒辟疆就是冒巢民，是明朝的有名文人，他在明朝亡國以後，跟淸朝不合作，周旋了五十多年。他們那個時代都討姨太太，有一個女孩子董小宛，十八歲就嫁給他當姨太太，此後九年之間，他們在亂世中逃難、在亂世中圖存、在亂世中尋歡作愛、在亂世中琴韻書聲，他們形影不離，才子佳人，一直是人們眼中的神仙畫面，有一次他們一起到山中遠足，兩人都穿著薄紗的輕衫，被遊客們發現了，他們走到那裏，遊客們就跟到那裏，指說他們是神仙，你說多有趣？多動人？這一對情人，不但在山中是神仙，在家中也是。他們住在水繪園豔月樓，兩個人一起看書，一起畫畫，完成了不少藝術品，我就收藏過一件，我拿給你看。」

我從櫃中拿出一件錦盒，錦盒打開，一股樟腦的氣味隨著出來。錦盒四面都是緞子包的軟墊，保護其中的一件手卷，手卷邊上有一斑駁的字條，上面工筆寫著：「冒巢民董小宛夫婦合璧卷眞蹟神品」。我小心翼翼的拿出來，放在桌上，慢慢拉開手卷給小菉看。手卷前面裱的是冒辟疆的蘭花枯石，畫筆生動，再看下去，就是董小宛的七隻小鳥，個個畫得嬌憨可愛。我看小菉全神貫注，顯然的，這件焦黃的古物引起她的興趣。

「在你眼前的，至少已經三百五十年了。」我提示。「這是一件二合一的手卷，非常罕見，我已經收藏十多年了。」

「我想，這對情人生前死後都在一起，再加上在藝術作品上也在一起，眞可說是永不分離了。」

「你錯了。他們生前只在一起九年，死後也沒聽說埋在一起。」

「只九年？」

「只九年。董小宛在二十七歲時神秘的死去了，冒辟疆寫了一本『影梅菴憶語』的書來懷念他的情人，書中一一描述他們生活的細節，可是最後涉及董小宛死的情形，卻用奇怪的行文一筆帶過。後來有人研究，發現董小宛是被北方的軍人給搶走了，輾轉送進皇宮裏，冒辟疆無計可施，也有口難言，只好託言董小宛死了。這一佳人生離死別、才子諱莫如深的悲劇，就這麼演出了。雖然如此，冒辟疆本人，從四十歲起到八十三歲止，在董小宛死後這四十三年間，他一直懷念他們兩人這九年的神仙歲月，他說他『一生清福』都在這『九年占盡，九年折盡』，這是很動人的說詞。古人詩說『曾經滄海難爲水，除卻巫山不是雲』，正因爲人生清福，已在滄海之上、巫山之頂，有過登峰造極的美好經驗，所以，一旦滄海過盡、巫山歸來，看別的水也不夠看、看別的雲也不夠看，結果倒不如不再尋求新歡了，因爲舊愛永遠是他的新歡。冒辟疆以九年享盡『一生清福』，再以餘生的四十三年回味那九年神仙情侶，人生至此，於願已足了。」

「如果，」小菉停了一下。「如果你是冒辟疆，你也這樣嗎？」

「第一，那要看我遇到的是不是董小宛。」我說了，就停下來。

「第二呢？」小菉追問。

「第二，就便是董小宛，但當董小宛消失了，除非我也消失了，否則既然活著，或許不該排除有緣再見到另一個董小宛的可能。因爲，像董小宛那樣可愛的女人不應該只有她一個。人生既活著，就要多采多姿啊！」

「我知道你了，萬劫先生，」小茱有點幽怨的樣子。「你不會做冒辟疆第二的，因爲你要找董小宛第二！」

「我說過，除非自己也死了，否則，冒辟疆式的固然可圈可點，萬劫式的其實也可喜可賀。畢竟，人生不一定要自絕於人——自絕於可愛的女人。處境既然是『無可奈何花落去』，未來就該是『似曾相識燕歸來』，除了董小宛第二，誰會『似曾相識』董小宛呢？記得漢朝蘇武嗎？他出使匈奴，自知此去凶多吉少，他留下淒涼的五言詩，其中一段對他的情人太太說：『努力愛春華，莫忘歡樂時，生當復來歸，死當長相思。』結果呢，他到了匈奴，就被扣留，一留十九年，他的情人太太改嫁了。並不是當年他們愛得不夠，而是人生碰到了生死劫難、碰到了生離死別，最後愛情發生移位，其實不能責怪那一方。當董小宛消失的時候、當蘇武消失的時候，人應該學會不用悲劇處理遭遇的能力。」

「不過，董小宛死沒死、有沒有被搶走，畢竟是一個傳奇，事實到底怎麼回事，永遠是一個謎團。」

「有歷史家考證董小宛並不是淸宮裏的董鄂妃。事實往往可信不可愛、傳奇往往可愛不可信，甚至非常荒謬。但有一種哲學觀點是：『因爲它荒謬，所以我相信。』——這不是求眞派的態度，卻是唯美派。求眞的人有時也許該網開一面，讓人荒謬一下，甚至讓自己荒謬一下。對董小宛的下落，連當事人冒辟疆都含糊而過了，歷史家再把這一傳奇追殺淸楚，推翻爲止，多掃興啊！」

「你說得也是，但關鍵在董小宛到底是二十七歲死了呢？還是被搶走後沒死呢？兩種情況，是兩種根本不同的結局——雖然都是悲劇形式的結局。不過，對冒辟疆而言，不論死別或生離，都是情緣已盡。如果屬於死別，比較單純，心上人因病而死，誰也沒辦法；如果屬於生離，被搶走了，則他能夠把生離視同死別，把被搶走的心上人當作病死的人，照樣寫書懷念，對被搶走後的一切一律按下不表，這種作風、這種解釋、這種斷代，也眞別開生面也別開死面了。」

「如果董小宛當時根本沒死，冒辟疆無奈之下，只好把她寫得將生作死；如果當時死了，冒辟疆回憶之下，又把她寫得雖死猶生。總之，從生死線上到生死線外，這都是一個兩難式。唉，小葇啊，我們也生逢亂世，從生死線上到生死線外，什麼結局，也都茫然不曉。我們無法避免悲劇，只是勉強用喜劇的眼睛去看悲劇而已。冒辟疆和董小宛的悲劇，誰知道會不會大同小異的歷史重演呢？」

「也許會重演，」小蓁說。「只是不會演在我們身上吧？」

「誰知道呢？」我輕輕拍了她一下。「江山各有悲劇出，也許我們的演出，比他們的更動人呢。」

* * *

陽明山沿仰德大道而上，就有警察局三座，德還沒仰到，就先仰到警察。國民黨說「國民黨永遠和民衆在一起」，這話有一段省略式，全文該是「國民黨永遠和警察在一起，警察永遠和民衆在一起」。如此代爲補正，意思才告完整。警察以外，陽明山上還有「比警察更親愛的」一票人，那就是神秘的特工人員。他們穿的，總是便衣，從外表上，你很難分辨他們與一般人有何不同，但從小動作上和眼神上，如果你眼尖，你還是可以假定他是。小動作總是鬼鬼祟祟的、眼神總是閃閃爍爍的。並且，倒眞是典型「陶淵明式」的斜眼呢，當你發現他正斜眼看你而逼視他的時候，他的閃閃爍爍，便立刻轉換成鬼鬼祟祟。

陽明山上除了警察外，這種神秘的特工人員也無所不在，不過，他們是按照密度普遍分布的，並不是特定地點的專案鎖定。一旦他們鎖定了特定地點，就可知道，這一地點，一定有專案發生了。而特色就是，針對一幢房子，開始有形跡可疑的人出現，他們先接班監視著房子，再根據情況，展開對房子中出入的人跟蹤監視。這種跟蹤監視，他們還有術語呢，叫做「跟監」。

這一陣子外面可是風聲鶴唳。雖然我早已預感到這個被稱爲「警察國家」的小朝廷不會放過我，但我認爲他們動手抓我前，爲了給他們美國主子看，不太會用言論上的罪名；換句話說，明明是我在言論上面開罪了他們，但他們抓我的理由，卻不願背上打壓言論、干涉言論自由的黑鍋，他們要醞釀出其他罪名，而這一醞釀，會使他們的抓人行動有以延緩。不過，「欲加之罪，何患無辭?」還愁找不到罪名嗎?而這一陣子風聲鶴唳，卻又與「台灣獨立運動」不無關係。台獨運動者非常盼望找到一位有頭有臉的外省人支持他們，竟從行駛中的火車裏，散發出「歡迎萬劫先生加入我們行列」等傳單，這下子給了特務頭子們好藉口。他們也樂得相信，因爲萬劫加入台獨成員，他們可眞升官發財了，以萬劫的知名度，他們當然破的是大案子。大案一破，調整職務，此之謂升官；散發獎金，此之謂發財。所以，羅織萬劫這個罪名，是符合台獨分子和特務頭子們的雙方利益的。雖然把根本反對台獨的我羅織成台獨分子，實在荒謬，但我會笑著迎接這一荒謬，就像那古代的豪傑人物岳飛，當皇家特務來抓他的時候，他的反應竟是笑。爲什麼不笑呢?像我們這種豪傑人物，要整我們，任何罪名其實都是可笑的，我們屑於爭執罪名嗎？岳飛後來被勒死在監獄裏，那時他比我大四歲，只有三十九歲，罪名是「指斥乘輿」，字面上的意義就是罵了皇上的車隊，罪名可笑吧？要上十字架的人，誰要討論罪名荒不荒謬呢？所以，反應只有笑最好。在十字架前，拘泥的人說出一切，灑脫的人笑出一切。

在沒認識小葇以前，我在山居出入時，便感到附近情況怪怪的了。我的書架上有一本「美軍犯罪偵查」的小冊子，裏面有許多實例，我用實例去核對，發現絕非我疑神疑鬼，的確已有被專案鎖定的跡象。我住的房子是一條死巷，死巷有幾戶人家，我是最後一戶，往往在巷口，尤其是白天，常常站著類似「比警察更親愛的」可疑人物，在朝巷裏東張西望。也許太枯燥了，他們有時會躲在巷口轉彎的小雜貨店裏，我路過的時候偶爾瞄他們一下，回報我的，往往是頭偏過去的斜眼。由於我在大學畢業後做預備軍官，有帶部隊的經驗，我清楚知道老士官老班長們的習慣，包括他們的「身體語言」。這種人穿起便衣來，就跟東張西望的這票人絕對神似，一般總是黝黑、平頭、結實、面有風霜，衣著不怎麼合身，絕不看任何書，只是閒在那兒。

小葇來了以後，情況好像更怪異了。我跟她出來散步時，發現有人遠遠的走在後面，我不動聲色，當然也沒告訴小葇。有一次散步，忽然引起我的回憶。我指著一排建築說：

「現在是一排醜醜的大樓房，以前這裏可是幾幢單門獨院的花園平房，其中一幢，是我一位姓羅的好朋友的家。一天晚上，大隊人馬包圍了他的家，進去搜查，原因是有人檢舉他，說他午夜在家打電報，非『匪諜』而何？結果查明之下，原來是我這好朋友在練習打字，打字機竟變成『通匪』工具了。白色恐怖多厲害！還有更妙的呢！苗栗地區，有個地方也叫陽明山莊，也發生『匪諜』事件，一戶人家，也被檢舉，說屋裏的人在打電報，於是大隊人馬也一擁而入。結果查來查去，連打字機都沒有，後來細查之下，發現遠遠的果然有類似打電報的聲音，循聲追過去，原來是屋外草堆中傳出的，照明之下，原來『匪諜』不是張三李四，而是一隻蚱蜢。基督教『舊約』裏『傳道書』上說：『蚱蜢成爲重擔。』現在我可印證出『重擔』的眞正意義了。這又是白色恐怖，你說厲不厲害！不過，檢舉『匪諜』的人多，惹來麻煩也不少。檢舉『匪諜』的，糊里糊塗，弄得同『匪諜』一起坐了牢，也大有人在。『國特』們辦案，你不知道他們心理，他們是被告寧濫毋缺、寧多毋少的。他們『聞過則喜』——聞別人的過，也『毀人不倦』——毀滅人的毀，他們辦案，覺得被告人數不足時候，就會把檢舉人一併拉進來充數，所以啊，你檢舉了『匪諜』，你可能同時也變成了『匪諜』！在檢舉『匪諜』以外，還有一種同類的檢舉，就是檢舉反動傳單、反動標語。『國特』們鼓勵檢舉這些，聲稱檢舉者有賞，不檢舉者有罰。於是，小民領命，在地上撿到了傳單，或在公廁裏看到了粉筆字，就直奔官府報告。不料『國特』們收到這些，破案爲難，可是不破又不成，於是乾脆就地取材，把檢舉人橫加罪名，說發傳單者即閣下、在毛房門後寫『打倒蔣××』者亦閣下，閣下以檢舉人始，以謊報人終，他領獎金你坐牢，一幕反共抗俄大戲，最後以鼻青眼腫收場。還有一種檢舉，是跟以上檢舉別異其趣的。以上檢舉是檢舉別人，這種檢舉卻是檢舉自己，這就是所謂『匪諜自首』。『國特』們號召『匪諜自首』，信誓旦旦，保證自首以後既往不咎，有些人弄不清自己是不是『匪諜』，爲了安全，先『自首』了。這下子痲煩大了！因爲你一『自首』，『國特』們就如獲珍寶，以爲你是中共地下工作負責人，一切唯你是問。結果一問三不知，『國特』們不高興了，遂賜閣下以最新罪名——『自首不實』，就是雖然『自首』，可是有所保留，不老老實實交出關係。結果閣下『自首』未成，反倒罪加一等。他領獎金你坐牢，一幕棄暗投明大戲，最後也以鼻青眼腫收場。」

又有一次小葇和我散步，經過醜醜的「中山樓」，又引發我的白色恐怖故事群。我對小葇說：「白色恐怖抓的人，十九是冤獄，並且冤得令人哭笑不得，這座『中山樓』就是一件。它的建造人的丈夫姓傅，叫傅積寬，是個傻呼呼的胖子，在一公家機關做事。雙十節的上午，被派公差到總統府前面做慶祝代表，當天烈日高照，大家站得不耐煩，同事開玩笑說：老傅，等一下蔣總統出來，喊萬歲時你敢不敢不喊『蔣總統萬歲』而改喊『傅積寬萬歲』？傅積寬開玩笑說：『有什麼不敢！等下子喊給你看。』他說話算話，眞在衆口一聲時喊了自己萬歲，結果被比老百姓還多的治安人員發現，抓到牢裏，判了五年。牢裏有一個笑話。一天囚犯放封時，在小院中散步，一個新來的囚犯哭哭啼啼，管理員班長問他判了幾年，他說：『判了十年，眞冤枉啊！』班長冷笑說：『一點沒罪的，判五年；你判了十年，多少有一點罪。』傅積寬的五年，就是『一點沒罪的』喊了自己萬歲，自己喊自己萬歲是不可以的。」

「萬歲不能喊，可以喊『萬劫』嗎？」小葇問。

「『萬劫』我只許你喊，並且在臥室那個時候喊。」

小葇臉紅了。「你眞不好，萬劫先生，談什麼你都扯到那個時候的事。」

我摟住她肩膀。「我喜歡你喊我的名字。自殺在浴缸裏的美國女詩人莎拉·替滋代爾（Sara Teasdale）有一首詩描寫情人在海邊呼喚死去情人的名字，在床上抱著情人喊他名字總比一個人去海邊喊好一點吧？」

「還是不好，還是不如在『中山樓』這裏喊比較好。」

「OK。可是拜託你，只喊『萬劫』就好了，可別喊『萬劫萬歲』啊，雖然我希望你這樣喊，因爲一喊，你就和我一起坐牢了。」

「我也是『匪諜』嗎?」

「誰說『匪諜』才坐牢的?我中學的一位老師，他聲言不交任何朋友，爲了怕交到的朋友是『匪諜』。當時我十幾歲，頗怪此公交友門檻太嚴了。後來我從十幾歲活到三十幾歲，才恍然大悟，覺得這位老師的門檻不是太嚴而是太寬了。因爲朋友不全是『匪諜』，有些朋友雖非『匪諜』，但其可怕有過乎『匪諜』者。——『匪諜』充其量只嚇破你的膽，但朋友呢，卻傷了你的心。」

「你指朋友是誰?」

「是台獨分子。」

「你是台獨分子?」

「我才不是，正相反的，我是反對台獨的。但是台獨分子是我朋友，在他們受難時候，我幫助過他們，不是政治上的幫助，是人道上、友情上的幫助。」

「他們傷了你的心?」

「可以這麼說吧。他們恩將仇報，把我咬成台獨分子以壯聲勢。在政治上對他們沒什麼好責怪的，但從友情上，他們太茱了。他們陰謀咬我坐牢。」

「那官方會查清楚，知道你不是。」

「官方查不清楚，也不想查清楚。大家其實都盼我坐牢。我過去幹的跟官方過不去的事也太多了，早該坐牢，什麼罪名，都不重要了。並且，我愈來愈感到，有一天，會有輛大黑轎車來接走我，那一天並非遠在天邊，而是近在眼前。」

「可是，你走了，我怎麼辦？」

「你可以到海邊喊我名字。」

「去海邊總可以喊『萬劫萬歲』了吧？」

「海邊有海防大隊，他們會突然冒出來，像沙灘上一個個冒出來的螃蟹，把你抓到牢裏。」

「到牢裏可以看到你嗎？」

「男女是分開關的，當然看不到。」

「看不到你，那還喊『萬歲』幹嘛？」

「『萬歲』還是不妨喊。你可以喊『螃蟹萬歲』，牠們就會互相抓起對方來，你就趁機逃掉了。」

「謝謝你救我一命，你眞好。」小茱笑了，倒在我懷裏。

＊　　＊　　＊

爲了多了解一下外面的動靜，又不願小棻擔心，我會找藉口出去一下，只留她一人在家。藉口總會找到一二的，到巷口轉角小店買日用品就是最好的，而在買東西的時候，最能觀察「他們」的動態。

七月三十一日下午兩點後，我到小店去了一趟，氣氛有點肅殺了，「比警察更親愛的」似乎更密集了一點。在我朝小店貨架瀏覽的時候，一個又高又黑像老士官一樣的人走過來，叫我一聲「萬排長」。「萬排長」是我做預備軍官服役的職務，很久沒聽到這種稱呼了。我仔細看他，十分眼熟。

「萬排長大概不記得我了。在十七師，有一次臨時編組組成搜索大隊，共分三個中隊，排長你在第一中隊，我在第三中隊，並且是隊長。那時見過排長。」

「噢，難怪看你面熟。你貴姓？」

「敝姓劉，卯金刀劉。」

「劉隊長你好。」我伸出手來。

「排長好。」他握我的手。

「你還沒退伍嗎？」

「退伍還早。我已經離開十七師了，現在調到別的單位了。」

「怎麼在這裏幸會了隊長？」

「正好上山看看朋友。想不到這裏碰到排長，多年不見了。排長是我們佩服的人，請多保重。我有事，要到後面去一下，排長，後會有期。」

他說完，就匆匆走了。

我買了一些用品，正結帳的時候，背後有人走過，忽然地上掉下幾個銅錢，那人蹲下去撿錢，有的錢掉在我腳下，我也蹲下來幫他撿。突然間，一隻手掌在我眼前固定了一下，上面赫然寫了七個字：「今晚八點，要準備。」手掌立刻縮回去了，我一看，蹲下來的正是「劉隊長」。他向我使了一個眼神，撿了錢，說了一聲「謝謝」就走了。

我完全明白了。

*　　*　　*

從巷口小店回來，我知道過不了今夜了。今天是一九七〇年七月三十一日，現在是下午兩點半，距離八點，只剩五個半小時與小棻在一起了，分別，就在眼前了。

還有五個半小時，我要對她說話，不斷的說話，用嘴巴對她說話，用身體對她說話，要瘋狂一點說話，要世紀末一點說話。我也要叫她瘋狂一點、世紀末一點，我要她爲我做出每一種姿勢、要她從每一種姿勢裏享受深度和角度、長度和硬度，我要她清清楚楚知道她是爲它而生的、爲它而活的，並且每一次都是爲它而死的、暫時死的，我要她呼喚它的名字、描寫它的形狀、叙述它的動作，並且用呼喚、描寫、叙述它的小嘴巴，吮吸它、惹它、逗它、舔它、輕咬它，像吹口琴、吹長笛一樣的引起它的回響與絕響。我決定了，不需要其他的千言萬語了，一切交給它、歸於它，由它凌駕千言萬語、代替千言萬語，它本身就是千言萬語。言語對它只是附麗，它是基礎的、穩定的、強悍的、侵略的、伸縮自如也來去自如的，言語對它只是配音、只是伴奏、只是歡呼、只是讚美，像一個出場的格鬥武士，他訴諸的，只是肌肉、暴力與征服。至於有沒有垂憐，要看弱者取悅我的程度，事實上，我無法不垂憐小荼，在我面前，她永遠是弱者。

*　　　*　　　*

在不知變化了多少種姿勢以後，我最後回歸基本面，回歸到那最基本的姿勢。

「我們在做什麼？」我停下來，左手支起上身，右手分別撫摸她的小奶。

「不是我們，我沒做什麼，是你做什麼。」小棻喘息方定，立刻慧黠的說。

「我在做什麼？」

「我不知道。」

「不罰你是不行了。你知道什麼是『九淺一深』嗎？」

小棻搖搖頭。

「這是中國房中術的一種，我教你，讓你知道，讓你說知道。」說著，我開始默數，用極慢動作的淺入，一次又一次的重新進入她身體，每次進入都是用巨大的頂端撐開、撐開，以交合點爲中心點，正反做一百度以上的旋轉，正轉、反轉、反轉、正轉……一次又一次的，使她陷入無奈、無助、呻吟，而又渴望的狀態，當漫長的「九淺」過去以後，「一深」在突然間插入，那種突來的快速、那種突來的深度、那種粗大、那種殘忍，逼得小棻尖叫起來，她雙手推著我的肩膀、抓著我的肩膀，哀求著。

「不能這樣、不能這樣，求你不能這樣。」

「好的，」我以勝利的口氣說：「說你知道，知道我們在做什麼。」

「好的好的，知道知道。」小棻氣急敗壞的。

「你說。」

「我知道。」

「我要你說。」

「我說我知道。」

「我要你說出你知道什麼？」

「『人貴自知』，我自己知道就好了！」

我笑起來，她眞聰明乖巧。到這步田地，她還歪曲眞理。我讚美她：

「你可愛死了，在這種情形下，在快被男人『強暴』死之前，你還這樣。」

她羞澀的笑了一下，立刻輕鎖雙眉，搖頭求我：

「我讓你做了，你看我已這個樣子了，我覺得好狼狽、好難爲情，求你不要再讓我說了。我答應你下次說，下次一定說，說兩遍。」

「你有一萬個下次，過去你騙了我一萬次，最後一次『下次』在上次已經用光了，這次沒有了。」

「嗯……還有嘛，還有一次。」

「一次都沒有了。」

「那就這樣好不好，這次不說，下次連說兩遍，加倍奉還，總成了吧？」

「下次說兩遍，可是其中有欠了這次的一遍，所以兩遍只不過是還淸舊欠而已，怎麼叫加倍奉還？你又想騙我是不是？」說著，我又動了一下。

「不敢不敢，我答應下次付利息。」

「什麼利息？」

「三分利。」

「怎麼付法？」

「請去查利率表。」

「我不要聽你又在耍花樣，我要你說出來三分利是什麼？」

「三分利是除說兩遍外，再說百分之三遍。」

「百分之三遍怎麼說法？」

「下次還你的時候你自然知道。」

「我在床上是開當鋪的，利息都是先扣，看你這樣可憐，我饒你下次再說，可是利息得先扣，並且追加到六分利。」

她聽我饒她，高興起來，眼淚還在臉上，可是破涕爲笑。

「合法的生意都是連本帶利一起還，你先扣，並且要高利，你在搞地下錢莊。」

「我就是地下錢莊。你不接受，就算了。」我又動了一下，威脅一直在裏面，並且一次又一次顫動著，保持堅硬與滿足。

「我接受！我接受！先扣就先扣！六分就六分！」

「好，你先說給我聽。我們在做什麼。」

「不是我們，是你。」

「好，是我，我在做什麼？」

「你……」她側過頭，窘迫不堪。

「我在等你說。」

「你在……」她閉上眼睛。

「眼睛睜開，看著我說。我在做什麼？」

「你在做『殘忍的伏地挺身』。」

「眞會說話！眞會逃避！眞會躲！我承認這七個字夠得上是六分利了，我承認這七個字是我的小女人給我的最聰明最巧妙的利息。好了，我不爲難你了。這次你說夠了，本錢下次再還。」

「下次再說。」

『下次再說』？你又用雙關語。這四個字的意思可做肯定解釋，就是下次說給我聽；也可做含混解釋，就是說不說下次再決定，你到底指那一種？」

她笑了。伸出食指，輕觸了一下我鼻尖。「你這聰明過分的，我怎麼騙得了你！」

「看你也騙不過。」

「可是，」小葇哀求。「可不可以放過我，讓我起來，太久了、太多了，你的身體！」

「可以，但你總要具體向我描寫一點，描寫它的感覺，只說一句就好。」

「好，說一句，就說好像是什麼東西在插我吧？」

我連頂她兩下，她叫著。

「好像！是好像嗎？」我問。

「是眞的！是眞的！不是好像！不是好像！」她趕忙更正。

「是什麼東西？叫出它的名字！」

「我不知道。」

我又猛插她一下。她叫起來。

「知道！知道！」

「是什麼東西？」我又問。

「是什麼東西？」她答。

「我是問你。」

「我是問你。」她故意在學我說話。

「這次可不饒你了！我這次可要……」我突然狠狠的插了下去，她尖叫著，我快速抽出，又猛然插入……

「啊啊啊……啊啊，疼死了，我要死了……快停，快停住，我說我說……」她哀求著。

「好，你說，你說它叫什麼？」我頂住她，追問。

「好，我說、我說，可是你不要頂我。」

「你可以選擇答我：一、你什麼東西在被欺負？二、什麼東西在欺負你？這兩題你一定得答一題，你再拖，我要你兩題全都得答。」我說著，並做著就要進一步欺負她的姿態。

「好，我答、我答。」她半哭著哀求著。「但我求你等下讓我書面答覆，不要逼我當你面說，或者關上燈說，或者你閉上眼睛，我再說。」

「爲什麼要我閉眼睛？」

「我怕我說的時候你在看著我。」

「我就是要看著你。那是我最大的享受。」

「那請讓我閉上眼睛。」

「也不行。」

「至少讓我戴上太陽眼鏡，不要這個樣子，我好難爲情。」

我同意了，把床頭的太陽眼鏡遞給她。她戴好了。我又來了。

「你該說了，兩題你一定得答一題。」

「你可以代我回答，用你的心代我回答，不要用嘴說出來。你心裏答的，就是我的答案。你滿意了吧，那就是我的答案。現在，你讓它滿足了吧，我有點疼它了，它一定脹得很不安了。我要爲它向你求情，讓它流掉。」

調情做得很久了，脹在那兒的，一直聽命等待，眞如小棻所關心的，也該讓它滿足了。事實上，我對它能夠有所約束，就因爲我守信，告訴它忍耐之後必有報償。它是我的斯巴達式（Spartan）軍人，我的軍紀訓練是嚴格的，充滿了抑制與忍耐，但在戰勝的時候，我也放縱它，讓它任性殘忍，盡情享受屈服在它暴力下的一切。

當然，這一次不是戰爭，而是運動。她既定位成「伏地挺身」，就暫算運動吧。運動原理指出身體不該從靜止狀態突然進入高速動作，但我這次卻要推開這一原理。在我的斯巴達式軍人又一次的聳動後，我兩臂仍舊直撐著，一聲不響全神貫注的望著她，她羞澀而好奇的回看著我，彷彿已感到這是一小段不尋常的寧靜，我緊緊的抓住她，開始一緊一鬆的做著一如瑜伽術中的亞蘇伊尼·摩德拉（Asuini mudra），據說這是一種中心力量對排泄系統的點閱，一種身心統一行動的前奏，每一次收放之間，都有一次聳動。我不信這種瑜伽有什麼玄虛，它們只是不同的體操動作而已，不過，我也好玩一次，姑妄試之。顯然的，從她開始轉爲驚恐的表情中，我領悟到她已一次一次的感受到這一聳動。在這一情景下，她大概並不相信我，但她顯然知道：當斯巴達式的軍人在對她狂暴的時候，我是唯一能夠約束——稍稍約束的力量，至少是在她被摧殘時的一個安慰者、同情者。她當然警覺到，當那一任性、那一殘忍到來的時候，她是孤立的、無助的、疼痛的、嘶喊的，在那一時候，任何同情和安慰，任何可能約束狂暴的力量，她都要哀求，而那種哀求，對我是無與倫比的滿足與欣喜。斯巴達式軍人蹂躪小女生的時候，小女生向總司令乞憐，總司令能做什麼呢？能做多少呢？實際上，總司令不是指揮者麼？不是幫凶麼？當然，總司令可以防範於先。但是，當斯巴達式軍人追隨你那麼多年，你能不酬庸他嗎？當酬庸開始的時候，你還能約束多少呢？那是一個沒有軍紀的狀態。他已經在裏面，已經不耐的在等總司令和小女生談話，但是，不管你們談多少、談多久，最後對他應該都是一樣的，就是，他的權益不得禁止，也禁止不了。他要強暴小女生，強暴小女生的裸體與下體、強暴小女生在陰毛叢中，它要聽到哀求、聽到呻吟、感到阻力、感到溼潤、感到滑潤、享受滋潤……最後，在進出的交替中、在一次又一次的塞進與拔出中、在一次又一次的挺進與抽出中，它完成了發射、發洩、蹂躪、征服、摧毀，最後，當它既滿足又滿意以後，它又躊躇滿志流連在戰利品上，它彷彿說，善後與安慰，是總司令的事，我只負責姦淫。平心說來，它是一條十足的無賴、十足的壞東西，可是，奇怪的是，往往它是被縱容的。

「事實上，」我向小蓁分析。「一旦它要你的時候，你呀，除了你聰明的小頭腦一貫反對外，其他器官都背叛了你，你的兩手洗淨了它、嘴巴吸硬了它、大腿不再爲它緊併在一起、小陰部更以一片滑潤迎接了它，當它『強暴』你的時候，你的眼神、你的呻吟，全都屈從了它、順從了它、會合了它、配合了它，這證明了它們全都喜歡它。」

「你亂說，」小蓁嘟起小嘴。「不許你再說了。」

「你用嘴巴否認，其實你這性感的小嘴巴是所有器官裏最背叛你的，因爲它把它吸硬，硬得要爆炸似的，就因爲那麼硬，所以它才能『強暴』你，所以呀，你這雙重人格的、口非心是的小嘴巴、小叛徒、小共犯，還敢由它來否認！現在，我要懲罰你這小嘴巴、小叛徒、小共犯，我要緊緊親著它，才流掉，流到你裏面。」

她聽了，立刻頭左右閃開，表示拒絕。可是，我快速俯身下去，近距離的凝視著她，她兩眼閉著，淚珠在臉上滑落。我舐上她的臉，循著淚痕，直吻到她的眼睛，吻著、吻著，我逼近了她的小嘴唇，將往復旋的、似來又去的，展開了探索。她輕輕呻吟著，但當下面開始起動後，她的呻吟，立刻放出了音量，明顯的，當深度和角度、長度和硬度出現的時候，一切都無與倫比了。最後，在眼淚、掙扎、呻吟、汗水、哀求、迎拒、屈從、喘息過後，一切慢慢靜下來、冷下來。我躺在她身上，頭側過去，用手摸著她的小臉。「它還在裏面，一定是一副意猶未盡的樣子。」我說。

「它是永遠不會滿足的。」小棻說。「可是，告訴你一個我的秘密：我好滿足，對它好滿足。我要臉紅的告訴你，它好有好有威力，它有能力使我要死要活、欲仙欲死，它不但巨大，而且偉大。」

「眞高興你這樣讚美它，有一天我們分離了，你能爲我證明一件事嗎？」

「我們認識一回，無論如何，至少我要爲你證明一件事，你說，你說說看，我爲你證明些什麼？」

「你能證明的，可能你反倒最難證明。」

「我不信，你說說看。我一定能證明。你說說看。」

「好，說說看。你知道外面造我的謠嗎，五花八門、種類繁多，有一種是，一個大鬍子畫家居然逢人便說，說我性能力不行了。他們造我形而上的謠，我可以原諒他們，但造我形而下的，我就很難原諒，因爲，他們冒犯了我的宗教、你的宗教、我們的宗教、你的教主、教宗、教皇。不是嗎？」

小葇的小臉紅了，她本能的低下了頭。她剛才的「我一定能證明」，突然之間，好像洩了氣，她那種熱心、那種爭勝，都被這突如其來的難關給卡住了。她眞聰明，從她的表情裏，我感到我說到一半，她就領悟到我要她證明的是什麼、她能爲我證明的是什麼了。我用右臂摟過她的肩，輕捏著。最後，她恢復過來，像一隻被嚇住不動後又開始動作的小兔，側過頭，含情的、會心的望著我，然後，把頭投入我的胸前，她放寬拇指食指，像一對平行的筆，在我左右胸前面上下來回畫著、畫著，然後，抬頭望著我，看到我正在用讚美的笑意領悟她在畫什麼，她又低下了頭，更緊的朝我胸前擠進，像一頭跳到身上的小貓，她絕不一下子就躺在你懷裏，她要躺好，然後擠進，擠進到她身上的每一點都同你密合爲止。

我湊到她耳邊，輕聲的。「怎麼樣，小證人？」又搖著她的肩膀。「決定爲我作證嗎？」

終於，她又抬起了頭，嚴肅的、一本正經的告訴我：「我是不會爲你作證的。」看到我的驚愕，她突然笑起來，她湊到我耳邊。「作證多間接啊，我們去表演給他們看！看你多偉大！」

「眞的，你們這些走狗！」我大喊一聲，小蕖嚇了一跳。「這些長舌的、造謠的、不義的、諂媚權貴與當道的文化狗，老子眞想表演給你們看！可是，不行啊！老子的給你們看沒關係，我的小蕖怎麼能給你們這些俗人俗眼看，美麗的小蕖的身體是給我一個人看的，所以表演取消了，說我不行，就不行吧，反正老子又不要搞你們的醜老婆！」

小蕖笑起來，快速摀住我的嘴。「又來了，你的不文雅又來了，答應我，再也不要不文雅。」

「好的，我同意改正。最後一句改爲『反正我又不要跟閣下的美麗的夫人們有婚外的性行爲』，這樣可好？」

小蕖笑著問：「她們美麗嗎？」

「不知道，我只知道她們都在搽法國香水。不過，走在路上，香水是香水，她是她。我只知道這一點。」

小蕖說：「這樣吧，把『閣下美麗的夫人們』改成『閣下搽法國香水的夫人們』吧。」

「好的，我同意，就這麼改，可是，可是——」

「可是什麼？」

「可是香水何辜啊！」

小葇大笑起來，我說你這麼可愛，笑得這麼好，我要好好叫你笑一笑。說著，我渾身癢了她。她笑得在床上打滾，喊救命。我說等下洗澡時你爲我做泰國浴，她問什麼是泰國浴。我說渾身塗了肥皀，摟在一起用皮膚接觸的方法來洗就是泰國浴。她笑著說行行行，千萬別再癢我，我怕癢，不癢我，洗什麼浴都行，洗非洲浴都行。我又癢她，說你騙我，非洲人洗澡嗎？她說，至少北非的洗、南非的洗。我說那就泰國加非洲吧。她同意了，我才住了手。住了又癢她，她笑說都答應了，怎麼還癢？我說要加一項？她說加那項？我說洗澡時候，你不但要洗它，還要再用嘴巴做「性服務」。她面有難色，我作勢要癢她。她連說我會做我會做，不要癢我。我笑著同意了……

*　*　*

晚餐時候，在和風裏、在燭光下，小葇說了一段話：

「我彷彿覺得，從出生到現在，正好二十年。我成爲我，都是這二十年來一個月又一個月、一年又一年完成的、成熟的。我的完成和成熟，都在奔向一個目標，都在爲一個目的，那就是，我將在『那一天』到來的時候，把我獻身給他，我成爲我，並非爲我而生、而是爲他而生、爲他而完成、爲他而成熟，沒有他，沒有他最後成就了我、進入了我，我覺得我再完美、再成熟、再活下去，也是假的、也是虛度的、也是浪費的。當我在山上見到了你，我立刻感到，『那一天』就在眼前。不會讓我過了二十歲才發生，結果，果然在我夢想的時間、夢想的地點，看到了夢想的你。」

「當你來以前，你就這樣想了、這樣準備了？」我問。

「我幾乎是這樣的，雖然不那樣明確，但確有一種強烈的預感，一種強烈而模糊的就要發生的預感。」

「你這樣有把握嗎？你這樣篤定我喜歡你？」

「我從不懷疑。我知道我是可愛的，我知道你會欣賞我的可愛、享受我的可愛，不是嗎？」

「是的，你眞的可愛，只可惜我能享受的時間已經不多了。」

「別這麼說，還是想想天長地久的，比如我們結了婚。不過，如果結婚，那我可不要做你太太，而要做姨太太。」

「爲什麼？」

「因爲你喜新厭舊，討了太太，會再討姨太太；而我根本就做姨太太，占住空缺，你自然就不會討姨太太了！」

「你知道淸朝的規矩嗎？淸朝皇帝娶皇后前，都按祖制先討好幾個妃子進宮，這叫先納妾、後娶妻。爲什麼？爲的是保障皇后的權益。你皇上不是喜新厭舊嗎？舊的是姨太太，新的是太太，這樣一顚倒，喜新厭舊的被害人，反倒是姨太太了。所以啊，你做姨太太也沒用，我只要一實行淸制，你就完了。結果鬥了半天心機，反把自己鬥成了姨太太！」

「啊！——」小蓁佯做生氣，嘟起嘴來。「你眞不可靠！連人家甘心做姨太太降格以求，都求不到你，看這樣，姨太太也別做了，只好做別人的太太去也！」

「做別人的太太最好！只要記得，一旦你想紅杏出牆，我就在牆外面。你這樣迷人的女人，使我寧願夜以繼日，立於巖牆之下等你。——孟子說『知命者，不立乎巖牆之下』，他老先生不是怕等情婦，而是怕被要倒的牆壓死，這種怕被壓死的膽小鬼，是不足以語偸情的，這種傢伙，居然還是聖人呢！在這方面，我看他老先生一點也不聖。聖之極者是做情聖，做情聖，就要放得開，爲了迷人的女人，甘願在牆下冒險。」

「我看，」小蓁想了一下。「夜以繼日爲一個女人這樣在牆外苦等，這種人也放開放得實在不敢恭維。」

「誰說要那樣笨、那樣癡癡的等了？事實上，眞正的情聖才不那樣呢！眞正的情聖自己不等的，只是找個替身去等。晉朝大畫家顧愷之在月下向他好朋友謝瞻吟詩，謝瞻跟他保持距離，坐在遠處稱讚，顧愷之吟詩吟個不停，渾然忘我、渾然忘人，也渾然忘了睡眠，謝瞻吃不消了，偷著找人替他坐在那兒稱讚，可是顧愷之不覺有異，照樣吟得高興。所以啊，你紅杏出牆時，要淸醒一點，因爲牆外面的，可能是情聖花錢雇來的。而情聖自己，卻在許多牆外巡迴查哨呢！」

小葇笑得好開心。「這樣啊，可見你非但不像一個好丈夫，也不像一個好情夫，只是一個會查哨的好警察局長。」

「噓！」我把食指直貼在唇上。「別提警察了，『比警察更親愛的』東西，今晚就可能找上門來了。」

「什麼！」小葇驚訝了。

我看看掛鐘，已經七點半了。我拉住小葇的手，把她抱坐在我腿上，輕鬆的跟她說出了下午去小店的「奇遇」。我說：「如果是眞的，八點鐘也快到了，他們可能派車來，接我下山去，我們要有一點心理準備。」

小葇呆住了。她望著我，眼淚在眼眶打轉。最後，她虛弱地說：「這意思是不是就是說，我們不能在一起了，要長遠的分開了。」

我緊握著她的手，點點頭。

「這一天這一刻終於要來了，並且比想像中的還要快。」小菉看著我的手，失神的說。

「其實，來得比想像中的快也不錯呀，你會分手得更不可知、更有餘味。你看天邊的彩雲，那就正如人生。在一起的快樂時光是美好的，令人神往、令人形釋、令人歡笑、令人欣喜、令人放浪、令人顛狂……但有聚必有散、有合必有離，人與情境都不斷的生出變數，你既活在變數中，你必須面對，面對易散的彩雲。彩雲易散，如果抱著不散，則其爲彩也，也就不值得珍惜、也就久而乏味了。人生最美至樂之事，其所以多采多姿、其所以魂牽夢縈，都是基於它得之不易而散之每速，而它們在漫長人生的比例中，又來如春夢、去似朝雲、隨緣而生、緣盡而滅，來去生滅的變化中，必須認淸比例，那就是『有』的狀態其實是偶發的、短暫的、變動不居的、或戛止或淡出的、出現和消逝都不可測的，你隨時會歸於常態，歸於『無』的狀態，那就是一個人『孤獨的愉悅』。愛情『有』固欣然，『無』亦可喜；情人『得』固欣然，『失』亦可喜。人基本上不是連體嬰，基本上是孤獨的。對大千世界而言，大千世界中進入了你的生命，你本是過客，而進入你的生命中的人，又是你的過客。有誰能與你終生廝守呢？你有八十年的親人嗎？有六十年的友人嗎？有四十年的敵人嗎？有二十年的情人嗎？都不太可能有，甚至你活得愈久愈沒有。所以，你的過去，其實也是你的過客，每一階段過去，就是每一階段過客。過客走了，你又回到孤獨。你永遠是現在，你無法跟過去長相廝守。對不對？小茱，你說對不對？想想看，你六天前上山以前，你不就是孤獨的嗎？現在，挖掉這六天，我也就是過去了。」

她咬住下嘴唇，上面一排的小小白牙齒不完全的露出四個，在紅嫩的上嘴唇下，緊張的咬白了下唇。她的兩眼茫然的遠看，淚水盈盈，惹得我又憐又愛，我捧著她的小臉，讓她的眼神正對著我。

「聽好，小茱，聽我說。人生會遭遇多種困難，如何面對易散的彩雲，就是其中之一，在彩雲過後，古今中外，多用負面的感情做為基調，從縈懷到悲愴、從苦憶到感傷、從『黯然銷魂』到『感慨係之』……都是一分悲調、三分淒涼。小茱，我告訴你，這種以悲調和淒涼處理的態度是錯誤的，是我反對的。我要一念之轉，轉成不悲調、不淒涼，我要你也跟我這樣轉，這樣才像個哲學家。……」

「我不要做哲學家。」小茱打斷我。

「好，不做哲學家，但做『情人哲學家』。要做『情人哲學家』，你就得首先知道：生老病死本是常情，你可以面對、可以適應、可以聽其自然，但是，唯獨在愛情上，你不要聽其自然，你要提前一點。如果你不能提前，有人，比如說『比警察更親愛的』那種人幫著提前，也不是壞事。愛情是什麼？愛情的關係好像一起上一座山，上山時候，可以在一起，到了山頂，就該離開，不要一起下山，不要一起走下坡路。男女之間最高的技巧是不一起走下坡路，應該在感情有餘味的時候，先把關係結束。不要搞到山窮水盡、疲憊不堪。在愛情裏的人，尤其熱戀中的人，沒有人願意看到感情在變，但是感情明明在變，不承認感情在變的人，是不了解愛情的。很多人不了解這一點，拚命用各種保證與手段去防止情變，用海誓山盟、禮教、金錢、道德、法律、戒指、結婚證書、兒女，乃至於刀槍和鹽酸來想使感情不變，我認爲這些都不是第一流人的態度。第一流的態度是瀟灑的、灑脫的、來去自如的，像一位外國詩人所說的——

既然沒有辦法！
讓我們接吻來分離！

Since there's no help,
Come let us kiss and part.

這才是第一流人的態度。當然，我們分離前做得更豐富，我們不止於接吻。你到山上來，也有陰錯陽差意想不到的另一層面的象徵意義，好像你不止來愛我，也是慰勞我。」

「你是戰士，上戰場前，我來慰勞你。只是，似乎該是打完了仗回來再慰勞的……」

「錯了，」我打斷她。「對我過去的戰績，你就該慰勞的，對我未來的，也該先慰勞的，不然上戰場打死了，回來只能享受豬腿而非人腿了。——祭典中上供的，是冷豬肉，吃冷豬肉何如摸熱大腿？所以，要及時行樂，不能等他回來，等他回來，常常要演悲劇。我總覺得，愛情不宜一個人等另一個人，愛情不該是有太多等待的藝術，愛情有點像是平行的車子，它總是前進著，誰也不要等誰，大家可以前後交會、可以同站小停、可以林中小駐，可是，這些都是偶然的，沒有競爭、沒有比賽、沒有拖泥帶水的憐憫，一旦一方在前進上發生遲延、發生故障、發生意外，不要要求別的車等自己。一如非洲、亞洲的象群，一旦你老了、病了，你就脫隊自己死去，別的象也讓牠這樣灑脫而去。象也許不知道什麼叫灑脫，但牠的行爲表現出來的，卻正是如此。像惠特曼（Whitman）詩中的對動物的禮讚一樣。」

「也許我該等你回來。」

「我不要你等我，絕對不可以，絕對不要做『鱟魚』。鱟魚是一種五六十公分長的節肢動物，外面有硬甲殼，尾部伸出一根長劍式的造型。這種魚出現時，雄魚常趴在雌魚背上。漁夫抓到雄魚，雌魚往往不逃；但如抓到雌魚，背上的雄魚會逃掉，但逃掉以後，沒有了伴侶，也活不久。這種動物生態告訴我們，大難來時，這種魚沒有應變的能力，只在雌雄逃與不逃之間，看出兩者作風的有趣差異。」

「是不是太無情了？」

「某種程度的無情，其實未嘗不是深情的昇華。何況，沒有禁止有情啊，只是不是有得失有悲哀有痛苦那種，回想這六天來我們的神仙生活，那一分鐘不是快樂的？這六天本身快樂毫無問題，如果爲了分手而悲哀、而痛苦，那與這六天無關，是六天以後的事，是六天以後的錯事，因爲根本不該悲哀、不該痛苦。所以，從現在開始，你要一路對我笑，笑容滿面，我也盡情的笑，笑個夠，因爲監獄裏面，不會有這麼開心的笑聲。來，小菉，笑給我看，爲什麼要受『比警察更親愛的』人干擾，不要理他們，就像你不知道八點以後要發生的事一樣。相反的，愈被惡勢力干擾，我們愈要歡天喜地、歡樂滿人間。我們絕不被它打倒，我們還要笑。小菉，請記住，這是你和我的『我們的哲學』。『我們的哲學』可以重新認定悲劇。悲劇的認定，往往不在悲劇的本身，而在你的觀點。很多時候，你以爲你演了悲劇，但從長遠的觀點看，你卻因而不再演出大悲劇，所以這種悲劇，也無寧是自嘲式的喜劇。另一方面，有些悲劇實在也有它『黑雲的白邊』，Every cloud has a silver lining. 有它塞翁失馬的一面，有它潛伏的喜劇成分。這種情形，尤其在會演悲劇的人，常能感到。會演悲劇的人不在會哭，而在會笑。你有沒有注意到在小菜場買菜時，我一直看著雞籠子笑，你知道我笑什麼嗎？我笑一個對比的畫面，我看到籠子裏的公雞，趴在母雞身上，在交配。牠們不知死期將至，照樣歡天喜地；或者知道死期將至，照樣歡天喜地，外面是危機四伏，但牠們若無其事。別以爲那是低等動物，牠們處變不驚、苦中作樂的本領，比志士仁人還高明多多呢。公雞交配完了後，牠還咕咕咕的長叫一聲呢。可惜雞不會笑，會笑，牠一定笑。」

「你不是公雞，你怎麼知道我不了解公雞？」

「你不是我，你怎麼知道我不了解公雞？」

「我不是你，我不知道你；你不是公雞，你也不知道公雞。」

「但我知道公雞對搞母雞一定感興趣，不然，爲什麼一天那麼多次？」

「你舉例說明一種現象，不能用文雅一點的例子嗎？」

「要文雅的有，神仙總算文雅了吧？希臘天神宙斯（Zeus）是個第一風流鬼，和他有一手的名女人，上榜的有十六位，生的小孩有二十三個，其中私生子一說十八個、一說十五個。他化身天鵝強姦了麗達（Leda）以後，麗達懷了孕，卻下了兩個蛋，私生子女都成了卵生的。中國神話記商朝祖奶奶簡狄，也是和麗達一樣，出來洗澡，就懷了孕。但不同的是，古書『史記』只說：『見玄鳥墮其卵，簡狄取呑之，因孕生契。』『玄鳥』就是燕子，東方燕子究竟比較客氣，只是『下蛋你呷』而已，而西方的天鵝卻野蠻得不成體統，竟要『卵叫你呷』了。你知道，我這裏『卵叫你呷』，是台語發音。」

「嗯——」小葇瞪了我一眼。「這個例子也不怎麼文雅，還不如公雞那個。」

「所以我才說人不如公雞。人在危機四伏時、在籠子裏不自由時，要做公雞。對我說來，只要我能伏在情人身上，誰又在乎危機四伏呢？我好像是『太原五百完人』，自己被敵人包圍，可是臨被敵人解決前，還可強虜城中美女一起世紀末。跟他們那種人不同的是，我倒沒強虜城中美女，我的美女是自願的。」

小葇用指尖觸了一下我的鼻尖，像是責備，又像是讚許。

「這六天的神仙歲月後，」我笑著說。「我想我可以六十年不再需要女人了。」

「有效期間這麼長、這麼有效嗎？你說看過一次斑馬後可以十年不必再看斑馬。我覺得我好像是——」她慧黠的看著我，同時把拇指、食指平行著，作勢在身上一條一條畫開。

「你不能以斑馬論，因爲我的餘生不會爲斑馬手淫。可是爲了你卻會，我會想到你，爲你手淫，就像小說中呼喚女鬼的名字，她就無言出現，讓情人溫存她一次一樣。」

小葇滿眼含淚，摟住我脖子。這時，門鈴響了。小葇顫了一下，摟得我更緊了。我拍拍她的背，輕輕扶她起來。

* * *

大門開處，三個便衣人員站在門口，爲首的不別人，就是「劉隊長」。他向我做陌生狀，點了一下頭，出示了一張警備總部的證件。我看都沒看，就問他：「有什麼貴幹嗎？」「我們總部想請萬先生走一趟。萬先生如方便，帶點牙刷牙膏和換洗的衣服也好。」「好的。既然來了，你們就請進來坐吧。」「不麻煩了，萬先生，我們在門口等你就可以了。」

我沒有關大門，轉身準備東西。小葇一直跟著我、幫著我。我對小葇說：「小葇，聽好，四件事情：第一，你立刻搭公車回家，記得要帶走裸照，不要給別人看到，我怕他們搜查我房間看到。第二，你明天通知我弟弟，叫他把我的書和東西打包放倉庫，房子出租給外國人。第三，我已經從郵局電匯了相當一萬美金的台幣，到你的帳戶裏，這是我的私房錢，對我沒用了，送你做留學的費用。錢已經到你帳戶了，你不收也不行，不要做過多的解釋，任何解釋都太俗氣了。第四，永遠愛你、永遠懷念你、永遠記住『我們的哲學』，但也記住，不要同我聯絡，也不要寫信。上面這四件，都記清楚了嗎？」

「記清楚了。」

「小葇，你曾笑我患有『萬氏學問腫』，愛『掉書袋』，在別人臨去秋波時，我還是臨去

『掉』一次『書袋』。當年宋朝眞宗時候，尋找天下隱士，找到了怪詩人楊朴。找來以後，皇上問楊朴說：『你臨去前，有人寫詩向你告別嗎？』楊朴說：『朋友都嚇跑了。只有我老婆寫了一首詩給我，詩全文是：『更休落魄貪杯酒，亦莫猖狂愛詠詩，今日提將官裏去，這回斷送老頭皮！』宋眞宗聽了大笑，就把他放掉了。所以，小葇啊，趕緊去做詩人，寫屁詩給總統大人，好放我回來。」說完了，我一笑而去，提著小袋子，走出臥室。小葇跟上來，呆立在臥室門口，看我朝大門走去。

突然，她追上來，一手擦開眼淚，一手抓住我，低聲說：「可是、可是，可是你答應我在一起一星期的……」

我笑起來，右臂緊摟住她的腰，左手爲她輕拭淚痕後，輕捏住她的小下巴，抬起一點，要她看定我。「小情人，講好的，不許哭，不許再哭，哭是違反『我們的哲學』的。笑一下給我看。笑一下……」

像是噩夢中被搖醒，小葇似乎想起「我們的哲學」，她交替反射式的笑了一下，顯然的，她從噩夢中醒來，可是醒後的是更眞實的噩夢。雖然是噩夢，哲學還是讓我們笑了一下。

笑臉貼住笑臉，我快速緊抱了她，快速放開了。我回頭看了一下「劉隊長」，知趣的他，正背對著我們。是時候了，我右手緊抓住小葇的左手，兩條手臂先是平行的，再由平行變成直線，再由直線變成分離，回望著小棻，我要帶上大門了。在門縫中，我學公雞，咕咕咕的長叫了一聲，小棻驚訝的笑了一下，大門，在笑容中帶上了。再見了，情人，最後分別你我的，不是悲情世界的荆棘；分別你我的，是我們自己的——大門。

第二部　二十年前

一九八〇年，我出獄了。

出獄後，重回山居，有一個重要的插曲。

房子原來是租給外國房客的，因爲租給本地人，會被官方懷疑，房客會被戴上「支援萬劫」的帽子。在我出獄前三個月，外國房客回國了，房子收回了，我的藏書和用品，也就運回了山上。我回來的時候，山居已無復當年，房裏堆滿了上百的紙箱，等待我開啓整頓，恢復舊觀。

我是按照十年前的室內原樣恢復的，每一本書籍、每一件藝品，都塵封了十年、都闊別了十年，也都跟我一樣老了十年。雖然如此，每一箱打開，都有一種莫可名狀的熟悉、印證，乃至驚喜，像一件件小鉤子，勾起你的記憶。開到最後一箱的時候，一件意外的驚喜出現了，在箱裏的一個角落，夾在書中的，出現了一個布偶——貓頭鷹。啊！不就是它嗎？那整整十年前同我一起演布袋戲的，不就是它嗎？我們唯一的觀衆，也是報幕人，不是爲了這一演出，笑得前仰後合嗎？我立刻停止了整理，雙手把它捧在眼前，仔細端詳著它，端詳著這件小棻留下的禮物。看著看著，理智的我，眼前也有點模糊了。走到鏡子前面，想看看我們十年前同台給小棻看的模樣，我照例把手伸到它的胖肚子裏，突然感到裏面有東西，察看之下，原來是一個牛皮紙包，封得緊緊的，上有四個字：「萬劫親啓。」一看就是小棻的筆跡。我驚訝莫名，小心打開了，一個信封露出來，另一個白紙包夾在其中，信封和白紙包是用膠條黏在一起的，但年深日久，膠條已經乾裂，只殘留了相黏的痕跡，緊密的與小包貼在一起。

信封上又有字出現：「萬劫，親愛的情人，親啓。」信封得緊緊的，我不忍撕開，用剪刀沿邊剪下，娟秀的、熟悉的字體重來我的眼前：

萬劫，親愛的情人：

不知道這封信會不會到你手裏，不知道這封信何年何月到你手裏，你打開它一定會怪我，怪你的小菉 sentimental，你是含著笑和我分手的，你不會喜歡我再寫信，尤其含淚寫的信。你喜歡我的眼淚，那是在特定的、被你疼愛時流的，那眼淚不是眞的痛苦，而是取悅與歡欣。但爲惡勢力的打壓而流淚，你一定不喜歡，因爲你是強者，你不喜歡「大哥的女人」在外流淚。但我告訴你，告訴你我不 sentimental，一點也不，頂多我只給你看到我流淚，我自己都看不到我流淚。——我有辦法，我藏起了鏡子。

親愛的情人，我已照你囑咐，通知了你弟弟，把藏書和用品裝箱庫存，把房子租掉。我也照你囑咐，帶走你爲我照的「不能給別人看到的照片」。你偷偷電匯到我銀行帳戶那筆送我留學的鉅款，的確嚇了我，雖然金錢不是我們之間的評量單位，但你的細心、體貼、神秘、慷慨和多情，將使我永生難忘——驚喜中的難忘。

那刻畫「悲慘世界」的作者，反抗暴政，自我放逐到小島，說自由回來時，他將回來。有一天，你會使小島自由回來，你也會回來，回到山上。但是啊，我恐怕不再回來。眼前的我，雖然可以隨時在山上，不過，山上沒有你，只是漫長的冬季，夕陽雖美，畢竟不是一個人的。啊，親愛的情人，最美好的夕陽已同你看過，還要我代你看嗎？對下山的情人而言，她無心留戀夕陽，在山路的下坡裏，她自己就是夕陽。

陪伴你雖短短六天，但它至少透支了我六年的青春歲月、我全部的青春歲月，占盡、並且折盡我一生的福分與情緣。和你在一起，在你懷裏、在你身上、在你身下，有著太多的歡笑、有歡笑的眼淚、有智慧、有生命、有自然、有瀟灑、有縱浪大化、有欲仙欲死、有眞正男人的活力、汗水和喘息。最後，有永恆、和永恆的懷念、和你傳染給我「掉書袋」的壞習慣。噢，親愛的情人，讓我也掉一次好嗎？我想起卡萊爾隔海翻譯哥德的

Who never ate his bread in sorrow,

Who never spent the midnight hours

Weeping and waiting for the morrow,

He knows you not, ye heavenly powers.

誰不曾心裏難過嚥著飯？
誰不曾半夜難眠以淚洗？
等待著黑暗的復旦，
無語的蒼天啊，他不認得你。

雖然天道蒙昧，不認得偉大的你和藐小的我，不知道何時才是黑暗的復旦。可是，親愛的情人，我答應你，我會盡力實現你的願望，心裏難過時候我不嚥飯，半夜難眠時候我不流淚，我要輪流擦乾每一隻眼睛，用笑容、那怕是強顏歡笑的笑容，來面對回憶、面對現在與未來。一如你所說的，我們不怕危機四伏、我們還會笑、我們不被完全打倒、我們有「我們的哲學」。

你要我，你知道我不會拒絕，可是六天之間要得這麼多，你疼我了，捨不得叫我不勝負荷。但現在想來，我悔恨沒有幫你要得更多，在可以想像的冰涼歲月裏，你必然斗室獨居，得不到溫暖，那對你是漫長的 ordeal，我會心痛。我多麼願望我是那「聊齋」中的女鬼，分手以後，每當情人抱她的衣服、叫她名字，她就依稀出現。啊，親愛的情人，要我，就盡情的想吧，一如六天來你想做的一切。我最喜歡看你的貫注與迷茫，在那一刹那，你是那樣的本色相傾，全部的眞，沒有任何保留的要我、要著我、需要我，從傾耳到傾訴、從傾心到傾注，我是那麼唯一、那麼重要、那麼使你快樂，我也因你快樂而快樂。我滿足，也驕傲，因爲只有我，才能慰勞你的過去，變成一枚勳章，掛在你身上；只有我，才能陪伴你的現在和未來，不斷派出叮過我的蚊子，飛向遙遠的地方，落在你身上。

親愛的情人，我很會寫信，不是嗎？我從悲情寫起，直寫到派出蚊子大隊找你，說明了「我們的哲學」發了酵、發了笑，最後成功的驅逐了悲情、送來了禮物。愛默生說珠寶戒指不算禮物，只是禮物的代用品，唯有情人本身才是禮物。隨信送你的，正是情人本身的禮物，因爲「陶斜眼」曾願變成情人的腰帶，人與禮物已經合一。親愛的情人，回來的時候，要記得「我們的哲學」還可增訂，那就是「心物合一」，物不在心外，心不在物外，一切都在物內、在心底。親愛的情人，信寫到這裏，應該已近尾聲，是神傷？是夢醒？是再會？還是永訣？萬劫啊，你和我同樣不曉。

永遠你的**小葉**

一九七〇年八月一日

因爲今天要把鑰匙交給你弟弟，並示範他如何開你家裏的一些怪鎖，約好下午上山來「點交」，我特別寫了這封信，想法留在你家裏。

小葉又及

忍淚把信看完了，我望著遠方、望著藍天白雲、望著白紙包……最後，我小心打開了它。一條乾乾淨淨的內褲，白白的、靜靜的、沒有一點生機的，躺在那裏。十年大獄，我沒掉過一滴眼淚，現在，眼淚，對我陌生的眼淚，終於奪眶而出。讓它從臉上滑落、滑落，滑落到地上、滑落到塵土，滑落到小菜和我的塵土。淚盡時分，讓我重回理智的世界，在山上。

第三部　三十年後

和小菉相聚在一九七〇年，失散也在一九七〇年。現在是二〇〇〇年了，三十年過去了。

失散，是因爲我被捕入獄。

十年監獄的生涯，再加上出獄以後二十年，三十年過去了。

*　　*　　*

二十世紀接近尾聲這幾年，我在大學做了幾場演講。一九九七年在清華大學講了「清華生與死」、一九九八年在淡水工商講了「淡水深與淺」、一九九九年在師範大學講了「師大新與舊」。本來想去輔仁大學講「輔仁神與鬼」的，大概風聞我這惡客話沒好話，所以這天主教的大學沒有邀請我。但是，中興大學看中了我，要我去講，我決定講「中興興與亡」。這場演講，早在幾個月前，就由對方跟我這邊的朋友約好了。到了上個月，對方要我去講了，我卻意興闌珊了。我這邊的朋友沒法，乃又通電話又傳電傳又寫快信，表示歉意，告訴他們萬劫先生不能來演講了。

一九九九年十二月四日晚上，朋友轉來一封快信，是中興大學學生活動中心學術部長陳璧君寫給我的。信中說：「十一月您之未能蒞校演講，同學們均深表遺憾，一致要求再度邀約……您的撥冗光臨，將令我們的活動更形生色。」我拿著信，深感自己不對，上次約得好好的，竟不去講，這次一定要補過。於是我親自掛電話到台中。在電話中，陳璧君聲音輕微而平靜，她細膩的向我說明了演講活動的細節，非常動聽。她的說明使我願意前往。她由我選時間，我選了十二月二十一日。

陳璧君再來快信，對我表示感謝，並寄來我要的校方資料，「如有不詳盡處，我們可以再補寄進一步的資料。」並告訴我：「十二月二十一日下午約三點半，本校同學吳先生會至您處接您至中興。」隨後又打電話過來，改爲三點，以便可以有較多的時間請我吃飯，並參觀校園。我對這位小朋友辦事的周到、細心，有了很好的印象。

我厭倦繁華世界，我的凱迪拉克轎車早就賣掉了，我很少出門，出門大都健步。去台中對我說來是出遠門，只好等他們來接。本以爲吳先生一到，就出發。但是當天下午三點到我家，坐在客廳中沙發上的，卻不只是吳先生，還有一位小女生，就是陳璧君自己。

看到這位大學女生，我內心爲之一震。世界上，怎會有和三十年前的葉蓁這麼相像的女人！髮型、眉宇、眼神、鼻梁、嘴角、耳根、雙手……凡是能看到的、能列舉的，無一不像，這可眞怪了！我壓抑住內心的起伏，一邊尋思如此奇遇，一邊不動聲色，和他們談著話。從談話中，知道陳璧君是廣東人、一九八〇年生、外文系一年級、身高一六八、是籃球校隊的一員。但看她修長白瘦的身體，怎麼想也想不出她是運動高手。她說她們不久會有一場校際的大比賽，他校會「落花流水」，她們會「中興在望」。

我的習慣是，凡是我同意來到我家的人，我都不再拒人於千里之外，反倒友善的帶他參觀我的書房兼客廳。兩位小朋友看到的，大概是中國人藏書藏資料的冠軍之家，自然免不了好奇與驚異。

從書架上，我取下「汪政權的開場與收場」給她看，我說：「汪精衛的太太也叫陳璧君，你一定知道。」她說：「我知道，但我不知道爲什麼這麼巧合。」她的話，使我感到她對跟她同名的前輩女士並不陌生，她也不迴避這件事。

我把那位「陳璧君」放回書架上，這位陳璧君站在我的背後，我覺得我正夾在兩代的陳璧君裏，我的時間感、我的歷史感、我的現代感、我的「水平思考」……一時都雲集在我的思緒裏。兩百年前一個退出情場的單身漢愛德華·吉朋（Edward Gibbon），在羅馬做蕪城之弔，在一片死寂之中，他走入教堂，發現他背後的鐘擺，是靜止中的唯一動態，那動態帶來了古今時間的連鎖，也帶來了生命。深刻的對比，使他發憤寫下一代名著——「羅馬帝國衰亡史」（The Decline and Fall of the Roman Empire）。對第一流的歷史家說來，那種深刻的對比是多麼重要，沒有那種強烈的感覺，歷史將沒有生命，而過去只是枯骨。

沒有人知道我在兩代陳璧君之間，正雲遊回來，包括我背後的陳璧君自己。我們一起走出山居，坐吳先生開的車，前往台中。在車裏聊了許多天。細雨中到達興大，夜幕已垂。小朋友們擺了一桌酒席招待我。陳璧君發現我不喝非自然的果汁，特地陪我去找白開水。她待人細心親切。唯一的小女生，被許多小男生包圍著，是一幅令人神往的畫面。如果我晚生四十年，置身中興，我想我也會追隨她，並且把小男生們一個個撂倒。

演講前，在細雨和夜幕中，她陪我走在校園中興湖湖邊的路上，對我說：「萬先生，這條路有一樣特色，就是它是循環的。你走下去，會又走回原點。」我回答她：「這樣也好，你永遠循環，永遠不會迷路。」

演講的情況還不錯，爲了答覆問題，兩個小時外，又延長了二十五分鐘，前後都由陳璧君主持。在演講中，我帶聽衆到了另外一個世界，但我始終在兩個世界。陳璧君坐在左邊第一排，我幾次稱她做「陳部長」。她的笑容是優雅的，我想，「阿麗思漫遊奇境記」（Alice in Wonderland）中那隻貓如果看到，一定剽竊她的笑容。

回到台北，已近子夜時分，我站在書架旁，又回到了原始的「陳璧君」。那位陳璧君生在一百年前，死在一九五九，她死後二十一年，這位陳璧君才出生，她們兩位除了同名、除了同鄉、除了同是優異的女性，蕭條異代，其實無一相同。但在我的思緒裏，卻從下午三點以後，一直把她們聯想在一起。在書房裏、在汽車裏、在餐廳裏、在貴賓室裏、在演講時的思緒起伏裏，這種聯想，都間歇未斷。把她們聯想在一起，比擬或屬不倫，那位陳璧君已作古，這一位陳璧君卻在世；那位陳璧君平平，這位陳璧君卻可愛；那位陳璧君死於憂患，這位陳璧君卻生於安樂……她們乍看起來，沒有相同的基點，但在歷史家思想家的透視裏，在蒼茫之間、在生死線外，基點卻是一個。那位陳璧君是中華民國的建國者之一，在波譎雲詭的變化中，中華民國對她有了奇特的對待，把她關進牢裏。當中華民國在大陸先亡，中華人民共和國接替了牢獄的鑰匙，要她悔過，就放她出來。她說她無過可悔，終以七十之年，老死獄中。那一代的革命先行者，爲了理想，她之死靡它、甘心殉道；而新一代的陳璧君，她卻把青春朝向著新的理想。前後的理想，容有不同，但在兩代交織之間，她們的優異與執著，又豈不是一種冥冥中的重疊？這位陳璧君早生百年，也許正是革命先行者；那位陳璧君遲生百年，也許正是輿大學生。這種重疊，恰像那西方名著「常春恨」中的千年女王，一旦法術失靈，她本人由紅顏到白髮，即在指顧之間。這種玄黃乍變，又豈淺人所能覺察？

如今，書架裏的陳璧君，百年孤寂，身陷黑歷史中，塵封於過去；而校園裏的陳璧君，青春鮮活，身穿白夾克，在胸前紅藍交錯的圖案中，開展她的未來。

既傷逝者，行念人也。我慶幸歷史不再循環，那令人痛苦的循環啊，使人迷路。

＊　＊　＊

台中歸來後，我陸續收到一些中興大學學生的信，稱道我演講的成功，二〇〇〇年二月二日，我寫了一封信給陳璧君，信中附了一支我收藏的雕花鋼筆。

演講一別後，陸續收到興大方面的一些信，影本寄上，聊證部長「提拔」之功。從你兩封信中，發現你用的鋼筆似乎該換了，我久已罕用鋼筆寫字，存有鋼筆一支，奉上以爲答謝，望勿以「行賄」視之。如目前已有他筆，就請留著考研究所吧。

十九天後，我收到她二月十八日的回信。她寫著：

接到您寄的包裹，眞的很興奮，同時也佩服您的細心；不過，鋼筆實在太昂貴了，卻之不恭，受之有愧，眞該好好答謝您才是。

又寫著：

此際的興大校園正逐漸進入風聲鶴唳、草木皆兵的狀態，因爲對外的比賽就要開鑼了。身爲選手之一，肩負的壓力，恐怕就不比看戲的單純。比賽預定三月三日在興大校園舉行，屆時歡迎您來觀戰，我們將合力接待您。

收到信後，我猶豫一陣，最後決定：還是暫時不要回信罷。但我做了一件離奇的事，在三月四日的清早，我搭第一班車到了台中，漫步走進中興大學，走到那天夜裏，陳璧君帶我佇立的中興湖畔，一窺這個湖的晨景。

中興湖的造型以中國地圖爲藍本，千分之九百九十七的大陸，配上千分之三的台灣，隔「陸」挖空，各注以水，形成完整的中國。乍看起來，神州不是陸沈而是水沒，怵目驚心，令悲觀者不無滄桑之慨；但是，對樂觀者說來，當他站在台灣「陸」峽，左顧右盼，又何嘗不起地質學上三疊紀的遐思？遙想那一年代，台灣與大陸根本尙未分割，台灣海峽根本就是陸地，中國早就統一於地理之內。如今，當你站在中興湖的台灣「陸」峽上，舉目雖有河山之異，但異中求同、同中求遠，你不妨從悲觀轉爲樂觀，發現中國本就是如此。自天地玄黃、宇宙洪荒觀之，多少陸沈、多少水沒、多少聚散、多少分合，豈不正是億萬年來正常的表象？自地質學看來，天大人小，人世的滄桑，在宇宙的滄桑面前，已經藐小得不算什麼，變得「曾不能以一瞬」；但是，宇宙的滄桑卻是雄偉的、瑰麗的、多彩的，蘇東坡說「曾日月之幾何，而江山不可復識矣」，這正是宇宙滄桑的氣魄。對比之下，人世滄桑的變局，就顯得卑下而猥瑣，出將入相、江山易主、百年世事、長安弈棋，實在不值得那麼悲觀，反倒是宇宙的萬象，令人終起樂觀之想。——在造化眼中，人世虛幻，終歸空無；但宇宙不滅，得滌萬染。造化弄人，豈不值天帝一哂、如來一笑？哂笑之間，樂觀在焉。

八百多年前，朱熹與陸象山於江西鉛山縣有「鵝湖之會」，在鵝湖之濱，做宇宙哲理的重大辯論。陸象山說朱熹思想支離，不能直指本心；朱熹說陸象山自信太深，不能客觀察物。兩人不歡而散。但是，「鵝湖之會」的底子，在六年後還是拉近了兩位哲人，陸象山在江西星子縣白鹿洞應邀爲朱熹的學生講課。陸象山口才過人，講得朱熹的學生爲之淚下。後來陸象山死了，朱熹帶學生去弔祭他，成爲「鵝湖之會」後的一幕絕響。

從中國的鵝湖到外國的天鵝湖，湖濱的美麗總要有白鵝來陪襯。中興湖的景色，不能跟世上許許多多名湖相比，但是白鵝在茲，卻又使一切改觀。從白鵝身上，看到了美麗、優游、安穩、認眞而原始。這些特色，豈不正是古今哲人所嚮往的境界？這種境界的動物，長守湖邊，恰爲中興生出無窮顏色。你以爲白鵝何知，但白鵝又何須有知？白鵝本身與宇宙合爲一體，合得比「天人合一」還來得斧鑿無痕，在湖邊看牠們、看牠們，我們會變得相形自慚。古人寫詩說：「輸與仙都吉居士，一簾山雨聽鵝經。」在白鵝面前，人類是輸家、是失敗者。人類要中興在望，方能自足，但白鵝呢，牠以中興爲湖。——中興不須遠望，中興就在牠家裏，牠就在中興家裏。白鵝在茲、中興在茲，人們只是中興湖的過客，眞的主人，原來正在那裏。

我從沿湖漫步看人看鵝的層次，遐思到探索宇宙觀的層次，因湖寄情、因情交感，而別有所託，在湖濱之外，那就是陳璧君的身影，每每出現在我眼前。我特別走到籃球場，遙想就在昨天、就在此處，陳璧君不正馳騁在球場之上，把敵方打得「落花流水」嗎？不正以她的青春、美麗與活力，在接受人們的歡呼嗎？可是，十幾個小時過後，一切都雲散煙消，觀者是選手的過客、選手又是場地的過客，一切只不過是大千宇宙中的一小切片而已。而我呢，風雲際會，得受邀請而不至，卻事過境遷，不受邀請而自來。我又想起古人乘興而來、興盡而返的故事，我忽然覺得，古人是我、我是古人了。

*　　*　　*

自台中再次回來後，葉蓁的影子、陳璧君的影子，間歇的重疊出現在我眼前，一而二又二合一，像是美麗的蜉蝣生態，將往復旋，自由來去，一旦陰陽交合，它就朝生夕死，至少在「跟葉蓁有關的一切」上，我要把美麗的蜉蝣生態凍結。凍結也不是不面對，而是以不求解決的方式去面對。面對女人，恰像面對食品，凍結可以長保新鮮、維持原狀，讓美麗的蜉蝣生態凍結罷。我決定不回信了，在日記裏，我以「把她放在遙遠」爲題，留下十六行只給自己看的小詩：

愛是一種方法，
方法就是暫停。
把她放在遙遠，
享受一片空靈。

愛是一種技巧，
技巧就是不濃。
把她放在遙遠，
製造一片朦朧。

愛是一種餘味，
餘味就是忘情。
把她放在遙遠，

絕不魂牽夢縈。
愛是一種無爲，
無爲就是永恆。
永恆不見落葉，
只見兩片浮萍。

我決定不回信給陳璧君，就是要美麗的凍結「跟葉蓁有關的一切」，不錯，陳璧君不是葉蓁，但她的造型太葉蓁了，因此，我把她歸入一切之列。這並不是說，我遠離了其他女人，我只是在「葉蓁——陳璧君」一線上遠離而已，原因一定很多，可是我不要去想了。

就這樣的，我把陳璧君的來信，夾在"Gone with the Wind"那本書裏，以隨風而去的方法，「飄」走一切。

*　　*　　*

五個月過去了。

二〇〇〇年七月二十四日，一個晴天的早晨，九點鐘，忽然門鈴響了。我很奇怪，因爲我在山上住，幾乎沒有什麼客人來，這是誰呢？我心裏疑惑。從門眼望出去，原來是個女孩子，長髮中分，長形的臉、背心式T恤、牛仔褲、背袋，那是一副熟悉造型，突然使我想起三十年前小棻按電鈴那一幕。很快的，我認出她是誰了，不是請我演講的那個陳璧君嗎？我一陣驚喜！

開了門，果然是她，那個可愛的大學女生。

「記得我嗎？萬先生。」陳璧君小聲說著，有一點臉紅。

「當然記得你，你是陳璧君。好久不見你了。」我打量她，活像當年的小棻，像極了，連穿的衣服都像。她也穿著露出全腳的平底拖鞋，腳清秀而小巧。

「很冒昧變成不速之客，本來應該先通知你的。可是我一想，不通知有不通知的好處，雖然不夠禮貌。」

「不通知有什麼好處？」我好奇了。

「不通知可以突然見到萬劫先生，使萬劫先生毫無心理準備，我喜歡那種突然看到的感覺。雖然對你不夠公平，我太自私了。」

我笑起來。「你一見面就自責『不夠禮貌』、自責『太自私了』，你太客氣了。來，請進來坐。」我做了邀請的手勢，她走進來。

在玄關她脫鞋，我細看了她的腳，白淨而性感的腳。

「好久沒來這最有特色的大書房了，」她坐在沙發上說。「有七個月了。」

「有七個月了。這個暑假過後，你就二年級了。」

我問她喝點什麼，她只要冰水，我爲她倒來一大杯。

「你一定很熱了，你怎麼上山來的？」我問。

「我一早搭第一班車從台中出發，到台北車站再轉公車上來。我怕太早，特別在前兩站下車，慢慢走過來，山上吸空氣、看風景都好，看到你萬劫先生，更好了。因爲吸到文化，看到文化。我好喜歡這裏。我一直想重來這書房，今天如願以償了，希望沒過分打擾到你。」

「一點都沒有，並且非常歡迎你來。」

「眞怕占了你的寫作時間。」

「和你在一起，也是寫作啊。心理學家說夏天學溜冰、冬天學游泳，表面上沒做什麼，事實上，至少潛意識裏，還是無異在做啊。你想不到你坐在這裏，我其實也在寫，你彷彿是我的模特兒，我彷彿寫在水裏，像英國詩人濟慈（Keats）寫他的墓誌銘一樣。」

「墓誌銘？你的意思是說有人死了？」

「我是泛指人會死亡。就如同現在房間放的音樂，你聽得出來嗎？」

「不是愛爾蘭的 Danny Boy（丹尼少年）嗎？」

「你的耳朵眞好。」我舉了一下拇指。

「我不能不好，因爲我進到這屋裏，已經連續聽了兩遍了。你一定按到了 repeat I 鍵上，所以同樣的一首歌，放個不停。我想你一定非常喜歡這首歌，不然爲什麼周而復始的聽它？」

「原因有二。第一，我喜歡以終點帶回起點，像是那天晚上在中興湖邊對你說的：『你永遠循環，永遠不會迷路。』第二，我現在正翻譯這首 Danny Boy，唱這首歌的，名家輩出，我手邊的ＣＤ，從安迪・威廉斯（Andy Williams）到羅傑・惠台克（Roger Whittaker）唱的，其實只唱了前面一半，把後面的精華都給唱漏了，眞是殺風景。我現在放的是『塞爾特豎琴天韻』（Celtic Harpestry）中由黛博拉・韓生柯南（Deborah Henson-Conant）的演奏曲。塞爾特豎琴比一般音樂會的豎琴來得小，但音色更輕盈圓潤，這種豎琴製造時，會加上製造者與演奏者的傳承特色，所以更有韻味。至於唱這首歌的，我認爲湯姆・瓊斯（Tom Jones）的變調唱法最動聽。可是他唱的我只有唱片、沒有ＣＤ，周而復始的聽起來太麻煩，所以我用豎琴演奏來培養氣氛，一邊聽一邊翻譯它，剛翻譯好，就聽見門鈴，你來了。」

「如果不覺得唐突，我可以拜讀你的翻譯嗎？你不怪我一進門就要索東西看，像個治安人員吧？」

「還有誰比我更有被治安人員看的經驗呢？何況翻譯出來，就是想給人看的，第一次被你這樣迷人的治安人員看到，會更有意義。」我走到書桌邊，拿了譯稿和原文一併遞給她。

「如果你覺得可以，把中英文都詩歌朗誦一遍吧。」

「您眞的要我朗誦？朗誦不好，要挨罰嗎？朗誦得好，有獎品嗎？」

「萬劫先生信賞必罰，你放心好了。」

「好的，那我就試著朗誦了。我先朗誦英文原文的。

DANNY BOY

Oh Danny Boy, the pipes, the pipes are calling
From glen to glen and down the mountainside
The summer's gone and all the roses are falling
It's you, it's you must go and I, I must bide,
But come ye back when summer is in the meadow
And when the valley is hushed and white with snow

Then I'll be here in sunshine or in shadow

Oh Danny, Danny Boy, oh Danny Boy, I love you so

But come to me, my Danny, Danny, oh say you love me

If I am dead as dead I well may be

You come and find a place where I'll lie

And kneel and kneel and say, yes, and say an Ave, an Ave

You'll find me.

我鼓了掌。「沒想到你英文發音這麼好！你的聲音又這麼好聽！」

「多謝誇獎，等下一起領獎品吧。現在我就朗誦您的譯文。」

墓中人語

哦，Danny Boy，

當風笛呼喚，幽谷成排，

當夏日已盡，玫瑰難懷。

你，你天涯遠引，

而我，我在此長埋。

當草原盡夏，
當雪地全白。
任晴空萬里，
任四處陰霾。
哦，Danny Boy，
我如此愛你，等你徘徊。

哦，說你愛我，你將前來，
縱逝者如斯，
死者初裁。
謝皇天后土，
在荒墳塚上，
請把我找到，找到，
尋我遺骸。

我剛要鼓掌的時候，她搖了手。我鼓不出來了。突然間，她卻鼓起掌來。「翻得太好了，太好了！輪到我爲你鼓掌了。爲什麼翻得這麼好？並且還押著韻呢，翻這詩還能押韻是高難度的，你的中文眞是出神入化了。」

「多謝誇獎。」我學她剛才的口氣。「等一下把你領的獎品送我吧！」

「沒想到萬劫先生是 Indian giver 將禮物送人後又索回的人。」

「你還不知道我送什麼呢。」

「送什麼？」

「先不告訴你。你先等一下。」

「好的。我先忍住我的好奇心。可是，我倒好奇爲什麼你這麼喜歡這首 Danny Boy？」

「照愛爾蘭民歌的原始意味，這首歌是寫父子之情，Danny Boy 最後尋找到的，是父子之愛。我這裏意譯，當然別有延伸，我覺得把它延伸成男女之間生離死別的情歌，會比寫父子之情更動人。這首歌十八世紀時原是老父送別出征的兒子的，認爲兒子即使作戰生還，他老先生也墓草久宿了，所以才有『你天涯遠引』、『我在此長埋』的傷感，最後盼兒子找到他墳上，兩人在生死線上，相聚一回，眞是很動人的布局。可是，把這一幕移到男女之情上，不是更好嗎？」

「的確更好。」她說。「只是不知道誰該做『墓中人語』，男的呢，還是女的？」
「那要看誰先死，誰早死。早死也是很重要的，不要太老才死。愛情是年輕人的事。」
「你不認爲是你的事了？看起來，你還這麼年輕。」
「看起來不夠，事實上絕不年輕了，雖然在健康上，我比跟我同年齡的人全年輕，人家問我看起來年輕的秘密，我說：『坐牢的時間，上帝不算。』」
「坐了十年牢？」
「十年牢。三十五歲就開始坐牢了。」
「出獄的時候四十五歲，還年輕嘛。」
「可是這二十年下來，我畢竟老了，開始老了。」
「傷感年華老去？」
「不是傷感，而是無奈。我已經四十年不喝酒了，但我藉酒寫了首詩，雖沒喝，但詩中頗有酒味，題目是『可惜的是我已難醉』，要朗誦嗎？我拿給你看。」
我走到書桌背後，自架上拿出一個黑夾子，找出了這首詩。她接過去，朗誦起來：

四季裏總有秋天，

秋天是一種感喟：
正因你難以尋春，
對夏日你無法插隊。
——別傷感黃葉凋零，
且珍惜僅有的青翠。

人生裏總有中年，
中年是一種狼狽：
正因你不再童眞，
對青年你不屬一類。
——別回首舊日光華，
且留戀殘夢的未碎。

逼近的是冬天的嬌陽，
逼近的是老去的彩繪，
逼近的是處處美酒，
可惜的是我已難醉。

她朗誦完了，我沒有鼓掌，她也沒有鼓掌。她把詩放在膝上，似乎有點難過。

「我沒爲你鼓掌，朗誦得雖好，可是太不搭調了。年輕輕的漂亮大學女生，竟朗誦起老去的男人的詩來，是不是有點不搭調？」

「好像有一點，可是，有許多年輕女生卻願意不搭調呢。她們覺得，年輕男生太嫩了，懂的有限，可是中年以後的男人卻有味道。」

「別忘了我最後寫的什麼了：『逼近的是處處美酒，可惜的是我已難醉。』」

「難醉固然好，有何妨一醉的時候，似乎也可以舊夢重溫呀！」

「提到舊夢重溫，我還有一首沒喝酒的醉酒詩呢，題目就叫『難的是舊夢重溫』，我找給你看。」說著，我隨手從黑夾子拿出這首詩來。「這回，還是讓我自己來朗誦吧，你一進門，喝了我一口水，卻免費朗誦三首詩了，被人知道了，一定追究我虐待未成年少女。」

「大概萬先生不知道，明天我就成年了。」

「明天你二十歲生日？」

「明天我二十歲生日。」

「眞要祝賀你，祝賀你的四季都是春天。」

「謝謝你叫來春天，讓它包圍了我。」

「怎麼慶祝生日快樂呢？」

「沒有慶祝，我一個人過。」

「一個人過？你的家人呢？」

她低下頭來，手指緊捏在一起。又抬起頭來，望著我，又望了窗外。「你大概不知道，我其實沒有什麼家人。我出生後死了母親，十歲時候死了父親，像極了孤兒。跟我最親的是外婆，我由外婆帶大。我是獨生女，沒有兄弟姊妹，嚴格的說，我也沒有家。中學以前，以外婆家爲家，念大學後，就住在宿舍裏，以宿舍爲家。外婆老了，跟大阿姨住了，房子不大，大阿姨小孩也大了，我也大了，很不方便，念大學後，我就變得有點無家可歸，幾乎變成『流浪一匹狼』了。」

「想不到你這麼可憐！」我坐過去，拍拍她的肩。「可是，看你的樣子，充滿了青春、樂觀、獨立和朝氣，一點都沒有消沈的樣子，你不是『流浪一匹狼』，你像是車臣那種理想主義者，是『驕傲的狼』。」

「和你一樣。」

「和我一樣。不過，你比我情況好一點，你沒有重溫的舊夢，你的夢，都是新的。」

她轉過頭來，望著我，笑了一下。「還是檢查檢查你的舊夢吧，你的詩呢，來，輪到你朗誦了。」

「好的，詩人萬劫就自我朗誦了。

已忘了那多情的日子，
也忘了悲秋傷春。
記不起迷茫的舊夢，
暖不了冷了的心。

燙熱杯中的醇酒，
這已是子夜時分，
舊夢在酒後一閃，
分不清是幻是眞。

容易的是往事浮現，
容易的是醉眼醺醺，
容易的是引來舊夢，
難的是舊夢重溫。」

朗誦完了，看她從失神轉回來。「朗誦比賽到此結束。」我說。「陳璧君第一名，萬劫第二名。」

她笑了一下，神秘的笑了一下。「萬先生，您的兩首詩都寫得很深沈，寫得像一個有點失意的老去的文人的語氣，可是事實上，你明明是『無病呻吟』，因爲你本人一點也看不出來有憂鬱的氣質，你也充滿了樂觀、獨立、朝氣，只是青春少了一點。」

「少了青春，其實就是憂鬱的開始。紀元前六世紀，大運動家密羅（Milo）年老的時候，一天看到操場上的年輕健兒大展身手，他竟忍不住望著自己老化的身體大哭，他感嘆、他不服氣、他終於不自量力，狂劈橡木而死。我想，他一定死得很憂鬱。」

「你說的也沒錯。可是，你的健康這麼好，再等二十年再劈橡木不遲。」

「多謝打氣。可是，我寧願不看二十年後的橡木長什麼樣子，我寧願看眼前二十年的漂亮可愛大學女生長什麼樣子，即使我提前死掉。」

「對了，這就是萬劫先生的作風啊！這樣才像你，把那兩首假裝喝酒的假詩燒掉吧。走出去，繼續去做一匹『驕傲的狼』。」她說著，興高采烈起來了。「你我都去做『驕傲的狼』，誰都不許『孤獨一匹狼』！」

「對！陳璧君說得對！誰都不許『孤獨一匹狼』，快念一首詩給我們聽，那詩是『魯拜集』(Rubaíyát) 中後面的一首。」我快速從架上抓出「魯拜集」。「好，你來朗誦這首，這首十一、十二世紀的波斯詩人傑作。」

她接過書去，朗誦起來。

Ah Love! could you and I with Him conspire
To grasp this sorry Scheme of Things entire,
Would not we shatter it to bits—and then
Re-mould it nearer to the Heart's Desire!

我鼓了掌。她說：「這是英譯。也要爲中譯鼓一下掌呀，來，萬先生，請你立刻中文翻譯一下。」她把書攤在桌上，我只好拿起了筆。

願上帝串通你和我，
抓住這荒唐世界不放過，
打碎它後再調和，
照我們意思啊重新訂做！

陳璧君朗誦了，接著說：「萬劫先生，你的文思可眞又好又快，也該掌聲鼓勵。」說著，她鼓了掌。

「不過，照這詩裏這麼大的口氣，反倒眞像你我喝醉了的樣子。要是不醉，怎麼糊塗到跟上帝串通？與上帝謀皮？」

「你不相信上帝？」

「我不相信他，但和他分工合作。我一生的計畫是想整理所有人類的觀念與行爲，做出智慧的結論。人類的觀念與行爲種類太多了、太複雜了，我想一個個歸納出細目，然後把一個個細目理清、研究、解釋、結論，找出來龍去脈。這不像是一個人做得了做得好的大工作，可是我卻想一個人完成它。這是我一生留給人類留給中國人的最大禮物，因爲自有人類有中國人以來，還沒有過一個人，能夠窮一生一力，專心整理所有人類的觀念與行爲的每一問題。人類的觀念與行爲經過這樣的一番大淸算，會變得淸楚、淸醒，對前途有大幫助。這些工作上帝做不好，只有我來。」

「你做的，好像是最後審判？」

「不一樣，最後審判是人類的愚昧已經大功告成、已經無可挽回，只是最後由上帝判決而已。我做的，卻是一種期中結帳。期中結帳以後，人類變得淸楚、淸醒，可以調整未來的方向和做法。所以我做的，跟上帝做的不一樣，我們只是分工合作。上帝從最初造人類開場，到最後審判落幕，他只管首尾兩頭，我卻管中間，在人類歷史走到五千年的時候大聲疾呼，要清清場，檢討一下上半場的一切。所以，上帝最後可以審判我，但在最後沒到以前，我要檢討一切，包括上帝先生在內。」

「你這些話眞有趣，可以證明你聽我朗誦時沒有醉，可是後來眞醉了。」

「是醉了，自我陶醉的醉了。」

我們同時大笑起來。我忘情的摟住她的肩，她會心的看了我一眼。

*　　*　　*

「很高興的奇怪你今天上山來看我。」我對陳璧君說。

「我早就想來看看你，並當面謝謝你送我那麼名貴的鋼筆。」

「鋼筆好用嗎？」

「當然好用，可是有點捨不得用。後來我寫了一封信給你，不知你收到沒有？」

「我收到了。」

「你大概沒回我吧？」

「我的確沒回，因爲我想我太老了。」

「太老了？好怪的一個不回信理由。」

「我的意思是說，我可能老得不適合和年輕女孩子做朋友了。」

「可是你的思路這麼年輕，甚至比年輕人還前進。」

「但做朋友可能還是困難重重。思路前進只能帶頭做抗議活動，像英國老哲學家羅素（Russell）帶頭抗議美國在越南的帝國主義，我看到畫面，一堆年輕人中間夾坐個老頭子，看來眞有點滑稽。羅素的思路比年輕人新多了，可是人卻太老了。羅素一輩子跟女人的關係非常超越前進，不過一旦他老了，我懷疑他一定很不方便了。法國老哲學家沙特（Sartre）也有同樣的困境吧，不過他的紅顏知己波娃（Beauvoir）倒很大方的幫他找了不少年輕女學生。坦白告訴你，看到年輕漂亮的女人，我會動心，可是我不會一個個去『勾引』，甚至我會有意錯過她，像錯過一條美麗的小魚。當我決定不再回信，就表示我要錯過你。讓你回到大海，是有特殊原因的。」

什麼原因呢？我自己也不想說淸楚，當然我可以這麼說：「可以告訴你，你太像我三十年前的一位女朋友了。或者說，她太像你了。當半年前你第一次來我家陪我去台中演講，我一看到你，心裏想到的就是：怎麼會這麼像！怎麼會這麼像！不必列舉什麼地方像了，只找不像的地方做爲區別吧，這女孩子比她高一點，約高一公分，一六八左右，氣質上似乎更新潮一點，畢竟是三十年後的新世代女孩子了。再來就是這女孩子穿著冬天的衣服，而她只穿夏天的，我不知道她穿冬天的衣服是什麼樣子，因爲人間的冬天比季節的冬天來得早。可是，當你今天來了，穿著夏天的衣服來了，穿著的方式，卻又她像你你像她。我坦白告訴你，那天你來了，先在我家裏，再陪我去台中、陪我逛校園、陪我演講、送我上車……在一起時，每一階段都使我波瀾起落；分手以後，每一回憶都使我魂牽夢縈。後來送了鋼筆給你，你再來信，我想我該就此打住了。因爲我不是在你身上尋找舊夢，而是我簡直無法承受新夢。因此，我沒有回信了……」上面這些話，我會說出來嗎？不會的，永遠不會的。英國詩人布雷克（Blake）有一首詩叫『愛情的秘密』（Love's Secret），裏面提到一種愛情哲學，那就是 Silently, invisibly：／He took her with a sigh. 用不動聲色只嘆一口氣的神秘，帶走了他喜愛的女人，這就是愛情，有些話是不能說的。愛情不是向神父告解、愛情不是在鬥爭大會認罪，愛情要的是適度的神秘、適度的信心與信任，愛情是技巧、是含蓄，不是坦白。

陳璧君神秘的一笑，她不追問我的特殊原因是什麼，她上山、上山，親自來了，我也開門歡迎她了，她不要回到大海，有山可上的時候，誰還需要海呢？世界有多少山，當地質調查的時候，發現有海底生物的化石，可知山曾爲海過。當滄海了、桑田了、陵夷了、谷易了，一切都化為虛無與幻滅，何況一條美麗的小魚？

＊　＊　＊

「你在家裏，或朋友間同學間，大家怎麼叫你，不會老是叫陳璧君三個字吧？」

「當然不是，大家叫我『君君』。」

「我也可以叫你君君嗎？」

「如果叫我君君算是特權的話，你可以比別人有更多的特權。」

「什麼特權呢？」

「你可以命令我替你做一點事，比如說，修鉛筆。」

我聽了心裏一震，立刻想起小菉為我修鉛筆那一幕，好像被回憶捏了一下。

「你眞好。謝謝你為我服務。暑假到了，你做些什麼呢？會打工嗎？」

「一定得打工。那是我下學期學費的來源。」

「打什麼工確定了嗎？」

「還沒有。我來台北，就是找比台中更多的機會。」

「跟外婆住不方便，怎麼住呢？」

「不方便還是勉強可住，有時我住同學家。像今晚，我就打算住同學家。」

「還沒跟同學約好嗎？」

「還沒約好。」

「換句話說，你還沒確定今天晚上睡在那裏？」

「還沒。想來也眞像『流浪一匹狼』。不過這樣很有情調，使自己變成浮萍。」

「浮萍還是有根的、固定的。我看倒像蜉蝣好。」

「其實，我不如蜉蝣。我有一天隨便翻『詩經』，看到一句『蜉蝣之羽，衣裳楚楚』，我穿得太隨便了。」

「有『衣裳楚楚』的流浪者嗎？」

君君笑了。「大概沒有吧？對比起來，你萬劫先生好像最不像流浪者，你好像只守在陽明山的『豪宅』裏，那裏也不去。」

「蜘蛛也如此。唯一不同的是，蜘蛛是裸體的，沒有『衣裳楚楚』，也沒有『豪宅』。噢，在你眼裏，我的家是『豪宅』嗎？」我把食指指向天花板，繞了一圈。

「比起豪門有錢人的別墅來，當然你一點也不豪。但你的大書房，卻是琳琅滿目，像所羅門王（Solomon）的寶藏，這是天下第一豪，要說此門不豪也難。」

我笑了。「這也就是我身在寶山、那裏都不去的緣故。」

「看來你的遊蹤，只在陽明山？」

「只在陽明山的一部分。」

「那一部分？」

「『時有落花隨我行』那一部分。我走到那裏，那裏有落花隨我，我就流連到那裏。」

「眞美，只可惜落花白天才看得到，你看不到夜景了。」

「夜景也不妨，你可以感覺花落誰家。」

「你一個人在山裏，接觸大自然，你會不會覺得孤單？會不會有感傷？」

「自然對人的意義，既不該是迷信宗教式的敬畏，也不該是騷人墨客式的感傷。自然本身並沒有任何種類的感情，更沒有感傷。但有些人總錯誤的把感情賦給自然，認爲自然有情，於是天地爲愁、草木含悲、落花有意、流水無情……這些人先把自然變成一個『多情體』，再把自己的情緒隨著這多情體轉，於是悲從中來。——這實在是一個很有問題的人生態度。至於『黛玉葬花』之類，那更是病態了。自然對人的意義，應該只有兩點：第一點，自然本身是變化無窮的壯觀，不論是朝暉夕陰、不論是暴雨明霞、不論是飛絮滿天或落葉滿地……種種奇景，都値得人在恬靜中或快樂中賞心悅目。第二點，自然應帶給人對宇宙的遠大看法，物換星移、時序代謝……都是使人了解宇宙眞相的憑藉。西方的詩人從一粒沙中看世界，從一朵花中看天國；東方的詩人從長江中看逝者如斯，從明月中看盈虛者如彼……這種種觀察都可在賞心悅目以外，別有妙悟：人與自然本是一體。基督教聖經上說：『你是從土而出的，你本是塵土，仍要歸於塵土。』但說這話的先知並不了解這一現象的科學原理。現在我們知道了『氮化循環』（nitrogen cycle）等化學現象，知道了萬物都要復歸原始，人生只是過眼雲煙，自己乃是不斷的在死亡中。有了這種達觀的心胸，再回過頭來看人世，人才會覺悟到這輩子該怎麼活才不虛此生、才會覺悟到此生已爲錯誤的安排浪費許多，實在不應該再浪費下去。這時候人會活得更積極起勁，肯定適合自己的，擺脫不適合自己的，使自己的生命愈來愈發光，而不是愈來愈黯淡。這種爐火純青的人生看法與做法，人都可以從孤獨的面對自然中學到。詩人華滋華斯說『讓自然做你的老師』（Let Nature be your teacher），我想就是這個意思。所以，感傷一類的情緒，是對短暫生命的浪費，實在是沒有必要的。」

「那你沒有過嗎？」

「我有過。我記得我在你這年紀時候，很不喜歡一個人在月光之下，因爲月光是最令人動情的。後來我年紀漸大，自我訓練也變多了、變強了，我練習能夠以一種欣然欣賞清光清境的心情，去看月亮了。八十多年前，一位優秀的中國哲人寫過一首『月詩』，我最喜歡，我背給你聽：

明月照我床，臥看不肯睡。窗上青藤影，隨風舞娟媚。
我但玩明月，更不想什麼，月可使人愁，定不能愁我。
月冷寒江靜，心頭百念消。欲眠君照我，無夢到明朝。

這首詩的境界，就是一種欣然欣賞清光清境的境界，對自然只有歡喜讚嘆，沒有多愁善感，這樣才是健康的人，尤其是健康的男人，否則一見花一見月即傷春悲秋，這種人感情上太娘娘腔了，多討厭呀！」

「你在陽明山上有這些感覺，主要是看山、看雲、看樹、看花。如果不在山上，你看到的是海、大海、滄海，你的感覺還一樣嗎？」

「看海，我會比看山更神往。美國詩人弗洛斯特（Robert Frost）有首詩叫『不遠也不深』（Neither Out Far Nor in Deep），最後一節是：

他們望不到多遠，
他們望不了多深。

可是誰能擋住
他們向滄海凝神?

They cannot look out far
They cannot look in deep.
But when was that ever a bar
To any watch they keep?

『向滄海凝神,』是一種浩瀚的心靈情懷,它最使人有『天人合一』的博大感覺。這種博大,會使隨之而來的任何主題,即使本來很普通的,也跟著變爲光彩奪目、壯闊動人。梅爾維爾(Herman Melville)筆下的『白鯨記』(Moby Dick)主角『向滄海凝神』,意在尋仇;海明威筆下的『老人與海』(The Old Man and the Sea)主角『向滄海凝神』,意在不屈。這種尋仇與不屈,都因爲寄情滄海,而變得使心靈浩瀚,一切情懷,也就大不相同。在我個人方面,在『向滄海凝神』之際,尋仇與不屈兩種情懷,也就更形澎湃。我會隨波而去,偶爾幻想是散仙、是海神、是浪裏白條、或是優力西斯(Ulysses)……這種幻想不是白日夢,而是一種『天人合一』帶來的『古今同調』。這種經驗,只有寄情滄海,所獲最多。所以,我喜歡『向滄海凝神』，如果眞是滄海的話。」

「你對自然不多愁善感，對人呢？尤其對情人呢？」

「我想我也不會，或者降到最低。這種看來不太有情的漠然，其實是我取法姦雄的。古往今來，惡人中有一種大奸巨惡，他們是惡人中出類拔萃的。他們之中，有一種姦雄，最引起我的注意。姦雄的短處，不須我說了，但他們有兩點長處，卻也值得學習。第一，姦雄有一個大特色，就是永不洩氣，永遠戰鬥個沒完。他們不論多麼失敗，卻不做失敗主義者；不論處境多糟，卻造次必於是、顚沛必於是。他們絕不灰心、絕不意懶、絕不懷憂喪志、絕不『不來了』。相對的，所謂一般的好人，他們反倒是沒有力量應付失敗的。一旦失敗，就洩氣了，就丟下武器跑了。所以，局面最後總是『好人在家裏嘆氣，惡人在台上唱戲』。但從有韌性、有鬥志、有毅力的觀點看，惡人的成功其實也全非作惡，在性格上，的確具有著堅忍不拔、愈挫愈奮的成功條件。這一點不可掩沒，值得學習。第二，姦雄有另一大特色，就是永不爲女人煩惱，永遠享受女人的快樂。他們從女人身上，只得其利，不受其害，女人對他們，只是『玩物』與『助興』而已。當然他們可能不解風情、不懂愛情，但他們比起那些既解風情又懂愛情的多愁善感者、比起那些被女人整得死去活來的人間情種，似乎略高一籌。我堅決相信，男女之間應該是人生最大的快樂，可是女人顯然不以此爲足，她們要鬧人鬧個不停，以大家痛苦為樂事，這又何苦來？世界上很少有男人能夠脫身於女人這種胡鬧之外，但是姦雄顯然能夠做到這一點。由於姦雄的強大、穩定與占上風，女人在他下面，有時候，也未始不是一種單純的幸福。希特勒（Hitler）、墨索里尼（Mussolini）死的時候，都有情婦自願陪死，這一現象，豈不也滿愛情的嗎？男女之間，眞該是男人強大、穩定、占上風的，姦雄在這一點的成功不可掩沒，也值得學習。中文諺語說『不以人廢言』；英文諺語說 Give the devil his due. 不掩沒惡人的長處。英文這句諺語在十六世紀就有了，我認為它說得比中文細膩。因為『不以人廢言』的重點，自該是指惡人說的，好人的話自然不會被廢，唯有惡人的話，即使說對了，也往往因出自惡人之口，而予作廢，以致惡人的全部言行，都一律遭到否決。這樣全部否決，我總覺得漏了點什麼。」

*　　　*　　　*

「你替惡人講公道話，相對的，你對好人也會有意見吧？」君君問。

「當然有。人們從小就被教育做好人、訓練做好人，長大以後，有的自信是好人、有的自許是好人、有的自命是好人，他們從少到老、從老到嚥氣，一直如此自信、自許或自命，從來不疑有他，但是，好人、好人，他們眞是好人嗎？深究起來，可不見得。事實上，世間所謂的好人，其實他們壞得眞夠瞧的。好人怎麼會壞呢？會壞，我舉出三點主要的。好人的第一壞是：不敢與壞人爭。他們怕壞人，因爲怕，所以不敢與壞人爭。天下壞事的造成，有兩個原因，一個是壞人做壞事；另外一個是好人容忍、坐視、甚至默許壞人做壞事。結果呢？有能力或可能有能力的好人，在有機會或可能有機會的時候，放棄了打擊壞人、阻止壞人作惡的行動。於是天下的壞事，也就一件一件的蔓延起來了。所以，不客氣的說，壞事不全是壞人做出來的，其實好人也有份。容忍、坐視、甚至默許壞人做壞事，乃是使壞事功德圓滿的最後一道手續，好人之罪，是不能免的。好人的第二壞是：以爲『獨善其身』便是好人。好人最大的毛病，乃在消極有餘，積極不足；嘆氣很多，悍氣太少。結果他們所能做的，充其量只是『獨善其身』而已，絕不是『普渡衆生』的好漢。但是最後，壞人並不因爲好人消極嘆氣就饒了他們，壞人們還是要欺負好人、強姦好人，使他們連最起碼的『獨善其身』也善不好、連佛教中最低級的『自了漢』也做不成。最後只得與壞人委蛇，相當程度的出賣靈魂，幫著壞人『張其惡』或『扶同爲惡』。這眞是好人的悲哀！好人所以『獨善其身』，其實是一種相當成分的自欺。這種自欺，原因在好人以爲『獨善其身』便是好人人格的完成，其實，這一完成，還差得遠哪！爲什麼？因爲好的完成，必須是向外性的，而不是向內性的。顧炎武說他不敢領教置四海窮困而不吭氣、反倒終日講道德教條；林肯（Lincoln）

說他無法認同一半是奴隸一半是自由人的長久存在，都在說明了道德上的向外性。老羅斯福（T. Roosevelt）打擊財閥，推動反托辣斯政策，堅信如不能使個個過得好，單獨那個也過不好（This country will not be a really good place for any of us to live in if it is not a really good place for all of us to live in.）就是這種向外性的偉大實證。以『獨善其身』自欺的好人，他們自欺到以爲『獨善其身』便是好人了，其實是大錯特錯的。因爲壞人是向外性的，好壞關係是一種此長彼消的互斥關係，自以爲『獨善其身』便是好人的，就好像踩在糞坑裏而高叫自己不臭一樣，這是不可能的。好人的第三壞是：以爲『心存善念』便是好人。當『獨善其身』大行其道以後，倫理學上的『動機派』（motivism）便成了好人的護身符。『動機派』的走火入魔，判斷一件事，不看事的本身，反倒追蹤虛無縹緲的動機，用動機來決定一切。孟子說：『乃若其情，則可以爲善矣，乃所謂善也。』兪正燮直指孟子說的『情』，就是『事之實也』。無異指動機就是事實，一切要看你存心如何：存心好，那怕是爲了惡，也『雖惡不罰』；存心不好，就便是爲了善，也『雖善不賞』。這樣不看後果，全憑究其心跡的測量術，一發而不可收拾，就會變得捨不該捨之末，而逐不該逐之本，以爲人在這種本上下工夫，就可得到正果。這眞是胡扯！王陽明說：『至善只是此心純乎天理之極便是』，他全錯了！善絕非一顆善心便可了事。善必須實踐，必須把錢掏出來、把血輸出來、把弱小扶起來、把壞蛋打在地上，才叫善；反過來說，『想』掏錢、『準備』輸血、『計畫』抑強扶弱，都不叫做善。你動機好，沒用，動機是最自欺欺人的藉口，十七世紀的西方哲人就看出這點，所以他們點破，說 **Hell is paved with good intentions.** 善意鋪成了到地獄之路。這就是說，有善意而無善行，照樣下地獄，閻王老爺可不承認光說不練。可憐的是，好人在『獨善其身』之餘，竟自欺到以為只要『心存善念』，便是行善了、就問心無愧了，其實這是不夠的。問心無愧算什麼！要問的是行動。沒有行動同步作業，空有一顆好心，只是自欺而已！」

*　　　*　　　*

「好人既然有這麼多毛病，用宗教力量來支撐好人是否會好一點呢？」君君問。

「我看更糟。以佛教為例，今日佛教是最違反佛祖釋迦牟尼精神的虛偽宗教。最明顯的是佛祖根本是無神論者，可是今天的佛教徒相信這麼多的神，這不是掛羊頭賣狗肉嗎？自古以來，聖徒的理想被俗化得荒腔走板，不以佛教為限，但佛教是被俗化得最要命的一個顯例。南北朝時候，官民比賽蓋大廟，奢麗無比，以為功德，當時大臣就感於這樣亂搞，『無關神祇，有累人事。』到了宋明帝時候，他把故宅改建為湘宮寺，說：『我起此寺，是大功德。』當時虞愿在旁邊，不肯鄉愿，他反駁皇帝說：『陛下起此寺，皆是百姓賣兒貼婦錢，佛若有知，當悲哭哀愍，罪高佛圖，有何功德？』」佛教在中國，墮落到這種田地，眞是可悲！信佛教信得一至於此，所謂博愛衆生，全是假的。到了唐朝，寺廟已經擴大到擁有大量的財產、莊田、奴婢、莊戶，在官佛勾結的局面下，造成了大量的社會問題。這種打著佛教旗號，藉以蓋廟斂財的『功德』，距離眞正的佛教精神，愈來愈遠，『佛若有知，當悲哭哀愍，』自不消說。宗教和政治這樣化合的結果，演變的政治，就是和尚政治。和尚出身的明太祖取得天下後，設立一種僧官叫『砧基道人』，『砧基』是登記土地財產，在寺廟裏駐守收稅，這種和尚僧俗雙修、吃齋念佛之外，兼幹起稅吏來了。和尚政治的演變，荒唐至此，『佛若有知』，豈止『悲哭哀愍』，恐怕氣得進瘋人院了！正因爲和尚政治的結果，是在官佛勾結下廣事蓋廟斂財，所以佛門財產在中國，一直蔚爲壯觀。清朝末年張之洞試圖沒收各地的佛門財產來辦教育，主張廢產興學運動。他估計只要把佛門財產挖出十分之七，就可達到興辦各種學校的效果；一九三一年時，有中央大學教授也提出打倒僧閥、解放僧衆、劃撥廟產、振興教育的主張，這都是很有見地的。事實上，眞正的佛門信徒，當知眞正的功德絕不在蓋廟斂財等謀求小集團的利益上，正相反的，眞正的功德乃在捨棄這些，以利蒼生。五代時候周世宗廢佛，下令毀掉天下銅佛像，用來鑄錢。原因是天下錢不夠用。不夠用的原因是，鑄錢用的銅，都給佛教徒鑄了佛像了。於是他下命令毀掉所有的銅佛像，他用的理由很巧妙，他說佛以身體爲妄，又要有利衆生。現在是有利衆生的時候了，如果佛有眞身尚在，都會爲人犧牲，何況銅做的身子呢！他的理由，的確義正詞嚴，大家不敢不聽。他三十九歲死後，佛教徒恨他，造他的謠，說他是乳部生病死的。爲什麼乳部生病呢？因爲毀銅像時候，傷了佛的乳部，所以佛給他報應，以奶還奶。唉！幸虧沒傷到佛那一部分，否則更慘。其實，周世宗才是眞正知道佛教精神的人。今天的所謂佛教徒，他們不知眞正的佛教不在蓋廟建寺，而在大悲救世；眞正的和尚不在古刹梵音，而在爲生靈請命。眞正的佛教不在泥塑木雕、不在塗金畫紫、不在暮鼓晨鐘，不在什麼道場，什麼東來西來寺。眞正的佛教主張無成見、無所住，並非無頭腦，頭腦在那裏？在智慧，故曰『金剛般若波羅密』，言智慧如金剛，能摧壞一切愚闇煩惱，令人到達彼岸。所以，佛教徒不求智慧，只講禮拜、燒香、禱告、灌頂、做法事、數念珠、念阿彌陀佛的，乃是佛教的大罪人，並非眞正佛教徒。他們信的不是眞佛教，只是邪教而已。佛經中『華嚴經』有『回向品』，主張已成『菩薩道』的人，還得『回向』人間，由出世回到入世，爲衆生捨身。這才是眞正的佛教精神。『回向』的先前步驟是『看破紅塵』。『看破紅塵』是要悲觀、要淡泊、要寧靜、要出世，要感到四大皆空、要了解諸行無常。紅塵看破了，是不是就跑到山林裏、古廟裏，低眉合十，整天念念有詞，了此殘生，就算完了呢？是不是人生如夢，既昭然若揭，就『大慈大悲觀世音菩薩』一番，就算完了呢？不是，這樣就全錯了。眞正的解脫、眞正的人生，絕不是這樣的。這樣做，只是做『自了漢』而已。自了漢，只是自私的傢伙。從出世以後，再回到入世，就是從『看破紅塵』以後，再回到紅塵，就會『以出世精神，做入世事業』。這時候，這種境界的高人，他努力救世，可是不在乎得失，他的進退疾徐，從容無比，這就是眞的佛心。中國偉大的特立獨行者，大丈夫王安石，曾寫過一首七絕小詩——『夢』，全詩是：

知世如夢無所求，
無所求心普空寂。
還似夢中隨夢境，
成就河沙夢功德。

這是多麼高的境界！我把它譯成白話——

人生如夢，有什麼好追求的呢？
什麼都不追求，我心如止水。
可是，就在一個夢到另一個夢裏，

這種境界，才是深通佛法的境界。這種先出世再入世的智者、仁者、勇者，他們都是『死去活來』的人。人到了這種火候，就是菩薩。菩薩也有高下之分，其中最高的是地藏菩薩。地藏菩薩是一位出世又入世的聖人名字。地藏是專名，菩薩是通名。菩薩是印度梵文的音譯，原爲菩提薩埵，簡稱菩薩。菩提是覺悟，薩埵是衆生，連在一起，就是覺悟衆生。一般人對菩薩，有兩種錯誤觀念，一種以爲只有觀音等才是菩薩，一種以爲牛鬼蛇神等也是菩薩，前者失之過窄了，後者又失之太寬了。其實一個人，只要修學菩薩行，『上求佛道，下化衆生，』就是菩薩。地藏菩薩『上求佛道，下化衆生』的法子是他要殿後、要斷後、要最後一個成佛。他堅持，在衆生沒脫離罪苦、進入安樂、進而成佛以前，他自己不要成佛。他的精神是『地獄不空，誓不成佛』，是『我不入地獄，誰入地獄』。他顯然相信：那些自以爲等到自己先成佛道再回頭救人的人，其實是救不了人的，那些人啊，其實只是僞君子、假和尙、冒牌菩薩罷了。我年紀愈大，愈相信人間只有兩種人，一種是做事的，一種是說風涼話的，自己什麼也不做，甚至阻止別人做事的。我重視任何做事的人，看不起任何說風涼話的人。明代末年，張獻忠一路殺人，有一天，他的手下李定國殺到城下，城裏跑出一位破山和尙，爲民請命，要求別再殺人了。李定國叫人堆出羊肉、豬肉、狗肉，對破山和尚說：『你和尚吃這些，我就封刀！』破山和尚說：『老僧爲百萬生靈，何惜如來一戒！』就立刻吃給他看，李定國盜亦有道，只好封刀。這位破山和尚，就是做事的、不說風涼話的人。這種人眞是第一流深通佛法的人，因爲他眞能破『執』。佛法裏的『執』有『我執』和『法執』：我執是一般人所認爲主觀的我；法執是客觀的宇宙。因爲他深通佛法，所以能『爲百萬生靈』，開如來戒！相對的，只有那些小鼻子小眼的假佛教徒，才會張開大嘴，不做獅子吼而開獅子口，大吃其『素雞』『素鴨』『素火腿』！甚至在吃素當中，都不忘葷味，在菜單上，殺伐之聲不絕。拉拉雜雜說了一大堆，結論只是指出，用宗教力量支撑好人是行不通的，因爲宗教已經墮落了、荒腔走板了、走火入魔了。即以蓋廟穿袈裟等形式條件而論，中國寺廟的蓋法，完全是中國人自己玩出來的花樣，與釋迦牟尼的全不一樣。和尚穿著方面，中國和尚穿的是『右衽漢服』、是『芒鞋布襪』，可是當年在印度，出家人一定要光腳，並且以一條長長的『梁布』圍身。由於唐僧取經時，沒有將佛教音樂的樂譜、樂器以及法器製造方法取回，所以今天寺廟中所謂『梵樂』、『梵唱』、『經誦』等等，都是中國人自己的發明，釋迦牟尼如果看到，完全不知道怎麼回事。至於『燒香』、『燒戒疤』那一套，更是本土化的陋規！想想看，釋迦牟尼死後，才出現了大、小二乘分家。等佛教傳到中國時，竟出現了八宗十派！這麼多宗派分立，正反證佛法已到了瞎子摸象的地步，全走樣了。」

* * *

「如果舊有的宗教無助於支撐好人，新興的有辦法嗎？比如說：『法輪功』之類？現在不是很流行這一類嗎？」君君問。

「宗教可分兩類，一類是舊有宗教，就是佛教、道教、基督教、天主教、回教等傳統宗教；一類是新興宗教，就是五花八門種類繁多的民間宗教。傳統宗教都有源遠流長的發展，雖然也不脫荒誕與迷信，但因爲行之有年，發展成了形，尙稱穩定。馬克思（Marx）說『宗教是人民的鴉片』，就是這些傳統宗教的寫照；但新興宗教就不同了，它的走向極不穩定，一旦發展到走火入魔狀態，後果不堪設想。美國七〇年代的『人民聖殿教』，最後集體自殺時一死就是九百一十四人，還包括二百七十六名兒童；美國九〇年代的『大衛教派』，最後集體自殺時一死就是八十六人，還包括十七名兒童。如果走火入魔到只是自殺，也就罷了，日本『奧姆眞理教』最後從化學實驗室製造出可毒死上千萬人的毒氣，根本就是要殺人了。非常明顯的，這些宗教都是邪教。它們不算是『人民的鴉片』，它們是『人民的迷幻藥』。鴉片有害，還是飄飄然的，有個譜兒；迷幻藥可就離譜了。『法輪功』是中國的新興宗教，它的教主在一九九八年十二月二十五日寫信明說：『我們不是健身氣功，我們是修鍊，但是我們能夠使修鍊者達到祛病健身。』如果純粹是『祛病健身』，沒人要反對它，問題出在它要『修鍊』，這就是禍源。中國歷來的民間宗教，從漢朝的『五斗米道』開始，邪教無不以『修鍊』起家，到頭來以動亂禍國，它的走向，連邪教自己都掌握不住、都收拾不了。這還不算恐怖，更恐怖的，是它的擴散能力。由於現代科技的幫助，廣播、電視、網路、錄影、傳眞等等，已經爆發出驚人的『運動戰』能量。想想看，中國共產黨成立七十七年的時候，黨員才五千萬，可是『法輪功』創辦了只七年，就號稱弟子一億人了，一旦弟子走火入魔了，『白蓮教』和『義和團』又算老幾呢？再加上唯恐中國不亂的洋人介入，我們不難看到這一走向。所以，我贊成聲討『法輪功』，因爲它有爆炸性的禍害，它太不穩定了。」

*　　*　　*

「所以，」君君說。「傳統宗教和新興宗教在你眼中，只是不同程度的迷信？」

「沒錯，可是由於現代科技的幫助，迷信起來，已經到了令人哭笑不得的地步。有一個笑話說：一個英國探險家在某次探險中碰到一個有吃人肉風俗的蠻人，等到他發現這蠻人竟是英國牛津大學畢業的，他大爲驚奇。他問這個蠻人道：『你難道還吃人肉嗎？』這個蠻人的答話可妙了，他說：『我現在用西餐叉子來吃了。』I us'um fork now. 有趣的是，在台灣的迷信文化，所表現出來的，卻正好是這種笑話。幾年前，台北西門町鬧區流行一種『電子算命機』。這種機器，同公用電話差不多，投下兩元輔幣，按動男女性別電鈕，然後撥動一下你的出生年月，拿起聽筒，即刻便有一位小姐在聽筒中，告訴你一些你心裏所幻想的事。這些事不外功名利祿，以及婚姻大事。這是現代科技幫助迷信的雛形。後來新竹有戶周姓人家，母親死了，子女在外，工作太忙，趕不回來奔喪，只好將自己的哭聲錄音，然後將錄音帶寄回，在母親靈前播放，並且周而復始，哭聲加上乘法，只哭一回，實放多次。這些妙事，試問那一項不是『西餐叉子吃人肉』？日新月異的是，幾年下來，『電子算命機』已經落伍了，宣揚迷信算命的道具已進步到『電腦算命』、『紫微斗數電腦算命』、『電氣籤箱』了。迷信家求神問卜，只要朝電動玩具式的吃角子老虎丟進錢去，連八字推演、上香擲筊的功夫都免了，這種『西餐叉子吃人肉』，是多麼令人哭笑不得！另一方面，錄音帶哭喪也已經落伍了，弘揚迷信孝道的道具已進步到佛經錄音帶，從『金剛經』到『金剛寶懺』，無一不全，並且還標明『台語誦經』，以爲本土化、以爲直達，這種『西餐叉子吃人肉』，又多麼令人哭笑不得！其實，用佛經錄音帶辦喪事還意猶未足呢，連挨戶化緣，也一體現代化起來了。過去和尙化緣，用手敲磬、口念阿彌陀佛，現在呢？從一九八一年開始，埔里就出現了用立體身歷聲錄音機化緣的和尚了。其實，比起其他的教派來，佛教徒的利用錄音機化緣，還算威力小的呢！道教的張天師，早就利用廣播電台，導引胎息了，比起舊式的登壇作法、捉鬼拿妖，廣播的效果自然一日千里得多了！其實，比起其他妖僧來，張天師利用廣播電台捉鬼拿妖，也算威力小的了。妖僧林雲，這個『台灣的拉斯普丁』（Grigory Yefimovich Rasputin），早就利用電視，自稱爲國祈福了。他在電視上，以橘皮四片，朝東西南北各丟一片，算做法術，電視效果畫面傳眞，自然比廣播更勝一籌了！整個台灣孤島『西餐叉子吃人肉』的結果，一切的妖妄，都假現代化的道具以行，流風所及，現代化的印刷機，竟用來製造冥紙錫箔；現代化的『帝王切開術』，竟用來配合選定的好時辰剖腹生產，烏煙瘴氣之下，處處是一片迷信與妖妄！不過，還有一個笑話足令我們樂觀：一位迷信的母親，爲新買機車的兒子向乩童求來『平安符』，結果兒子車禍喪生。母親憤而質問，乩童說：『機車速度一百二十公里，神騎駿馬速度僅六十，追到時車禍已經發生，神也保佑不及了！』——現代化與迷信速度比賽，終於勝了一場！」

*　　*　　*

天南地北的閒聊，談得一直很開心，快到中午了。

「我請你吃午餐，好嗎？」我問君君。

「謝了，簡單吃就好了，萬先生。吃過午餐，我下午還有一點事在山上辦。」

「在山上辦？」

「在山上辦。」

「我眞好奇，在山上有什麼事？」

「一件私事，不過也沒有隱瞞的必要，可以告訴你。我是要到一塊刻有我名字的地方看看。」

「刻有你名字？沒想到陽明山跟你這麼有緣。是不是過去遠足到這山上，在什麼樹上刻了『陳璧君到此一遊』？」

「不是的，」君君笑了一下。「你猜不到的。不是刻在樹上，而是正式刻在石碑上的。」

「刻在石碑上？怪事了，你占領了文化大學嗎？要勒石立碑？你蓋了『中山樓』了嗎？要奠基立石？」

「都不是、都不是，我不是女強盜也不是女建築師，我只是一個卑微的應該被上帝悲憐的女兒。」她的表情轉成嚴肅。「我指的是在陽明山公墓成千上百的墳墓裏面，有一塊石碑，上面刻有我的名字。」

「你年紀輕輕的，總不可能先買了塊墓地吧？」

「當然不可能，也買不起。那是我死去母親的墓地。」

「你母親葬在這裏？」

「你大概想不到，嚴格的說，我有生以來，從沒見過我母親，也就是說，我母親從來沒見過我。」

我好奇的睜著眼。「怎麼回事？怎麼有這種怪事？」

「母親生我時候，我一脫離母體，她就發生了羊水栓塞現象，羊水進入血液循環到達肺部，引起呼吸窘迫、發紺，心臟衰弱，最後由休克而死亡。前後還不到一小時，她就走了。雖然不是難產，但的確爲了生我而死。結果變得我們母女之間的生命，沒有重疊、沒有平行，只有銜接與前後。奇怪的是，她的生日和死日同是七月二十五日，她的生日又跟我同一天。好像我接替她在世上一樣，她留下我，一句話也沒說，孤單的走了。」

「噢，眞可惜。父親呢？」

「父親一直在國外做生意，也生了病，死在國外，一直沒能回來，我就由外婆照料長大。母親是外婆最疼愛的女兒。外婆不忍看女兒火葬，想把她土葬，但是陽明山公墓已經客滿了，正巧外婆的大姊早訂了一塊地，後來大姊覺得台灣太亂了，決定移民國外，這塊地不用了，就同意送給外婆了。外婆把母親埋在那裏，立了石碑，碑上刻著女兒陳璧君立的，表示母親沒有絕後，那時我才幾個月，什麼都不知道。後來長大了，外婆帶我來過幾次，明天是母親去世二十周年，我要到墓地看看她。我一早到陽明山來，就打算上午拜訪你，下午去那邊。請別見怪不算百分之百專程爲你上山，不過的確百分之五十是專程的。我把一天，分給了你們兩個。因爲我是不速之客，沒先約好，萬一見不到你，我本打算上午就轉去墓地了，上午沒去，就表示這段時間拜訪了你，這段時間是爲你而度過的，如果沒有這段和你在一起的過渡，今天的我，會十分凄涼，不是嗎？會十分凄涼。我很感謝你，使我有了這樣豐富的上午。」君君說著，淚已含在眼裏。

我伸過手去，拉住她的手，輕拍著、輕撫著。然後摟住她的肩，一手還握住她的手，那柔軟白細又修長的手，那是天生的鋼琴家的手。

「君君，如果你不覺得不方便，下午去墓地我願意陪你。何況公墓那麼大，你一個女孩子，也不安全。」

「很願意你陪我，只怕浪費你太多的時間。」

「如果跟你在一起的時間是浪費，什麼是更該做的呢？那就說定了，我們一起吃午餐，午餐後慢慢向公墓移動，下午也就到了，好嗎？」

「好的，這樣子，我下午也不會那麼淒涼了。」

「如果淒涼，分一點給我承擔吧！」

「你怎麼會淒涼？」

「一、看到一位可愛的小女生淒涼，我會淒涼；二、我年紀不小了，德國哲學家海德格(Heidegger)大弄玄虛，說人是『走向死亡的存在』，在公墓看到那麼多離我很近的先行者、死的存在者，也許我會有一點淒涼。不過，有你在身邊，我也會忘掉淒涼。」

* * *

去午餐的路上，看到一個小公猴在籠子裏，面目乾淨而清秀，脖子上還綁了一條鐵鏈。我從幾個角度去想跟牠四目相對，但牠有一股蒼茫的驕傲、羞怯與冷漠——牠總是一股目中無人的樣子，不肯看我。我想起我在獄裏時，別人來「參觀」時候我的表情，我不禁對這小公猴頓起一股同情與同調。君君在旁邊，看到我的表情，似乎若有所悟。

「你現在一個人在山上形同隱居，看起來是不是有點像繼續在坐牢呢？雖然沒有籠子。」

君君看著猴子問。

「有的很像。其實坐牢也有好處，只是猴子和不坐牢的人不知道。」

「有什麼好處？我可以代表他們問一下嗎？」

「我舉一個例：坐牢以後，你的時間感首先會有有趣的變化。你對時間的感覺，完全變了，錶給沒收了，時間單位對自己已經拉長，已經不再那麼精確。過去有錶，一分鐘是一分鐘、五分鐘是五分鐘，一坐牢，一切都變成大約了，無須再爭取一分鐘、趕幾分鐘、提前幾分鐘，或再過幾分鐘就遲到了、來不及了。換句話說，永遠不要再趕什麼時間或限定什麼時間了，你永遠來得及做任何事了——除了後悔莫及，如果你後悔的話。因爲太久太久沒有鐘也沒有錶，甚至沒有計時燭、沒有滴漏、也沒有沙漏，看時間的習慣，已經退化。你無法準確的知道時間有多短或有多長，你開始沒有一分鐘、沒有五分鐘、十分鐘……沒有一小時、兩小時。任何完整的時間感已經沒有了。代替準確時間的，只是一些模糊的大段落：鄰居早起者的聲音，大概是五點多；早飯推進來，大概是六點半；午飯推進來，大概是十一點；又是塑膠小壺送水來，大概是兩點半；晚飯推進來，大概也推進了五點；早上六點起身和晚上九點入睡的兩次音樂通知，是一天中最準確的兩次，九點過後，擦地、洗臉、鋪被、看書等，總拖到大概十點才睡。自己好像一個大沙漏，從起身到入睡，十六七個小時正好漏完。第二天，一開始，就好像把沙漏倒過來，一切又從頭開始。——從和昨天一樣的地方開始、從和前天一樣的地方開始……小時早已不是時間的單位，甚至天也不是。前天和昨天一樣，昨天和今天一樣，今天自然也和明天一樣。甚至星期也不是時間的單位，每個星期跟上個星期、下個星期也一樣。比較近似的時間單位，反倒是月，一兩個月或兩三個月，也許會冒出一點變化——別人的變化。每月生活都是大同、大同、大同……小異都很少。大同而小不異。因爲時間的單位變長，相對的，衡量時間也跟著大手大腳。過一個月，再過一個月，多過一個月，根本是稀鬆平常的事，你不會指望一天要怎樣有趣、一星期要怎樣靈通，自然也不指望一個月會有什麼奇蹟，再過一個月，多過一個月，這就是你對時間的信仰。無趣味、無消息、無奇蹟，也無所謂。你是時間的批發商，你已學會不再計較小段的歲月。空間是短的，時間是長的，空間跟時間已在你身上做了奇妙的交會，眞可惜愛因斯坦的理論，竟沒在這方面尋找證明。」

「聽了你的描繪，其實滿有趣的。你的感覺那麼細膩、觀察那麼入微、牢獄生涯那麼深刻，聽起來眞令人永遠難忘。除了時間感有變化外，還有其他的嗎？」

「還有，你不但沒有時間了，也沒有空間了。你對空間的感覺，也完全變了。空間的單位已經縮小，已經不再那麼動不動就多少坪、多少里，或什麼幾千公尺了。你開始眞正認識什麼是牆。牆在你眼前、在你左邊、在你右邊、在你背後。四面牆圍住一塊小地方給你，那簡直不叫空間，而像是一個計算空間的最小單位，你坐在地上，雙手抱住膝，用屁股做中心，腳尖著力，轉個三百六十度，你會感到，你彷彿坐在立體幾何裏。立體幾何談遍了空間，但它自己，只是一本小立體而已。我的立體幾何是一間小房，我過的是整天整夜四面面壁的生活。佛教裏的達摩老祖只面壁一面，我卻面壁四面，小房有三疊大，扣掉四分之一的馬桶和水槽，所餘空間，已經不多，一個人整天吃喝拉撒睡，全部活動，統統在此。牆與地的交接點上，有一個小洞，長方形，約有三十乘十五公分大，每天三頓飯，就從小洞推進來；喝的水，裝在五公升的塑膠桶裏，也從小洞拖進來；購買日用品、借針線、借剪指甲刀、寄信、倒垃圾……統統經過小洞；甚至外面寄棉被來，檢查後，也捲成一長卷，從小洞一段段塞進。小房雖有門，卻是極難一開的，班長不喜歡開門。所以，一切事情，都要趴下來，從小洞辦。這個小房，才眞是名副其實的『洞房』。在『洞房』裏，隨著陰晴、日夜、光暗等變化，一個人有不同的感受。在晴天時候，我有這樣的經驗：每天午飯後，到下午開始做運動前，有兩個多小時特別安靜的一段時間，比夜裏還安靜，因爲經常夢魘的鄰居們午睡時倒不叫。我認爲午睡是浪費，從來不睡午睡。所以我特別能淸醒的獨占這兩個多小時的特別安靜。本來每天二十四小時都屬於我，但這兩小時好像更屬於我，尤其是星期天的這兩小時。只要天氣好，我每天中午都有一個約會，約會的對象不是人，也不是人活在上面的地球，而是比地球大一百萬倍的太陽。冬天時候，太陽午後會從高窗下透進幾塊——眞是成塊的，於是在這小房間裏，除了我外，又增加了動態。陽光總是先照上水泥台，再照上地板，再很快就上了牆，再很快就上了胸前那麼高，就斷了。爲了利益均霑，我把塑膠碗、塑膠筷、塑膠杯等，分放在幾處陽光下面，然後自己也擠進去。因爲陽光只有幾塊，所以就像照X光一樣，要一部分一部分照，照完了這隻胳臂，再照那隻，若想同時全照到，那就只有『失之交臂』了。太陽雖好像是個小氣鬼，只照進那麼少、那麼短，但對我已是奢侈品。陽光在冬天雖然熱力有限，但至少看起來也暖和——幾塊暖和。這種光與熱，都是在人群中、在地球上得不到的東西，它們從天而降，從九千多萬英里的地方直達而來，沒有停留、沒有轉運，前後只不過八分鐘，光熱從太陽身上已到你身上。這種宇宙的神秘，我不知道有多少人能同時感受到，有了這種感受，你彷彿覺得，雖然陽光普照，可是卻於你獨親，世態炎涼，太陽反倒是朋友了。但在陰天時候，我的經驗又翻開了新頁：爲了使光線好一點、爲了乾淨一點，我買了兩刀稿紙，來糊四面斑駁的牆，印格子的一面朝牆，四邊抹漿糊，貼上去，立刻弄平。從最下面貼起，牆與地板接縫處露縫寬窄不一，先用橋牌攔腰一摺，成九十度角，一邊貼牆上，一邊貼地板上，再蓋上稿紙，一張稿紙可蓋住四張半橋牌。橋牌也是正面朝牆，於是自王（King）到后（Queen），和什麼保皇黨賈克（Jack）等，都像法國路易十六（Louis XVI）和瑪麗·安唐妮（Marie Antoinette）等等一樣，都完了。漿糊乾了的時候，稿紙就繃得很平。大功告成以後，一行行稿紙背面，白裏透綠，一個個小格子都襯出來，每個格子都是空白的，就好像每天的生活一樣。原來糊的時候，只求光線好一點、乾淨一點，並無其他奢求——稿紙已爲自己做了這麼偉大的服務，還奢求什麼？當然它們不夠白，但白紙買不到。白報紙雖可買到，但質料太差，快變成褐報紙了。打字紙又太薄，糊上去什麼都蓋不住，所以還是稿紙最好。想到當年靠稿紙惹禍，今天把稿紙用來糊牆，頗有焚琴煮鶴的味道。陰天來了的時候，我才意外的發現來了新作用。房間溼氣重了，關節上的風溼開始隱隱作怪，稿紙們吸足了溼氣，紛紛鼓了起來，好像也在作怪。隨著抹漿糊的痕跡，紛紛鼓出了各形各狀的『浮雕』。一個個看去，頗爲好玩，有美女側影、有妖怪半身、有戴高樂的鼻子，還有好幾條香腸。打蚊子留下的痕跡，有時用溼抹布擦不乾淨，索性加貼一小塊稿紙上去，加貼的部分，因爲全部是漿糊，引起四面八方的起伏，活像一隻白螃蟹在那裏橫行。整個的感覺是，自己不但活在溼氣裏，還活在一台千奇百怪的溼度計裏。——上面所說這種時間與空間的感覺，都是我在小牢房裏感受到的。這些感受，只有在長久的孤獨中，才能如此深沈。在小牢房的孤獨歲月裏，我覺得我眞能對人生有特殊的感受，因此它對於我，就永遠有著一股莫可名狀的幽情，在我離開多年以後，還會淸楚的想到它。我愈來愈喜歡一個人獨居，跟我長年坐牢不無關係。其實這種獨居生活，對工作很有幫助，你會因而有更多的時間用來寫作、用來探討人生。坐牢以後，除了對時空的看法有改變外，對敵友關係，也有會心的理解。對敵人方面，最有趣的是你沒有敵人了。你的敵人把你關起來，就是把你和他們分割，大家一了百了。所以，一切都一了百了，你不再見到他們那一張張討厭的醜臉，不再聽到他們一聲聲同樣的噪音，你的眼前不再有他們的查問，背後不再有他們跟蹤，你開始落得清靜。還有，你也沒有朋友了。朋友膽大的已經同你一起坐牢，膽小的心中慶幸你總算進去了。他們的心情，就好像守在病房外面，探望一個得了傳染病要死又不死的朋友，病人死了，對雙方都是解脫。你剛坐牢的時候，他們有的會來看你一次，也只是一次，以後，他們不再好奇了，一個人到動物園看過斑馬以後，可以十年無須再看斑馬。所以那次來看你，不是來探望，而是來了清心願，或來永別。但是，無論怎麼說，他們在膽小的朋友中，是傷人心最少的。」

*　　　　*　　　　*

君君聽得入神了。「照你說得這樣天花亂墜，那人人都該坐一次牢了？」

「不然，我說的這些好處，只有像我這樣的強者才能感應到、感覺到、感觸到。一般人們坐牢對他們是一團漆黑、一片苦難，他們是得不到好處的，你可別搞錯了。」

「你能在人生苦難像坐牢中得到好處，一定有你獨特的人生觀支撐你，是不是？」

「是的。人生苦難問題其實是哲學上的禍福問題，俗話說：『福無雙至，禍不單行。』這是說禍是雙至的。我對雙至有一個怪解釋：當禍本身一至的時候，凡夫俗子本身就配上另一至，另一至就是苦惱自己。凡夫俗子遇到禍事，立刻做直接的苦惱自己的反應，於是禍上加禍，自然就雙至了。我的辦法是：我遇到禍事，第一就告訴我自己：『我決心不被它打倒，相反的，我要笑著面對它。』這樣一來，我就先比別人少了至少一禍。絕不配合禍，這還不夠，我要把禍本身給『値回票價』，這才滿意。什麼是『値回票價』？『史記』作者司馬遷說管仲『善因禍而爲福，轉敗而爲功』，這是我最欣賞的一種本領，化禍爲福，轉失敗爲成功，對人生說來多麼重要。『人生不如意事，常十之八九。』低手對不如意的事，是唉聲嘆氣；高手對不如意的事，卻能化成對自己有利。人要修鍊到這一段數，才算爐火純青。爐火純青的人，不論在八卦爐裏、在八卦爐外，都是一樣逍遙。『因禍而爲福，轉敗而爲功。』是我最欣賞的高人境界，我眞喜歡這兩句話。至於如何『因禍而爲福，轉敗而爲功』，則需要智慧與技巧。」

「你的禍福說法中，當然包含女禍在內了？」君君逗趣著。

「當然包含在內，但我不使女人禍到我，而只蒙其利，不受其害。並且，只蒙其利也是雙方面的，凡對我好的，一定對我的情人也好，反過來說也一樣。」

「你好像是愛情上的功利主義者。」

「功利主義有功利於雙方，有什麼不好？」

「那你坐牢時候，由於與外界隔離，女禍自然也隔絕在外了，這也是好處之一嗎？」

「坦白說，這不是好處，這是壞處……噢，我聽到了什麼？」我們邊談邊走，經過了一家藥房，藥房傳出來歌聲，我站住了。

「天啊！這個時代裏，怎麼還聽得到這種歌！我聽過這首歌，它是貓王普里斯萊（Elvis Presley）的 Wooden Heart，『木頭心』、鐵石心腸，一首老歌。你知道誰是貓王嗎？」

「聽說過，當年的美國搖滾歌手，不是嗎？」

「就是他。」

「這首歌叫 Wooden Heart，除了『木偶奇遇記』（Pinocchio）木偶的心以外，人心會是木頭做的嗎？」君君問。

「有時候，木頭心好像也是必要的。」

「比如說，在說再會的時候。」

「比如說，在說再會的時候。」我跟了她一句。「唱這首歌的人，他說他跟一千個女人上過床，可是他只想跟一個女孩子結婚。這女孩子十五歲，就陪他睡覺，二十一歲時正式結婚。五年以後，他們分手了。他非常痛苦，他無法以『木頭心』解決這一空虛。他用女人、藥物、酒精、食品來充實自己，又過了五年，他就死了。貓有九條命，可是貓王只有一條。」

「貓王死的時候，年紀很輕啊！」

「正在有錢和智慧之間的年紀。」

「跟你一樣。」

「也不一樣，他比我有錢得多，我比他智慧得多；他比我會唱，我比他會寫。並且，你注意到我的保養了嗎？我的身體比他好多了。至少，我現在還活著。他跟我同歲，我們都是一九三五年生的，這小子比我還大三個多月。」

「你們同歲？眞想不到！那你眞看起來太年輕了，你眞養生有道。」

「倒也不是，而是我過去失掉自由的日子，上帝不算。」

「所以你看來比貓王年輕。」

「還不止貓王呢！比我同年齡的大胖子男高音帕華洛帝（Pavarotti）、伍迪・艾倫（Woody Allen）、亞蘭・德倫（Alain Delon）、畢・雷諾斯（Burt Reynolds）都年輕呢！」

「哇，你眞鮮！你們一九三五年次的名男人都不簡單！」

「所以你們可以笑一九三六年次一九三七年次的老，卻別笑我們一九三五年的，至少一九三五的我。」

「不會笑。至少一九八〇年次的我不會。」

「你生在一九八〇，我比你足足大了四十五歲。」

「可是你還是很年輕。」

「心年輕，人老心不老。以上帝不算的多餘年齡，回顧失掉女禍的坐牢歲月，身處威爾鋼問世的科技時代，比較貓王一千個女人的床上幸福，人老心不老，其實未嘗不是一種禍害。坦白說，我內心深處實在有一種秘密渴望，渴望我能補償我在牢中失掉的女人，也許沒失掉一千個那麼多，但失掉九百九十九個也未免心有未甘。不過，這只是我內心深處的秘密渴望，在現實上，我知道我老了。雖然歌德（Goethe）老了還跟他當年老情人的女兒戀愛，但你必須得碰到有『戀父情結』的、甚至有『戀祖父情結』的性變態女孩子才成。我喜歡年輕女人，喜歡『幼齒』，已是性變態，再找個有戀老情結所謂『枯楊戀』的性變態小馬子，想來也覺得不無荒謬之處，歌德亦不易爲也！所以，一個『懶』字解決了一切。當年的革命黨寫詩，說『不是眞情懶放懷』；而我呢，卻『雖是眞情懶放懷』，因爲小馬子太麻煩了。所以、所以，所以我只送了一個人的鋼筆，卻沒有回她的信。」我深情的看她一眼。

君君報以深情一笑。「你左一個性變態、右一個性變態，這些現象是性變態嗎？」

「我是誇大說法。」

「不誇大的說法是什麼？」

「是一部電影老片的名字，叫『白髮紅顏未了情』。」

「有人根本都沒有白髮，像你。」

「上帝不算的時間，當然包含長出白髮在內。」

走著走著，看到一隻胖呼呼的小熊狗。這隻小熊狗同幾隻其他品種的小狗圈在一起。別人都在休息或安靜的在一邊，牠小先生卻精力過剩，逐一攪每一隻難友，與每一隻鬧著玩，衝到別人身上，咬呀咬的，直到咬痛了一隻小白狗。小白狗大叫一聲，起來追咬牠一下，牠才停止。然後撇開後腿，以大便姿態，撒了一泡小便。——是條小母狗。君君和我看著全套演出，都笑起來。

「好可愛，牠惹得人忍不住要看牠。」君君說。

「在這島上，其實可愛的可看的單項，並不多，是寥寥可數的，可愛的小貓、可愛的小狗、可愛的小動物、可愛的幼稚園小朋友、可愛的小女生、可愛的國中女生、高中女生、大學女生、可愛的初出道的職業婦女、可愛的玩具、可愛的卡通電影……一數起來，就數完了。所以，在眼之所見處處烏煙瘴氣的島上，我們能選擇到可愛的去接觸、去觀賞、去歡笑、去一起瘋狂，該多好！多值得！四百多年前，法國的蒙田（Montaigne）就感到，當他與貓同樂的時候，貓玩他之樂多過他玩貓之樂，雖然如此，還是值得一玩。不過，對我的年紀說來，所謂玩，恐怕只是看看而已，或以看居多，還能怎樣呢？」

「所以，以貓爲例，你不玩，只是看？」

「貓可以玩、玩具可以玩，但人就難了。人還是以看爲主吧！我看人開心，希望反過來也一樣。雖然我已不再是可愛的年紀了。」

*　　*　　*

終於，在文化大學附近的一家小餐廳裏，我們坐了下來。菜單還種類繁多呢！我們都點了紅燒明蝦，店主抱歉說麵包沒了，可否用白飯代替，我們同意了。飯送上來的時候，我發現君君碗裏的白米中，有一個小黑點，我把碗拿過來，用我那碗跟她換了。我挑出了小黑點，放到盤子裏。「你知道嗎？君君，我一看到米中的小黑殼蟲，我就想到我是強者。中國古字『強』的意思是米中小黑殼蟲，眞正強者的強字是『彊』，後來爲了同音假借的方便，大家就用筆畫簡單的強字代替原有的彊字了。」

「萬先生，你的學問之大是有名的，看到一碗米飯你都能說出個學問來。」

「學問大的首要條件是不讀死書，可是這個島上的教育方式是一路讀死書上來，讀死書、死讀書、讀書死。所以，到處是不會讀書的人，荒謬的是，這些人還在報章雜誌上，老是愛教別人如何讀書呢，還推薦評選什麼好書呢，這個島眞滑稽！」

「聽你的口氣，你很小看這個島。尤其是島上的一些有頭有臉的人。」

「照中國古典的標準，要山川靈氣所鍾。這個島有山無川、有氣無靈，結果它出來的人，尤其有頭有臉的人，其實多是怪胎。這個島它先後被日本人、被國民黨輪著幹，幹了一百年下來，島上的人民，走狗派也好、反對派也罷，都淪爲怪胎了。台灣在先天上是一個島，一個大陸邊上的小島。不管怎麼放大，『島國的褊狹之見』（insular prejudice）總有它的比例。這種土地，配上外來的教化，自然會產生它的地區特色。在大陸上，大家不喜歡寧波人、不喜歡上海人、不喜歡黃陂人……並不是這些地方沒有好人，而是一般說來，由於『土地教化使之然』，這些地方多出壞東西。台灣島上的人，論壞，壞不過外省人；但論混，可就眞考第一名。台灣人有很多優點，但是見識上，尤其是世界性、政治性的見識上，太沒見識，混蛋得很。論混蛋密度，若以世界排名，台灣必定世界第一。」

* * *

正說著，一對男女，陪著兩個喇嘛進來了，坐在斜對面的桌子上。我不屑的看了一眼，轉過來對君君說：

「看呀！台灣島上的人，不但自己混蛋，還引外面的混蛋內銷呢！這些醜陋的、髒兮兮的、妖魔鬼怪的西藏喇嘛，內銷到台灣可眞不少，滿街都是這些紫袍妖僧。還有更妖的名流呢，從什麼什麼法王，到被美國中央情報局偷渡出來的達賴活佛，都登陸台灣了。妖僧以外，還有妖書呢，什麼『西藏生死書』，在這裏還是暢銷書呢，十足證明了讀者的頭腦不清。」

「爲什麼『西藏生死書』是妖書？」

「在邏輯上有一種 beg the question 魔術，也就是『丐詞』魔術。它把尙待證明的結論，偷偷放在前提之中，要你承認前提，你一不小心承認了前提，你就不得不承認那結論了。『西藏生死書』就整本都是『丐詞』魔術。它有一個前提，就是死後有來生，它把死後有來生做爲結論，藏在前提中，你看這本書，得先承認這個前提。可是，如你不承認前提，書的內容就全是廢話；如你承認了前提，書的內容也全是廢話，因爲既然死後有來生，你還寫厚厚一本囉嗦什麼？所以我說，看這本書的讀者，頭腦不清，這種人愈讀書愈混蛋。」

「台灣在宗教上和政治上都打西藏牌，好像已形成風氣了？」君君說。

「這好像是台灣符合所謂國際潮流吧？事實上，西藏宗教是佛教的一支，走向妖魔化的一支，只要一看所謂藏傳藝術就明白了，那些恐怖的唐卡、造像、法器、骷髏頭、降魔杵等等，無一不是下等宗教妖魔化的把戲，這種下等宗教能夠啓發文明人什麼？只是從美國無知的大明星開始，帶頭變花樣、搞宣傳噱頭、炒作西藏秀，認爲空虛的人生可以從世界屋脊的西藏得到慰藉，眞是胡扯，西藏的下等宗教能教文明人什麼？所以，信宗教，信到西藏人的宗教頭上，在宗教上打西藏牌，根本是無知妄作、根本是上了當。至於在政治上打西藏牌，倒是源遠流長。因爲世界列強沒有人願意看到中國完整、強大，所以一直要把中國分裂，分裂成七塊八塊，外蒙古脫離中國獨立，就是美國、蘇聯、英國的傑作，西藏也是如此。問題是西藏成爲中國的領土，已經上千年了，即使達賴喇嘛在一九五一年確認有關和平解決西藏的協議時，也承認西藏是中國領土。怎麼能夠讓它脫離呢？英國會讓蘇格蘭脫離嗎？美國會讓夏威夷脫離嗎？所以，根本不發生不是中國領土的問題。」

「現在連達賴都不談西藏獨立的問題了，他只談人權等問題。」

「沒錯。打人權牌箝制中國、出中國的醜，的確符合所謂國際潮流，但可惜這些人不肯查記錄，查查達賴喇嘛統治西藏的記錄。在檔案中，竟有爲達賴喇嘛念經祝壽，『下密院全體人員須念忿怒十五施食回遮法，爲切實完成該次佛事，須於當日拋食，急需溼腸一副、頭顱兩顆、各種血、人皮一整張』的血淋淋要求，這是什麼人權！還有，爲維護『三等九級』制度，舊西藏法典嚴厲懲罰犯上的行爲，可處以『十三法典』第四條『重罪肉刑律』規定的『挖眼、刖足、割舌、砍手、推崖、溺死、處死等』的血淋淋刑法，這又是什麼人權！現存的檔案中還收藏不少在達賴喇嘛統治時期五〇年代拍攝的照片，其中有農奴被領主挖去雙眼，牧民被領主剁去右手、被砍掉一隻腳、被剜去了雙眼的照片，至於各種可怕的刑具實物，現在還保存存證。共產黨再壞，再迫害人權，也比不過達賴喇嘛吧？」

「達賴喇嘛得過諾貝爾和平獎呢，諾貝爾委員會有一段讚美文字，我們外文系的還會背呢，上面說“……Dalai Lama in his struggle for the liberation of Tibet consistently has opposed the use of violence. He has instead advocated peaceful solutions based upon tolerance and mutual respect in order to preserve the historical and cultural heritage of his people.”（達賴喇嘛在尋求解放西藏的奮鬥中，一直反對使用暴力，他主張使用以容忍和相互尊重爲基礎的和平解決方法，以期維護西藏人民的歷史與文化遺產。）我想，諾貝爾獎評審委員們大概沒看到那張人皮吧？」君君說。

「人類歷史上，從神權統治進化到君權統治，再進化到民權統治，可是西藏是全世界殘餘的最神權統治的地區，事實上，達賴喇嘛是最落伍、最黑暗、最迷信神權統治的代表，所謂『西藏人民的歷史與遺產』，其實正是這種醜惡統治的護符。說『解放西藏』、爲西藏爭取自由嗎？首先該做的，乃是該打破這種最落伍、最黑暗、最迷信的神權統治，才是當務之急。但是，從七世紀的吐蕃政權開始，到二十世紀的達賴政權爲止，西藏人民，完全籠罩在奴隸制與精神奴隸制的統治之下，又何來自由與解放？更何來人權？」

「達賴喇嘛笑咪咪的，那麼和藹慈祥，他統治西藏時，竟那樣無法無天嗎？」

「有法無天。那個法就是沿用了三百多年的所謂『十三法典』和『十六法典』。在這兩部法典中，按人的血統貴賤、職位高低，規定『人有上、中、下三等，每等人又分上、中、下三級』。藏王、大小活佛及貴族屬『上等人』，商人、職員、牧主等屬『中等人』，鐵匠、屠夫和婦女等屬『下等下級人』。各等人的生命價碼是不同的。法典規定：『人有等級之分，因此命價也有高低。』這兩部法典進一步規定，做爲『上等上級人』的人『命價』爲『無價』，或『遺體與金等量』；做爲『上等中級人』的人『命價』爲『三百至四百兩』黃金；做爲『下等下級人』的鐵匠、屠夫和婦女等人『命價』則爲『草繩一根』，『殺鐵匠、屠夫等，賠命價草繩一根。』這在『十三法典』第七條中白紙黑字規定得淸淸楚楚，不是我亂說的。爲了維護這種『三等九級』的制度，法典嚴厲懲罰以下犯上的行爲，『十三法典』第三條規定：『卑賤與尊貴爭執者拘捕。』第八條規定：『傷人上下有別：民傷官，視傷勢輕重，斷傷人之手足；主失手傷僕，治傷不再判罪。主毆僕致傷，無賠償之說。』『十三法典』第四條更規定肉刑的項目，包括『挖眼、刖足、割舌、砍手、推崖、溺死、處死等』，剛才我說過了。挖人眼睛、砍人大腿、割人舌頭等等還不算暴力嗎？可是諾貝爾獎給出來的頌詞卻是『一直反對使用暴力』，而達賴喇嘛也就變成了『人權鬥士』，鬥到台灣來了。怎麼辦？君君，聽了我的一番舉證，你再側頭看看那兩個喇嘛，你怎麼想？達賴喇嘛再來台灣時，你又怎麼想？」

君君側過頭去瞄了喇嘛們一眼，轉臉對我一笑。

「爲什麼西藏喇嘛們有這麼多來台灣？」君君問。

「因爲有台灣信徒供養他們。信徒們認爲供養他們可以快速得到福報，所以養個『番僧』來速成，這種把戲，想來又自私又荒謬。西藏喇嘛混蛋，因爲地處世界屋脊、地處中國邊陲，還有點道理，但是台灣這些信徒們混蛋，可眞太沒道理了。總之，那邊桌子上坐了四個混蛋，兩個西藏籍，兩個台灣籍，如此而已。」

＊　＊　＊

「雖然你的論證很有理，你不覺得你的口氣很武斷絕對、很憤世嫉俗嗎？」君君笑著。

「我承認我用的語言是很直截了當的、痛快的、不怎麼雅馴的。出獄這二十年來，我花了許多時間帶頭打倒獨夫蔣介石的餘孽、顛覆國民黨的政權，在我帶頭做這一大票之前，我就先發表一篇文章叫『我爲什麼支持王八蛋？』我在文章指出：這些反對黨人士，因爲是政治人士，他們的品德，即不能高估，對搞政治的人，不論那一派，都不可輕信。我們支持他們，支持的，不是他們本人，而是支持反對黨政治，我們爲反對一黨獨大、一黨獨裁而支持他們，他們也就在這一『反對』大方向上的正確，而值得我們支持。除了這一大方向的正確外，其實由政客對政客觀點對比，他們與國民黨殊少不同，在習性上，且尤其相近，他們的個人極少比國民黨中拔尖的個人好。簡單說來，他們只是在大方向上勝過國民黨而已，其他方面，跟國民黨是半斤八兩。但話說回來，要完成兩黨以至多黨政治，支持王八蛋打龜兒子就在所難免，否則全是龜兒子獨大、龜兒子獨裁，絕不是辦法，在龜兒子的暴政下，只有支持王八蛋來取得平衡。英國的保守黨工黨、美國的民主黨共和黨，都是龜兒子黨王八蛋黨平衡的範例。正因爲眞相不過如此，我對這票人無所謂失望，只要他們在大方向上不太迷失，就不必苛求。古話說：『賢者識其大者，不賢者識其小者。』我的解釋正好相反，是『不賢者識其大者』，唯有對不賢者能識其大，其他他們的小把戲，也就不足道了。如今，二十年下來，這個島眞是變天了，王八蛋眞的取代了龜兒子，看到民進黨政府的高速無能、腐化，你發現他們比龜兒子還龜兒子，他們不但是王八蛋，並且是instant龜兒子，整天看到群魔亂舞，我的基本心境，其實既淸醒又蒼涼。不過，就打倒一黨專政的大方向來說，我成功了，我已功德圓滿，雖然我不免發生錯誤。例如我當年罵他們是王八蛋，現在我承認我罵錯了，實際上，公道的說，他們實在不是王八蛋，——他們是大王八蛋！不論是支持王八蛋也好、譴責大王八蛋也罷，我的『階段性使命』業已達成，這些雜碎之人之事，對我都是泡沫，我懶得再關心這些鳥人鳥事了，我老了，有更重要的事等我去做了。台灣對我太小了！」

「你又回到了孤立狀態？」

「孤立是眞正強者的特徵。掉掉書袋吧，勃朗寧在『科倫布的生日』（Colombe's Birthday）裏，曾提出『孤立者強』的啓示，When is man strong until he feels alone. 易卜生在『人民公敵』裏，也曾點破世界上最強的人就是那最孤立的人的眞理。我不但要孤立，並且在走進書房以後，把自己變成了瞎子，我對房子外面的一切都不看；又變成了聾子，我對外面進來的一切都不聽；也變成啞巴，我不同人說話，也不喃喃自語或哼個小調。我只全力工作著，那裏都不去。」

「也不離開台灣?」

「也不離開台灣。」

「獨愛台灣，愛到死?」

「也不是，台灣只是我的工作所在，我在這兒習慣了，它是我的戰場，但卻不是我的敵人。台灣還不夠格做我的敵人，它太小了。雖然我也以玩世與憤世，跟這個島周旋、跟這個島上的惡政與小人周旋，但是，基本上與心境上，我只是『小和尙念經——有口無心』而已。我眞正的心，在遙遠的所在，那種遙遠既是空間的，也是時間的。基本上，我在台灣，是一個正確的人活在一個錯誤的地方。我的悲劇是總想用一己之力，追回那浪漫的、仗義的、狂飆的、快行己意的古典美德與古典世界，但我似乎不知道，這種美德世界，如果能追回的話，還得有賴於環境與同志的配合，而二十世紀的今天台灣，卻顯然奇缺這種環境與這種同志。環境對於我，活像爬座雪山，愈爬溫度愈冷；同志對於我，活像單車追汽車，愈追距離愈長。雖然如此，我自己卻奮然前進，繼續升高與加速，我不在乎做悲劇的角色，但又何必一悲到底?因此我努力把它演成喜劇，一個人的喜劇、獨白戲式的喜劇。在演出喜劇的過程中，我隨緣看到可愛的，從一條小熊狗到一位小女生，我都爲之一粲。這就是我最後的選擇。」

「對你過去的選擇，你有遺憾嗎？如果時光倒流，你再重來一遍，你的選擇，還是不變嗎？」

「對我這種特立獨行的異端說來，我看不出有第二種選擇。當然這唯一的選擇也會有內心的部分對立。人生最困擾人的事，莫過於這種選擇。這種選擇，在一個人頭腦簡單的時候，只是黑白兩極思想的對立，反倒容易；但當他知識程度較高、思想繁複的時候，就發現對立的思想並不那樣是非立判、那樣黑白分明，這時候，你做選擇之前，你會益形困惑；做了選擇以後，也會矛盾叢生。在頭腦簡單的時候，你會很坦然的認為白是好、黑是不好，你選了個一百分，你不選那零分。但是，當你知識程度較高、思想較繁複的時候，你會近乎猶豫不決的發現：你選的白固然是一百分，但不選的黑也未必是零分，甚至是九十九分也不一定。這時候，你的困惑和矛盾就大多了。在這種九十九分的緊迫盯人下，你選了這一百分，你會若有憾焉的沒選那九十九分，那九十九分會不斷的鬧你、鬧你，對你尾隨不捨。在這種關口，你必須有足夠的智慧與達觀去做選擇後的適應與自解，而這種自解，有時難免是阿Q式的、難免頗有政治性的抹殺意味的。我曾有諷刺性的一首詩，叫做『落選的不好』，我背給你聽：

矛盾不能成事，
矛盾只有苦惱。
該把你選出的放大，
再把落選的縮小，
人間的是非太多，
你不能全盤通曉，
爲了說你選得對，
你必須說落選的不好。

這種選與不選，就好像我們到飯店吃飯。攤開菜單，你選了紅燒明蝦就不得不拒絕選干燒明蝦、吉列明蝦。智慧是什麼？智慧是使你認爲選紅燒明蝦最好；意志是什麼？意志是使你砍掉干燒明蝦、吉列明蝦的沾戀與矛盾；哲學是什麼？哲學是吃了紅燒明蝦瀉了肚子，坐在馬桶上還會笑。——哲學家研究了半天哲學，其實哲學的眞義，不過在此！」

君君笑起來，像一個小哲學家一般的笑起來。她努了一下嘴，慧黠而不服氣的說：「如果哲學只在馬桶上才發生作用，爲什麼不提前在餐桌上先發生作用呢？比如說，哲學該告訴你根本不必吃明蝦，也許，你根本就不必選；也許，大胃王的哲學家會乾脆全選，所有明蝦，盡入肚中。」

「人生不選擇是不成的，不選就好像老處女，只有超然而沒有生育；全選是不成的，全選就好像賭台上押所有的寶，贏在輸裏頭。我的一個賭徒朋友怕死，枕著枕頭念基督教的『聖經』，枕頭下又偷放著佛教的『大悲咒』。一天他死了——他想押所有的天堂，大概反倒下了所有的地獄！當然這些目標的性質不同於明蝦，但是在對立中、在有你無我中，你不得不擇一而選，同時身懷你的哲學，以備瀉肚之需。」

「如果不瀉肚呢？」

「那就表示你擇一而選選得正確。換句話說，是否瀉肚是檢驗選擇的唯一標準。」

「我們在吃飯哪！」君君警覺了。「怎麼老繞著和馬桶有關的談。」

「好吧，禁止再談了。如果時光倒流，我還是我，照原樣再活一遍。我再活一遍，所面臨的問題，其實是一個老問題。這個問題是：『人到底該怎麼選擇？』千百年前，孟子就提出這種選擇的困惑，在魚與熊掌之間，他做了深入的討論。他的結論是：生命雖然是我想保持的，但是如果有比生命更令我追求的，我就會捨生取義；死亡雖然是我想避免的，但是如果『所惡有甚於死者，故患有所不辟也』。『患有所不辟』不是一定要死，而是有犧牲的危險也不躲避，——並不因爲有犧牲、有危險，就不幹了。孟子的問題其實也是屈原的問題。屈原見太卜，說：『余有所疑，願因先生決之。』他把『疑』說了一大段，重點只是兩句：『寧正言不諱，以危身乎？將從俗富貴，以媮生乎？』這就是一個選擇的當口。最後，屈原做了選擇，他不肯『從俗富貴』、不肯『媮生』，走了與世俗相反的路線。三國的禰衡，也有同樣的問題。他的選擇是『寧正言不諱，以危身』的路線。他的路線是對的，至少在曹操、在劉表面前，你不能說他有什麼不對。問題是他最後碰到了黃祖，黃祖是沒有起碼水準的老粗，結果把他殺了。我不太覺得禰衡是有意找死，或是『壽星老吃砒霜——活得不耐煩了』。他只是『寧正言不諱』而已。至於『正言不諱』以後別人殺不殺他，他無所謂。他沒有興趣去教育敵人，或揣摩敵人的水準。當然，他這種作風，『上的山多終遇虎』，最後碰到了黃祖型的敵人，他也一死了之。——『患有所不辟也！』『人活著不僅是爲了麵包。』對志士仁人說來，尤其不僅如此。一般人的標準是『妻財子祿』全有了，人生如此，尚復何求！這話用在凡夫俗子身上，全沒有錯；但是用在志士仁人身上，就把他們看得太小了！四百年前死的那位英國殉道者湯瑪斯・摩爾（Thomas More）、八百年前死的那位英國殉道者湯瑪斯・貝凱特（Thomas Becket），他們都有著太好的『尚復何求』的條件，但是最後呢，還是無法棄其所守、還是都死於非命。這些人並不都是有意送死的人，但他們都是爲了眞理，『患有所不辟也』的人。結果既然命中難逃一死，最後除了一死，又『尚復何求』？——誰讓他們都碰到黃祖型的統治者呢？」

「問題是，」君君接下去。「問題是，你一定要硬碰硬，不做一點逃避的考慮嗎？看你的作品，的確完全沒有逃避。有的知識分子卻不這樣，他們事前逃避，事後寫作內容也是逃避，至多傷痕一下而已。你怎麼說？」

「我以大陸的文學爲例，來做說明。鄧小平以八個字批評文革以後的『傷痕文學』，八個字是：『哭哭啼啼，沒有出息。』爲什麼『沒有出息』？因爲『哭哭啼啼』是弱者的表徵，強者絕不如此。強者是要據理力爭、挺身而鬥，強者並不自憐自己的傷口，強者關心小孩子的未來、千千萬萬小孩子的未來。拒領諾貝爾文學獎的法國文學家沙特，曾感慨的說，小孩子都快餓死了，文學還有什麼意義呢？他指的文學，是弱者的文學，是『哭哭啼啼，沒有出息』的文學。『傷痕文學』儘管沒有出息，至少它還與自己成長的泥土結合、與生民同病、與國家共休戚，它並不逃世。但有一種逃世的『準傷痕文學』則不然，這種文學可跑得快，它快速的逃向祖國以外的世界，這種逃世是徹底的，這種文學的作者製造一種假象，是祖國有負於他，事實上，是他吸收了祖國泥土的營養才成長而有今日。我們不淸楚他的黨是否有負於他，但在祖國動亂時候，他並非獨來獨往的『獨與天地精神往來』的有原則知識分子；相反的，他還是黨員，未嘗不參與打壓異己。這種文學工作者比起日本的懦種文學家川端康成還不如。川端康成在祖國動亂時嚇得噤若寒蟬，勇敢抗爭的文學家犧牲了，他卻藏在欣賞女人的世界裏，『回到自古以來的悲哀。』他說他悲哀以外，也反抗、也諷刺，方法是在電車上和燈火管制的床上讀『源氏物語』，用讀書『聊以表示對時勢的反抗和諷刺』！我的天！這是那門子的反抗？那門子諷刺？但沒人敢笑川端康成是懦種文學家，因爲他得了諾貝爾文學獎。川端康成雖然如此不堪，但他熱愛他的祖國，他不滿政治人物和政黨，但對祖國感懷感恩，直到七十三歲爲女人自殺爲止，他一輩子是日本人，沒有入過其他國籍。說到這裏，扯進討厭的日本人，實在乏味。趕快做個結論吧。結論是：『傷痕文學』比『準傷痕文學』好得多，『傷痕文學』作者比『準傷痕文學』作者好得多，如此而已。可是歸根結柢，這兩種文學都不是我看得起的。現在再轉回去，談再活一遍的問題。我會故態復萌，照樣再活一遍。只是、只是，我一想到貓王和他一千個女人，我就應有悔不當初之感。我在時光倒流時，也許自己問自己，你已經『幹』偉大的政府一次了，還不夠嗎？少一點叛逆，多一點愛情，像貓王一樣，多『幹』一點更親愛的，不也很好嗎？哈哈，那時候，我對我自己，會無詞以對。」

「悔之晚矣？」

「悔之晚矣！」

「其實何必等到時光倒流呢？你第一次就可能做得叛逆過度了。要後悔，第一次就該後悔了。」

「那可不行啊！如果後悔，就表示你價值觀念動搖了，那牢也坐不下來了，坐牢不是靠身體力量，坐牢是靠精神力量。我被捕後，受到刑求，其中有一項是拶指。他們把三支原子筆夾在我左手四根手指中間，再強行用我的右手緊握四根手指。並戲謔性對我說：『萬先生，這不是我們折磨你，是你自己的右手在使你的左手痛苦，所以不能恨我們。』我笑笑，說：『我不恨你們，也不恨我的右手，我只恨原子筆。』君君你能想像嗎？在那種全世界都背叛了你，連你自己的肉體都背叛了你的時候，你只有靠精神、靠精神力量支撐你，抗衡回去，使敵人知道，也使自己知道，你沒有完全被打敗，你一息尚存，還是有抗衡的餘地來苦中作樂、來撥雲霧以見青天。沒有暴君能夠使你不笑。在我被刑求後四分之一世紀，出來了義大利羅貝多·貝尼尼（Roberto Benigni）的『美麗人生』（LA VITA È BELLA）那部電影，我眞覺得導演『後』得我心。眞的暴君可以關你、刑求你，但無法使你不笑、不偷笑，尤其無法使你的兒子不笑，當你處心積慮保護兒子笑容的時候，兒子可以遊戲人間，把暴君的金戈鐵馬當做家家酒。想想看，萬劫先生是多麼有勇氣的人。君君啊，你可知道過去『幹』國民黨的叛逆者他們多安全嗎？他們大都是在國民黨刀槍拳頭達不到的地方幹的，他們或在洋人保護的租界裏『幹』的、或在北方軍人的寬厚裏『幹』的、或在允許辦報的局面裏『幹』的、或在民情洶洶的公理昭彰時代裏『幹』的……可是我呢？我全身暴露在國民黨空前大好的統治優勢下，他們有高度集中的力量、有密集安打的環境、有四面是水的方便、有日本留下的被統治慣性、有現代的鎭暴設備、有一黨獨大、有八號分機、有大量的喊萬歲唱『梅花』的小市民、有美國帝國主義的支持……這一切一切，都足以使『幹』國民黨的心灰意懶、膽戰心驚。我沒梁山可上、沒出境證可拿，我活像玻璃窗戶上的蒼蠅——『前途光明，沒有出路』，隨時都要被蒼蠅拍子打下來……可是，我還是做了！還是頭破血流，一做再做了！爲的就是我在玻璃窗戶上，自己可以看到光明、可以讓人類精神層面奔向光明，恰像那『美麗人生』中劫後餘生的小兒子，爸爸笑著犧牲了，他幼小的心靈才能笑著看見來解放集中營的坦克車，家家酒不再是假的，因爲假的坦克車沒那麼逼眞、那麼大。君君啊，這是一種了不起的人生態度、了不起的人生觀，吃了紅燒明蝦瀉了肚子，坐在馬桶上還會笑；『幹』得政府抓進牢裏，被拶指時還會笑；做猶太人關進集中營，爲了兒子快樂還會笑……這種苦中作樂的豁達、拒絕愁眉苦臉的韌性，才是眞正的大丈夫行徑、『行動哲學家』行徑。人活著，活到了這種境界，才是眞正灑脫的高人。君君，尤其請特別注意那些在生死關頭笑得出來、從容笑得出來的人，古話說：『慷慨成仁易，從容就義難。』死得從容不從容，最能看出一個人的灑脫不灑脫。南北朝時宋明帝要死了，他下命令，要王景文先死，爲了王景文是皇后的兄弟，皇上死了，皇后有權，舅爺自然也有權，外戚王家有權，就威脅到宋家天下，所以宋明帝送了一道命令和一瓶毒酒過去。那時王景文正在家裏宴客、下棋。他拆開皇上的命令，見到賜死的決定，神色一點也沒有異樣，若無其事，把命令摺起來收好，照舊下棋，認眞的下棋。等棋下完了，他把棋子收好，才慢慢對客人宣布，皇上已送毒酒來，要他自殺，說著舉起毒酒滿杯，對客人們笑著說：『此酒不可相勸。』這杯酒可不能請你們喝呀！就從容死了。我遍讀古今中外從容含笑死的故事，這個故事，可謂天下第一，太灑脫了！悲劇中有喜劇成分，太了不起了！君君，你說呢？」

「眞好！」君君聽得入神了。「這種男人，女人一定願意嫁給他。他幾歲死的？」

「死時六十歲。嫁給他幹嘛，守寡好玩？」

「說不定女人會殉情呢！」

「爲六十歲的人殉情，値得嗎？」

「難道爲十六歲的嗎？十六歲那有這種深度和風度啊！」

「要殉情嗎？還有一位可考慮。明朝末年的志士張蒼水，他被殺時，舉目望吳山，嘆曰：『好山色！』這個人臨被砍頭前還看山，還讚美陽明山多漂亮呀，這種人多灑脫呀！」

君君點點頭。「這個也不錯。」

「要殉情嗎？」

「要。」

「對不起，來不及了。張蒼水的老婆已先死了。」

「如果你死，你願意那種死法？」

「我覺得人生最好的死法，一個是殉情而死，一個是性高潮時而死。殉情是與情人一起死了，是人生中死得最美的；其次就是性高潮時一個人死在情人身上，也眞快意，只是對情人太恐怖了一點。我不知道我怎麼死、是什麼死相，但最嚮往的，就是阿提拉（Attila the Hun）式的。阿提拉是五世紀時的匈奴王，武功所及，包含了大部分中歐和東歐。此公外號『上帝之鞭』（Scourge of God），其凶悍可想。但他的死，不死於沙場，卻死於與德國少女伊爾娣蔻（Ildico）花燭之夜，性高潮中，女方欲仙欲死，男方卻眞仙眞死了！眞是『儒林外史』中王三姑娘老爸所說的『死得好！』這是我最嚮往的一種死法。別說這種福氣只阿提拉一個獨享吧！十世紀的教皇李奧八世（Leo VIII），就是與情婦私通時死於高潮的；十九世紀法國總統福爾（Félix Faure），也是與情婦私通時死於高潮的。可見阿提拉之道不孤，可眞前仆後繼呢！」

「除了上面兩種以外，第三種是那一種呢？」

「第三種比起來就太無趣了，不過也不錯。十六世紀波蘭天文學家哥白尼（Copernicus）出版他地動說的論文，最後拿著稿子在床上校對時，突然死了。這可叫做校對而死。我想我不得已而求其第三的時候，就那樣死吧。」

*　　*　　*

從小餐廳出來，轉到了書店，君君在翻書的時候，我買了點東西，付的是現金。過了一會兒，我在翻書的時候，遠遠的看到她在刷卡，我走過去，她問我買什麼東西了沒，我說我付現買過了。

「信用卡方便，你不用信用卡？」君君問。

「方便？什麼方便？我看是高速負債付利息的方便。卡、卡、卡，其實信用卡不過是個濃縮了的、壓扁了的放高利貸的罷了。放高利貸的有兩種造型，一種是地下錢莊式的運大量現鈔來的卡車型，一種就是卡片型。用卡片吃你，比用卡車吃你，還更吃人不見血呢。」

「有那麼嚴重嗎？萬先生，你從不讓你的大頭腦休息，你對什麼都有一大堆意見。」

「你說得也是，我的大腦是我身體上最辛苦的器官，我要你幫它休息。」

「現在地點不對，再說吧。其實我全身的器官，都需要休息，都需要你幫我休息。現在，也不早了，去公墓，我們要上路了。」

「有什麼方法我可以效勞嗎？」

＊　＊　＊

走出了書店，走到仰德大道與華崗路的轉角。我望著紗帽山和遠山，對君君說：

「古代的藝術家，曾有『不恨我不見古人，所恨古人不見我』的豪語；古代的文學家，曾有『不恨古人吾不見，恨古人不見吾狂耳』的豪語，都表示古人會遺憾沒見到我，這是對人的；還有對山的，古代的詩人，曾有『相看兩不厭，只有敬亭山』的描寫；古代的詞人，曾有『我見青山多嫵媚，料青山見我應如是』的描寫，都表示山會喜歡見到我。在他們筆下，他們都代古人立言、代青山講話，意思是自己可以與古人、與青山互動。這種互動，比起穆罕默德要山朝他不遂、自己只好朝山的生硬幹法溫馨多了，也有情調得多了。」

我又說：

「剛在吃午餐時談到選擇，除了人生要不斷的選擇外，其實在陽明山看風景，也要不斷的選擇。陽明山被沒水準的人們給污染、給破壞得好厲害，幾乎沒有完整的畫面給你看到，你看東看西，總會看到一部分礙眼的、或不搭調的，你沒法子，只好練出一種自動過濾、自動挑選、自動選擇性視野的本領，對想看到的視而見之，對不想看到的視而不見。對美視而見之，對醜視而不見。古代相馬的專家伯樂，對秦穆公讚美另一個相馬專家九方堙，說九方堙的本領在能『見其所見而不見其所不見，視其所視而遺其所不視』，這兩句話可說得眞有學問，說得太好了。看被污染、被破壞的陽明山風景，乃至於這個島上各地的風景，都得練出這種本領才成。大概這也算是對付缺陷美的必要法子吧？」

「照你這麼說，看一個女人也適用這種標準嗎？也要選擇性的看嗎？」

「也可以適用，不止選擇性的看，而是自動選擇性的看。不過，可愛的女人你對她不止於看。『莊子』書裡講『庖丁解牛』，可解說出三個境界。第一境界是看到活生生的一條全牛，第二境界是達到目無全牛，第三境界是達到只憑感覺就知道這是什麼樣的牛，『以神遇而不以目視』，只憑心領神會而無須用眼睛去看，就領悟了一切。當然，女人不是牛，不能牛來牛去。但最後能夠不看女人就可以心領神會了她，這也是別有洞天的新境界。」

「你會吧？」

「我會。例如我會在全黑的浴室裏，在不能『目視』的狀況下，『神會』一個可愛的裸體女人。雖沒看到她的裸體，但能感覺到，多有情調啊！多有趣啊！」

「如果浴室裏不是裸體女人而是一頭小母牛呢？」

「我就把牠抓住，從馬桶裏沖走。」

「小母牛怎麼會沖進馬桶？」君君笑著。

「小母牛怎麼會跑進浴室？你提出荒謬的問題，我就提供荒謬的答案。」

「那——那裸體女人會出現你的浴室嗎？」

「你怎麼問我呢？要問問我這種問題的人呀！」

君君會心的一笑，輕輕打了我一下。「我們走吧！」

*　*　*

君君和我，轉入華崗路後，經過外僑區的舊宅群、經過華崗路的天主堂，再從天主堂旁邊的斜坡朝紗帽山腳走，一路下坡，跨過一道小橋，又轉趨上坡。下坡上坡之間，是一條幽谷，它不是死亡的幽谷，卻是條走向死亡之地的幽谷。跨過小橋以後，出現一條歪歪斜斜的細路，變成了一路上坡，最後穿過幾行竹林，就上了到北投的陽投公路。公路是沿著紗帽山開鑿出來的老路，右邊是山腳，左邊是延伸的幽谷，沿路走著，在樹叢中間，公墓的靈骨塔就時隱時現在眼前。

這條公路不寬，勉強往來汽車對開，行人則被擠到山腳旁或幽谷邊，一如被現代文明擠向左右，毫無抱怨的餘地。路是漫長的、成段的，每到一段，就有小歇之處，或標做「第一展望」，或標做「第二展望」……不過沿著幽谷展望下去，看來看去，都很少能躲過一個地標，那就是愈來愈近的靈骨塔，和一排排一片片白綠相間的公墓群。

有的路段特別窄，為了安全，君君和我有時要魚貫前進。車總要坐一段的，可是我們沒預定在那一站上車，每經過一站，我們就在站牌下向回程張望一下，看看有沒有公車前來，有，我們就搭；沒有，我們就再走一站。對悠閒的人來說，不怕錯過什麼，尤其不必怕錯過現代文明。

最後，也沒注意走到那一站了，背後公車來了，我們上了車。這路公車開往天母，但路過公墓。在公墓附近，我們就下車了。

*　　*　　*

通向公墓的是一條向左的岔路，是上坡，愈走離來時路愈遠，彷彿先給了你「幽明異路」的心理準備。一路走上去，要經過國民黨權貴們的大墳，好在那些墳還算隱秘，不像他們生前那樣招搖，減低了一點人們對他們的敵意。再上去，就赫然出現靈骨塔了。比起一座座土葬級爲主的墳墓來，火葬級爲主的靈骨塔自然顯得寒酸，事實上，靈骨塔也是後來冒出的。因爲公墓的原始規畫，都是土葬，不料人死得太多了，超出了原來規畫的預估，很快的，預定滿額了，想埋骨陽明山的人，從此失掉了機會。靈骨塔的建造，只是給火葬級爲主的死人一點歸宿的空間，和住高樓大廈的沒有兩樣。高樓大廈儘管雄偉，但從土地持分看，你只是百分之幾而不是百分之百，百分之百的土地持分者乃是住在地面上「透天厝」的人們。這些人明知死後萬事皆空，但在皆空之時，獨踞湖山少許、獨與泥土相親，倒也是一種稱慶與自得。雖然這種情懷，對我這種開明的反叛型英雄人物卻毫無意義，因爲我早已捐出我的屍體給台大醫院了。我死後，他們可做「大體解剖」，然後做成完整骨骼標本，永遠懸掛在台大骨科，除嘉惠醫學教學及研究外，喜歡我的，可以看到我的骨氣；不喜歡我的，可以觀察我的髑髏，眞可說一了百了，屍無存卻骨長在了。

*　*　*

靈骨塔是整個公墓的最高點，也是中樞所在。以它爲中點，公墓沿著每一塊山坡蔓延開來，不分南北與東西、不分山陰與山陽、不分大塊與小塊，凡是可以自成一個範圍的，就算一個單位，給開發出來。基本上，成千上百的死者多屬一個大類，那就是一九四九年起大陸來台的那批人物，這年國民黨被共產黨打敗逃到台灣時，獨夫蔣介石才六十三歲，跟他來的鷹犬們絕大多數都比他年紀小，離死亡尙遠。但是，二三十年過去了、三四十年過去了，他們也就老死台灣了，這就造成了公墓的搶手。因爲從地望上看，陽明山公墓的風景的確絕佳，但這是指從墓地向下看台北盆地，不是指從台北盆地向上看它。它的開發，把青山和生態都給破壞了，從下方看上去、從遠方看過來，尤其不忍卒睹。所以，台北市的人，有一點審美眼光或環保意識的，都討厭這公墓，但他們忘了，就便是這一公墓的開發，都是獨夫蔣介石批准的。獨夫蔣介石成立了陽明山管理局，把陽明山的一切都在他直轄之下，活人自不消說，死者也不例外。

不過，有一小部分死者似乎有點例外。這些人並沒跟獨夫蔣介石一起渡海來台，他們是外省第二代，生於台灣、長於台灣、英年早逝於台灣，死了以後，陰錯陽差的機緣，也埋到這裏，他們與鬼爲鄰，顯得有點不搭調，因爲這片公墓本是獨夫蔣介石的鷹犬世界，大家比鄰而埋，未免格格不入。但是，死人是沒有選擇的。一如英國西敏寺埋在一起的，有的是生前敵人。不過，那種敵人也是夠水準的，而獨夫蔣介石及其鷹犬，做爲你的敵人，其實還不夠料呢！

*　　*　　*

由於陽明山公墓已呈飽和狀態，所以它已沒有發展，只有維持。但維持也是不容易的，人剛死的時候，親友感情正深，修墳送葬，一片人氣；年深月久之後，新墳就漸漸淪爲荒墳，人氣也不見了。

君君和我，在荒墳亂草中走著。

「你看這些墳，」我指著。「絕大部分都成了荒墳，但從剛蓋這些墳的情況看，它們絕不是荒墳的下場，可是年深了、月久了，活人與死人的關係，就漸行漸遠。『去者日以疏，』這本是人之常情，不過，全世界只有一種人例外，那就是『台灣人悲情』的製造者。這些人每年炒作『二二八』，說二二八事件百分之百全怪外省人。但我忍不住懷疑，到底有沒有一個小數點——百分之百怪外省人中的一個小數點，台灣人也不妨反省反省呢？例如事件之起，是緝私人員驚慌中開槍誤殺了一名看熱鬧者，這種緝私人員應予嚴辦，是對的，但群衆包圍警察局，要求立刻『就地正法』，這種不懂事、不講法律程序的要求，任何官員都做不到。做不到就起暴動，把外省人中的無辜者予以打、砸、搶、殺，婦女予以強姦、嬰兒予以摔死，這種行爲，不該反省反省嗎？由這種暴民濫殺行爲，招致來的暴君派部隊登陸濫殺，能夠百分之百全怪外省人嗎?我絕對不是說國民黨政府惹起民變、處理民變是對的,但相對方面,台灣人的肆虐與招禍反應,也不無反省之處。但是,直到五十多年後的今天,又有幾位反省了呢?今天的觀點是單面的,就是大家只看到台灣人之死,卻視而不見外省人之亡,整天朝野爲二二八做悲情秀,卻根本不提二二八首開濫殺之風的是台灣人這一事實,這叫什麼道德?如果這是道德,那只是『台灣人的道德』,不是人類正義之士的道德。而且,如果五十多年來二二八的悲情值得一慟,四百年來高山族被這些台灣人『二二八』的,又不知凡幾?爲什麼朝野不爲他們慟一慟?整天哭喊自己受虐的人,爲何不去順便代高山族被虐喊喊冤、立立碑?自己人殺的高山族、殺的外省人都不算,只算別人殺自己人,這算那一門子是非?這些人口口聲聲公義公義,但眞正知道公義的人,他們在主張『還給台灣人一個公道』之際,也會主張一下還點公道給外省人,他們在主張『促成公布眞相、平反冤屈』,也會調查一下台灣人怎樣『冤屈』外省人。也許有些公義人士們說,台灣是台灣人的,你們外省人跑到台灣來,出了事,難免要受『冤屈』,但是,高山族若站出來,誰還好意思說這種話呢?正因爲台灣人的祖先從大陸來台,欺負高山族,欺騙他們、欺凌他們、殘殺他們、聯合外國人如荷蘭人等把他們無異種族滅絕,他們才逃到高山之上。試問今天的公義人士們,是不是也該把當年台灣人『冤屈』高山族的血淚,公義一下呢?給你一個統計數字吧!以台南附近爲例，台南附近在一六五〇年，有高山族三一五社、六萬八千人；可是，到了一六五六年，就只剩一六二社、三萬一千人了。短短的六年間，一半多人口不見了，這種種族滅絕或逼上玉山搞法，縱希特勒殺猶太人，也望塵莫及；縱二二八殺人，也望塵莫及。而這種暴行，都是台灣人聯合荷蘭人幹的！若來點比較歷史學，我們可以說：荷蘭人相當於到美洲的白人；台灣人相當於賣到美洲的黑人、黑奴；高山族相當於原在美洲的印第安人；不同的是，黑人對參與殺印第安人，至爲罕見；而台灣人參與殺眞台灣人高山族，卻凌駕洋人呢！更不可思議的是，日本人在台灣五十年，殺了千千萬萬的台灣人，台灣人爲什麼不吭氣、不調查、不立碑、不悲情，不但不這個不那個，反倒哈日、反倒讚美日本人，這不是賤種、賤骨頭嗎？天下有這種公義之士嗎？這些人談公義之不足，又喜歡搞『台灣人悲情』秀，整天以製造悲情的方法號召『走出悲情』，例如他們爲二二八死難者哭哭啼啼，事實上，縱使是直系血親，死了五十多年後，按人之常情，都沒有那麼多的悲情可出、也沒有那麼多眼淚可流了。沒有那麼多悲情硬要說有、沒有那麼多眼淚硬要往外擠，這不是作秀是什麼？更荒謬的是說二二八被殺的台灣人有十幾萬或幾萬或兩三萬，以增加悲情氣氛，好了，政府開始補償了，死一個給六百萬，親屬請來登記吧，按說重賞之下，必有死人，結果登記到今天爲止，登記了五年，只死了或失蹤了或受傷了八百二十四人，八百二十四人是十幾萬或幾萬或兩三萬嗎？這樣子有意製造悲情記錄，眞是何苦來啊？我剛才說了這麼多，重點有二：第一，『去者日已疏，』按人之常情，對死者可以懷念悼念，但說一定要五十多年後還有大量的悲情，那不是眞實的；第二，台灣已是一個沒有公義的島，從暴君專制到暴民專制，已把台灣攪得烏煙瘴氣。我可說是這個島上最能發出眞正公義之聲的人物，除了我以外，當然還有一些別人，也只是可數的十幾個人而已。不過我也開始老了，我還有許多世界性的題目要做，在小島的題目上燃燒自己，對我已是過去式了。來，君君，還是少看生者多看死者吧，這裏到處都是死者。只可恨埋的多是窩囊的國民黨，一、討厭死了；二、死了也討厭。不是嗎？」

*　　　*　　　*

我說：「我有一首叫做『墳』的詩，對比生者與死者間的變化，我慢慢背給你聽：

一切都集合起來了，
當淚水平行了雨淋。
一鏟鏟黃土埋下、埋下，
直埋起一座新墳。

送葬的人魚貫前進，
個個都黯然傷神——
這個世界不只有你、不只有你，
也有我們。

一切都疏散開來了，
當風聲吹落了雨淋。
一片片荒草爬上、爬上，
直爬上一座孤墳。
送葬的人魚沈雁杳，
個個都無處可尋——
這世界只有你、只有你，
沒有了我們。

不過，既形成了一大片公墓，縱然這世界『沒有了我們』活人，死人因爲左鄰右舍都是，倒也不再『這世界只有你、只有你』了，至少是『只有你們』了，死者有知，應該沒那麼孤單，即使『與鬼爲鄰』的是那些獨夫蔣介石的鷹犬，似乎有也比沒有好。其實眞正孤單的，是不歸於公墓，而流落荒郊的孤魂野鬼。記得宋朝王安石有一首向他死去女兒道別的詩，他在做官任上，死了小女兒。三年任滿，他要離開到別的地方去了，古時交通不方便，他知道此去不太會回來上墳了。一天夜裏，他坐著小船，搖到了荒郊，走到他小女兒的墓前，他告訴小女兒，爸爸已經老了，滿眼憂傷的來看看你，跟你永別。『今夜扁舟來訣汝，死生從此各西東。』爸爸老了，不會再來了。那是一幅詩中有畫的畫面，非常動人。我想，那小女兒如果埋在公墓裏，會稍微好一點，畢竟有那麼多黃泉路上的陌生人，大家誰也不動，在一片寂靜中互相照應、有個照應。」

「你說得也是，這就是公墓的好處。外婆把母親埋在這裏，也就比較放心了。」

*　　*　　*

一路說著走著，君君帶著我，在漫山遍野的墳場裏尋找母親、走向母親。她說距她上次前來，已經一年了。上次是考取大學後來看母親的，所以記憶猶新。「就在那一區，」她把手一指。「那一區從上面朝下數第三排的最右邊那一座。遠看起來平平的一塊空間，上面只有一塊橫的小碑就是。」我順手望去，模糊看到她所說的，墳太多了太多了，令人眼花撩亂。

「就沿這條小路過去。」君君說。「就可以走到。」

「要不要我爲你揹一下背包？你揹得很久了。」我伸出手。

「不要了，謝謝你。其實裏面只有流浪者換洗的衣服等雜七雜八的，並不重。」

「遠遠望去，你母親的墳看起來很簡單肅穆，不是豪華級的。」

「外婆有很不錯的 taste，她堅持把整塊的墓地規畫成完整的一大塊平面，全用黑色大理石板蓋住，在角落裏立了一塊橫的小碑，上面有母親的名字、生死年，和『女兒陳璧君立』字樣。刻的字體還是請精於書法的朋友寫的，寫的還是魏碑呢。」

「那一定很夠看。你看前後左右這麼多墳，設計得都太俗氣了，沒有文化，正和這個島一樣。」

「你說台灣沒有文化？」

「不錯，一點都沒錯，我說台灣沒有文化。這個島上文化形成的過程與眞相，撇開高山族的原始型文化不足論以外，可分三大階段：第一階段是『流民文化』——對高山族而言，當年來台灣的中國人，都是假台灣人。假台灣人初到台灣，不是很自願的，基本上，是在大陸混不好或混不下去，才離開福建、廣東一帶家鄉的。這裏面有沒有土地的農民、有沒有職業的流氓、有沒有恆產的海盜、有甘心賣身給外國人以求渡海的流亡者。當年中華帝國的基本政策是不准老百姓往外亂跑，它不准老百姓去東北、也不准去東南，換句話說，它不喜歡移民。但是，只要有必要，民會自移，是很難攔得住的，尤其在荷蘭人占領台灣時期，他們要大量農業人口來建設台灣，幫他們追求重商利潤、鞏固殖民統治，這種幫凶，以漁獵人口爲本位的高山族是不適合的。於是，在荷蘭人的招募下，大量的漢人豬仔，被當做奴隸般的，被擠裝在大划船的船底，運到台灣。這種大量流民，移到十七世紀中葉，已經高達十萬人，數目已經跟高山族相等。這些人欺負高山族，力道有餘；建立新文化，卻水平不足。所以，台灣當時雖然被中國文化廣被，但那種中國文化，卻是最下等的，縱然後來由中華帝國派出政府，予以教化，但是，對中原文化說來，它仍然是一種邊陲文化，是不入流的。第二階段是『流氓文化』——在不入流的文化中，羅漢腳的『流民文化』，又受了日本浪人的『流氓文化』影響，使這個島上的文化形態更形難堪。日本文化的特色是武士道與町人道的混合體。武士的信仰來自封建制度下的一姓打手信仰，武士道的先天只是一種『走狗道』、『保鑣道』。至於町人，和中國古代商人一樣，原來沒有社會地位，町人要靠諂媚武士來做生意，所以他的地位，就正像『水滸傳』石秀所罵的，是『給奴才做奴才的奴才』，這種人好計算而短視，性格最下三爛，所以被稱爲『町人根性』。武士道加上町人道，本就使日本文化變得畸形。但這種畸形，施之於殖民地的亡國奴身上，自然更流氓之至。『流氓文化』自然也是不入流的。今天台灣的『哈日族』，哈了半天，哈到的，只是日本文化的下層皮毛而已。第三階段是『流亡文化』——『流氓文化』以後，台灣又淪入獨夫蔣介石國民黨流亡政權的教化中。國民黨帶來的中國文化，其實只是『流亡文化』。它裏脅來故宮博物院的大量骨董文物，以此爲餌，定位爲中國文化。於是，這個島上的人不知憐香，卻學會惜玉，可惜惜的都是市場上的假玉，以一群群土蛋惜一堆堆假玉，附庸風雅，還以爲非常文化呢！總而言之，從外來的哭喪新到了五子哭墓外加脫衣舞；從外來的南管新到了酒色財氣的卡拉ＯＫ，如果有，這就是所謂『台灣文化』！哈哈哈，台灣何來文化？」

「你好大膽，你這樣說，人家會說你不愛台灣。」

「誰敢講啊！我愛中國愛台灣，愛到坐了十年大牢。我愛中國愛台灣的時候，說我不愛台灣的人還在做獨夫蔣介石的順民、做美國人呢！誰敢講我？」

「台獨分子就敢講你。」

「台獨分子？那兒還有台獨分子？君君你知道嗎？皇帝有眞假、太子有眞假、公主有眞假，但眞的比假的多得多，全世界各行各業中，只有一個行業，很少眞的，幾乎全是假貨，那就是所謂的台獨分子。這話說來好像不是眞的，但事實卻正如此，多奇怪啊！台獨分子標榜台灣獨立建國，他們要革命、要打拚。不論要什麼，重點必須出之以行動。要革命嗎？那得付出抛頭顱、灑熱血、坐穿牢底、橫屍法場的代價，但遍查國民黨偽政府的抓人殺人記錄，被殺的，成千上百，統統都是共產黨！台獨分子被關者偶有之，但被殺的只有一兩個。這一統計，告訴了我們，如果台獨分子是眞貨、是玩眞的，爲什麼總能逍遙法外？爲什麼總是熱血騰騰但卻流出來的這麼少？答案是，台獨分子一直在口號層次，不在行動層次。並且，當年喊口號也在美國喊、日本喊。這也說明了，很少海外的台獨分子不是外國人、不拿外國護照。最有戲劇性的變化是，大喊台灣獨立萬萬歲的投機分子當家做主了，他並自稱是台灣總統了。那麼爲什麼不趕快易龍旗、廢國號、改憲法、奉台灣正朔呢？原因是，他是台獨分子的假貨，他不敢！至於其他的台獨分子呢？他們的主力，都在台灣或回台灣雞犬同升的做官了、做民意代表了、做政黨大員了、做總統府資政了、做國策顧問了，除非爲了選票與奪權，他們也懶得口號台獨了。他們淸楚知道台獨只能弄假，不能成眞。有政治利益好分的今天，他們才不那麼笨。雖然事實明朗如此，可是，爲了分肥和喊爽，一定會有小人物和政治邊緣人物，從各地湧來飛來，形成聚會或遊行，高喊宣布成立『台灣共和國』，這些人連做假的台灣獨立分子其實都是有問題的。這些人只是給假台獨分子做假台獨分子的假台獨分子，我們別給他們騙了。以我在這島上一住五十年的觀察，島上的人，優點固然很多，缺點也頗不少，最大的缺點是愚昧，尤其是政治見解上的愚昧，觀察他們的愚昧，有兩種方法，一種是歷史的、縱線的；一種是地理的、橫面的。以歷史的方法而論，你翻開台灣史，你就發現一片怨婦式的悲調；再轉入地理的方法，你就發現在這島上的人，也是怨婦式的悲調視野，見識不足、小氣八拉，當然有例外，只是例外太少了。」

*　*　*

走著，我們爬上一個小坡，在小坡上小歇，君君伸手說明地形的刹那，一隻黃底的、可愛的小客人，飛到了她的手上。君君一動也不動，怕驚走了這位小客人。

「看，多漂亮的蜻蜓！」她叫出來。

「嚴格的說，在你手上的，學名叫『陽明晏蜓』，叫 **Planaeschna taiwana Asahina**，牠是台灣特有的品種，主要分布在台灣中北部海拔一千五百公尺以下的山區溪流。你眞幸運，到了陽明山，居然有以陽明爲名的小客人飛到你手上。」

「萬先生，你眞了不起，你什麼都知道，都觀察入微。連個台灣蜻蜓你都了解得一淸二楚。」

「何況人呢？」

「何況台灣人呢？」

「但是，我多麼希望不必了解那些，只了解你這漂亮可愛的大學女生就好了。」

「我那麼值得了解嗎？可惜這裏是墓地，不是傳說中的許願池。在傳說中的許願池，擲一枚銀幣，換一個美麗的心願；我忍不住想，如我擲的是一顆眞心，可不可以換得到你一世深情？」

「我建議你不要換吧，原因很簡單，我太老了。我已經沒有一世了。」

「那——」君君望著我，認眞的。「如果少換一點呢？」

「那倒可以。你可以換得到我一天的深情、剎那的深情。」

陽明晏蜓飛走了。君君望著牠，我望著君君，把她摟在懷裏。

* * *

說著說著，我們已走近君君母親的墳地了。因爲路不好走，我們要先走到最上面一排，再轉回向下走，從旁邊的小徑繞到第三排。我們走了一陣，走上了最右邊的小徑後，君君母親的墳地，終於出現在眼底了。正如君君所描寫的，一大塊長方形的黑色大理石平面，橫臥在那兒，沒有死亡的恐怖、沒有世俗的雜亂，只有肅穆、安靜與溫馨。大理石平面的右後角落，一塊橫放的石碑也看到了，是背面，像一塊無字碑，算是整個墳墓的唯一凸出物。其實，這還是滿古典的設計，古典的中國人講究「不封不樹」、講究「墓而不墳」、講究「與平地齊」，君君的外婆未必懂這些古典的理論，但她能把女兒的墳修得這麼不俗氣，比起古典來，倒也不謀而合。

從最右邊的小徑走下、走下，再轉到右邊，我們的立足點已和墳齊了，長方形的黑色大理石平面上，赫然出現了橫碑，碑文三行，中間八個褪色的大字，突然出現在我眼前——

1950 ~ 1980

母親葉蓁長眠在此

女兒陳璧君立

「葉蓁！」在震撼中，我突然叫出了這名字，這熟悉的名字。

君君猛側過頭來，她滿眼疑惑的望著我。「怎麼，有什麼不對？」

「沒有，哦，沒有。」我有點茫然，但仍裝作若無其事。「我只是覺得這是一個漂亮的名字。」

「不只名字漂亮呢！聽說母親還是一個漂亮的人。」君君眼角含淚。「我看過她一些照片，跟我很像很像。外婆她們都說我和母親簡直一模一樣。這樣說，好像我在說我自己漂亮。」

「你的確漂亮，非常漂亮。」我茫然的說。

「母親漂亮，一定有一些跟我不一樣的，不曉得怎麼不一樣，眞遺憾我沒有見過她，甚至可以說，是我害死了她，至少我交換了她，上帝拿我的生命交換了她的，我未嘗不感到內疚。」君君紅著眼睛，望著墓碑。

「這怎麼能怪你。」我茫然的說。

「如果漂亮的話，好像上帝不允許兩個漂亮的人並存，上帝只許她們接力，不許她們並存。」

「上帝是殘忍的。」我茫然的說。

君君又側過頭來，特別看著我。「萬先生，你好像怪怪的，是不是有點不舒服？」

「沒有啊，我好好的。只覺得你母親三十歲就死了，未免死得太早，使我想起宋朝陸游寫的那兩句詩：『也信美人終作土，不堪幽夢太匆匆。』一個美人三十歲就離開這個世界，太早了一些。」

「你可能見過我母親嗎？你們都是台大文學院的。」

「我比你母親大十五歲，你說可能嗎？」

「應該不可能。你台大畢業時她才小學一年級。你們『蕭條異代不同時』。」

「但我跟你更異代了，卻同時了，至少今天同時。」

「這怎麼解釋？是我們有緣分，是不是？」

「應該是。但要感謝一個人吧！這個人把這一緣分形成出來，這個人是誰？」

「是——」君君聰明的領悟到了，她手朝下一指。「是睡在這裏的。」

「你眞聰明。是她。」

「如果她沒睡在這裏，而出現在你面前，一個漂亮的人，你會喜歡她嗎？」君君恢復了難過的情緒。

「是女鬼嗎？」

「當然是活人。」

「如你外婆她們所說，和你一模一樣嗎？」

「一模一樣。」

「那——」我停了一下。「那我想我會喜歡她。」

「那你不喜歡我了？」君君忽然冒出了這麼一句。

「喜歡她就是喜歡你。」

「但她不是我。」

「她可能就是你。或反過來說，你可能就是她，如果上帝的接力論正確的話。你們在生死線上正好銜接，奇怪不奇怪？」

君君點頭笑了一下。「如果是眞的，上帝何必要她死呢？不讓我生豈不也好？」

「讓她死讓你生，是保持永遠的青春美麗，給我看到。」

「可惜你沒看到她。」

「看到你就看到她。在你身上，我看到雙倍的青春美麗。」

君君笑著，做了一個驚訝的表情。「我們這樣談她，不知她知不知道。」

「按照英國詩人華滋華斯『我們七個』那首詩，當小妹妹在姊姊哥哥墳上對他們唱歌說話的時候，小妹妹從來就認爲姊姊哥哥會聽到，因爲小妹妹從來不以生死做尺度，來分隔她與親人的關係。注意喲，小妹妹並沒有宗教上的理由，也沒有死後有靈魂等的理由，她只是純自然的視死如生而已，她年紀最小，可是智慧高人一等，太奇妙了！」

這時候，晴天忽然轉成陰雲。君君望望天，看看錶，又環顧了一下母親的墳。看到角上有點雜草，她過去要拔，我快步向前，幫她拔了。

「這裏大體上還算清潔。一般人上墳都是燒紙掃墓，我卻什麼都沒有，只是來看看母親。」君君淒楚的說。

「這樣最好，燒什麼紙呢？掃什麼墓呢？太迷信了、太世俗了。墓壞了，倒該修一修，沒壞，只是上面有塵土，塵土厚薄就讓風雨去掃吧。風雨才是最好的掃墓者。」

說到這裏，陰雲更密了，遠處且有了雷聲。

「恐怕我們得快走了，大雨可能要來了。」君君說著，從地上提起了背袋，我幫她揹上。

「那就走吧。」

君君緊握著我的手，向母親墳上看了臨別的一眼。我也做了同樣的動作。當我們攜手走開的時候，我在後面，又回頭多看了一眼。「永別了，小棻。」我心裏黯然自語。「永別了。要我再來看你嗎？會不會再來看你，小棻啊，你和我同樣不曉。」

＊　　＊　　＊

有生以來第一次，領教了什麼是暴雨驟來。

暴雨突然來了，既大且猛。君君和我在公墓裏，沒有任何遮蔽，很快便全身溼了，並且溼透了。我們沒有奔跑，因爲奔跑沒用，全身溼透是必然的命運。君君和我緊握著手，慢慢走著，在暴雨中相視而笑。一個動人的畫面出現了，君君的背心溼透了，連同雨水，直貼在她胸前，她的一對小奶全部給貼出來了，奶頭也明顯的貼出來，美麗無比、誘人無比，又被暴雨欺凌著，可憐無比。我一再不經意的看著、掃描著、關懷著，直到君君發現我看她，她才羞澀的停了下來，背對著我，把背袋解下，轉了一百八十度，揹到胸前來。我試著拿手帕爲她擦擦臉上的雨水，可是，沒有用了，手帕全溼了，我只好擰乾它，再爲她簡單擦了一下。

偷窺小奶的幸福被發現了，但我還可以看到她一身溼淋淋的美，她的臉、她的脖子、她的肩、她的細白瘦弱的手臂和手、她的腳，無一不伴同著雨水裸露著，令我欣喜、令我百看不厭、令我意亂情迷、令我忘卻墳上的震撼。眞的，我要快速忘卻那種震撼……

在暴雨中，總算走出了公墓，走到了岔路口，我們轉向回程的陽金公路，在站牌下等公車，可是等了許久，沒有公車出現。

雷聲愈來愈近了。君君緊貼住我。「我有點怕。」

「怕什麼呢，我就是避雷針。」我緊摟住她。當富蘭克林（Fanklin）發明避雷針以後，英國和美國的一些教會人士，在英國皇帝的支持下，提出抗議。理由是避雷針的發明，無異公然對上帝的意旨挑戰，因爲它阻止了上帝對壞人天打雷劈。上帝今天可能要天打雷劈我，可是，我就是避雷針，上帝也白上帝了。」

「雷雨這麼大，你還開上帝玩笑。雷打下來，你這避雷針如不靈，我們就被雷打死在一起。」「喜歡跟我死在一起嗎？」我揚著眉毛一問。

「打死在一起，也不錯呀！」

這時一輛敞篷的小貨車路過上山，司機看到我們的狼狽相，忽然停車，搖下窗，大喊：「上山嗎？我去文化大學，可以帶你們一程。不過你們得坐後面，要繼續淋雨。」我們聽了，喜出望外。「淋雨不算什麼！」我說。「只要能坐車上山就好。請到華崗路口把我們放下來，謝謝。」說著我扶君君攀欄而上，我也跟著上了車。車行很快，速度使我們承受了更多的雨，君君和我，一邊笑一邊仰天迎雨，君君還伸出兩臂做求雨的舞姿，我大笑說：「雨這麼大，你還求雨，我們不被淹死才怪。」君君說：「淹死在一起，也不錯呀！」

＊　＊　＊

車到華崗路口，停了下來，我先跳下車，又扶君君跳下車。我走到駕駛座窗外，向司機道謝，司機搖下窗，定神看了我，喊道：「你不是那個萬劫先生嗎？我好佩服你、佩服你。」

我伸出了手握他，謝了他。

在大雨中，我拉著君君，向山居走去。「現在可以買到雨傘了，可是太遲了。」我說。

「我喜歡和你一起淋雨，雨傘多討厭。」

「今天可眞淋個夠！一輩子淋的雨水，也沒今天一天多。」

「也許這就是人生，變化莫測的人生。也不知道那一天，發生的事超出你一輩子的總和，比如說今天。」

「今天嗎？今天還沒過去呢！」我對君君笑，君君也笑向我。雨還下著，今天眞沒有過去呢。

＊　　＊　　＊

開了大門，一衝進玄關，君君趕忙解開背帶，把溼淋淋的背包放下來，放在地下，我再一次看到她胸前全溼的背心，一對小奶從溼的衣服透出來，小奶頭向上翹著，美麗無比、誘人無比。顯然的，君君似乎忘記了這一畫面給我看到了，她蹲下來，從背包裏一樣一樣掏出來，衣服、書本、文具、用品，每一樣東西都溼淋淋的，只有一樣，被塑膠套包住的，就是在書店買的那兩張ＣＤ，她說要送我做禮物的ＣＤ。

「眞幸運，這是今天唯一沒溼的東西。可見好心有好報，雨神總算留了一點音樂給我，也是給你。」

她把CD遞給我，我伸手接，她又收回來。「噢，禮物不能送得這樣狼狽，等一下正式送給你。怎麼辦，換的衣服都溼了……」

「這那裏是問題。」我趕忙說。「你就穿我的衣服吧，我有乾襯衫給你，上身不是問題，問題是褲子。這樣吧，內褲小，可以用吹風機吹乾，你就暫時這樣打扮吧。」

「可是，沒有外面的褲子怎麼行。」

「你只要一念之轉就行了。你假設你在游泳池裏，那能穿外面的褲子？現在不要管那麼多了，快跟我到浴室來。」我拉著她的手，快步進了浴室。「我拿浴袍來，你趕緊脫下溼衣服，免得著涼，快洗一個溫水淋浴。」

「你呢，你怎麼辦？我怕你也著了涼。」

「我沒關係，你先洗，我在外面會換下溼衣服，等你洗完再洗不遲。」

說著，我帶上了浴室的門。忽然，我又開了門縫講了一句：「記得我們從小餐廳出來時，在路口講的笑話嗎？你在浴室裏，可不要變成小母牛！」

*　　*　　*

換上乾衣服，我走到玄關，快速把她從背包掏出來的溼衣服丟進洗衣機裏，一來爲了洗去雨水，一來爲了可以脫水，脫水以後的內褲容易烘乾。然後隔著浴室門，我告訴了她，因爲洗衣機要花半小時，所以她可以慢慢洗，等內褲脫水了再拿出來吹乾。

我的洗衣機是美式的，容量很大，我把我的溼衣服也不自覺的跟她的放在一起洗了。放洗衣粉的時候，我聯想起：想不到這可愛小女生的衣服，竟跟男人的混在一起洗了。

*　　*　　*

君君洗澡的時候，我佇立在窗前，望著遠方的公墓。——那對我已別具不同感覺的公墓。雨下起來了，愈下愈大，公墓變成朦朧一片、茫茫一片。只曉得在西邊那裏，卻不見它在何方。我從書架上拿出「桑塔耶那詩集」（Poems of George Santayana），翻到「給W．P．」（TO W.P.）詩的第二首：

With you a part of me hath passed away;

For in the peopled forest of my mind
A tree made leafless by this wintry wind
Shall never don again its green array.
Chapel and fireside, country road and bay,
Have something of their friendliness resigned;
Another, if I would, I could not find,
And I am grown much older in a day.
But yet I treasure in my memory
Your gift of charity, and young heart's ease,
And the dear honour of your amity;
For these once mine, my life is rich with these.
And I scarce know which part may greater be,——
What I keep of you, or you rob from me.

這詩寫得蒼茫深邃，讀來感人心弦，我坐在書桌旁，拿起筆來，信手翻譯著：

冬風掃葉時節，一樹蕭條如洗，
綠裝已卸，卸在我心裏。
我生命的一部分，已消亡
隨著你。

教堂、爐邊、郊路、和港灣，
情味都今非昔比。
雖有餘情，也難追尋，
一日之間，我不知老了幾許？
你天性的善良、慈愛和輕快，
曾屬於我，跟我一起。
我不知道那一部分多，——
是你帶走的我，
還是我留下的你。

詩譯好了，我正試讀的時候，君君已穿著浴袍，站在我的身邊。她身體向前傾，兩手扶住書桌，好奇的看我寫什麼。我把座椅向後轉，摟住她的小屁股，要她坐我腿上，她順著坐下來了。

「我在試著翻譯桑塔耶那這首詩。」說著，我把書和譯稿都拿給她看。用功的君君仔細在讀在看、又讀又看。我側看她認眞的樣子，右手摟著她，左手放在她光滑的大腿上。

她讀完看完了。「眞是淒涼的好詩。」她眼望窗外，茫然的說。

「譯文還可以嗎？有沒有要改的地方？」

她側過頭來，看我一笑。「誰改得了你的中文啊？」

「聽聽你對這詩的感想。」我說。

「我想，桑塔耶那在寫這首詩的時候，應該別有隱慟，因爲他竟在一日之間，不知老了幾許，可見他隱慟之深。但他能在隱慟之中，平靜的述說他生命的一部分，已隨他心上的人一起消亡，只是不知在存亡之間，存者與亡者相互得失的比重而已。這種西方情人的情懷，對照起東方情人以兩人合爲一塊泥後『你中有我，我中有你』的比喩，顯然悲愴得多。合而成泥以後，兩人全部還在一起，但是生命的一部分隨人消亡、互相消亡以後，只是一部分在生離死別，但那僅存的、那殘餘的部分，卻要承接全部的生離死別，壓力恐怕太重了。兩相比較起來，生者其實比死者更痛苦，如果是我，我寧願是死者，讓生者永遠懷念我，爲我寫出這麼淒涼美麗的詩句。」

我拍了一下她的小屁股。「你太自私了。」

「一個人，願意先離開世界以博情人的懷念和情詩，自私還不可被原諒嗎？」

「會被原諒的，會被原諒。」

「會被原諒就讓人穿上衣服吧，你知道，在我和浴袍之間，什麼都沒有，好難爲情。」

她把手按在我的手上，我的手還放在她大腿上，動也不敢動。手是不自覺放上的，她也不自覺讓我放上的，一動可能會提醒了什麼。

「我雖然喜歡這種狀態的你，但我承認，穿點衣服是合理的要求。來，」我輕輕的摸了她大腿一下。「我帶你去卧室拿我的襯衫。你的衣服全溼透了，一時也乾不了了，上身就穿我的襯衫吧，襯衫還不少，你可以一件一件都爲我穿過，我好喜歡你爲我穿襯衫。」

「可是，下身呢？」

「下身只好用吹風機吹乾內褲了。洗衣機大概洗好了，我來爲你吹。」

「不要了，全部我自己來。我會到卧室櫃裏找到襯衫，再到洗衣機拿出來吹乾。該你去洗了，你還沒洗呢。」

「好的，就這麼辦，我去洗了。」

＊　＊　＊

等我洗了出來，君君還穿著浴袍，進了浴室，用起吹風機來了。不久，她出來了。走到我身邊，低聲對我說：「怎麼辦？吹了半天，只勉強吹乾一條內褲，其他衣服還是溼的，我怎麼回去呢？」

「回那裏去？」

「我還不知道，不是外婆那裏，就是同學那裏。」

我湊到她耳邊，低聲說：「既然衣服還沒乾，那裏都去不成，何妨就在我這裏，在陽明山上，過你十九歲的最後一天？」

君君沒有拒絕，她驚奇的望著我。

我拉她坐到沙發上。「怎麼樣？就在這裏住一夜吧，在這裏看到天明、看到二十歲的到來。你在臥室睡床，我在客廳睡沙發，不會發生你不希望發生的任何事。你當然相信我。」

君君望著我，一句話也沒說，她把頭靠在我胸前，我摟住她。「來，我帶你換上我的襯衫。」

＊　＊　＊

同一座陽明山、同一個房子，三十年後，同一個裝束出現在我眼前。君君上身穿上我的襯衫，兩袖稍稍捲起，下身除了內褲，全部赤裸著，使我自然想起三十年前的小葇。小葇的音容笑貌，對我說來，又記憶猶新、又恍然如昨，像女鬼故事一樣，只要呼喚她就應召前來的戲言，也言猶在耳。如今，小葇戲言成眞，並且比眞更眞，因爲來的不是分身、不是複製、不是幽魂、不是幻影，而是活生生的血色鮮紅的她，我眞的意亂情迷了，興奮得意亂情迷了。君君顯然「是我留下的你」，我爲我留下，你也爲我留下、她也爲我留下，差異的是，同是留下，我們來自過去，她卻朝向未來。——青春只在她身上，一切就是青春，青春就是一切。

＊　＊　＊

君君跟我在家，在雨聲中，吃了燭光下的晚餐。晚餐並不豐富，只比我平常一個人吃的稍微豐富一點而已。我說：「今天吃得太寒酸了，明天你二十歲生日，衣服也乾了，再吃得考究一點吧。」君君說：「吃不重要，快樂重要。如果快樂，衣服永遠是溼的也好。」我說：

「如果眞的如此，我會永遠看到這種上身穿我襯衫、下身光著迷人大腿的模樣，我會寫信給『世界服裝史』（*Fashion*-FROM ANCIENT EGYPT TO THE PRESENT DAY）的專家康替尼（Mila Contini），要求改寫最後一章。」說著，我把這本書從架上拿下來，遞給君君。君君說：「你不考究穿，卻研究別人怎麼穿。」我說：「這就是我的哲學，在我看來，人除非禦寒，裸體就是最好的，而跟情人展示肉體的地方，就是天堂。」這話一出，引出了一場「辯論」。

「照你這麼說，」君君指著她的大腿。「露出一半肉體的地方，就是半個天堂？」

「是半個天堂。現在這裏就是半個天堂。」

「那浴室永遠是一個天堂了。」

「要跟情人在一起才算。」

「我曾信過基督教，我願以女牧師口氣，跟你談談天堂。按照基督教傳教士說法，信了它，就上了天堂，不需要裸體。」

「你認爲，傳教士到非洲傳教，他如果被土人吃了，他是不是可以上天堂？」

「他爲信仰而死，很偉大，當然上天堂。」君君堅決的說。

「吃他的土人呢？下地獄？」

「下地獄。」

「可是傳教士的肉，在土人的肚子裏，土人下地獄，傳教士不也給帶進地獄去了？」

「上天堂是靈魂上天堂，不是肉體。」

「肉體不去？」

「肉體不去。」

「肉體去那兒？」

「肉體那兒都不去。肉體沒有了。」

「靈魂原來裝在肉體上？死了就分家了，肉體死，可是靈魂不死，是不是？」

「可以這麼說。」

「希臘文中肉體和墳墓只有差一個字母，就完全相同。所以蘇格拉底（Socrates）指出這兩個字分別很小。這麼說來，如果靈魂一直裝在肉體上，靈魂也就一直埋在肉體這個墳墓裏，你說靈魂可以升天入地，肉體不去，能這麼說嗎？」

「事實是如此啊！」

「事實如果是靈魂上下天地，那麼在天堂享福的，或在地獄受罪的，都是靈魂了，不是肉體？」

「不是肉體。」

「肉體脫身了?」

「脫身了。」

「那就難怪一個人的肉體總是跟靈魂不合作了。合作有什麼用,上天堂無分,也不會到地獄受罰,何不在有生之年,撇開他媽的靈魂這個寄生蟲,大大的花天酒地一下,沒指望也沒拘束的痛快一輩子?乾脆靈肉大分家?」

「可是人不能沒有靈魂啊!」

「為什麼不能沒有?對肉體好的,是肉體的活動;對靈魂好的,是靈魂的活動,互不相干。靈魂對肉體,只不過是個不花錢的房客,將來上天堂還自己去,又這樣不夠朋友,不但如此,他還在肉體裏大模大樣,不許肉體這樣,不許肉體那樣,動輒使肉體感到靈魂不安。這樣的老相好,還來什麼靈肉一致?愈早拆夥愈好!」

「話雖這麼說,但是你拆得掉嗎?肉體裏沒了靈魂,就好像籠子裏沒有了鳥。靈魂和肉體的關係,是一個事實結合的關係,不是一個詭辯就拆夥的問題。靈肉問題涉及的方面太多了。我們也不能因為一部分的爭辯就下結論、就吵著拆夥。比如你提到靈肉一致,其實心和人、靈魂和肉體,很少會一致,人也不希望它一致。有時候人希望少年老成,有時候卻希望人老心不老,並不完全有一致的必要。所以,靈肉問題,是一個尚待探討的問題,絕不能輕言拆夥。」

「我說拆夥，無非是用一種推論來考你，想從推論上求眞去幻。只是假設拆夥的情況，並沒眞拆。現在，我們再回到前面的推論，如果肉體不上天堂，只是靈魂去，則天堂上享福，抽象的靈魂究竟以什麼方式消受呢？比如說，天堂總有玉露瓊漿吧？沒有肉體，怎麼喝呢？天堂總有雲裳仙子吧？沒有肉體，怎麼摸呢？好了，就算不來食色這一套，就算清淨一點，同上帝下棋吧？沒有肉體，怎麼移動棋子呢？」

「這……這倒眞是難題。」君君開始困惑了。

「看這樣，只好把陪小黑人下地獄的肉體送上來才行。」

「那也太晚了，早在小黑人肚裏消化掉了。哈哈。」

「哈哈，那怎麼辦？」

「哦，我想想怎麼辦。其實，也不怎麼辦。靈魂既然是虛無縹緲的、抽象的，你所說的在天堂喝什麼摸什麼乃至下棋等等的表現方式，自然也就不是具體的享受。」

「OK，我就是要你這句話！既然靈魂上天堂，幸福並未實享；下地獄，懲罰也沒實受，則所謂天堂地獄，全是在空中樓閣裏、全是虛的，是不是？你說，是不是？」

「好像也是。」

「沒什麼好像也是了，根本就是。既然根本就是虛的，那麼死後靈魂升天也好、入地也罷，又有什麼意義呢？」

「一定有，只是我說不出來。」

「說不出來，就因爲沒有，你沒法無中生有。我再問你，既然全是虛的，又何必等死後呢？一個人生前，他的靈魂就可以上天下地的亂跑，他就可以以抽象的方式喝到玉露瓊漿、摸到雲裳仙子的屁股，效果一樣，又何必等死後呢？」

「但是，天堂不在上面，地獄不在下面，天堂地獄都在一個地方——都在你的心裏。你心裏覺得你在天堂，你就在天堂，即使在地獄，也在天堂。相反的也一樣。這叫『境由心造』，天堂地獄，全在你一念之間。」

「你說對了，『境由心造，』現在，你的肉體、我的靈魂，一起心造出半個天堂，就在這裏。」我手向地下一指。

君君笑起來。「我有這麼大的魔力嗎？那我眞該到浴室去，讓天堂擴散。」

「眞的嗎？」我眼睛一亮。

「假的，眞的是牛仔褲乾的時候，你的半個天堂也變成空中樓閣。」

「看來除了燒掉你的牛仔褲，別無上天之路了。」

「燒了牛仔褲，你也上不了天堂，你犯了縱火罪和毀損罪，你要上警察局。」

「在警察局跟你一起，警察局就是一個天堂，不是半個。」

「警察局爲什麼不是半個？」

「因爲你也燒了我的褲子。」

「你胡說！」君君假裝氣起來，我趁機把她抱在懷裏。「還是在這裏，讓我燒光我所有襯衫吧，把天堂放在警察局，會嚇得天使們裸奔，不是嗎？」

君君點點頭。「我不要你看天使裸奔。」她用手指環弄我的鈕釦。「一定要看，我裸奔給你看。不過，有一個條件。」

「什麼條件？我都答應。」

「你要戴起眼罩看。」

我氣死了。

*　　*　　*

「你從窗外望到牆外，現在，三十年過去了，牆外沒有——如你所說的——『比警察更親愛的』那種人了，你應該不會有壓力了。」君君說。

「對，牆外沒有人了，沒有牛頭馬面了，但是，如果有壓力，壓力變成了閻王爺了。我三十歲時候，一位老先生對我說：人過了六十，誰比誰先走就不知道了。現在我過了六十了，面對衰老以至死亡，就必須認眞一點了，而閻王爺象徵的，正是衰老以至死亡。」

「你不會衰老，也不會死亡，我帶你去健身房，延年益壽。」

「我才不去那種鬼地方，我最討厭健身房，它使我有兩種感覺：第一，它像進了警備總部的行刑房，各種怪模怪樣的所謂健身器材，其實每個都像刑具，並且也無異是刑具。第二，它又像是動物園，你看跑步機上那種原地轉輪式跑步，和動物園中圓轉輪裏的松鼠有何不同？我是人，我不要做松鼠，尤其還花錢做松鼠。」

「總之，你不喜歡團體活動，你只是一個人。」

「五十年來，在這島上，在東方之濱，我努力使自己不受一時一地的污染，保持自我，做特立獨行的大丈夫、男子漢。做一個永不自滿的人，我覺得我做得不夠好；但是，一位曾被判過死刑的老者的一番話，又常常在我耳邊響起：『現在是團體對團體、組織對組織的時代，你只是一個人，在這島上，誰又能比你做得更好？任何英雄豪傑，如果他只是一個人在這裏，誰又能比你做得更多、更興風作浪？』我不到十四歲就到台灣，如今五十年了。五十年間，與國民黨一路糾纏，一天也沒離開過。五十年下來，我最強烈的感覺，有兩個：一個是『與子偕老』；一個是『與子偕小』。前者指的是時間，是敵人與我的關係；後者指的是空間，是世界與我的關係。國民黨不是最能開路的政黨，但卻是最能攔路的政黨，它能攔得你無所作爲，和它一起老去。『與子偕老』之下，你發現你的一生，正如艾略特（T. S. Eliot）所說的，開始便是結束。**In my beginning is my end**. 你和你的敵人一起老了。另一方面，五十年來，你受的罪，世無其匹；你坐的牢，古今罕見，你的苦心焦思、你的辛勤努力，都不比任何同類的人少，可是，因爲台灣太小，你的一切，都埋沒了，或不成比例的浪費了，你與台灣，都小得不被人重視，『與子偕小』之下，你發現你的一生，正是世界的化外之民，世界沒把你看在眼裏，你被小人國吃掉了。雖然在小人國，但我還是那個漂流上岸的巨人，我本身並沒有小化，向中國、向世界展現我個人獨有的特色。歷史上雖然五湖四海、人才輩出，但是以個人獨有的特色，爲一世或百世一新局面的，倒也不多。這種人物可使局面改觀，風雲變色，的確不能以可有可無小看他。我常常覺得，印度沒有釋迦，就不成其爲印度；猶太沒有耶穌，就不成其爲猶太；法國沒有伏爾泰（Voltaire），就若有所失；黑人沒有阿里（Muhammad Ali），就萬古如長夜。有了他們，時代才別開生面，才臉上有光。我覺得我一路使別人有光，雖然我自己在黑暗裏，像埋在黑色大理石板下的人兒，外面光明，可是沒有出路。」

君君聽了，若有所悟。「等一下，」她站起來。「我拿一件東西。」

東西拿來了，是兩張ＣＤ。「本來包得好好的禮物，」君君說。「卻被大雨給淋溼了包裝紙，不過裏面好好的。這是今天中午我在書店買的，偶然看到，太巧了。你喜歡Danny Boy，這兩張ＣＤ都有這首歌，並且都是女孩子唱的。這首歌誰唱誰就是『墓中人語』，既然由女孩子唱，就表示死的是女孩子。做爲死者，向生者唱歌，向她生前的情人訴說情愛。這兩張ＣＤ是我送給你的小禮物。」她雙手遞給我，我雙手迎接了。

「君君你眞好，眞是有心人，你看到我早上在翻譯Danny Boy，中午就代我蒐集到兩張，你眞好。我忍不住要立刻聽，陪我一起聽好嗎？」

「當然好。這兩張ＣＤ，一張是小女孩喬爾琪(Charlotte Church)唱的，一張是大女生希拉・蕾恩（Shiela Ryan）唱的，分別是一九九八、一九九九的新作，應該對Danny Boy有不同的新詮釋，我們來聽聽就知道了。」

*　　*　　*

聽了兩位女孩子的演唱，我才發現，她們唱的是全本的Danny Boy，最後還多了四行。君君拿出這多出四行的英文：

And I shall hear, though soft you tread above me;
And all my grave will warmer, sweeter be,
For you will bend and tell me that you love me;
And I shall sleep in peace until you come to me!

對我說：「這第四段，你先立刻翻出來好嗎？看看你用中文怎麼表達。然後我告訴你我的感想。」

我接過來，提筆就翻譯了，當然只能意譯：

即令你足音輕輕，在我上面，
整個我孤墳感應，甜蜜溫暖，
你俯身向前，訴説情愛，
我將死於安樂，直到與你同在。

君君接過去，朗誦了一遍又一遍。「翻得眞好。尤其你把中文『死於安樂』原來反面意義改做正面解讀，更顯得別有會心。」說著，君君走到窗前，遠望只有零星燈光的窗外。「我所以要請你翻這段，因爲它把 Danny Boy 原詩中的墳中主角給換了，換成情人，並且是女孩子。這四行全本的 Danny Boy 更描寫出墳中躺的女孩對她情人的一片深情。看到這首詩，又上墳回來，我忽發奇想，我忍不住胡思亂想，想到我母親。母親生前，尤其在她更年輕的時候，會不會有一段刻骨銘心的羅曼史呢？不可能同我父親，因爲婚姻生活早把所有的羅曼史消磨光了，如果有，那一定是別有其人。誰是那段羅曼史的男主角呢？他還在這個島上嗎？他知道他老去的情人已經長眠在這裏嗎？這些、這些，該有多少想像空間啊！我眞的很好奇。」說著，她側過頭來，看著我。

當然君君不知道，天下就有這種巧遇的事！她好奇的答案，唯一能有資格答覆的人，不在遠方，就在她眼前。可是，我能透露嗎？我是不會透露答案的，我也不該透露，讓秘密永遠長捐心底。因爲透露了，會使君君不知如何是好。不過，我轉念一想，從另一角度看，也許君君一旦知道了眞相，她會有點高興，高興她所胡思亂想的，果然成眞；也許君君會欣慰，死去的母親不再那麼孤單，眞如歌聲所說的，有情人來看她，輕輕走到她的墳上；也許君君會認爲，母親與情人的未了情緣，在生前被扼殺、被中絕以後，那殘餘的部分，竟由女兒無意間給連續起來、給後繼起來、給補足起來，也未嘗不是佳話；也許君君會冥想，冥想這不是女兒與情人的不期而遇，而是冥冥之中——母親的有意安排，要她代還宿約；也許君君會體會，體會母親生前一定照料她的情人，但她走了，情人失掉了照料，如有女兒代爲照料，也使她安心；也許君君會明白，明白母親會認爲與其情人跟別的女人在一起，不如跟自己的女兒在一起，畢竟母女連心、血肉相連，情人能在女兒身旁，無異離母親不遠；也許君君會設想，設想母親希望女兒和她自己一樣幸運，碰到這樣不世出的男人……也許這個，也許那個，我也胡思亂想想糊塗了。雖然胡思亂想了這麼多，但我的理智提醒我絕不可以說破，朦朧還是最好的。事件眞相雖是朦朧的，可是，女孩子的歌聲卻愈唱愈清楚，尤其是大女生希拉·蕾恩那一張。這時候，君君聽著歌聲，重新把我的譯文又念了一遍又一遍。

即令你足音輕輕，在我上面，
整個我孤墳感應，甜蜜溫暖，
你俯身向前，訴說情愛，
我將死於安樂，直到與你同在。

君君以柔美動人的女孩子聲音，朗誦著它，我聽著、聽著，想到今天下午我走上黑色大理石板那一場景，縱然我理智而灑脫，也未嘗不有蒼茫之感。「永別了，小棻。永別了。要我再來看你嗎？會不會再來看你，小棻啊，你和我同樣不曉。」可是現在，我似乎曉得了。

*　*　*

在君君送過禮物後，似乎輪到我送禮了。

「君君，謝謝你送我這兩張CD，這麼動人的禮物，我也該回送你一件，如果從我家裏找一件送你，好像不夠誠意、不夠新鮮，所以，今天在書店裏，我也買了一件。我買的是一塊南美洲發現的『菊石』，這種化石也叫『鸚鵡螺化石』，ammonite，它有兩億年的歷史，是地質學上『三疊紀』，Triassic、『中生代』，Mesozoic 的殘骸，送給你，做為禮尚往還的交換禮物吧。」說著，我把塑膠套包好的「菊石」，雙手交給了君君。

君君打開了，仔細端詳著這美妙的化石。「它好漂亮、好可愛。我都不知道在書店時你買了它。」

「我是在你看書時偷偷買的。」

「眞謝謝你。我好喜歡。可是，總覺得光光的一件禮物，還缺少什麼？」

「缺少什麼？」

「缺少一首歌頌它、讚美它的詩。如果你肯爲我寫，我多高興，在我十九歲的最後一天，收到這麼長壽的禮物和你的詩，我該多高興。怎麼樣，答應我嗎？」

我笑著點點頭。「不過，你要多給我一點時間。下午那次淋浴太簡單了，你這位流浪者，再去洗個盆浴吧，等你出浴以後，大概可以寫好了。」

「好的，我去洗澡，你用你送我的鋼筆寫。」

「好的，就用它寫。現在我到浴室爲你準備一下。」

君君推出兩手，止住我。「我自己都會準備，你就準備寫吧，我去拿鋼筆。」

*　　*　　*

兩億年在你手裏，
時間已化螺紋。
「三疊紀」生命遺蛻，
告訴你不是埃塵。
從螺紋旋入過去，
向過去試做追尋，
那追尋來自遙遠，
遙遠裏可有我們？

兩億年在你手裏，
時間已化螺紋。
「中生代」初期殘骸，
告訴你萬古長存。
從螺紋旋入過去，
向過去試測無垠，
那無垠來自遙遠，
遙遠裏會有我們？

兩億年在你手裏，
時間已化螺紋。
南美洲渡海菊石，
告訴你所存者神。
從螺紋旋入過去，
向過去試問餘痕，
那餘痕來自遙遠，

遙遠裏正有我們。

穿著浴袍的君君，斜坐在我書桌上，念著這首標題「兩億年在你手裏」的詩，我坐在書桌旁的旋轉皮椅裏，又看著她、又享受著她離我這麼近的漂亮大腿。顯然的，君君已經逐漸習慣我的「泳裝理論」，一直在我面前赤裸著大腿，一如置身游泳池邊，所以事事無礙，裸相之中，也有自然與莊嚴。有自然，可以純眞純潔的進入我眼底；有莊嚴，可以逼我享受只能視覺的、不能觸覺的。這是情趣、是雅韻、是唯美，也是「折磨」。所謂「折磨」，誰是主動者呢？是我眼睛？還是她大腿？古中國晉朝的謝安，就提出「眼往屬萬形」還是「萬形來入眼」的疑問。佛書「五燈會元」裏，也提出「竹來眼裏」還是「眼到竹邊」的疑問。古希臘的斯多噶派認爲是「眼觀至物」；但伊壁鳩魯派卻認爲是「物入眼來」。現在，是我的眼睛看到她的大腿呢？還是她的大腿呈給我看呢？這已是一個有趣的課題。毛病出在我不能觸覺化，所以就胡思亂想，哲學化起來了。中國古書說「所過者化，所存者神」，「菊石」正是過者的「化」，而大腿正是存者的「神」，我們不可能兩億年後，像「菊石」這樣幸運，留下褪色的美麗，給兩億年後的後代——如果還有的話——欣賞，我們只好在尙沒褪色以前，把握今朝與今夕，自己欣賞自己……

＊　＊　＊

這樣豐富的、充滿震撼起伏的一天，已近尾聲，看看壁上的古典掛鐘，已是子夜時分。我問君君是不是該休息了，她說她今天從台中來，起得好早，也該休息了。我替她鋪好床後，從卧室抱了另一組枕頭和薄被，放到客廳沙發上，再轉回卧室。我安排她上了床，並爲她打開床頭燈。坐在床邊，問她：

「要看看書再睡嗎？要點音樂嗎？要燈光嗎？」

「太晚了，都不要了。」

「卧室門要關嗎？不關也好，我在外面，有什麼情況可以叫我。門不關，相信我嗎？」

「可以不關，」君君說。「我當然相信你。」

「那麼，」我站起來。「你要好好休息了，今天你也該累了。我去客廳了。我來替你關燈好嗎？」

君君點點頭，用一種渴望的表情看著我。

我關上燈，轉身走開的時候，君君叫住我。

我開了燈。「君君，什麼事？」

君君默然不語。

我拍拍她的小臉，關了燈，轉身走到客廳。

*　　　　*　　　　*

「有召即重來，若亡而實在」、「有召即重來，若亡而實在」。如今歷史彷彿在重來著，前塵往事，都一一在重來著。但重來的，不是志異小說中的幽魂，也不是「景不徙」哲學中的投影，不是這個也不是那個，而是比幽魂和投影更眞實的、更具體的、更溫暖的精靈，到我眼前、到我房間、到我懷裏，冥冥之中、無言之中，誘我進入古希臘的亂倫世界。

也許，我根本錯怪了小蓁，想想古詩人元遺山，想想他那看到一片荒墳的詩句：「焉知原上塚，不有當年吾。」這無異是說，在荒墳之中，可能有一個死者就是詩人自己。也許，根本不是「我生命的一部分」已隨情人消亡，正相反的，在死去的情人眼中，消亡的我，是全部。黑色大理石板下的，不是孤單的小蓁自己，還有一個死掉的我，深情的、永遠的，相依在她身旁。

躺在沙發上，我正在這樣天南地北的冥想時候，君君已站在我面前。

「我睡不著。」她幽怨的說。「也許，你要進來陪我。有了你，我不要再那麼孤單。」

我坐起來、站起來，望著她，一言不發，抱她在懷裏。抱著她，慢慢向臥室移動。她不要等到明天二十歲了，她把十九歲的最後一天給了我。

二〇〇一年四月十三日，在中國台灣。

我寫「上山・上山・愛」

一九三五我生那年，魯迅在「且介亭雜文」的「附記」裏，提到國民黨政府管制言論，當時主持檢查的人刪文章，並不告訴讀者那兒被刪，弄得文章上氣不接下氣，讀者看了，大惑不解，「你在說什麼呀？」

十多年後，國民黨政府宣布實行憲政了、自由了。在書報檢查方面，說我們不事先檢查你們了，改爲事後追懲你們了，你們不要亂寫啊，亂寫了，我們照樣可以追著懲罰，你還是逃不掉的。

一九四九年國民黨的中華民國亡國了，它逃掉了，逃到台灣，重組了僞政府，按說既然宣布不事先檢查了，理應比對付魯迅那一時代多點言論自由才是，其實不然。事實上，僞政府暗中施出兩種方法來「超魯迅」。第一種方法是「不檢即查法」，例如對李敖的書，根本是本本查禁。換句話說，根本檢查都不必了，就查禁了事。所以，從形式上看，檢查倒眞彷彿取消了呢！只是代替的，不是更多的自由，而是更多的查禁而已。

第二種方法是「一查永逸法」，例如對李敖在雜誌上連載的文章，在連載期間即予查禁，前面既被查禁，後續的想印出書也自然不得超生。所以，只禁一期就可一勞永逸，無須期期查禁了。

第一種情況是等你書寫完了，看都不必看，就查禁；第二種情況是你書還沒寫完，還沒大功告成，但我查禁動作先大功告成，我只看第一期連載，就查禁。結果你連載一百期也沒用，你死定了。

十七年前，我的長篇小說「上山・上山・愛」連載時，國民黨僞政府迎頭痛擊，立刻來了查禁令，罪名是「蓄意爲匪宣傳、誣蔑政府、侮辱壯烈殉國先烈、扭曲事實、挑撥政府與人民情感、嚴重淆亂視聽，足以影響民心士氣」。結果，我的小說礙難寫下去了。

十七年過去了，我捲土重來，終於在我六六大壽（二〇〇一年四月二十五日）時，把小說鐵定問世。這是繼「北京法源寺」後我的第二本長篇小說，三十萬字，在禁書史上，無疑的，它是世界冠軍。——一本小說還沒寫完就給查禁了，它的「妖言惑衆」，還不世界嗎？

「上山・上山・愛」雖是我繼「北京法源寺」後第二本長篇小說，但兩本書的形成，卻大異其趣。

「北京法源寺」是我被判十年後，在黑牢裏等待覆判時構思的，而「上山・上山・愛」卻構思在坐牢之前，並寫了一些片段。我被國民黨僞政府下獄後，家中兩次被搜查，搬走了好多箱「叛亂文件」，經檢查後，過濾出六箱不重要的，分次還了給我，其中有「上山・上山・愛」的那些片段。還給我的原因是內容乃「黃色的」而非「紅色的」，僞政府只管「大頭」不管「小頭」，所以，網開「小頭」一面，還給你了。直到十七年前，我連載「上山・上山・

愛」時，他們才發現李敖即使寫「黃色小說」，居然也不老實，他的「小頭」也是反政府的。所以，就發生了「沒寫完，就查禁」的妙事，開了有人類以來，古今中外禁書史的先河。「焚書坑儒」又算老幾呢，書沒寫好就先焚了，才知道本國民黨的厲害！

不過，十七年過去了，那個李敖又來了！不管「大頭」「小頭」，還一起冒出來了！「上山·上山·愛」四月二十五日出版之日，因爲此書來頭大、兩頭大，必然掀起定位定性的高潮。是「黃色小說」?還是「情色文學」?還是「打開天窗說亮話，脫了褲子談思想」的中文鉅作?都可七嘴八舌、都可議論紛紛。但對構思三十多年、最後花四十多天一口氣把它寫完的作者說來，這本小說，卻應了我在它扉頁寫下的十四個字——

清者閱之以成聖
濁者見之以爲淫

清濁之分，關鍵何在?「查泰萊夫人的情人」（Lady Chatterley's Lover）作者勞倫斯（D. H. Lawrence），有篇論文叫「色情與淫穢」（Pornography and Obscenity），對淫與非淫，反覆陳詞。其實他說得太多了，反不清楚了。事實上，眞正的判別方法，乃在讀者能不能受小說影響，從而激濁揚清，這就在於小說內容有沒有這一功力。「上山·上山·愛」這本小說，涉及的重要主題上百個，發人深省的深度和幅度如此豐富，可謂前無古人，至於後有沒有來者，要看我何時死了而定。——我就是我的來者。當我一旦物化，這種小說必成絕響。嵇康被害，廣陵散失傳；章綘云亡，國故學淪沒，生逢濁世，以發淸音，海峽兩岸，一人而已，讀此書後還怪我大言者，非人也！

「上山・上山・愛」這本小說，書名怪怪的，原因是三十年前和三十年後，各有一位女主角「上山」。「上山」、「上山」，分屬兩個人。兩個人的二十歲生日那天，都在同一座山上、同一個房間、同一張床上，前後雖有三十年的間隔，但兩人並不陌生，因爲她們是母女；但又陌生，因爲她們從沒見過面，母親生產時立刻羊水栓塞昏迷死亡，在人間，女兒接替了母親，也在三十年後的同一張床上，跟母親當年的情人，躺在一起。她全不知道，冥冥之中，她接替了生命，也接替了愛情。當年的情人也在最後才知道，事隔三十年，原來她們是母女！他不願說出眞相，爲了死者和生者，他只好把一切長捐心底。小說結束在亂倫的懸疑裏，沒人知道最後的故事……

根據台灣島上出版評議基金會的調查，目前每月上市的「黃色小說」，高達三百六十萬本。由於「上山・上山・愛」裏有不少精緻的床上鏡頭、浴缸鏡頭和雨中鏡頭，被人痛恨的李敖，這回有機會被歸爲「黃色小說」的作家群。但是，「黃色小說」每月三百六十萬本了，又何勞大師李敖執筆？把李敖如此定位，未免太小看他的危險性了。

事實上，如果硬要假以顏色，「上山·上山·愛」毋寧是一部「黃色其外，紅色其中」的小說。紅色象徵「性」的激越和「思想」的激越，它的最大特色，就在把「形而上」和「形而下」合而爲一。「易經」上說「形而上者謂之道，形而下者謂之器」，自來「黃色小說」，只是形而下的器官交合而已，不足以語形而上的大道，「上山·上山·愛」卻開得未曾有之奇，以奇情奇文，顚倒陰陽，笑傲「易經」，成其不朽。

藏傳佛教有「屍陀林主」（Masters of Śītavana），畫面是男女骷髏，風月交叉，雖朽爲枯骨，但仍能滅敵飲血，以顯神通。若論眞的「屍陀林主」，非此書莫屬。「上山·上山·愛」是眞正滅敵飲血的文學，「談笑間，強虜灰飛煙滅。」「強虜」是誰，讀者一看便知。本書雖爲情愛秘笈、男女聖經，但是功夫深處，卻是「思想掛帥」的智者、強者文學，不想再看娘娘腔文學作品的讀者，何妨一讀此書，大開眼界也。

二〇〇一年四月十三日在中國台灣

國家圖書館出版品預行編目資料

上山・上山・愛 / 李敖著. -- 初版. -- 臺北市
：李敖出版社，2001[民 90]
550面；15×21公分

ISBN 957-510-088-3(平裝)

857.7　　　　90004617

上山・上山・愛

著　　者　李　敖
台北郵箱26-1092號　傳真(02)27043175
李敖網站　http://www.leeao.com.tw
出 版 者　李敖出版社
發 行 人　黃菊文
登 記 證　局版台業字第3897號
郵撥帳號　00068367　張桂貞
負 責 人　王自義（與本書有關的全部法律責任）
發 行 所　台北縣樹林市佳園路3段219巷37之3號
訂書專線　(02)26688242（代表號）
訂書傳眞　(02)26688743
印　　刷　成陽印刷股份有限公司
台北縣土城市永豐路195巷9號
電話(02)22651491

版　　次　二〇〇一年四月初版
二〇〇一年五月初版十二刷
定　　價　精裝本新台幣450元

ISBN 957-510-088-3

請沿虛線折疊裝訂，謝謝！

讀者服務卡

AB1015 上山・上山・愛

姓名：	性別：________ 1.男　2.女
出生日期：　年　月　日	身份証字號：

________ 學歷：1.國中　2.高中　3.大專　4.研究所（含以上）

________ 職業：1.軍　2.公　3.教育　4.商　5.農　6.服務業
7.自由業　8.學生　9.家管
A1.製造業　A2.銷售業　A3.資訊業　A4.大眾傳播
A5.醫藥業　A6.交通業　A7.貿易　A8.其它

郵遞區號________

地址：__________縣（市）__________鄉鎮區__________村__________里
___鄰______路（街）___段___巷___弄___號___樓

電話：________________

傳眞：________________

E-mail：________________________________

____ 購書地點／
1.書店 2.書展 3.書報攤 4.郵購 5.直銷 6.贈閱 7.其他______

____ 您從哪裡得知本書／
1.書店 2.報紙廣告 3.報紙專欄 4.雜誌廣告 5.親友介紹
6.DM廣告傳單 7.廣播 8.其他______

您對本書的建議／

請沿虛線撕下後直接傳真或對折裝訂寄回，謝謝！

廣	告	回	信
北區郵政管理局登記證			
北	臺	字 10441	號
免	貼	郵	資

236
台北縣土城市永豐路195巷9號

成陽出版股份有限公司
李敖叢書讀者服務部 收

折疊線

感謝您對李敖叢書的愛顧！爲了提供更好的服務，請將本卡沿切割虛線剪下，塡妥各欄資料摺疊裝訂後免貼郵票直接寄回，或傳眞02-26688743，我們將隨時提供您李敖最新的出版、活動等相關訊息，並可享受相關的特別優待。

讀者服務專線：（02）26688242
讀者傳眞專線：（02）26688743

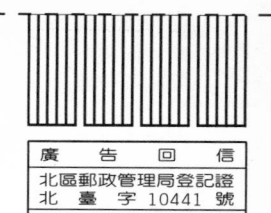